W9-CSQ-026

Título original: *Again the Magic*

Primera edición: enero de 2018

© 2004, Lisa Kleypas
© 2005, 2018, Penguin Random House Grupo Editorial, S. A. U.
Travessera de Gràcia, 47-49. 08021 Barcelona
© Ersi Samara, por la traducción

Penguin Random House Grupo Editorial apoya la protección del *copyright*.
El *copyright* estimula la creatividad, defiende la diversidad en el ámbito de las ideas
y el conocimiento, promueve la libre expresión y favorece una cultura viva.
Gracias por comprar una edición autorizada de este libro y por respetar las leyes del *copyright*
al no reproducir, escanear ni distribuir ninguna parte de esta obra por ningún medio sin permiso.
Al hacerlo está respaldando a los autores y permitiendo que PRHGE continúe publicando libros
para todos los lectores. Diríjase a CEDRO (Centro Español de Derechos Reprográficos,
http://www.cedro.org) si necesita fotocopiar o escanear algún fragmento de esta obra.

Printed in Spain – Impreso en España

ISBN: 978-84-9070-431-8
Depósito legal: B-23.026-2017

Impreso en Novoprint
Sant Andreu de la Barca (Barcelona)

BB 0 4 3 1 8

Penguin
Random House
Grupo Editorial

La antigua magia

LISA KLEYPAS

Para Mel Berger,
por ser un verdadero amigo,
y por darme los beneficios de tu fuerza,
sabiduría y talento durante tantos años.
Sin duda,
haber conseguido ser uno de tus autores
es lo mejor que me ha pasado en la vida.

Con afecto y agradecimiento,
L. K.

1

Hampshire, 1832

Los mozos de cuadra no podían dirigir la palabra a las hijas de los condes y mucho menos trepar hasta las ventanas de sus dormitorios. Dios sabe lo que podía ocurrirles si los pillaran en ello. Probablemente los azotarían antes de echarlos de las propiedades.

McKenna trepó por uno de los pilares de apoyo, se aferró con sus largos dedos a la barandilla de hierro del balcón de la segunda planta y quedó por un momento así suspendido antes de balancear las piernas con un gruñido de esfuerzo. Alcanzó con un talón el borde del balcón, se izó y pasó por encima de la barandilla.

Se acuclilló delante de las puertas vidrieras e hizo sombra con las manos a ambos lados de la cara para poder escudriñar el interior del dormitorio, donde ardía una única lámpara. Una joven, de pie delante del tocador, estaba cepillando su largo cabello oscuro. Su visión inundó a McKenna con una oleada de placer.

Lady Aline Marsden..., la hija mayor del conde de Westcliff. Una muchacha cálida, alegre y hermosa en todos los sentidos. Disfrutando de la excesiva libertad que sus poco atentos padres le habían dispensado, Aline había pasado la mayor parte de su corta vida explorando las ricas propiedades que su familia poseía en Hampshire. El conde y la condesa de Westcliff estaban demasiado inmersos en sus propias actividades sociales para prestar verdadera atención a sus tres retoños. No era una situación inusual entre las familias que habitaban en mansiones de campo como la de Stony Cross Park. Sus vidas quedaban divididas por la mera extensión de sus terrenos, mientras los hijos comían, dormían y jugaban lejos de los padres. Además, la noción de la responsabilidad parental no constituía uno de los lazos que unían al conde y la condesa. Ninguno de los dos se sentía particularmente inclinado a preocuparse por un hijo que era fruto de una unión de conveniencia y carente de amor.

Desde el día en que McKenna llegara a la finca a la edad de ocho años, Aline y él habían sido compañeros inseparables durante una década; juntos trepaban a los árboles, nadaban en el río y correteaban descalzos por todas partes. Nadie daba importancia a su amistad, porque eran niños. Con el tiempo, sin embargo, su relación había empezado a cambiar. Ningún mozo sano podría resistirse a los encantos de Aline, quien, a la edad de diecinueve años, se había convertido en la muchacha más hermosa de aquella verde tierra de Dios.

En esos momentos Aline ya estaba dispuesta para irse a la cama y lucía un camisón de algodón blanco que dibujaba pliegues e intrincados volantes. Al moverse por la habitación, la luz de la lámpara perfilaba las generosas curvas de sus pechos y sus caderas a través del fino tejido, y se reflejaba en los brillantes mechones azabache de su pelo. Aline tenía ese aspecto que hace detenerse los corazones y quita el aliento. El color de su cabello y de su piel bastarían para ofrecer un aspecto de gran belleza hasta a una mujer poco agraciada. Pero tenía, además, facciones refinadas y perfectas, iluminadas por la luz radiante de una emoción incontenible. Y, por si todo eso no fuera suficiente, la naturaleza había añadido una última floritura, un diminuto lunar negro que flirteaba con la comisura de sus labios. McKenna había fantaseado hasta la saciedad con poder besar aquel punto hechizante, siguiendo luego la curva voluptuosa de los labios. La besaría y la seguiría besando hasta que se rindiera, débil y temblorosa, en sus brazos.

En más de una ocasión McKenna se había preguntado cómo un hombre de aspecto tan poco memorable como el conde y una mujer de atractivo mediocre como la condesa pudieron procrear una hija como Aline. Por un capricho del destino, la muchacha había heredado la combinación de facciones perfectas de cada uno de ellos. Su hijo, Marco, había sido menos afortunado, se parecía más al conde, con su rostro ancho de facciones ásperas y su constitución física fornida, que recordaba la hechura de un toro. La pequeña Livia —quien, según los rumores, era el resultado de una de las aventuras extramaritales de la condesa— era guapa aunque sin nada extraordinario y carecía de la radiante magia morena de su hermana.

Mientras observaba a Aline, McKenna pensó que se acercaba rápidamente el momento en que ya nada podrían hacer juntos. La familiaridad que les unía pronto resultaría peligrosa, si no lo era ya. Dominándose, McKenna golpeó suavemente el cristal de las puertas vidrieras. Aline se volvió hacia la fuente del ruido y lo vio, sin sorpresa aparente. McKenna se puso de pie y la observó con atención.

Aline se cruzó de brazos y lo miró ceñuda. «Vete», pronunció calladamente a través del cristal.

McKenna se sintió divertido y consternado a la vez, y se preguntó qué demonios había hecho ahora. Que él supiera, no se había metido en líos ni travesuras y tampoco había discutido con ella. Y, como recompensa, lo había dejado esperándola dos horas junto al río esa misma tarde.

McKenna permaneció donde estaba, negando tercamente con la cabeza. Extendió la mano y agitó el pomo de la puerta a modo de advertencia sutil. Ambos sabían que, si fuera descubierto en su balcón, sería él quien sufriría las consecuencias, no ella. Y fue por esa razón, para salvarle el pellejo, por la que ella giró la llave y abrió la balconera, vacilante. Él no pudo reprimir una sonrisa ante el éxito de su estratagema, aunque ella siguiera ceñuda.

—¿Has olvidado que teníamos que encontrarnos esta tarde? —preguntó McKenna sin preámbulos, agarrando el canto de la puerta con una mano. Apoyó el hombro en el delgado marco de madera y sonrió mientras la miraba a los ojos, de color castaño oscuro. Incluso cuando se encorvaba, Aline tenía que levantar la cabeza para poder mirarle a los ojos.

—No, no lo he olvidado. —Su voz, generalmente dulce y liviana, tenía un retintín de mal genio.

—¿Dónde estabas, pues?

—¿De veras te importa?

McKenna ladeó la cabeza tratando de ponderar por qué a las mujeres les gustaba jugar a las adivinanzas cuando el hombre estaba desconcertado. Al no llegar a ninguna conclusión razonable, recogió el guante resueltamente:

—Te pedí que te reunieras conmigo junto al río porque quería verte.

—Supuse que habrías cambiado de planes... visto que prefieres la compañía de otra persona a la mía. —Al ver la confusión que asomó en la expresión de él, Aline torció la boca con impaciencia—: Te vi esta mañana en el pueblo, cuando fui con mi hermana a la sombrerera.

McKenna respondió con un asentimiento cauteloso de la cabeza al recordar que el jefe de los establos lo había enviado al zapatero con unas botas que necesitaban remiendos. Pero ¿por qué se sentía Aline tan ofendida por ello?

—Oh, no te hagas el tonto —exclamó Aline—. Te vi con una de las chicas del pueblo, McKenna. ¡La besaste! ¡Allí mismo, en medio de la calle, donde todos os pudieron ver!

Su ceño se alisó en seguida. Pues, sí. Su compañera era Mary, la hija del carnicero. McKenna había flirteado con ella, como lo hacía con la mayoría de las muchachas que conocía, y Mary le había tomado el pelo por tonterías hasta que él se echó a reír y le robó un beso. Aquello no significaba nada, ni para él ni para Mary, y en seguida se olvidó del incidente.

De modo que ésa era la causa del enojo de Aline: tenía celos. McKenna se esforzó por ocultar el placer que le supuso tal descubrimiento, pero la emoción se concentró en una masa dulce y pesada dentro de su pecho. ¡Qué demonios! Meneó la cabeza con pesar, preguntándose cómo podría recordarle lo que ella ya sabía: que una hija de la aristocracia no debería dar un penique por lo que él hiciera.

—Aline —protestó, levantando las manos para tocarla y retirándolas de nuevo en seguida—. Lo que yo haga con otras muchachas nada tiene que ver con nosotros. Tú y yo somos amigos. Nunca podríamos... tú no eres el tipo de mujer... ¡maldición, no tengo que explicarte lo que es evidente!

Aline lo miró como nunca antes lo había mirado, y sus ojos castaños estaban colmados de tal intensidad que se le erizó el vello de la nuca.

—¿Y si yo fuera una de las muchachas del pueblo? —preguntó—. ¿Harías lo mismo conmigo?

Por primera vez en su vida, McKenna se quedó sin palabras. Tenía la habilidad de intuir lo que la gente deseaba oír y solía decírselo, por razones de conveniencia. Su encanto natural le había servido mucho, fuera para conseguir un bollo de la mujer del panadero o para evitar problemas con el jefe de establos. Pero tratándose de la pregunta de Aline... tanto si respondiera que sí como si dijera que no, corría grandísimos riesgos.

En su silencio, McKenna luchaba por hallar una media verdad que pudiera tranquilizarla.

—No pienso en ti de esa manera —dijo al fin, obligándose a mirarla a los ojos sin pestañear.

—Pues, otros muchachos, sí. —Ante su expresión indescifrable, Aline prosiguió en el mismo tono—: La semana pasada, cuando vinieron a visitarnos los Harewood, su hijo, William, me arrinconó en el yacimiento de mineral de hierro, junto al acantilado, y trató de besarme.

—¡Ese mocoso arrogante! —McKenna reaccionó con furia al instante, al recordar al joven robusto y pecoso que en absoluto se había esforzado por disimular la fascinación que sentía por Aline—. La próxima vez que lo vea le arrancaré la cabeza. ¿Por qué no me lo dijiste?

—No es el único que lo ha intentado —dijo Aline, echando más leña al fuego deliberadamente—. No hace mucho mi primo, Elliot, me desafió a un juego de besos...

Se interrumpió conteniendo la respiración, porque McKenna tendió los brazos y la agarró con fuerza.

—Maldito sea tu primo Elliot —dijo hoscamente—. Malditos sean todos ellos.

Fue un error tocarla. El tacto de sus brazos, tan cálidos y suaves entre sus dedos, hizo un nudo de sus entrañas. Necesitaba tocarla más, necesitaba agacharse y llenar sus ventanas nasales con su olor..., el olor a piel recién enjabonada, el atisbo a agua de rosas, el perfume íntimo de su aliento. Todos sus instintos clamaban para que la estrechara en sus brazos y apoyara la boca en la curva aterciopelada de su cuello, allí donde se juntaba con el hombro. En lugar de ello, se obligó a soltarla, y sus manos quedaron suspendidas en el aire. Le resultaba muy difícil moverse, respirar y pensar con claridad.

—No he permitido que nadie me besara —dijo Aline—. Quiero que lo hagas tú, sólo tú. —Una nota de hosquedad asomó en su voz—: Pero, a este paso, llegaré a los noventa antes de que lo intentes siquiera.

McKenna no fue capaz de disimular el desgarro de su deseo al contemplarla.

—No. Eso lo cambiaría todo y no puedo permitir que ocurra.

Con un gesto cuidadoso, Aline levantó la mano y le rozó la mejilla con la punta de los dedos. A McKenna esa mano le resultaba casi más familiar que la suya propia. Conocía la procedencia de cada diminuto corte y cicatriz. En la niñez, esa mano había sido rechoncha y, a menudo, mugrienta. Ahora era blanca y esbelta, con las uñas perfectamente cuidadas. La tentación de hundir la boca en la suavidad de su palma le torturaba. En cambio, McKenna se hizo fuerte para no hacer caso a la caricia de los dedos en su barbilla.

—Me he dado cuenta de cómo me miras últimamente —dijo Aline mientras un rubor asomaba en su rostro pálido—. Sé lo que piensas, como tú sabes lo que pienso yo. Y, con todo lo que siento por ti y todo lo que significas para mí... ¿no me merezco al menos un momento de... de... —se esforzó por encontrar la palabra adecuada—: ilusión?

—No —respondió él con voz ronca—. Porque la ilusión acabaría pronto, y ambos saldríamos mal parados.

—¿De veras? —Aline se mordió el labio y apartó la mirada, apretando los puños como si quisiera golpear físicamente la desagradable verdad que tan insistentemente se interponía entre ambos.

—Moriría antes que hacerte daño —dijo McKenna apesadumbrado—. Si me permito besarte una vez, habría otra, y otra más, y pronto nada podría detenernos.

—No lo sabes... —quiso argumentar Aline.

—Sí, lo sé.

Intercambiaron una larga mirada de desafío. McKenna no permitió que ninguna emoción asomara en su rostro. Conocía a Aline lo suficiente para saber que, si detectara una sombra de vulnerabilidad en su expresión, atacaría sin vacilar.

Finalmente, ella soltó un suspiro de derrota.

—De acuerdo, entonces —susurró como si hablara sola. Su espalda pareció enderezarse y bajó el tono de voz con resignación—: ¿Nos encontramos junto al río mañana al anochecer, McKenna? Tiraremos piedras, charlaremos y pescaremos un poco, como siempre. ¿Es esto lo que quieres?

Pasó un largo rato antes de que McKenna pudiera hablar.

—Sí —respondió cansinamente. Sólo le era permitido tener eso de ella... y Dios sabe que era mejor que nada.

Una sonrisa áspera a la vez que afectuosa asomó a los labios de Aline mientras lo observaba.

—Más vale que te marches, pues, antes de que te pillen aquí. Pero antes agáchate y deja que te arregle el pelo. Lo tienes de punta.

Si no se sintiera tan aturdido, McKenna le habría respondido que no necesitaba cuidar de su aspecto. Iría derecho a su habitación, sobre los establos, y a las cinco docenas de caballos que allí se alojaban les importaba bien poco su cabello. Pero se agachó automáticamente, obedeciendo al menor deseo de Aline por pura fuerza de la costumbre.

En lugar de alisar sus rebeldes rizos negros, Aline se puso de puntillas, deslizó un brazo detrás de su cuello y unió su boca a la de él.

El beso tuvo en él el mismo efecto que un rayo. Un sonido agitado se le escapó de la garganta y su cuerpo entero quedó repentinamente inmovilizado por una descarga de placer. Ah, Dios, sus labios, tan delicados y suculentos, exploraban los suyos con tosca determinación. Como Aline ya sabía, ni el infierno conseguiría apartarlo ya de ella. Con los músculos tensos, McKenna se mantenía pasivo, luchando por contener la oleada de sensaciones que amenazaban con ahogarle. La amaba, la deseaba, con la ciega ferocidad de la adolescencia. Su frágil autocontrol duró apenas un minuto antes de que dejara escapar un gemido de derrota y la estrechara en sus brazos.

Con respiración entrecortada, la besaba una y otra vez, intoxicado por la suavidad de sus labios. Aline respondía con anhelo, se apretaba contra él y sus dedos se enredaban con los mechones cortos de su cabello. El placer de tenerla en sus brazos era demasiado intenso... McKenna no podía contenerse, la besaba cada vez con más fuerza hasta que los labios de ella se separaron inocentemente. Él lo aprovechó en seguida y empezó a explorar el filo de sus dientes, la seda húmeda de su boca. Eso la sorprendió, él pudo percibir su vacilación y empezó a arrullarla hasta que se relajó. Deslizó la mano detrás de su cabeza y la acunó entre sus dedos mientras hundía la lengua en la profundidad de su boca. Aline gimió y le agarró con fuerza de los hombros, respondiendo con una sensualidad tan pura y espontánea que él se sintió devastado. McKenna anhelaba besar y amar cada centímetro de su cuerpo, regalarle más placer de lo que pudiera soportar. Él ya había conocido el deseo y, aunque su experiencia era limitada, no era virgen. Jamás, sin embargo, había experimentado antes aquella mezcla angustiosa de emoción y voracidad física... una tentación lacerante a la que nunca sería capaz de entregarse.

Tras separar su boca de la de ella, McKenna hundió el rostro en el reluciente velo negro de su cabello.

—¿Por qué lo has hecho? —gimió.

La risita brusca de Aline fue un eco de su dolor.

—Tú eres todo para mí. Te amo. Siempre te he...

—Calla. —Él la zarandeó suavemente para silenciarla. La apartó de sí y escudriñó su rostro radiante y ruborizado—. Nunca vuelvas a decir eso. Si lo haces, me iré de Stony Cross.

—Nos escaparemos juntos —prosiguió ella, temeraria—. Iremos a un lugar donde nadie pueda encontrarnos...

—Por todos los demonios... ¿te das cuenta de que estás diciendo locuras?

—¿Por qué son locuras?

—¿Crees que yo echaría a perder tu vida de esa manera?

—Yo te pertenezco —insistió ella—. Haré lo que tenga que hacer para estar contigo.

Creía de veras en lo que decía, McKenna lo veía en su cara. Le partía el corazón, a la vez que lo enfurecía. Maldita sea, ella sabía perfectamente que las diferencias que les separaban eran insuperables, tenía que aceptarlo. Él no podía permanecer en la finca y enfrentarse a la constante tentación sabiendo que, si se rindiera, significaría la destrucción de ambos.

Acunando su rostro entre las manos, McKenna rozó con los dedos las puntas de sus cejas oscuras y acarició con los pulgares el cálido terciopelo de sus mejillas. Y, precisamente porque no podía disimular la reverencia que inspiraba sus gestos, habló con fría crudeza:

—Ahora te parece que me quieres. Pero ya cambiarás. Llegará el día en que no te costará en absoluto olvidarte de mí. Yo soy un bastardo. Un criado, y de los más humildes...

—Eres mi otra mitad.

Conmocionado, McKenna calló y cerró los ojos. Odió su respuesta instintiva a esas palabras, un impulso de alegría primitiva.

—¡Por todos los infiernos! Haces que sea imposible mi permanencia en Stony Cross.

Aline dio un paso atrás en seguida, al tiempo que su rostro palidecía.

—No. No te vayas. Lo lamento. Ya no diré nada más. Por favor, McKenna... te quedarás, ¿verdad?

Él percibió de pronto el amargo sabor del dolor que algún día sufriría sin remedio, las heridas mortales que resultarían del simple hecho de abandonarla. Aline tenía diecinueve años... podría pasar un año más con ella, tal vez ni siquiera eso. Luego el mundo se rendiría a sus pies, y McKenna se convertiría en un problema peliagudo. O, peor aún, en una fuente de vergüenza. Ella se esforzaría por olvidar aquella noche. No querría recordar lo que dijo a un mozo de cuadra a la luz de la luna, en el balcón de su dormitorio. Hasta entonces, sin embargo...

—Me quedaré mientras pueda —respondió hoscamente.

Un destello de ansiedad chisporroteó en las oscuras profundidades de los ojos de Aline.

—¿Y mañana? —le recordó—. ¿Te reunirás conmigo mañana?

—Junto al río, al anochecer —afirmó McKenna, de pronto muy cansado de la interminable lucha interior de desear y no poder tener.

Se diría que Aline leyó sus pensamientos.

—Lo siento. —Su susurro angustiado planeó por el aire con la suavidad del pétalo de una flor, mientras él bajaba del balcón.

Cuando McKenna hubo desaparecido entre las sombras, Aline entró vacilante en su dormitorio y se tocó los labios. Las yemas de sus dedos parecían querer grabar el beso en la piel tierna. La boca de él había sido sorprendentemente cálida, y su sabor, dulce y exquisito, un sabor a manzanas seguramente robadas del huerto. Ella había imaginado ese beso miles de veces, pero nada la podría haber preparado para la sensualidad del contacto real.

Deseaba conseguir que McKenna la reconociera como mujer, y por fin lo había logrado. Pero su éxito no contenía la sensación de triunfo sino una desesperación tan lacerante como la hoja de un cuchillo. Era consciente de que McKenna pensaba que ella no comprendía la complejidad de la situación cuando, en realidad, la conocía mejor que él.

Desde la cuna le habían inculcado sin piedad que la gente no abandona su clase social. Los jóvenes como McKenna le estarían siempre prohibidos. Desde la cumbre de la sociedad hasta sus fondos más humildes, todos comprendían y aceptaban tal estratificación; la simple sugerencia de que pudiera ser de otro modo no produciría sino incomodidad universal. Era como si ella y McKenna pertenecieran a especies distintas, pensó en un arranque de humor negro.

Por alguna razón, no obstante, Aline no podía ver a McKenna como le veían todos los demás. No era un aristócrata pero tampoco un simple mozo de cuadra. Si hubiera nacido en el seno de una familia noble, sería el orgullo de sus padres. Haber venido a la vida con una desventaja tan grande constituía una injusticia monstruosa. Era inteligente, apuesto, trabajador y, sin embargo, jamás conseguiría superar las limitaciones sociales en las que había nacido.

Recordó el día de su llegada a Stony Cross Park, un chiquillo de cabello negro mal cortado y con ojos que no eran ni azules ni verdes sino de una mágica tonalidad intermedia. Según los cotilleos de la servidumbre, el niño era el hijo bastardo de una de las muchachas del pueblo, que se había escapado a Londres, quedó embarazada y murió en el parto. Al desafortunado bebé lo mandaron de vuelta a Stony Cross, donde sus abuelos cuidaron de él hasta que enfermaron. Cuando McKenna cumplió los ocho años lo enviaron a Stony Cross Park, donde fue empleado como ayudante. Sus deberes consistían en lustrar los zapatos de la servidumbre superior, ayudar a las criadas a llevar las pesadas palanganas de agua caliente escaleras arriba y abajo, y limpiar las monedas de plata que venían del pueblo, para evitar que el conde y la condesa hallaran restos de suciedad de las manos de los comerciantes.

Su nombre completo era John McKenna, pero ya había tres criados llamados John en la finca. Se decidió que le llamarían por su apellido hasta encontrarle un nombre nuevo…, cosa que se olvidaron de hacer, y él fue sencillamente McKenna desde entonces. Al principio, la mayoría de los criados le hacían muy poco caso, excepto el ama de llaves, la señora Faircloth. Era una mujer de cara ancha, mejillas sonrosadas y corazón bondadoso, lo más parecido a una madre que McKenna hubiese conocido en la vida. De hecho, la propia Aline y su hermana menor, Livia, antes recurrirían a la señora Faircloth que a su propia madre. Por muy atareada que estuviera, el ama de llaves siempre tenía un momento que dedicar a los niños, fuera para vendar un dedo herido, para admirar un nido de pájaros encontrado vacío en el jardín o para volver a pegar en su sitio la pieza rota de un juguete.

Era la señora Faircloth la que solía dar permiso a McKenna para que fuera a jugar y corretear con Aline. Aquellas tardes habían sido la única escapada de la controlada y antinatural existencia de un joven criado.

—Debes ser amable con McKenna. —La señora Faircloth había amonestado a Aline cuando la niña fue corriendo a contarle que él había roto el cochecito de mimbre blanco de su muñeca—. Ya no tiene familia, ni ropa bonita que ponerse, ni cosas buenas que cenar, como vosotras. Mientras vosotras jugáis, él tiene que trabajar para ganarse el sustento. Y, si comete demasiados errores o si alguna vez sospecharan que es un mal chico, lo mandarían lejos de aquí y no lo volveríamos a ver.

Aquellas palabras calaron en Aline hasta la médula. A partir de entonces se empeñó en proteger a McKenna, asumía la culpa de sus ocasionales travesuras, compartía con él los dulces que su hermano mayor traía a veces del pueblo y hasta lo obligaba a estudiar las lecciones que le imponía su institutriz. A cambio, McKenna le había enseñado a nadar, a hacer rebotar piedras sobre el agua de un estanque, a montar a caballo y a silbar estirando una brizna de hierba entre los pulgares.

Al contrario de lo que todos creían, incluida la señora Faircloth, Aline jamás había pensado en McKenna como en un hermano. El afecto familiar que sentía por Marco en nada se parecía a sus sentimientos por McKenna. Éste era su complemento, su compás, su santuario.

Resultaba muy natural que al crecer y convertirse en mujer se sintiera físicamente atraída por él. Desde luego, todas las jóvenes de Hampshire lo estaban. McKenna se había convertido en un joven varón alto y robusto de aspecto llamativo, de facciones bien marcadas aunque cinceladas sin demasiada precisión, de nariz regia y alargada y de boca ancha. Solía llevar el cabello negro desparramado sobre la frente, mientras que aquellos ojos de singular color turquesa miraban desde la sombra de sus exóticas pestañas oscuras. Para redondear su atractivo, poseía un encanto desenfadado y un sagaz sentido del humor que lo habían convertido en el favorito de la finca y del pueblo entero.

El amor que Aline sentía por McKenna la hacía desear lo imposible: estar siempre con él, constituir la familia que él nunca había tenido. En lugar de eso, debía aceptar la vida que sus padres habían elegido para ella. Aunque los enlaces por amor entre miembros de las clases altas ya no estaban tan mal vistos como antes, los Marsden insistían en la tradición de los matrimonios convenidos. Aline sabía con exactitud lo que el futuro le deparaba. Tendría un esposo aristócrata e indolente, quien la utilizaría para criar a sus hijos y haría la vista gorda cuando ella buscara algún amante para divertirse durante sus ausencias. Año tras año, pasaría la temporada de invierno en Londres. Luego, en verano, visitaría la finca de campo y en otoño asistiría a la temporada de caza. Año tras año, vería las mismas caras, escucharía los mismos cotilleos. Hasta los placeres de la maternidad le serían negados. Los criados cuidarían de sus hijos que, cuando fueran mayores, irían al internado, como su hermano Marco.

Décadas de vacío, pensó Aline con tristeza. Y lo peor de todo sería saber que McKenna estaba en algún lugar, confiando sus sueños y pensamientos a otra mujer.

—¿Qué puedo hacer, Dios mío? —susurró Aline agitada, tirándose sobre el cubrecamas bordado. Abrazó con fuerza una almohada y hundió la barbilla en la aterciopelada suavidad de su superficie mientras ideas temerarias brotaban en su mente. No podía perderlo. La sola posibilidad la hizo temblar, la colmó de turbación, le dio ganas de gritar.

Aline tiró la almohada a un lado, se tendió de espaldas y fijó la vista en los pliegues oscuros del dosel. ¿Cómo conseguir que McKenna siguiera formando parte de su vida?

Trató de imaginarse tomándole como amante después de casada. Su madre tenía aventuras... muchas mujeres de la aristocracia las tenían y, mientras fueran discretas, nadie se oponía a ello. Aline, sin embargo, sabía que McKenna jamás aceptaría esta solución. Él no admitía medias tintas, nunca consentiría en compartirla. Aunque fuera un criado, era tan orgulloso y posesivo como cualquier otro hombre de este mundo.

Aline no sabía qué hacer. Le parecía que el único camino era disfrutar de todos los momentos que pudiera robar para estar a su lado hasta que el destino les separara.

2

Después de cumplir los dieciocho años McKenna empezó a cambiar con velocidad asombrosa. Crecía tan aprisa, que la señora Faircloth exclamó con afecto que de nada servía ensancharle los pantalones, porque tendría que volver a hacerlo la semana siguiente. Sentía un hambre voraz todo el tiempo, pero ninguna cantidad de comida lograba saciar su apetito ni rellenar su cuerpo huesudo y desgarbado.

—Su corpulencia vaticina un buen futuro —dijo con orgullo la señora Faircloth hablando de McKenna con Salter, el mayordomo. Sus voces subieron con claridad desde el vestíbulo empedrado hasta el balcón del segundo piso, por donde daba la casualidad que pasaba Aline. Alerta a cualquier mención de McKenna, se detuvo y aguzó el oído.

—Indiscutiblemente —acordó Salter—. Ya casi mide dos metros de estatura... Me atrevería a decir que algún día llegará a alcanzar las proporciones de un lacayo.

—Tal vez debiéramos retirarlo de los establos para entrenarle en esas labores —sugirió la señora Faircloth en tono tan modesto que Aline no pudo reprimir una sonrisa. Sabía que la actitud desenfadada de la señora Faircloth ocultaba su gran deseo de elevar al chico de su humilde posición de mozo de cuadra a otra más prestigiosa.

»Dios sabe —prosiguió el ama de llaves— que buena falta nos hacen un par de manos nuevas para acarrear el carbón, limpiar la plata y sacar brillo a los espejos.

—Hmmm. —Hubo una larga pausa—. Me parece que

tiene usted razón, señora Faircloth. Recomendaré al conde que McKenna sea lacayo. Si acepta, daré órdenes de que le confeccionen una librea.

A pesar del aumento de sueldo y del privilegio de dormir en la casa, McKenna no se mostró precisamente agradecido por su nueva posición. Le gustaba trabajar con los caballos y vivir en la intimidad relativa de los establos; ahora tenía que pasar al menos la mitad del tiempo en la mansión, vestido con el traje tradicional de un lacayo: pantalones de felpa negra, chaleco de color mostaza y una levita azul. Aún más pesados le resultaban los domingos, cuando tenía que acompañar a la familia a la iglesia, abrir el banco para ellos, desempolvar el asiento y disponer los libros de oraciones.

A Aline inevitablemente la divertían las bromas amigables que McKenna tenía que soportar de los muchachos y las muchachas del pueblo que esperaban delante de la iglesia. La aparición de su amigo ataviado con la odiada librea constituía una oportunidad irresistible para meterse con el aspecto de sus piernas enfundadas en las medias blancas. Se preguntaban en voz alta si el volumen de sus pantorrillas se debía realmente a los músculos o si usaba los rellenos que algunos lacayos empleaban para mejorar el aspecto de sus piernas. McKenna mantenía el rostro impasible, aunque les dirigía tal mirada cargada de promesas de venganza que les hacía estallar en carcajadas de placer.

Por fortuna, McKenna dedicaba el resto de su tiempo a la jardinería y la limpieza de los carruajes, tareas que le permitían llevar sus habituales pantalones y la holgada camisa blanca que de tan mala reputación gozaban. Adquirió un intenso bronceado y, aunque el tono moreno de su piel le delataba claramente como miembro de las clases trabajadoras, a la vez resaltaba el vivo color azul verdoso de sus ojos y hacía que sus dientes parecieran aún más blancos de lo habitual. No era de sorprender que McKenna llamara la atención de las visitas femeninas de la mansión, una de las cuales llegó al extremo de intentar contratarlo para llevárselo de Stony Cross Park.

A pesar de los diligentes esfuerzos de dicha dama por

convencerle, McKenna declinó la oferta de empleo con tímido recato. Por desgracia, el resto de la servidumbre no compartía aquel sentido de discreta moderación y le tomaron el pelo hasta que McKenna se ruborizó bajo su bronceado. Aline le interrogó acerca de la oferta de aquella dama en cuanto tuvo la oportunidad de estar a solas con él. Fue al mediodía, justo después de que McKenna terminara sus trabajos al aire libre y cuando disponía de escasos y preciados minutos de descanso antes de vestir la librea para emprender sus tareas en la mansión.

Pasaron aquel rato juntos en su lugar predilecto junto al río, allí donde un pequeño prado descendía suavemente hacia la orilla. Las altas hierbas les ocultaron de la vista de los demás cuando se sentaron en las rocas planas, alisadas por el flujo manso y persistente del agua. El aire estaba cargado con los aromas del mirto y de los brezos calentados por el sol, una mezcla olorosa que apaciguó los sentidos de Aline.

—¿Por qué no te has ido con ella? —preguntó, doblando las rodillas debajo de sus faldas y rodeándolas con los brazos.

McKenna estiró su largo cuerpo desgarbado y se apoyó en un codo.

—¿Con quién?

Aline levantó la vista al cielo ante su fingida ignorancia.

—Lady Brading, la mujer que quiso contratarte. ¿Por qué te negaste?

Él esbozó una lenta sonrisa que casi la deslumbró.

—Porque es aquí a donde pertenezco.

—¿Conmigo?

McKenna permaneció callado y la miró a los ojos, con la sonrisa siempre en los labios. Palabras sin pronunciar fueron dichas... palabras tan tangibles como el mismísimo aire que respiraban.

Aline deseó enroscarse a su lado como una gata soñolienta, relajarse bajo el sol y en el cobijo de su cuerpo. En cambio, se obligó a permanecer inmóvil.

—Oí a uno de los lacayos decir que habrías podido conseguir el doble del salario que cobras aquí... aunque para ello deberías ofrecerle un servicio distinto a los que estás acostumbrado.

—Debió de ser James quien lo dijo —murmuró McKenna—. Es un maldito deslenguado. ¿Cómo iba a saberlo, de todos modos?

A Aline la fascinó el rubor que tiñó la parte alta de sus pómulos y el regio puente de su nariz. Entonces comprendió. Aquella mujer había pretendido contratar a McKenna como compañero de cama. Una mujer que le doblaba la edad, como mínimo. Aline sintió que su propia cara se encendía, bajó la mirada deslizándola por la amplia curva del hombro de McKenna y la posó en la mano ancha que descansaba sobre un lecho de musgo verdinegro.

—Quería dormir contigo —afirmó más que preguntó, rompiendo un silencio que ya resultaba dolorosamente íntimo.

McKenna se encogió de hombros con un gesto imperceptible.

—Dudo que su intención fuera dormir.

El corazón de Aline irrumpió en una cadencia violenta al darse cuenta de que no era la primera vez que algo así le sucedía a McKenna. Nunca se había permitido pensar realmente en la experiencia sexual de su amigo... la idea le resultaba demasiado turbadora. Él le pertenecía a ella, y sería insoportable imaginar que buscase a otra mujer para satisfacer necesidades que ella anhelaba colmar. Si sólo... si sólo...

Abrasada bajo el peso de los celos, Aline fijó la vista en la ancha mano callosa de McKenna. Existía otra mujer que lo conocía mejor que ella, más de lo que ella podría llegar a conocerlo jamás. Alguien que había tenido su cuerpo sobre sí, dentro de sí, y había conocido la cálida dulzura de su boca y el tacto de sus manos sobre su piel.

Con gesto medido, apartó un mechón de cabello que la brisa había hecho caer sobre sus ojos.

—¿Cuándo... cuándo fue la primera vez que tú...? —Tuvo que callar, porque las palabras se le atragantaron. Era la primera vez que le interrogaba acerca de sus actividades sexuales, un tema que él siempre había evitado con escrupuloso esmero.

McKenna no respondió. Aline alzó la mirada y vio que él parecía estar absorto en la contemplación de un escarabajo que trepaba por una larga brizna de hierba.

—Creo que no deberíamos hablar de esto —contestó al fin, con voz muy suave.

—No te culpo por dormir con otras muchachas. De hecho, me lo esperaba... Es sólo que... —Aline meneó levemente la cabeza, dolida y confusa al esforzarse por aceptar la verdad—. Es sólo que desearía haber sido yo —logró decir al final, a pesar del nudo que se agrandaba en su garganta.

McKenna agachó la cabeza y el sol jugueteó con su cabello negro. Suspiró y tendió una mano para apartar el mechón de pelo que había vuelto a caer sobre la mejilla de Aline. La punta de su pulgar rozó el lunar junto a su boca, la pequeña peca negra que tanto le había fascinado siempre.

—Nunca podrás ser tú —murmuró.

Aline asintió, mientras una emoción cruda la obligaba a torcer el gesto y a entrecerrar los ojos para combatir las lágrimas.

—McKenna...

—No —la advirtió él rudamente, retirando la mano con brusquedad y cerrando el puño sobre el vacío—. No lo digas, Aline.

—Nada cambia, lo diga o no. Te necesito. Necesito estar contigo.

—No...

—Imagínate cómo te sentirías si yo durmiera con otro hombre —insistió ella con tristeza—, si supieras que él me da el placer que tú no puedes darme, que me estrecha en sus brazos por las noches y...

McKenna soltó un gruñido gutural y, dándose la vuelta, se colocó sobre ella, obligándola a tenderse bajo él sobre el suelo duro. Su cuerpo era fuerte y pesado y descendía cada vez más sobre ella al abrir Aline las piernas instintivamente bajo las faldas.

—Lo mataría —dijo McKenna con rudeza—. No lo podría soportar. —Escudriñó su rostro estriado de lágrimas y luego bajó la mirada al cuello enrojecido y a los pechos erguidos que se agitaban al respirar. Una extraña mezcla de triunfo y de alarma colmó a Aline cuando vio el ardor sexual de su mirada y sintió la agresiva energía masculina de su cuerpo. Él estaba excitado, podía percibir la dura e insistente presión entre sus muslos. McKenna cerró los ojos en un intento de dominarse—. Tengo que soltarte —dijo con dificultad.

—Aún no —susurró Aline. Se movió un poco, apretando las caderas contra las de él, y el movimiento provocó una sensación cosquilleante en lo hondo de su vientre.

McKenna gimió cernido sobre ella, mientras sus dedos se hundían en la gruesa capa de musgo que cubría el suelo.

—¡No! —Su voz estaba desgarrada de ira y de tensión y de... otra cosa... de algo que sonaba a excitación.

Aline se movió de nuevo, recorrida por una peculiar sensación de urgencia, de un deseo de cosas a las que no podía dar nombre. Deseaba su boca, sus manos, su cuerpo... deseaba poseerlo y ser poseída por él. Su propio cuerpo parecía hincharse, el lugar sensible entre sus piernas dolía deliciosamente cada vez que se frotaba contra la punta de la erección.

—Te quiero —dijo Aline, buscando la manera de mostrarle lo enorme de su necesidad—. Te amaré hasta el día que muera. Eres el único hombre que desearé nunca, McKenna, el único...

Sus palabras se apagaron cuando él le aprisionó la boca en un suave beso abierto. Ella gimió de placer, recibió con satisfacción la tierna exploración, la punta de la lengua que tanteaba el delicado interior de sus labios. Él la besaba como si estuviera robando los secretos de su boca, la devastaba con dulzura exquisita. Ávida, Aline deslizó las manos bajo su camisa y a lo largo de su espalda, saboreando la sensación de los músculos contraídos y la tersura de su piel. El cuerpo de él era duro, músculos esculpidos sobre una estructura de acero, un cuerpo tan perfecto y robusto que le inspiraba reverencia.

Él hundió la lengua en la profundidad de su boca, provocándole gemidos de deleite ante las sutiles gradaciones de un placer que iba en aumento. McKenna se curvó sobre ella como para protegerla y se recolocó para no aplastarla con su peso, sin dejar de devorarla con besos tan dulces que le robaban el alma. Respiraba pesadamente y demasiado aprisa, como si acabara de correr millas enteras sin descansar. Aline apretó los labios contra su cuello, descubriendo que el corazón de él latía al mismo ritmo desenfrenado que el suyo propio. Ambos sabían que cada instante de intimidad prohibida reclamaría un precio que ninguno de los dos podría pagar. Inflamado más allá de toda precaución, McKenna buscó los botones que cerraban su vestido. Después vaciló, luchando de nuevo con su conciencia.

—No pares —dijo Aline con voz espesa, su corazón desbocado en el pecho. Besó la dura línea de su mentón, sus mejillas, cada centímetro de su rostro que podía alcanzar. Encontró un punto sensible a un lado de su cuello e insistió sobre aquel lugar vulnerable hasta que el cuerpo entero de él se estremeció—. No pares —volvió a susurrar enfebrecida—. Todavía, no. Nadie puede vernos. Por favor, ámame, McKenna... ámame...

Aquellas palabras parecieron quebrar su voluntad de resistencia y, con un sonido gutural, McKenna empezó a desabrochar rápidamente la hilera de botones. Aline no llevaba corsé, no llevaba nada más que una delgada camisa, que se ceñía a las curvas de sus pechos. Después de abrirle el corpiño, McKenna tiró de la camisa y descubrió las suaves puntas rosadas de sus pezones. Aline miraba fijamente su cara tensa, saboreando su expresión absorta, la pasión que lo obligaba a entrecerrar los ojos. Él le tocó el pecho, curvó los dedos bajo el ligero peso, rozó el pezón suavemente con el pulgar hasta que se contrajo. Se agachó sobre ella y rodeó el pezón erecto con lánguidos movimientos de la lengua. Aline boqueó de placer, sus pensamientos se enardecieron y quedaron reducidos a cenizas cuando él cerró la boca sobre su pecho. Succionó y lamió sin cesar, hasta que el calor invadió el cuerpo entero de Aline y aquel lugar entre los muslos empezó a latir con exigencia ferviente. Con un suspiro tembloroso, McKenna apretó la mejilla contra la curva desnuda del seno.

Incapaz de contenerse, Aline deslizó los dedos bajo la cintura de sus pantalones, más allá de los broches de sus tirantes. La superficie de su estómago era tersa y musculosa, la piel, suave como la seda, excepto el vello disperso bajo el óvalo de su ombligo. La mano de ella tembló al buscar el botón superior de los pantalones.

—Quiero tocarte —susurró—. Quiero sentirte, allí...

—Demonios, no —masculló McKenna asiéndola de las muñecas y levantándolas por encima de su cabeza. Sus ojos turquesa fulguraban mientras su mirada enardecida la recorría de la boca a los pechos—. Por el amor de Dios, apenas puedo controlarme tal como estamos. Si me tocas, no podré evitar llegar hasta el fin.

Ella se removió impotente bajo su peso.

—Quiero que llegues hasta el fin.

—Ya lo sé —murmuró McKenna inclinándose para enjugarse la frente sudorosa en la manga, sin relajar las manos que le asían las muñecas—. Pero no pienso hacerlo. Debes seguir siendo virgen.

Aline sacó sus manos aprisionadas casi con enfado.

—¡Haré lo que me dé la gana y al infierno con todos!

—Valientes palabras —se mofó él dulcemente—. Pero me gustaría saber qué le dirás a tu marido en vuestra noche de bodas, cuando descubra que tu castidad ya está perdida.

El sonido anticuado de la palabra castidad provocó la sonrisa de Aline, a pesar de la agonía que sentía. La virginidad... parecía ser lo único que el mundo esperaba de ella. Relajándose bajo el cuerpo de él, dejó que sus manos quedaran inertes entre sus dedos. Lo miró fijamente a los ojos y sintió que el mundo entero estaba cubierto de sombras y que él era la única fuente de luz.

—Sólo me casaría contigo, McKenna —murmuró—. Y, si alguna vez me abandonas, pasaré el resto de mi vida sola.

La cabeza morena de él se inclinó sobre la suya.

—Aline —dijo con voz baja como si rezara—, jamás te abandonaré, salvo que tú me pidas que me vaya.

Su boca descendió hasta sus pechos desnudos. Aline los levantó impulsivamente hacia él, se le ofreció sin reservas y profirió un grito cuando él tomó el pezón endurecido en su boca. Humedeció la piel rosada con la lengua, lamiéndola y jugueteando hasta que ella gimió de frustración.

—McKenna —dijo con voz quebrada, tirando en vano de sus brazos aprisionados—, te necesito... haz algo, por favor, me duele todo.

Él arqueó su largo cuerpo para poder levantarle las faldas. El volumen de su erección pujaba dentro de los pantalones al apretarse contra las caderas de ella. Aline ansiaba tocarle, explorar su cuerpo con la misma ternura que mostraba él, pero el hombre no se lo permitía. McKenna metió la mano debajo de las sucesivas capas de muselina y encajes y tanteó el cinto de sus bragas. Desató con destreza las cintas que ataban la prenda y se detuvo para mirarla a los ojos entrecerrados.

—Debería parar. —Su mano cálida se detuvo sobre su estómago, por encima de las bragas—. Esto es demasiado peligroso, Aline. —Apretó la frente sobre la de ella hasta que sus transpiraciones se entremezclaron y cada uno sintió en la boca la tierna caricia de la respiración del otro—. Dios, cómo te quiero —dijo él con voz ronca.

El peso de su mano la hacía estremecer. Instintivamente, separó los muslos y levantó las caderas con fuerza, tratando de llevar los dedos de él donde más deseaba sentirlos. Con mucho tiento, él metió la mano bajo el delgado velo de algodón y la tocó en la entrepierna abierta. Jugueteó con el triángulo de vello rizado y tanteó tiernamente con los dedos en busca del monte abultado que cubría. Aline jadeó contra su boca cuando él abrió su carne hinchada y separó los labios suaves hasta encontrar la hendidura de su cuerpo. Ella ardía de vergüenza y de excitación y apartó la cara mientras seguía la dulce exploración. Él conocía las intimidades del cuerpo femenino, sabía exactamente dónde estaban los puntos más sensibles, sus dedos recorrían el montículo ardiente de su sexo con ligereza increíble. Los callos de sus manos raspaban la piel húmeda produciéndole una sensación tan dulce y enloquecedora que se le escapó otro grito tembloroso.

—Calla —murmuró McKenna mientras la acariciaba alrededor de su flor excitada, a la vez que levantaba la cabeza para escudriñar el prado que se extendía más allá de las altas hierbas—. Alguien podría oírnos.

Aline se mordió el labio en un esfuerzo por obedecer, aunque sin poder evitar que pequeños gemidos se le escaparan de la garganta. McKenna siguió alerta a la aparición de compañía indeseable, recorriendo con la mirada la franja de terreno que bordeaba el otro extremo del prado. Su dedo medio halló la barrera de la virginidad y acarició el frágil impedimento hasta relajarlo. Aline cerró los ojos contra el resplandor del sol y no ofreció resistencia cuando McKenna le abrió aún más las piernas con sus rodillas, hasta que su entrepierna estuvo tensa y estirada. Él la penetró con el dedo, deteniéndose al sentir su sobresalto de sorpresa. Le rozó la frente con los labios y susurró contra su húmeda piel de seda:

—Amor mío... no te haré daño.

—Lo sé, es sólo que... —Aline se obligó a mantenerse pasiva bajo él, mientras sentía su dedo que penetraba aún más en el interior de su cuerpo. Dijo con voz ronca y entrecortada—: Es una sensación tan ex... traña...

McKenna empujó su dedo hasta la segunda articulación y acarició las húmedas paredes interiores, mientras el cuerpo de ella se apretaba de manera refleja y se aferraba a la dulce invasión. Gimiendo al sentir el latido desenfrenado de su carne, McKenna apoyó la palma de su mano en el clítoris cosquilleante e inició un lento movimiento circular, penetrándola todavía más con el dedo y estimulándola rítmicamente con la mano.

—Oh... —Aline no pudo evitar levantar las caderas, en ciega obediencia a sus caricias—. Oh, McKenna...

Él deslizó su mano libre debajo de la espalda de ella y la levantó del suelo, besando sus pechos erguidos y pasando la lengua por los pezones endurecidos. Una oleada de excitación la inundó y decreció, dejándola jadeante de placer. McKenna no se detuvo, siguió acariciándola y le mordisqueó los pezones hasta que se volvieron aún más duros y rojos. Aline se concentró en la profunda penetración de su dedo, en el placer intenso que recorría en espirales su entrepierna y su columna vertebral, hasta que perdió la sensación de todo lo que no fuera la mano de él, su boca, el cuerpo que pesaba sobre el suyo. Imaginó el sexo masculino hundiéndose en el suyo, hendiéndola, abriéndola y llenándola... y, de repente, ya no podía moverse y unos espasmos voluptuosos empezaron a recorrerla entera... descargas tan intensas que la hicieron chillar, y él tuvo que cerrarle la boca con sus labios para ahogar el sonido. Estremecida y sollozando, ella siguió la curva del placer hasta su cúspide más vertiginosa y luego descendió lentamente, mientras los dedos húmedos de él la devolvían a la tranquilidad.

Murmurando quedamente, McKenna la sostuvo y siguió acariciándola hasta que el cuerpo de Aline quedó inerte debajo de él y sus miembros se relajaron, cálidos y pesados. Empezó a retirar la mano de su sexo inundado, pero ella tendió la suya y le cubrió los dedos.

—Penétrame —susurró—. Te deseo tanto, McKenna. Penétrame, ven...

—No —dijo él con los dientes apretados. Se apartó con un gruñido, clavando los dedos en la tierra húmeda y arrancando grandes puñados de musgo—. Cúbrete. No puedo tocarte más o no podré controlarme... —Se interrumpió con un sonido desgarrado que delataba lo cerca que estaba de tomarla—. Bájate las faldas. Por favor.

—Te deseo —respondió ella sin aliento.

—Ahora mismo. Hablo en serio, Aline.

Ella no se atrevió a desobedecerle, no al oír ese tono punzante en su voz. Con un suspiro profundo, empezó a arreglarse la ropa. Al cabo de un rato McKenna se tendió a su lado para observarla. Parecía haber recuperado el autocontrol, aunque sus ojos brillaban todavía con pasión insatisfecha.

Aline meneó la cabeza con una sonrisa melancólica.

—Nadie me mirará jamás como me miras tú. Como si me amaras con cada centímetro de tu ser.

Con ademán lento, él sujetó un mechón de su cabello detrás de su oreja.

—Es así como tú también me miras a mí.

Ella le tomó la mano y besó la áspera superficie de sus nudillos.

—Prométeme que siempre estaremos juntos.

Él, sin embargo, permaneció callado, porque ambos sabían que no podía hacer esa promesa.

Aline sabía que lo más sensato sería pretender que aquellos minutos colmados de pasión que vivieran junto al río nunca habían existido. Sin embargo, eso era imposible. Cada vez que se encontraba cerca de McKenna, su cuerpo entero anhelaba su presencia. Las emociones parecían desparramarse hacia fuera, cargando la atmósfera, hasta que todo el mundo pudiera percibirlas, sin duda. No se atrevía a mirarle a los ojos delante de terceros, por temor a que su expresión la delatara. McKenna era mucho más hábil que ella en mantener las apariencias, aunque algunos criados, la señora Faircloth incluida, habían comentado su inhabitual silencio a lo largo de la última semana. Los que lo conocían bien veían claramente que algo lo atormentaba.

—Es la edad, supongo —dijo la señora Faircloth a Salter, el mayordomo—. Los jóvenes son así, animosos y juguetones un día, deprimidos y rebeldes el día siguiente.

—Sea cual sea su temperamento, más vale que McKenna haga bien su trabajo —contestó Salter con severidad—. O volverá a los establos para siempre y será un criado menor durante el resto de sus días.

Cuando Aline le transmitió el comentario una tarde, McKenna hizo una mueca y se echó a reír. Estaba atareado sacando brillo a los paneles lacados del carruaje, mientras ella estaba sentada sobre un cubo puesto del revés y lo observaba hacer. El cobertizo estaba vacío y silencioso, con excepción de los resoplidos y movimientos de los caballos en los establos, al otro lado del patio.

El esfuerzo exagerado de McKenna le había hecho sudar

tanto que su camisa blanca se había pegado en la superficie musculosa de su espalda. Sus hombros se encorvaban y se flexionaban mientras aplicaba una capa de cera a la laca negra y la frotaba hasta dejarla brillante como un cristal. Aline se había ofrecido a ayudarle pero él se negó tercamente y le había quitado la gamuza de la mano.

—Es mi trabajo —le dijo bruscamente—. Tú siéntate allí y observa.

Aline obedeció con mucho gusto y disfrutó de la gracia varonil de sus movimientos. Como en todo lo que hacía, McKenna realizó su tarea con meticulosidad. Le habían inculcado desde la infancia que el trabajo bien hecho es ya una recompensa, y esto, unido a su total falta de ambición, lo convertía en un criado perfecto. Ése era el único fallo que Aline encontraba en él, su aceptación automática del lugar que ocupaba en la vida, una resignación tan interiorizada que se diría que nada jamás podría cambiarla. De hecho, rumiaba con cierta sensación de culpa, si no fuera por ella, McKenna estaría perfectamente feliz con su destino. Ella era lo único que él había deseado en la vida y que no podía tener. Y era consciente de su egoísmo a la hora de retenerle tan atado a ella, pero tampoco se sentía capaz de dejarle marchar. Lo necesitaba tanto como la comida, el agua y el aire que respiraba.

—No querrás ser un criado menor toda tu vida, ¿verdad? —insistió, devolviendo sus pensamientos al tema de conversación.

—Lo prefiero a trabajar en la casa y tener que llevar librea —replicó él.

—La señora Faircloth opina que podrías llegar a ser primer lacayo o, incluso, ayuda de cámara. —Aline no quiso mencionar la lamentable observación del ama de llaves en el sentido de que, aunque sería un ayuda de cámara magnífico, sus probabilidades de llegara desempeñar esta tarea quedaban seriamente limitadas por su atractivo. Ningún amo deseaba un ayuda de cámara más guapo y apuesto que él mismo. Era mucho mejor mantener a los jóvenes como McKenna vestidos de librea, para señalar claramente su condición de criado—. Así recibirías un sueldo mayor.

—Eso no me preocupa —masculló él mientras aplicaba más cera a la puerta del carruaje—. ¿Para qué necesito más dinero?

Aline frunció el entrecejo, pensativa.

—Para poder comprar una pequeña casa y labrar tu propio terreno.

McKenna se detuvo a medio pulir y la miró por encima del hombro con una repentina chispa de diablura en los ojos verdiazules.

—¿Y quién viviría conmigo en mi pequeña casa?

Aline le devolvió la mirada con una sonrisa, mientras una fantasía se apoderaba de su mente y la inundaba de calidez.

—Yo, por supuesto.

Considerando la posibilidad, McKenna colgó la gamuza del gancho de la lámpara del carruaje antes de acercarse lentamente a ella. El estómago de Aline dio un vuelco al ver la expresión de su cara.

—Tendría que ganar bastante para ello —murmuró él—. Mantenerte sería una empresa costosa.

—No tan costosa —protestó Aline con indignación.

Él le dirigió una mirada de escepticismo.

—El solo precio de tus cintas de pelo me llevaría a la ruina, esposa mía.

La palabra esposa pronunciada en ese tono bajo fue para ella como una cucharada de jarabe azucarado.

—Te compensaré de otra manera —respondió.

Sonriendo, McKenna se inclinó y la hizo ponerse de pie. Sus manos recorrieron alegremente los costados de ella, deteniéndose justo debajo de los brazos, donde sus palmas hicieron presión contra sus pechos. Su varonil aroma a almizcle y el brillo de su piel sudorosa la hicieron tragar saliva. Sacó un pequeño pañuelo bordado de rosas de la manga y le enjugó la frente.

Quitándole la prenda elegante, McKenna observó los bordados de seda verde y rosa con una sonrisa.

—¿Lo has hecho tú? —Acarició con el dedo las flores bordadas—. Es precioso.

Ella se ruborizó de placer ante el cumplido.

—Sí, lo hice a lo largo de las veladas. Una dama nunca debe estar ociosa.

McKenna se guardó el pañuelo en la cintura de su pantalón y miró rápidamente a su alrededor. Tras asegurarse de que estaban solos, la rodeó con sus brazos. Recorrió con las manos su espalda y caderas; ejercía una presión deliciosa justo en los puntos adecuados y la estrechaba contra sí con sensual precisión.

—¿Me estarás esperando todas las noches en nuestra casita? —murmuró.

Ella asintió y se apoyó contra él.

Las recias pestañas negras de McKenna bajaron hasta proyectar sombras en sus mejillas.

—¿Y me frotarás la espalda cuando vuelva cansado y polvoriento del campo?

Aline se imaginó el cuerpo alto y poderoso sentándose dentro de un barreño, su suspiro de placer al entrar en el agua caliente, su espalda morena reluciente a la luz del hogar.

—Sí —suspiró—. Y luego te secarás mientras yo pongo el puchero en el fuego y te cuento la discusión que tuve con el molinero, que no me dio harina suficiente porque roba en el peso.

McKenna se rió por lo bajo mientras las yemas de sus dedos recorrían la línea de su cuello.

—Qué tramposo —murmuró con ojos chispeantes—. Hablaré con él mañana, nadie puede engañar a mi mujer y salirse con la suya. Entretanto, vayamos a la cama. Quiero tenerte en mis brazos toda la noche.

La idea de acostarse en una cama caliente con él con sus cuerpos entrelazados hizo a Aline estremecerse de deseo.

—Lo más probable es que caigas dormido en cuanto apoyes la cabeza en la almohada —dijo—. El trabajo de la tierra es duro... estás agotado.

—Nunca demasiado agotado para amarte. —La rodeó con los brazos y se inclinó para frotar la punta de su nariz contra la curva de su mejilla. Con labios como cálido terciopelo susurró junto a su piel—: Te cubriré de besos, de la cabeza a los pies. Y no me detendré hasta que me desees a gritos, y entonces te daré placer hasta agotarte de amor.

Aline deslizó los dedos por la recia parte posterior de su cuello y guió su boca hasta los de él. Los labios de McKenna cubrieron los suyos y los amasaron dulcemente hasta que los abrió para recibir la exquisita exploración de su lengua. Deseaba vivir la vida que él acababa de describir... la deseaba infinitamente más que el futuro que la aguardaba. Y sin embargo, aquella vida pertenecía a otra mujer. La idea de esa otra que compartiría con él los días y las noches, los sueños y los secretos, la colmó de desesperación.

—McKenna —gimió apartando la boca—, prométeme...

Él la estrechó contra sí, le acarició la espalda y frotó la mejilla contra su cabello.

—Te prometo lo que quieras. Lo que quieras.

—Si alguna vez te casas con otra, prométeme que siempre me amarás más a mí.

—Mi dulce amor egoísta —murmuró él con ternura—. Mi corazón será siempre tuyo, me has destrozado para el resto de mi vida.

Aline le rodeó el cuello con los brazos.

—¿Me odias por ello? —Su voz sonó ahogada por la cercanía de su hombro.

—Debería. Si no fuera por ti, me contentaría con cosas sencillas. Con una muchacha corriente.

—Lo siento —dijo ella apretándole con fiereza.

—¿De veras?

—No —admitió Aline y McKenna se echó a reír, inclinando su cabeza hacia atrás para poder besarla.

Su boca era firme y exigente, su lengua se hundió en lo profundo con descarnada sensualidad. Aline sintió que se le aflojaban las piernas y se apretó contra él hasta que no quedó ni un centímetro del espacio que les separara. McKenna la sostuvo sin esfuerzo, manteniéndola entre sus muslos mientras rodeaba su cuello con la mano. La presión de sus labios varió al empezar a lamer el interior de su boca con tal fervor erótico Aline profirió un suspiro entrecortado. Justo cuando le pareció que se derretiría en un charco de dicha, quedó desconcertada porque McKenna apartó la boca bruscamente.

—¿Qué ocurre? —inquirió con voz espesa.

McKenna la silenció posando el dedo índice en sus labios mientras miraba hacia la entrada del cobertizo con ojos entrecerrados.

—Me ha parecido oír algo.

Aline frunció el entrecejo con repentina inquietud, observándolo mientras atravesaba las losas del cobertizo hasta el arco de la entrada. Él escudriñó el patio desierto de punta a punta. Al no percibir ninguna presencia, se encogió de hombros y regresó junto a Aline.

Ella le rodeó la esbelta cintura con los brazos.

—Bésame otra vez.

—Ah, no —repuso él con una sonrisa torcida—. Tú vuelves a casa... no puedo trabajar mientras estés aquí.

—Me portaré bien —insistió Aline sacando el labio inferior en un gesto de rebeldía—. Ni te darás cuenta de mi presencia.

—Sí, me daré cuenta. —Bajó la vista a su miembro excitado y le dirigió una mirada de soslayo—. Un hombre no puede trabajar en estas condiciones.

—Yo lo arreglaré —murmuró Aline y bajó la mano hacia el bulto fascinante de su erección—. Sólo dime qué debo hacer.

Con un gruñido risueño, McKenna robó un rápido y cálido beso de sus labios y la apartó de sí.

—Ya te he dicho qué debes hacer. Vuelve a casa.

—¿Treparás hasta mi habitación esta noche?

—Tal vez.

Le dedicó una mirada juguetonamente amenazadora y McKenna sonrió y volvió a su trabajo meneando la cabeza.

Aunque ambos eran conscientes de la necesidad de ser cautos, aprovechaban todas las oportunidades para encontrarse a solas. Se reunían en el bosque, o en su lugar secreto junto al río, o por las noches en el balcón. McKenna se negaba tercamente a franquear el umbral del dormitorio, afirmando que no sería responsable de sus actos si se encontraba a solas con ella tan cerca de una cama. Su autocontrol era mucho mayor que el de ella, aunque Aline comprendía muy bien cuánto esfuerzo le costaba contenerse y con cuánta intensidad la deseaba. McKenna le dio placer dos veces más, besándola, abrazándola y acariciándola hasta dejarla paralizada de goce. Y entonces, a última hora de una tarde de encuentro, mientras yacían junto al río, él finalmente le permitió que lo llevara al clímax. Aquélla constituiría para siempre la experiencia más erótica de la vida de Aline. McKenna jadeaba y gemía su nombre, su miembro erecto de seda dura se deslizaba en el ardiente vaivén de los dedos de ella, su cuerpo fuerte quedaba indefenso en sus brazos. Aline disfrutó de su éxtasis más que del propio, feliz de poder regalarle el mismo placer que él le regalaba a ella.

Si aquéllos fueron sus días idílicos, sin embargo, su tiempo juntos habría de concluir demasiado pronto. Aline sabía perfectamente que su relación con McKenna no podría durar. No obstante, no esperaba que terminara tan rápido ni de una forma tan brutal.

Una tarde, después de la cena, el padre de Aline la convocó a su despacho, cosa que nunca había hecho antes. Jamás había tenido el conde razón alguna para hablar en privado con ella o con su hermana Livia. Marco, el hijo varón, era el único que merecía la atención del padre... y ninguna de las dos muchachas envidiaba al hermano mayor por ello. El conde se mostraba particularmente crítico con su heredero, exigía de él un comportamiento perfecto en todo momento y prefería motivarle más con el miedo que con la aprobación. No obstante, a pesar de la dura educación que había recibido, Marco era en esencia un joven amable y bondadoso. Aline albergaba la esperanza de que nunca llegaría a parecerse al padre, aunque todavía le quedaban muchos años de cruel adoctrinamiento por delante.

Cuando Aline llegó al despacho, le parecía que su estómago se había convertido en un bloque de hielo. El frío se expandió hacia fuera y se apoderó de sus miembros hasta llegar a la mismísima punta de los dedos de las manos y los pies. En su mente no cabía duda de la razón por la que había recibido aquel insólito llamamiento del padre. De algún modo, el conde debía de haberse enterado de su relación con McKenna. Si se tratara de otro asunto, delegaría el sermón a la madre o a la señora Faircloth. El hecho de tomarse la molestia de hablar con ella directamente demostraba que se trataba de un tema de gran importancia. Y sus instintos le prevenían de que el enfrentamiento sería realmente desagradable. Se esforzaba frenéticamente en idear una defensa para proteger a McKenna. Haría cualquier cosa, realizaría cualquier promesa con tal de resguardarlo de la ira del conde.

Aterida y sudorosa llegó al despacho del padre, con las paredes revestidas de paneles de madera oscura y el escritorio de caoba maciza, donde se arreglaban la mayoría de los asuntos de la finca. La puerta estaba abierta y una lámpara ardía en el interior. Entró en el despacho y encontró a su padre de pie junto al escritorio.

El conde no era un hombre apuesto; sus facciones eran anchas y burdas, como si hubieran sido cinceladas por un escultor demasiado apresurado para pulir los surcos profundos de su cincel. Si el aristócrata poseyera algo de ingenio o de amabilidad, aunque fuera un grado ínfimo de bondad, sus facciones tal vez adquirieran cierto atractivo, por rudo que fuera. Por desgracia, carecía por completo de sentido del humor y, con todos los privilegios que Dios le había concedido, la vida era para él una amarga decepción. Nada le resultaba placentero, y menos que todo su familia, que parecía ser un peso sobre sus espaldas. La única aprobación que mostrara nunca a Aline derivaba del orgullo receloso que sentía por su belleza física, que tan a menudo le alababan amigos y extraños. En cuanto a sus anhelos, esperanzas, temores y carácter... nada sabía y nada le importaban asuntos tan poco tangibles. Él ya había dejado claro que el único propósito de Aline en la vida era contraer un buen matrimonio.

De pie frente a su padre, Aline se preguntó cómo era posible albergar sentimientos tan pobres por el hombre que le había dado la vida. Uno de los muchos lazos que la unían con McKenna era que ninguno de los dos sabía cómo era ser amado por un padre o una madre. Sólo gracias a la señora Faircloth tenían ambos cierta idea de lo que significaba el afecto parental.

Viendo el odio que vibraba en la mirada de su padre, Aline pensó que era así como miraba siempre a Livia. La pobre Livia, quien no tenía la culpa de haber nacido de la simiente de uno de los amantes de la condesa.

—¿Me has llamado, padre? —murmuró apocada.

La luz de la lámpara dibujaba sombras agudas en el rostro del conde de Westcliff, quien la contemplaba con frialdad.

—En estos momentos —dijo él—, me siento más convencido que nunca de que las hijas son una maldición del infierno.

Aline mantuvo el gesto inexpresivo, aunque tuvo que aspirar bruscamente como resultado de la contracción de sus pulmones.

—Te han visto con el mozo de cuadra —prosiguió el conde—. Besándoos y tocándoos... —Calló y sus labios se contrajeron antes de que lograra dominar sus facciones—. Parece que la sangre de tu madre por fin ha salido a flote. Ella alberga un gusto similar por las clases inferiores..., aunque hasta ella tiene la sensatez de contentarse con los lacayos, mientras que tú has rebajado tu interés a nada menos que un desecho de las caballerizas.

Sus palabras llenaron a Aline de un odio casi letal en su intensidad. Hubiese querido golpear a su padre en la cara, borrar la expresión sarcástica de sus facciones, herirle hasta el fondo de su alma..., suponiendo que tuviera un alma. Centrando la mirada en el pequeño recuadro de un panel, Aline se obligó a permanecer absolutamente inmóvil, y sólo se le escapó una pequeña mueca cuando su padre alargó la mano y la agarró del mentón. El apretón de sus dedos pareció morder los delicados músculos de su cara.

—¿Te ha robado la virtud? —ladró él.

Aline miró directamente en la dura obsidiana de sus ojos.

—No.

Pudo ver que no la creía. El doloroso apretón de sus dedos se endureció.

—¿Y si llamo a un médico para que te examine, lo confirmará?

Aline ni pestañeó. Le devolvió la mirada sin vacilación, desafiándole en silencio.

—Sí. —La palabra sonó como un silbido—. Pero si dependiera de mí, habría perdido la virginidad hace tiempo. Se la ofrecí a McKenna... y ojalá la hubiera aceptado.

El conde la soltó con una interjección furiosa y con un rápido movimiento de la mano le asestó una sonora bofetada en la mejilla. La fuerza del golpe provocó el hormigueo de su piel e hizo que su cabeza se venciera violentamente hacia un lado. Anonadada, Aline se llevó la mano a la mejilla ya hinchada y le miró con ojos desorbitados.

La visión de su dolor y su estupor pareció calmar un tanto al conde. Soltó un largo suspiro, se dirigió a su silla y se sentó con altiva elegancia. La buscó con su refulgente mirada negra.

—El chico se habrá ido de la finca antes de la mañana. Y tú te asegurarás de que jamás se atreverá a acercársete de nuevo. Porque si lo hace, yo lo sabré... y emplearé todos los medios a mi alcance para destruirlo. Tú sabes que tengo el poder y la voluntad para hacerlo. Vaya donde vaya, lo perseguiré y lo cazaré. Y será un grandísimo placer asegurarme de que su vida llegue a un fin terrible y atormentado. No se merece menos por deshonrar a la hija de un Marsden.

Nunca antes había comprendido Aline que ella era un objeto de la propiedad de su padre, que sus sentimientos nada significaban para él. Sabía que hablaba muy en serio: aplastaría a McKenna como si fuera un miserable roedor bajo su zapato. No podía permitirlo. Debía proteger a McKenna del carácter vengativo de su padre y ofrecerle unos medios de vida. No podía permitir que le castigaran simplemente porque se había atrevido a amarla.

Con el corazón atenazado de miedo, habló con una voz quebradiza que no parecía ser la suya:

—McKenna no volverá si cree que yo quiero que se vaya.

—Entonces, por su propio bien, haz que lo crea.

Aline no vaciló en responder:

—Quiero que se le den unos medios de vida. De una vida decente... un puesto de aprendiz quizás, algo que le permita prosperar.

Su padre parpadeó ante tan inaudita exigencia.

—¿Qué te hace pensar que yo haría eso por él?

—Todavía soy virgen —respondió ella dulcemente—. De momento.

Sus miradas se enfrentaron por un gélido instante.

—Ya entiendo —murmuró el conde—. Si no concedo tu deseo, me amenazas con retozar con el primer hombre que encuentres, sea un pobre o un porquerizo.

—Precisamente. —Aline no necesitaba dotes de actriz para convencerle. Su amenaza era sincera. Después de la partida de McKenna, ya nada importaría para ella. Ni siquiera su propio cuerpo.

La audacia de Aline parecía interesar al conde tanto como le irritaba.

—Se diría que algo te queda de mi propia sangre —murmuró—. Aunque esto, como siempre, resulta muy discutible, teniendo en cuenta cómo es tu madre. Muy bien, buscaré una buena posición para el bastardo insolente. Y tú cumplirás con tu parte y te asegurarás de que Stony Cross se vea libre de él para siempre.

—¿Tengo tu palabra? —insistió ella con voz queda y las manos cerradas en puño a sus costados.

—Sí.

—Entonces te ofrezco la mía a cambio.

Una mueca de desprecio desfiguró las facciones del conde.

—No he pedido tu palabra, hija. No porque confíe en ti... te aseguro que no es así. Sino porque ya he aprendido que el honor de una mujer vale menos que la porquería del suelo.

Puesto que no esperaba respuesta, Aline permaneció rígida en su lugar hasta que le espetó que se fuera. Anonadada y desorientada, se encaminó a su habitación, donde tenía que esperar a McKenna. Los pensamientos se precipitaban ruidosamente en su mente. Una cosa era segura: no había poder en el mundo que pudiera mantener a McKenna lejos de ella, no mientras creyera que ella le amaba.

3

Había sido un largo día de trabajo para McKenna, quien ayudó a los jardineros auxiliares a construir una pared de piedra alrededor del huerto de frutales. Largas horas de acarrear piedras pesadas hicieron que sus músculos temblaran de cansancio. Con una sonrisa traviesa, pensó que de poco le serviría a Aline durante un par de días... tenía demasiadas agujetas para moverse. Aunque tal vez le dejara apoyar la cabeza en su regazo y dormitar por unos minutos, inmerso en su perfume y en su calidez. Dormitar mientras sus dedos suaves le acariciaran el cabello... la idea le llenó de ansiosa expectación.

Pero antes de reunirse con Aline tenía que ver a la señora Faircloth, quien le había llamado con urgencia. Después de bañarse en la vieja bañera de hierro que usaban todos los criados varones, McKenna se fue a la cocina con el cabello todavía mojado. Su piel despedía el olor ácido del jabón que utilizaban para fregar los suelos y lavar la ropa, y que también servía para la limpieza personal de la servidumbre.

—El paje me ha dicho que querías verme —dijo McKenna sin preámbulos. Al mirar al ama de llaves, le desconcertó la expresión consternada de su cara.

—El conde Westcliff desea verte —dijo la señora Faircloth.

De repente, la amplia cocina perdió su calor reconfortante, y el rico olor que provenía de una olla de mermelada que hervía sobre el fogón dejó de tentar su apetito siempre voraz.

—¿Por qué? —preguntó con cautela.

La señora Faircloth meneó la cabeza. El calor de la cocina hacía que mechones de cabello cano se le pegaran en ambas mejillas.

—Desde luego, no sé por qué, y tampoco lo sabe Salter. ¿Te has metido en algún lío, McKenna?

—No, en ninguno.

—Bien, que yo sepa, haces tu trabajo y te comportas tan bien como se puede esperar de un chico de tu edad. —Frunció el entrecejo, pensativa—: Quizás el amo desee felicitarte o encomendarte alguna tarea especial.

Ambos, no obstante, sabían que esto no era muy probable. El conde nunca haría llamar a un sirviente inferior por tales razones. Era tarea del mayordomo impartir elogios y castigos o encomendar nuevas responsabilidades.

—Ve a ponerte la librea —le dijo la señora Faircloth—. No puedes comparecer ante el amo con tu ropa habitual. Y date prisa, no le gusta esperar.

—Demonios —masculló McKenna, molesto ante la idea de vestir la odiada librea.

Simulando enfado, el ama de llaves alzó un cucharón en gesto amenazante:

—Otra blasfemia en mi presencia y te golpearé en los nudillos.

—Sí, señora. —McKenna inclinó la cabeza e intentó asumir una expresión de humildad, gesto que la hizo reír.

Le dio unos golpecitos afectuosos en la mejilla con su mano cálida y regordeta. Sus ojos, al sonreír, eran dos lagos de castaño dulce.

—Vete ya. Cuando termines con el conde, te tendré preparadas unas rebanadas de pan recién hecho con mermelada.

Cuando McKenna salió de la cocina, su sonrisa desapareció y soltó un largo y entrecortado suspiro. La llamada del conde no auguraba nada bueno. La única razón posible era su relación con Aline. Una sensación de náusea lo invadió. Lo único que temía McKenna era la posibilidad de tenerse que alejar de ella. La idea de pasar días, semanas o incluso meses sin verla le resultaba inconcebible..., como si le dijeran que tendría que aprender a vivir bajo el agua. Le embargó la necesidad de buscarla, pero no había tiempo. Nadie se retrasa cuando lo llama el conde.

Mientras se enfundaba rápidamente la librea de terciopelo rematado en trenzas doradas, las medias blancas y los apretados zapatos negros, McKenna se dirigió al despacho donde le esperaba el conde de Westcliff. La casa parecía extrañamente silenciosa, llena de aquella quietud que precede a las ejecuciones. Empleando dos nudillos, tal como le había enseñado Salter, McKenna llamó cautelosamente a la puerta.

—Entra —dijo la voz del amo.

El corazón de McKenna latía con tanta fuerza que se sentía mareado. Tras adoptar una expresión impasible, entró en el despacho y se quedó justo delante de la puerta. La estancia era sobria y sencilla, revestida de madera de cerezo pulida y con un largo ventanal de vidrieras en una de las paredes. El mobiliario era escaso, estantes para los libros, sillas de asiento duro y un gran escritorio, tras el que estaba sentado el conde de Westcliff.

Obedeciendo un ademán escueto del conde, McKenna se adentró en la estancia y se detuvo ante el escritorio.

—Señor —dijo con humildad, esperando que le cayera el hacha encima de la cabeza.

El conde le contempló largamente con los ojos entrecerrados.

—He estado pensando lo que debo hacer contigo.

—¿Señor? —preguntó McKenna y sintió que su estómago se hundía en un vacío vertiginoso. Miró a los ojos duros de Westcliff y apartó la vista instintivamente. Ningún criado se atrevería jamás a sostener la mirada de su amo. Sería señal de insolencia inadmisible.

—Tus servicios ya no se requieren en Stony Cross Park. —La voz del conde era el sonido amortiguado de un látigo—. Serás despedido inmediatamente. Me he encargado de buscarte otra colocación.

McKenna asintió, aturdido.

—Conozco a cierto constructor de barcos en Bristol —prosiguió el conde—, un tal señor Ilbery, quien ha accedido a contratarte como aprendiz. Sé que es un hombre honorable y no me cabe duda de que será un capataz justo, aunque exigente...

Westcliff dijo algo más, pero McKenna sólo le oía a medias. Bristol... nada sabía de Bristol, salvo que era un gran puerto comercial, emplazado entre colinas y rico en metales y en carbón. Al menos no estaba demasiado lejos, sólo en el condado vecino...

—No tendrás oportunidad de volver a Stony Cross —dijo el conde, atrapando su atención—. Ya no eres bienvenido aquí, por razones que no deseo discutir. Y, si intentases volver, te arrepentirías amargamente.

McKenna comprendió lo que le estaba diciendo. Nunca antes se había sentido tan a la merced de otro. Era una sensación a la que cualquier criado debería estar muy acostumbrado pero, por primera vez en su vida, odiaba sentirla. Trató de contener la ardiente hostilidad que nació en él, pero se le quedó atravesada en la garganta, áspera y dolorosa. Aline...

—He dispuesto que viajes esta misma noche —dijo Westcliff con frialdad—. La familia Farnham ha de transportar mercancías para el mercado de Bristol. Te permitirán viajar en la carreta. Recoge tus pertenencias ahora mismo y llévalas a la casa de los Farnham, en el pueblo, de donde habéis de partir. —Metió la mano en el cajón de su escritorio, sacó una moneda y se la tiró a McKenna, quien la cogió por puro reflejo. Era una corona, el equivalente de cinco chelines.

—Tu salario del mes, aunque te faltan unos días para cumplir cuatro semanas —explicó el conde—. Que nunca se diga que no soy generoso.

—No, mi señor —susurró McKenna. Con esta moneda, sumada a los parcos ahorros que guardaba en su habitación, alcanzaría aproximadamente dos libras. Tendría que procurar que le duraran mucho tiempo, ya que su aprendizaje probablemente empezaría como mano de obra no remunerada.

—Puedes irte. Dejarás tu librea en la mansión, puesto que ya no la necesitarás. —El conde centró su atención en los papeles que tenía encima del escritorio, desentendiéndose por completo de McKenna.

—Sí, mi señor. —McKenna abandonó el despacho en un torbellino de confusión. ¿Por qué no le había hecho preguntas el conde, por qué no había exigido saber hasta dónde había llegado la breve relación con su hija? Quizá no deseara saberlo. Quizá Westcliff diera por sentado lo peor, que Aline y él eran realmente amantes. ¿La castigaría por ello?

Él ya no estaría allí para averiguarlo. No podría protegerla ni reconfortarla... la estaban extirpando de su vida con precisión quirúrgica. Pero que lo mataran si no volvía a verla. Su estupor se desvaneció y, de repente, el aire le quemó la garganta y el pecho, como si hubiera inhalado bocanadas de fuego.

Aline casi se dobló en dos de agonía cuando percibió los sonidos que había estado esperando..., los leves rozamientos de McKenna al trepar hacia su balcón. Su estómago dio un vuelco y se apretó el vientre con el puño. Sabía lo que debía hacer. Y sabía que, incluso sin las manipulaciones de su padre, su presencia en la vida de McKenna sólo podía acarrear desgracias a ambos. Era muchísimo mejor que McKenna empezara de nuevo, libre de cualquier cosa o persona de su pasado. Encontraría a otra mujer, alguien libre de amarle como ella nunca lo sería. Y sin duda, muchas serían las mujeres dispuestas a ofrecer su corazón a un hombre como él.

Aline sólo hubiera deseado que existiera otro modo de soltarle, un modo que no les causara tanto dolor a ambos.

Vio a McKenna en el balcón, una gran sombra tras la filigrana de la cortina de encaje. La puerta estaba entreabierta... Él la empujó un poco con el pie pero, como siempre, no se atrevió a cruzar el umbral. Con gestos cuidadosos, Aline encendió una vela junto a la cama y miró su propio reflejo que cobró vida temblorosa en el cristal de la balconera superpuesto a la forma oscura de McKenna, hasta que él abrió un poco más la puerta y la imagen desapareció.

Aline se sentó en la esquina de la cama que se encontraba más cercana al balcón, porque no confiaba en sí misma para acercarse a él.

—Has hablado con el conde —dijo inexpresiva, mientras una gota de sudor le resbalaba por la espalda tensa.

McKenna, inmóvil, contemplaba la rigidez de su postura, aquella forma de mantenerse apartada de él. Ya debería estar entre sus brazos.

—Me ha dicho...

—Sí, ya sé qué te ha dicho —lo interrumpió Aline suavemente—. Te vas de Stony Park. Y es lo mejor, créeme.

McKenna esbozó un lento y confuso movimiento de negación con la cabeza.

—Necesito abrazarte —murmuró y, por primera vez, entró en la habitación. Se detuvo, sin embargo, cuando Aline alzó una mano en un gesto de contención.

—No lo hagas —dijo, ahogándose antes de poder continuar—: Se acabó, McKenna. Lo único que puedes hacer es despedirte y desaparecer.

—Encontraré la manera de volver —dijo él con voz espesa y gesto atormentado—. Haré lo que tú me digas...

—No sería muy sensato. Yo... —Se odió a sí misma al obligarse a continuar—: No quiero que vuelvas. No quiero volver a verte nunca.

Mirándola sin comprender, McKenna dio un paso atrás.

—No digas eso —murmuró roncamente—. Vaya a donde vaya, nunca dejaré de amarte. Dime que sientes lo mismo, Aline. Dios mío..., no podré vivir sin un rayo de esperanza.

Esta esperanza, precisamente, acabaría siendo su ruina. Si tuviera esperanza, intentaría volver a su lado, y entonces su padre lo destruiría. La única manera de salvar a McKenna era ahuyentándolo para siempre... extinguiendo toda fe en su amor. Si no lo conseguía, no habría poder en el mundo capaz de mantenerlo lejos de ella.

—He pedido perdón a mi padre, por supuesto —dijo Aline con voz débil y quebradiza—. Le pedí que se deshiciera de ti, que me ahorrara la vergüenza. Dijo que debí mirar un poco más alto que los establos. Tiene razón. La próxima vez seré más cuidadosa en mi elección.

—¿La próxima vez? —McKenna la miró como si le hubiera alcanzado un rayo.

—Me has divertido por un tiempo, pero ya me he aburrido de ti. Supongo que deberíamos tratar de separarnos como amigos aunque... a fin de cuentas, no eres más que un criado. Terminemos, pues, limpiamente. Será mejor que te vayas antes que me vea obligada a decir cosas que sólo nos harán sentir más incómodos a ambos. Vete, McKenna. Ya no te quiero.

—Aline..., tú me amas...

—Estaba jugando contigo. Ya he aprendido de ti todo lo que había que aprender. Ahora debo buscar un caballero para ponerlo en práctica.

McKenna permaneció callado, mirándola con ojos de animal mortalmente herido. Desesperada, Aline se preguntó cuánto más resistiría antes de venirse abajo.

—¿Cómo podría amar a alguien como tú? —preguntó, y cada palabra burlona se le clavaba como un puñal de angustia en la garganta—. Eres un bastardo, McKenna... no tienes familia, ni rango, ni medios de vida. ¿Qué me podrías ofrecer que no obtuviera de cualquier hombre de baja cuna? Vete, por favor. —Sus uñas marcaban medias lunas de sangre en las palmas de sus manos—. Vete, ya.

Sumida en el silencio resultante, Aline bajó la cabeza y esperó temblando y rogando a un dios despiadado que McKenna no se le acercara. Si llegara a tocarla, si le hablara sólo una vez más, se desmoronaría. Procuró seguir respirando, obligó a sus pulmones a funcionar y a su corazón a seguir latiendo. Pasado un largo rato abrió los ojos y vio la balconera vacía.

Él se había ido.

Aline se levantó de la cama, pudo llegar hasta el lavabo y se abrazó a la jofaina de porcelana. Las náuseas irrumpieron con espasmos punitivos y ella cedió con un gruñido de desolación, hasta que su estómago quedó vacío y sus rodillas perdieron toda capacidad de sostenerla. Tropezando y arrastrándose por el suelo salió al balcón, se acurrucó junto a la reja y se agarró de los barrotes de hierro.

Vio a lo lejos la silueta de McKenna que recorría el camino de salida de la mansión... el camino que desembocaba en la carretera del pueblo. Caminaba con la cabeza gacha y sin mirar atrás.

Aline lo siguió con mirada ávida a través de los barrotes pintados, sabiendo que nunca más volvería a verle. «Mc-Kenna», susurró. Lo observó a través de los barrotes pintados hasta que desapareció en una curva del camino que lo llevaba lejos de ella. Entonces hundió la frente helada y sudorosa en la manga de su camisón y se echó a llorar.

4

La señora Faircloth se acercó a la puerta del gabinete de Aline, una pequeña antecámara de su dormitorio. Los muebles de la minúscula habitación provenían de un castillo francés construido a principios del siglo XVII. El conde y la condesa habían comprado el gabinete abovedado hacía años, en uno de sus viajes al extranjero. Lo habían empaquetado en cajas de madera —los paneles, las pinturas, el techo y el suelo— y lo habían mandado reconstruir por completo en Stony Cross Park. Ese tipo de habitaciones eran poco habituales en Inglaterra aunque muy comunes en Francia, donde las clases altas utilizaban espacios como aquél para estudiar, escribir, soñar despiertos o mantener conversaciones íntimas con un amigo.

Aline estaba acurrucada en el rincón de un sillón colocado junto al viejo ventanal de vidriera, mirando la nada. El estrecho alféizar estaba cubierto de pequeños objetos, un caballito de metal pintado, una pareja de soldados de plomo uno de los cuales había perdido un brazo, un barato botón de madera de una camisa masculina, una pequeña navaja de mango labrado de asta de ciervo. Objetos, todos ellos, que provenían del pasado de McKenna y que Aline había coleccionado. Tenía los dedos enroscados alrededor de un libro de bolsillo, un libro de los típicos versos sin sentido que se emplean para enseñar a los niños las reglas de la gramática y la ortografía. La señora Faircloth recordaba más de una ocasión en que había visto a Aline y a McKenna leer el libro juntos cuando eran niños, juntando las cabezas sobre sus páginas mientras ella se empecinaba en enseñarle las lecciones. Y McKenna la escuchaba reacio, estaba claro que preferiría corretear por los bosques como una criatura incivilizada.

Frunciendo el entrecejo, la señora Faircloth depositó una bandeja con sopa y tostadas en el regazo de Aline.

—Ya es hora de que comas algo —dijo con voz severa, tratando de disimular su preocupación.

Durante el mes que había transcurrido desde la partida de McKenna, Aline no había podido comer ni dormir. Con el espíritu quebrado e indolente, pasaba la mayor parte de su tiempo en soledad. Cuando la obligaban a reunirse con la familia para la cena, se quedaba allí sentada sin tocar la comida y anormalmente callada. El conde y la condesa optaron por interpretar su decaimiento como un capricho de niña. La señora Faircloth, sin embargo, no compartía esa opinión y se preguntaba cómo podían pasar por alto tan fácilmente los estrechos lazos de afecto que la habían unido a McKenna. El ama de llaves había intentado convencerse de que no había causa de preocupación, de que no eran más que niños y, como tales, criaturas muy resistentes. No obstante, la pérdida de McKenna parecía haber desolado a Aline.

—Yo también lo echo a faltar —dijo el ama de llaves con un nudo de pesar en la garganta—. Pero debes pensar en lo que es mejor para McKenna, no para ti. No te gustaría que se quedara aquí para vivir una vida atormentada por todas las cosas que jamás podría tener. Y no le haces un favor a nadie desmoronándote de esta manera. Estás pálida y delgada, y tu pelo es más áspero que la cola de un caballo. ¿Qué pensaría McKenna si te viera en este momento?

Aline alzó su mirada apagada hacia ella.

—Pensaría que es lo que me merezco, por ser tan cruel.

—Algún día lo comprenderá. Reflexionará y sabrá que sólo pudiste hacerlo por su propio bien.

—¿De veras lo crees? —preguntó Aline sin interés aparente.

—Por supuesto —afirmó la señora Faircloth con convicción.

—Yo no. —Aline cogió el caballito de metal del alféizar y lo contempló sin emoción—: Yo creo que McKenna me odiará durante el resto de su vida.

El ama de llaves meditó sus palabras, cada vez más convencida de que, si no hacían algo pronto para sacar a la muchacha de su aflicción, ésta podría perjudicar seriamente su salud.

—Tal vez debiera decirte que... he recibido una carta de él —dijo la señora Faircloth, quien inicialmente pretendía mantener la información en secreto. No podía prever cómo reaccionaría Aline a la noticia. Y, si el conde descubriera que la señora Faircloth había permitido a su hija ver dicha carta, quedaría otra posición vacante en Stony Cross Park. La suya propia.

Los ojos negros de la joven cobraron vida de repente y refulgieron con frenesí.

—¿Cuándo?

—Esta misma mañana.

—¿Qué dice? ¿Cómo está?

—Todavía no la he leído... ya sabes cómo tengo la vista. Necesito la luz adecuada, y no sé dónde he dejado mis gafas.

Aline apartó la bandeja y se levantó del sillón.

—¿Dónde está? Déjame verla en seguida... Oh... ¿Por qué has esperado tanto para decírmelo?

Asustada por el color febril que teñía el rostro de la muchacha, la señora Faircloth trató de sosegarla.

—La carta está en mi habitación, y no la verás antes de haber comido hasta el último bocado de lo que hay en la bandeja —dijo con firmeza—. Que yo sepa, no te has metido nada en la boca desde ayer. Probablemente te desmayarías antes de llegar a las escaleras.

—¡Santo Dios! ¿Cómo puedes hablarme siquiera de comida? —preguntó Aline, fuera de sí.

La señora Faircloth se mantuvo firme; devolvió a Aline la mirada desafiante sin parpadear, hasta que la muchacha levantó los brazos en señal de resignación y con un gruñido de ira. Agarró un trozo de pan de la bandeja y lo despedazó furiosamente con los dientes.

El ama de llaves la contempló con satisfacción.

—De acuerdo, pues. Ven a buscarme cuando hayas terminado, estaré en la cocina. Entonces iremos a mi habitación a buscar la carta.

Aline comió tan aprisa que casi se atragantó con el pan. La sopa no se le dio mejor. La cuchara temblaba con tanta violencia en su mano, que apenas conseguía llevarse unas cuantas gotas a la boca. Era incapaz de concentrarse en un pensamiento, su mente daba vueltas en total confusión. Sabía que la carta de McKenna no contendría palabras de comprensión ni de perdón, que, de hecho, ni siquiera hablaría de ella. Pero eso no importaba. Lo único que ella deseaba era saber que estaba vivo y se encontraba bien. ¡Ah, Dios, cuánto ansiaba tener noticias de él!

La cuchara se le escapaba de las manos. La tiró con impaciencia a un rincón y se calzó los zapatos. El hecho de que no se le hubiera ocurrido antes pedir a la señora Faircloth que iniciara correspondencia con McKenna demostraba claramente la estupidez de su ensimismamiento. Aunque a ella misma le resultaba imposible comunicarse con él, al menos podría mantener cierto contacto a través del ama de llaves. La idea le produjo una dolorosa sensación de alivio y ablandó los muros de su incomunicación levantados a lo largo de las últimas semanas. Ávida de ver la carta, de leer los signos que la mano de McKenna había trazado sobre el papel, Aline salió precipitadamente de la habitación.

Cuando entró en la cocina su aspecto atrajo miradas de extrañeza de la fregona y de las dos ayudantes de cocinera, y se dio cuenta de que debía de estar muy ruborizada. La excitación ardía en su interior y le resultaba muy difícil mantener una apariencia de tranquilidad mientras rodeaba la enorme mesa de madera hacia donde la señora Faircloth conversaba con la cocinera, junto a la cocina de ladrillo construida sobre el hogar. El aire estaba impregnado de un olor a pescado frito, y el espeso aroma pareció revolver el contenido del estómago de Aline. Luchando contra una oleada de náuseas, tragó saliva repetidas veces y se acercó al ama de llaves, que estaba confeccionando una lista con la cocinera.

—La carta —le susurró al oído, y la señora Faircloth sonrió.

—Sí. Sólo un momento, milady.

Aline asintió con un suspiro de impaciencia. Se dio la vuelta para mirar los fogones, donde la ayudante de cocinera hacía torpes esfuerzos por dar la vuelta al pescado. A cada movimiento, el aceite saltaba de la sartén y salpicaba el carbón guardado en una gran canasta de mimbre. Arqueando las cejas ante la ineptitud de la muchacha, Aline dio un codazo al costado carnoso del ama de llaves.

—Señora Faircloth...

—Sí, ya casi hemos terminado —murmuró la mujer.

—Lo sé, pero el fogón...

—Sólo una palabra más con la cocinera, milady.

—Señora Faircloth, no creo que la ayudante debiera...

La interrumpió una chocante onda de calor acompañada de un rugido explosivo al prender fuego la canasta de mimbre empapada de aceite. Las llamas saltaron hasta el techo y alcanzaron la sartén con el pescado, convirtiendo el hogar en un infierno. Aturdida, Aline sintió cómo la ayudante de cocina chocaba contra ella y se quedó sin aliento al golpearse la espalda con la esquina de la mesa maciza.

Boqueando en busca de aire, Aline oyó confusamente los chillidos espantados de las ayudantes de cocinera y los gritos estentóreos de la señora Faircloth, que pedía que alguien trajera un saco de bicarbonato de la despensa para apagar el incendio. Aline se giró para escapar del calor y del humo, pero parecía estar rodeada. De repente, sintió en el cuerpo un dolor tan intenso que jamás hubiera imaginado que fuera posible. Dándose cuenta de que su ropa estaba ardiendo, presa del pánico, echó a correr instintivamente pero no podía huir de las llamas que la comían viva. Vio borrosamente la imagen del rostro horrorizado de la señora Faircloth cuando alguien la tiró con violencia al suelo; una voz masculina profería maldiciones, un hombre asestaba golpes duros a su cuerpo y a sus piernas en un esfuerzo por apagar las llamas que quemaban su vestido. Aline gritó y quiso resistirse, aunque ya no podía respirar, ni ver, ni pensar y se hundió en una negra oscuridad.

5

Doce años después

—Parece que han llegado los americanos —dijo Aline secamente a su hermana, Livia, mientras volvían a la mansión después de un paseo matutino. Se detuvo junto a la fachada de piedra rubia para observar mejor los cuatro vehículos ornamentados que estaban aparcados delante de la mansión. Los criados atravesaban corriendo el amplio patio frontal del edificio, desde los establos, situados en uno de los extremos, hasta las dependencias de la servidumbre, al otro extremo. Los invitados habían llegado con una gran cantidad de baúles y equipajes para su estancia mensual en Stony Cross Park.

Livia se detuvo junto a Aline. Era una joven de veinticuatro años muy atractiva, de cabello castaño claro, ojos color verde avellana y una esbelta aunque pequeña figura. Por su porte alegre se diría que no tenía ni una preocupación en el mundo. Pero cualquiera que la mirara a los ojos sabría que había tenido que pagar un precio muy alto por los escasos momentos de felicidad que había conocido.

—Qué tontos —comentó Livia con desenfado, refiriéndose a los invitados—. ¿No saben que no es de buena educación llegar tan temprano?

—Se diría que no.

—Resultan un tanto ostentosos, ¿no te parece? —murmuró Livia, observando las molduras doradas y los paneles pintados de los carruajes.

Aline sonrió.

—Cuando los americanos invierten su dinero, les gusta que se note.

Echaron a reír, intercambiando miradas traviesas. No era la primera vez que su hermano, Marco, ahora conde de Westcliff, hospedaba a americanos para sus famosas expediciones de tiro y caza. Parecía que en Hampshire siempre era la temporada de algo..., del urogallo en agosto, de la perdiz en septiembre, del faisán en octubre, del grajo en primavera y en verano, y del conejo todo el año. La caza tradicional tenía lugar dos veces por semana y, en ocasiones, a las expediciones se sumaban damas. En su transcurso se llevaban a cabo todo tipo de negocios. Las actividades a menudo duraban semanas enteras y en ellas participaban personalidades políticas influyentes u hombres ricos de profesiones lucrativas. Durante aquellas visitas Marco persuadía hábilmente a determinados huéspedes a apoyarle en tal o cual asunto o a acceder a ciertos negocios de su interés.

Los americanos que llegaban a Stony Cross solían ser nuevos ricos... fortunas ganadas en empresas navieras o inmobiliarias, o en fábricas dedicadas a la producción de jabón en polvo o rollos de papel. A Aline los americanos siempre le habían parecido simpáticos. Le gustaba su buen humor y la conmovía su ansiedad por ser aceptados. Por temor a parecer demasiado pendientes de la moda, lucían trajes desfasados en un par de temporadas. A la hora de la cena siempre les inquietaba averiguar si les habían asignado un lugar por debajo de su estatus o uno de los asientos más privilegiados, cerca de su anfitrión. Y en términos generales, se mostraban muy preocupados por la calidad y procuraban dejar claro que preferían la porcelana de Sèvres, las esculturas de Italia, el vino francés... y a los aristócratas ingleses. Era notoria la avidez de los americanos por contraer matrimonios transatlánticos, y utilizaban sus fortunas yanquis para atraer a los portadores de sangre azul británica empobrecidos. Y no había sangre más valorada que la de los Marsden, que poseían uno de los títulos nobiliarios más antiguos.

A Livia le gustaba bromear acerca de su pedigrí y decía

que el renombrado linaje de los Marsden haría que hasta una oveja negra como ella pareciera atractiva a ojos de un americano ambicioso.

—Ya que ningún inglés decente me aceptaría, quizá debiera casarme con uno de esos yanquis ricos e ir a vivir con él al otro lado del Atlántico.

Aline sonrió y la estrechó en sus brazos.

—No te atreverías —le susurró al oído—. Te echaría a faltar demasiado.

—Menudo par, nosotras —respondió Livia con una risita amarga—. ¿Te das cuenta? Seremos unas viejas solteronas y viviremos juntas con una horda de gatos.

—Dios me libre —respondió Aline con un gemido de risa.

Recordando aquella conversación, rodeó el hombro de su hermana con el brazo.

—Bien, querida —dijo alegremente—, aquí está tu oportunidad de engatusar a un americano ambicioso de bolsillos repletos. Justo lo que esperabas.

Livia emitió un resoplido.

—Estaba bromeando, como tú bien sabes. Además: ¿cómo puedes estar segura de que hay un buen partido en el grupo?

—Marco me habló un poco de ellos anoche. ¿Has oído hablar de los Shaw, de Nueva York? Su familia tiene dinero desde hace tres generaciones que, en América, es como decir desde siempre. El cabeza de familia es el señor Gideon Shaw, soltero y, al parecer, bastante apuesto.

—Mejor para él —repuso Livia—. Sin embargo, no tengo el menor interés en cazar un marido, por muy atractivo que sea.

Aline estrechó los delgados hombros de Livia en un gesto protector. Desde la muerte de su prometido, lord Amberley, Livia había jurado no volver a enamorarse jamás. Era evidente, sin embargo, que necesitaba tener una familia propia. Tenía un talante demasiado afectuoso para malgastarlo en una vida de soltería. El hecho de llevar todavía luto por la muerte de Amberley, dos años después de su pérdida, demostraba la magnitud de su amor por él. No obstante, el propio Amberley, un joven en extremo bondadoso, jamás habría querido que Livia se pasara el resto de su vida sola.

—Nunca se sabe —dijo Aline—. Cabe la posibilidad de que conozcas a un hombre a quien ames tanto (o incluso más) que a lord Amberley.

Los hombros de Livia se endurecieron.

—Dios, espero que no. Amar así duele demasiado. Lo sabes tan bien como yo.

—Sí —admitió Aline, esforzándose por apartar los recuerdos que se removían detrás de una puerta invisible cerrada al pasado. Recuerdos tan desoladores que tenía que reprimirlos por su propia salud mental.

Permanecieron juntas en silencio, comprendiendo mutuamente sus aflicciones. Qué extraño, pensó Aline, que su hermana menor a la que siempre había considerado una especie de molestia llegara a ser su mejor amiga y compañera. Con un suspiro, Aline se volvió hacia una de las cuatro torres que se alzaban en cada esquina del edificio central de la mansión.

—Ven —dijo de pronto—, usemos la entrada de servicio. No deseo reunirme con nuestros invitados cubierta del polvo del camino.

—Ni yo tampoco. —Livia adaptó el paso al de su hermana—. Aline, ¿no te cansas nunca de hacer las veces de anfitriona para los invitados de Marco?

—No, en realidad, no me importa. Me gusta tener invitados, y es siempre agradable enterarse de las noticias de Londres.

—La semana pasada lord Torrington dijo que tienes la habilidad de hacer sentir a los demás más inteligentes y más interesantes de lo que realmente son. Dijo que eres la anfitriona más perfecta que ha conocido.

—¿De veras? Por sus amables palabras, le serviré una ración extra de brandy en su té la próxima vez que venga a visitarnos. —Sonriente, Aline se detuvo en la entrada a la torre y miró por encima del hombro el cortejo de invitados y sus criados, que se afanaban en el patio llevando baúles de un lado al otro. Parecía que el cortejo de ese señor Shaw constituía un grupo estrepitoso.

Mientras observaba el patio, atrajo su mirada un hombre más alto que los demás, más alto incluso que los lacayos. Era moreno, de constitución regia, espaldas anchas y una forma de andar muy varonil y segura de sí misma, un pavoneo, casi. Como el resto de los americanos, lucía un traje muy bien confeccionado aunque escrupulosamente clásico. Se detuvo para conversar desenfadadamente con otro invitado, su regio perfil medio oculto.

Su visión hizo que Aline se sintiera incómoda, como si la hubieran despojado de repente de su habitual autocontrol. A esa distancia no podía ver sus facciones claramente, aunque percibía su fuerza. Lo delataban sus movimientos, la autoridad innata de su porte, la inclinación arrogante de su cabeza. Nadie pondría en duda que era un hombre relevante... ¿El señor Shaw, quizás?

Livia entró en la casa delante de ella.

—¿Vienes, Aline? —preguntó por encima del hombro.

—Sí, yo... —La voz de Aline se apagó mientras seguía observando al extraño, cuya vitalidad apenas contenida hacía que los demás hombres palidecieran en comparación con él. Terminó su breve conversación y se dirigió a la entrada de la mansión. Al poner el pie en el primer escalón, sin embargo, se detuvo... como si alguien hubiera gritado su nombre. Sus hombros parecieron tensarse bajo la chaqueta negra. Aline no podía apartar los ojos, hechizada por su repentina inmovilidad. Lentamente, el hombre se dio la vuelta y la miró directamente a ella. El corazón de Aline dio un brusco y doloroso latido de más, y ella se retiró rápidamente al interior de la torre antes de que sus miradas se cruzaran.

—¿Qué pasa? —preguntó Livia con cierta preocupación—. Te has ruborizado de repente. —Se acercó a Aline y la tomó de la mano, tirando de ella con impaciencia—. Vamos, te lavarás la cara y las manos con agua fría.

—Oh, estoy perfectamente —replicó Aline, aunque con una extraña sensación de hormigueo en el fondo de su estómago—. Es sólo que acabo de ver a un caballero en el patio...

—¿El moreno? Sí, yo también me he fijado en él. ¿Por qué será que los americanos son siempre tan altos? Quizá tenga que ver con el clima..., les hace crecer como hierbajos.

—Si es así, tú y yo deberíamos hacerles una larga visita —dijo Aline con una sonrisa, porque tanto ella misma como Livia eran de estatura pequeña. Tampoco su hermano, Marco, superaba la media de altura, aunque su constitución era tan musculosa y fuerte que supondría una seria amenaza física para cualquier hombre que cometiera la estupidez de enfrentársele.

Charlando relajadamente, las dos hermanas emprendieron el camino a sus habitaciones privadas, en el ala este. Aline sabía que debía darse prisa en cambiarse de ropa y refrescarse, ya que la aparición tan temprana de los americanos sin duda habría causado conmoción entre el personal. Los invitados desearían algún tipo de refrigerio y no había tiempo para preparar un desayuno en toda regla. Tendrían que conformarse con refrescos hasta que estuviera listo un almuerzo de media mañana.

Rápidamente, Aline hizo un repaso mental de las provisiones guardadas en la despensa. Decidió ofrecer fresas y frambuesas servidas en cuencos de cristal, potes de mantequilla con mermelada, pan y bizcochos. Una ensalada de espárragos y unas raciones de beicon ahumado no estarían de más, y también daría instrucciones al ama de llaves, la señora Faircloth, para que sirviera el *soufflé* de langosta fría que, en un principio, estaba destinado para la cena. Algo encontrarían para sustituirlo en la cena, quizás unas finas lonchas de salmón con salsa de huevo, o panecillos dulces con brotes de apio...

—Bueno —dijo Livia prosaicamente, interrumpiendo sus cavilaciones—, que tengas un buen día. Yo voy a esconderme por ahí, como de costumbre.

—No tienes por qué hacerlo —replicó Aline frunciendo el entrecejo.

Livia prácticamente vivía escondida a causa de las escandalosas consecuencias de su trágica relación con lord

Amberley. Aunque en general caía simpática, la gente todavía la consideraba una «perdida» y, por lo tanto, compañía poco apropiada para los que gozaban de sensibilidades delicadas. Nunca la invitaban a reuniones sociales de ningún tipo y, cuando celebraban bailes o veladas sociales en Stony Cross Park, ella se encerraba en su habitación para evitar la concurrencia. Después de ser testigos de su exilio a lo largo de dos años, sin embargo, Marco y Aline decidieron que ya era suficiente. Tal vez Livia no recuperara jamás la estima de la que gozaba antes del escándalo, pero los hermanos habían resuelto que no debía pasar el resto de su vida como una reclusa. Poco a poco, la devolverían a la buena sociedad y, con el tiempo, le encontrarían un marido de fortuna y respetabilidad apropiadas.

—Ya has hecho tu penitencia, Livia —dijo Aline con firmeza—. Marco dice que los que no deseen codearse contigo sencillamente tendrán que abandonar la finca.

—Yo no evito a la gente por temor a su desaprobación —protestó Livia—. La verdad es que todavía no estoy preparada para volver a la sociedad.

—Quizá nunca te sientas preparada —repuso Aline—. Tarde o temprano, tendrás que dar el paso.

—Que sea tarde, pues.

—Recuerdo cuánto te gustaban los bailes, y los juegos de sociedad, y cantar acompañada del piano...

—Aline —la interrumpió Livia tiernamente—, te prometo que algún día volveré a bailar, y a jugar y a cantar... pero tendrá que ser cuando yo lo decida, no tú.

Aline cedió con una sonrisa de disculpa.

—No pretendía acosarte. Sólo quiero que seas feliz.

Livia buscó su mano y se la apretó.

—Me gustaría, queridísima hermana, que tu propia felicidad te preocupara tanto como la dicha de los demás.

«Sí que soy feliz», quiso responder Aline, pero las palabras se le apagaron en la garganta.

Con un suspiro, Livia la dejó allí, en el pasillo.

—Te veré esta noche.

Aline alcanzó el pomo de porcelana pintada, entró en su

habitación y se quitó el sombrero. Su cabello estaba húmedo de transpiración en la nuca. Tiró de las onduladas horquillas metálicas que sujetaban los bucles de su largo cabello color chocolate, las dejó encima del tocador y cogió su cepillo de plata. Lo deslizó por el cabello, disfrutando del roce relajante de las cerdas de jabalí en su cabeza.

Aquel mes de agosto estaba siendo excepcionalmente caluroso, y el campo estaba abarrotado de familias bien que ni muertas querían pasar el verano en Londres. Marco había comentado que el señor Shaw y su socio viajarían entre Hampshire y Londres mientras el resto de sus acompañantes establecerían su base permanente en Stony Cross Park. Al parecer, el señor Shaw tenía previsto abrir una oficina londinense para los nuevos negocios de su familia y para asegurar la importantísima licencia de amarre que permitiría que sus barcos descargaran las mercancías en los muelles.

Aunque la familia Shaw ya había hecho fortuna con la especulación inmobiliaria y financiera, recientemente se habían introducido en el pujante negocio de la producción de locomotoras. Por lo visto, su ambición no se limitaba a suministrar máquinas, coches y recambios a los ferrocarriles americanos sino que deseaban exportar sus productos también a Europa. Según Marco, a Shaw no le costaría encontrar inversores para su nueva empresa, y Aline intuía que su hermano deseaba ser uno de ellos. Con este objetivo en mente, Aline pretendía asegurar que el señor Shaw y su socio disfrutaran de una estancia en extremo agradable en Stony Cross Park.

Con la cabeza llena de planes, Aline se puso un ligero vestido estival de algodón blanco estampado con florecillas de color lavanda. No llamó a la doncella para que la ayudara. A diferencia de las demás damas de su condición, casi siempre prefería vestirse sola y sólo cuando era necesario solicitaba la ayuda de la señora Faircloth. Con la excepción de Livia, el ama de llaves era la única persona a la que se le permitía ver a Aline bañarse o vestirse.

De pie delante del espejo, Aline terminó de abrochar la

hilera de pequeños botones de nácar que cerraban la parte delantera de su vestido. Con ademanes expertos, se trenzó el cabello oscuro y lo sujetó en la nuca. Al pasar la última horquilla, vio en el espejo un objeto que yacía sobre la cama, sobre la colcha de raso color rosa de Damasco... un guante o una liga olvidados, tal vez. Frunciendo el entrecejo, Aline se acercó para investigar.

Tendió la mano para recoger el objeto del almohadón. Era un pañuelo viejo, sus bordados de seda ya casi descoloridos, muchas hebras ya gastadas. Perpleja, Aline recorrió con el dedo el dibujo de capullos de rosa. ¿De dónde había salido? ¿Por qué lo habían dejado encima de su cama? La sensación de cosquilleo se removió de nuevo en su estómago y su dedo se detuvo sobre el delicado bordado.

Ella misma había hecho este pañuelo, hacía doce años.

Sus dedos se apretaron en torno a la prenda, cerrándola en la palma de su mano. De pronto, la sangre empezó a latirle con fuerza en las sienes, los oídos, el cuello y el pecho.

—McKenna —murmuró.

Recordó el día en que se lo había dado... o, más concretamente, el día en que él se lo había quitado, en el cobertizo de los carruajes. Sólo McKenna podría devolverle este fragmento del pasado. Aunque eso no era posible. McKenna se había ido de Inglaterra hacía años, incumpliendo su contrato de aprendizaje con el constructor de barcos de Bristol. Nadie había vuelto a saber de él desde entonces.

Aline había pasado su vida adulta intentando no pensar en él, con la fútil esperanza de que el tiempo borraría los dolorosos recuerdos de su amor. Pero McKenna la seguía siempre como un fantasma, poblaba sus sueños con las esperanzas frustradas que ella no quería reconocer en las horas diurnas. Durante todo este tiempo no sabía si estaba vivo o muerto. Ambas posibilidades eran demasiado dolorosas para considerarlas.

Sin soltar el pañuelo, Aline salió de su habitación. Se deslizó por los pasillos del ala este como un animal herido y utilizó la entrada de la servidumbre para salir de la mansión. Dentro de la casa no tendría intimidad y necesitaba unos

momentos a solas para ordenar sus pensamientos. Uno, sobre todo, prevalecía en su mente... «No vuelvas, McKenna...
Verte de nuevo me mataría. No vuelvas, no...»

Marco, conde de Westcliff, recibió a Gideon Shaw en la
biblioteca. Marco lo había conocido en otra ocasión, durante una de sus visitas anteriores a Inglaterra, y lo consideraba
un hombre muy recomendable.

Hay que decir que, en un principio, Marco había estado
mal dispuesto hacia Shaw, un conocido miembro de la llamada aristocracia americana. A pesar del tenaz adoctrinamiento
que había recibido a lo largo de su vida, Marco no creía en
las aristocracias de ningún tipo. Si las leyes lo permitieran,
habría renunciado a su propio título. No le asustaban las responsabilidades de su posición ni sentía aversión por el dinero
heredado. Pero jamás había podido aceptar la noción de la
superioridad innata de unos hombres sobre otros. El con-
cepto resultaba totalmente injusto, por no decir irracional, y
Marco nunca había podido tolerar la infracción de la lógica.

Gideon Shaw, no obstante, en nada se asemejaba a los
aristócratas americanos que Marco conocía. De hecho, parecía que disfrutaba escandalizando a su familia neoyorquina con animosas referencias a su bisabuelo, un marinero
mercante rudo y deslenguado que había conseguido amasar
una impresionante fortuna. Las generaciones sucesivas de
Shaw refinados y bien educados hubieran preferido olvidar
a su vulgar ancestro... si sólo Gideon se lo permitiera.

Shaw entró en la biblioteca con andares desenvueltos.
Era un hombre elegante, de unos treinta y cinco años de edad.
Su reluciente cabello pajizo estaba cortado en cortas capas
sucesivas, y su cara estaba bronceada y escrupulosamente
afeitada. Poseía un aspecto esencialmente americano: ojos
azules, cabello rubio, cierto aire de irreverencia. Bajo la superficie dorada, sin embargo, se ocultaba una especie de oscuridad, un cinismo y una insatisfacción que habían esculpido profundas marcas alrededor de su boca y ojos. Tenía
reputación de ser un hombre trabajador y un gran jugador,

y corrían rumores de que bebía y frecuentaba a otras mujeres, rumores que Marco sospechaba eran bien fundados.

—Señor conde —murmuró Shaw apretándole resueltamente la mano—, es un placer estar aquí, por fin.

Entró una doncella con un servicio de plata para el café y Marco le indicó que lo dejara encima de su escritorio.

—¿Qué tal el viaje? —preguntó.

Una sonrisa acentuó las patas de gallo que bordeaban los ojos de un azul grisáceo de Shaw.

—Sin novedad, gracias a Dios. ¿Puedo preguntar por la condesa? Confío en que se encuentre bien.

—Muy bien, gracias. Mi madre me pidió comunicarle sus disculpas por no poder estar aquí, pero está visitando parientes en el extranjero. —De pie junto a la bandeja con el refrigerio, Marco se preguntó por qué Aline no había venido aún a saludar a sus invitados. Sin duda, estaría atareada cambiando los planes para compensar la temprana llegada de los huéspedes—. ¿Aceptaría una taza de café?

—Con mucho gusto. —Inclinando su larga silueta, Shaw se sentó en la silla junto al escritorio con las piernas ligeramente separadas.

—¿Leche o azúcar?

—Sólo azúcar, gracias. —En el momento de coger la taza y el platillo, Marco vio que sus manos temblaban, haciendo tintinear la porcelana. Era el temblor inconfundible de un hombre que todavía no se ha repuesto de los excesos de bebida de la noche anterior.

Sin inmutarse, Shaw depositó la taza sobre el escritorio, sacó un frasco plateado del interior de su chaqueta bien confeccionada y se sirvió una dosis generosa de licor en el café. Bebió de la taza sin utilizar el platillo y cerró los ojos cuando el líquido caliente mezclado con el alcohol bajó por su garganta. Apurada la taza, la tendió sin hacer comentarios y Marco la llenó cortésmente. Se repitió el ritual del frasco.

—Su socio será bienvenido, si desea reunirse con nosotros —comentó Marco en tono cordial.

Recostándose en el asiento, Shaw se tomó la segunda taza con más lentitud que la primera.

—Se lo agradezco pero creo que en estos momentos está ocupado dando instrucciones a los criados. —Sus labios esbozaron una sonrisa irónica—: McKenna detesta estar ocioso a lo largo del día. Está en perpetuo movimiento.

Ocupando su sillón tras el escritorio, Marco se detuvo mientras llevaba su propia taza a la boca.

—McKenna... —repitió con voz queda. Era un nombre común. Aun así, hizo vibrar una fibra de alarma en su interior.

Shaw sonrió levemente.

—Le llaman Rey McKenna en Manhattan. Se debe a su denuedo porque las fundiciones de los Shaw hayan empezado a producir locomotoras en lugar de maquinaria agrícola.

—Algunos dirían que ése es un riesgo innecesario —comentó Marco—. La producción de maquinaria agrícola ya ha demostrado ser un buen negocio..., en especial las segadoras y trilladoras. ¿Por qué aventurarse en la fabricación de locomotoras? Las principales compañías de ferrocarriles ya construyen sus propias máquinas y, a juzgar por las apariencias, satisfacen muy eficazmente sus necesidades.

—No por mucho tiempo —respondió Shaw con tranquilidad—. Estamos convencidos de que sus necesidades pronto excederán su capacidad de producción y tendrán que depender de fabricantes independientes para cubrir la diferencia. Además, América no es como Inglaterra. Allí la mayoría de los ferrocarriles recurren a fabricantes privados (como nosotros) para sus máquinas y piezas de recambio. La competición es feroz y da lugar a productos mejores y a precios más interesantes.

—Me gustaría saber por qué opina que las fundiciones propiedad de los ferrocarriles británicos tampoco podrán mantener un ritmo de producción aceptable.

—McKenna le proporcionará todos los datos que necesite —le aseguró Shaw.

—Estoy impaciente por conocerlo.

—Creo que ya lo conoce, señor conde. —La mirada de Shaw no se apartó de los ojos de Marco mientras proseguía con estudiado desenfado—: Parece que McKenna trabajaba aquí, en Stony Cross Park. No debe de recordarlo, ya que era un mozo de cuadra en aquel tiempo.

Marco no mostró ninguna reacción a aquel descubrimiento pero pensó para sus adentros: «¡Por todos los demonios! Este McKenna es el mismo que Aline amó hace tantos años.» Marco sintió la imperiosa necesidad de hablar con Aline. De algún modo tenía que prepararla para recibir la noticia de la vuelta de McKenna.

—Era un lacayo —puntualizó suavemente—. Recuerdo que McKenna fue asignado al personal doméstico poco antes de su partida.

Los ojos azules de Shaw lo observaban con fingida candidez.

—Espero que no le supondrá ninguna incomodidad recibir a un ex criado como su huésped.

—Bien al contrario, admiro los éxitos de McKenna. Y no dudaré en hacérselo saber. —Era sólo una verdad a medias. El problema era que la presencia de McKenna en Stony Cross sin duda provocaría desasosiego en Aline. En tal caso, Marco tendría que hallar una forma de resolver la situación. Sus hermanas eran lo más preciado que tenía en el mundo, y jamás permitiría que hicieran daño a ninguna de ellas.

La respuesta de Marco suscitó la sonrisa de Shaw.

—Constato que mi opinión de usted era acertada, conde Westcliff. Es tan justo y de mentalidad abierta como sospechaba.

—Gracias. —Marco se dedicó a agitar su propio café con la cucharilla, mientras se preguntaba sombríamente dónde estaría Aline.

Aline se encontró caminando a paso vivo, corriendo casi, hacia su lugar predilecto junto al río, allí donde un prado cubierto de flores silvestres bajaba hasta las altas hierbas de la orilla, donde revoloteaban innumerables mariposas pardas y blancas. Jamás había llevado allí a nadie, ni siquiera a

Livia. Aquel lugar sólo lo había compartido con McKenna. Cuando él se marchó, era allí donde iba a llorar a solas.

La perspectiva de volver a verlo era lo peor que le podría ocurrir.

Con el pañuelo bordado siempre apretado en la mano, se sentó en la hierba e intentó sosegarse. Los reflejos del sol en el agua dibujaban agujas de fuego, y los escarabajos diminutos trepaban por las briznas de aulaga. El aroma acre de los cardos recalentados por el sol y de las caléndulas de agua se mezclaba con el olor fecundo del río. Exánime, observó la superficie del agua y siguió con la mirada el progreso de un colimbro empenachado que nadaba industriosamente con una mata de hierbajos viscosos en el pico.

Voces de antaño susurraban en su mente...

«Sólo me casaría contigo, McKenna. Y, si alguna vez me abandonas, pasaré el resto de mi vida sola.

»Aline, jamás te abandonaré, salvo que tú me pidas que me vaya.»

Meneó la cabeza bruscamente, tratando de ahuyentar los recuerdos dolorosos. Hizo una bola del pañuelo y levantó el brazo para tirarlo a la dulce corriente del río. Una voz queda lo detuvo en el aire.

—Espera.

6

Aline cerró los ojos al sonido de aquella palabra, que tiraba suavemente de una esquina de su alma hundida. Era su voz..., más rica y más profunda ahora, la voz de un hombre, no de un muchacho. Aunque percibió el sonido de sus pasos que se acercaban aplastando la hierba de la orilla, se negó a mirarle. Sólo seguir respirando le suponía un gran acopio de fuerzas. La paralizaba un sentimiento parecido al miedo, una especie de calor que la incapacitaba y que se expandía por su cuerpo con cada frenético latido de su corazón.

El sonido de aquella voz parecía abrir caminos de emoción en su interior.

—Si piensas tirarlo al río, quisiera recuperarlo.

Al intentar relajar la mano que agarraba el pañuelo, Aline lo vio caérsele de entre los dedos. Lentamente, se obligó a volver la cabeza para mirarlo mientras se acercaba. El hombre de cabello negro que había visto en el patio era, realmente, McKenna. Y era más corpulento y más imponente de lo que había parecido desde la distancia. Sus facciones eran regias y contundentes, la nariz soberbia de puente ancho ocupaba con perfecta simetría el lugar entre los planos bien delineados de sus pómulos. Era demasiado varonil para considerarle realmente apuesto... Un escultor habría preferido suavizar aquellas facciones intransigentes. El rostro tenaz, sin embargo, constituía de algún modo un fondo inmejorable para los ojos apasionados, cuya mirada azul verdosa relampagueaba en la sombra de las negras y tupidas

pestañas. Nadie más en el mundo tenía unos ojos como aquéllos.

—McKenna —dijo con voz ronca, mientras intentaba
encontrarle algún parecido con aquel chico desgarbado y
falto de amor al que conociera. No pudo; McKenna era un
extraño, un hombre sin restos de la adolescencia. Suave, elegante en su traje a medida, el lustroso cabello con un corte
en capas que contrarrestaba su tendencia natural a rizar-
se. Cuando estuvo cerca, ella advirtió más detalles: la sombra de barba en su afeitada mejilla, el brillo de la cadena de oro
del reloj en el chaleco, el volumen de sus músculos en sus
hombros y muslos cuando se sentó en una piedra cerca de
ella.

—No esperaba encontrarte aquí —murmuró él, sin dejar
de mirarla—. Quería echarle un vistazo al río. Hacía mucho
tiempo que no lo veía.

Su acento era extraño, suave y arrastrado, con vocales
añadidas, innecesarias.

—Hablas como un norteamericano —susurró Aline y
deseó que su garganta se relajase.

—He vivido mucho tiempo en Nueva York.

—Te fuiste sin decir palabra. Yo... —se detuvo, apenas
capaz de respirar— estuve preocupada por ti.

—¿De veras? —McKenna sonrió ligeramente, pero su
expresión permaneció fría—. Tuve que dejar Bristol de forma inesperada. El armador que me tomó como aprendiz resultó tener la mano un poco larga. Después de una paliza que
me dejó con varias costillas rotas y el cráneo magullado, decidí marcharme y empezar una nueva vida en otro lugar.

—Lo siento —murmuró Aline palideciendo. Reprimió
una oleada de mareo e hizo un esfuerzo por preguntar—:
¿Cómo pudiste pagar el pasaje a América? Debió de ser caro.

—Me costó cinco libras. Más de una anualidad. —Un
tono de ironía matizó su voz revelando que aquella suma,
tan desesperadamente necesaria años atrás, ahora no significaba nada para él—. Escribí a la señora Faircloth, quien me
envió el dinero de sus propios ahorros.

Aline agachó la cabeza con los labios temblorosos al recordar el día de la llegada de aquella carta..., el día en que su mundo se desmoronó y ella cambió para siempre.

—¿Cómo está? —inquirió McKenna—. ¿Todavía trabaja aquí?

—Oh, sí. Está aquí y se encuentra muy bien.

—Me alegro.

Con movimientos cuidadosos, McKenna se inclinó y recogió del suelo el pañuelo caído, sin darse cuenta, aparentemente, de la tensión que su proximidad provocaba en Aline. Se enderezó y volvió a sentarse en la roca cercana y la observó.

—Qué hermosa eres —dijo desapasionadamente, como si admirara un cuadro o una vista preciosa—. Incluso más de lo que recordaba. Veo que no llevas alianza.

Los dedos de Aline se encresparon entre los pliegues de sus faldas.

—No. No me he casado.

Esas palabras le merecieron una extraña mirada de parte de él. Una oscuridad subyacente se filtró a través del intenso azul verdoso de sus ojos, como el humo que va cubriendo el cielo de verano.

—¿Por qué no?

Ella trató de ocultar su agitación tras una sonrisa tranquila y relajada.

—No me tocaba en suerte, supongo. ¿Y tú? ¿Tú te has...?

—No.

La noticia no tenía por qué provocar un apremiante latido de más en la base de su cuello. Pero lo hizo.

—¿Y Livia? —preguntó McKenna—. ¿Qué ha sido de ella?

—Tampoco se ha casado. Vive aquí, con Marco y conmigo, y... bueno, probablemente la verás muy poco.

—¿Por qué?

Aline buscó las palabras adecuadas para explicar la situación de su hermana de manera que no suscitara una condena de parte de él.

—Livia no aparece a menudo en sociedad ni le gusta

mezclarse con los invitados de la mansión. Hubo un escándalo hace dos años. Livia era la prometida de lord Amberley, un joven de quien estaba muy enamorada. Él murió en un accidente de caza antes de que pudieran casarse. —Se detuvo para apartar un escarabajo que acababa de aterrizar sobre su falda.

La expresión de McKenna era inescrutable.

—¿Qué hay de escandaloso en ello?

—Poco después Livia tuvo un aborto, y todos supieron que ella y Amberley ya habían... —Calló, impotente—. Livia cometió el error de confiar sus penas a una amiga, quien demostró ser incapaz de guardar un secreto aunque su vida dependiera de ello. Aunque Marco y yo intentamos atajar las habladurías, pronto se había enterado el condado entero y la noticia llegó a Londres. —Le dirigió una mirada de desafío—: En mi opinión, Livia no hizo nada malo. Ella y Amberley estaban enamorados e iban a casarse. Pero existen, por supuesto, los que desean convertirla en una paria, y Livia se niega a salir del luto. A mi madre esta situación la mortifica, y ha pasado la mayor parte de este tiempo en el extranjero. Y yo me alegro de que mi padre esté muerto porque, sin duda, habría condenado a Livia por sus actos.

—¿Tu hermano no la condena?

—No, Marco no se parece en nada a nuestro padre. Es tan honorable como él, pero también es muy compasivo y yo diría que un librepensador.

—Un Marsden librepensador —musitó McKenna, como si le pareciera una contradicción de los términos.

El relámpago de humor en su mirada consiguió tranquilizarla, relajarla, y por fin pudo respirar profundamente.

—Tú mismo lo verás cuando conozcas mejor a Marco.

Estaba claro que la brecha que les separaba era ahora aún más grande que en los tiempos de su niñez. Sus mundos eran, como siempre, tan abismalmente distintos que no había posibilidad de intimar. Ahora ya podían hablar con la cortesía de dos extraños, sin peligro de destrozarse los corazones. El viejo McKenna ya no existía, como también había desaparecido la niña que fuera Aline. Contempló el suelo cubierto de musgo, la corriente aletargada del río y el azul desvaído del cielo antes de atreverse a mirarlo por fin a los ojos. Y agradeció con fervor aquella sensación de irrealidad que la invadía y le permitía mirarle sin venirse abajo.

—Debería volver a la casa —dijo, levantándose de la roca—. Tengo muchas responsabilidades...

McKenna se puso de pie inmediatamente, y su silueta se dibujó, oscura y esbelta, sobre el fondo de la lánguida corriente a sus espaldas.

Aline se obligó a romper el silencio insoportable.

—Has de contarme cómo llegaste a trabajar para un hombre como el señor Shaw.

—Es una larga historia.

—Me encantaría escucharla. ¿Qué le pasó al muchacho que ni siquiera ambicionaba el puesto de primer lacayo?

—Se le despertó el hambre.

Aline lo observó con una mezcla de horror y fascinación, intuyendo la compleja verdad que se ocultaba tras la sencilla afirmación. Quería conocer todos los detalles, comprender qué le había ocurrido a McKenna y descubrir las facetas del hombre en que se había convertido.

McKenna parecía incapaz de apartar la mirada de ella. Por alguna razón, una franja de color tiñó la parte alta de sus mejillas, como si hubiera tomado demasiado el sol. Se acercó a ella con demasiada cautela, como si la cercanía de Aline le supusiera algún tipo de amenaza. Al detenerse a menos de medio metro de ella, Aline sintió que la volvía a invadir la marea paralizante. Inhaló rápidamente, y el aire dulce y pesado llenó sus pulmones.

—¿Me tomarías del brazo? —preguntó él.

Se trataba de una cortesía común, un gesto que cualquier caballero ofrecería... Aline, sin embargo, vaciló antes de tocarle. Sus dedos revolotearon sobre su manga, como alas de una polilla plateada.

—Gracias.

Se mordió el labio y lo cogió del brazo, acoplando la mano al perfil de los músculos recios bajo las suaves capas de lino y paño fino. La realidad del contacto después de tantos años de anhelo frustrado la hizo tambalear, y apretó el brazo de él para no perder el equilibrio. El ritmo de la respiración de McKenna se turbó de repente, como si alguien lo hubiera cogido del cuello. No obstante, pronto recobró la compostura y la acompañó a lo largo de la suave pendiente que subía hacia la casa. Al percibir el enorme poderío de su cuerpo, Aline se preguntó qué habría hecho para desarrollar tanta fuerza física.

—Trabajé como barquero para los pasajeros que viajaban entre Staten Island y la ciudad —dijo McKenna como si le hubiera leído el pensamiento—. Veinticinco centavos, ida y vuelta. Fue así como conocí a Shaw.

—¿Era uno de tus pasajeros? —inquirió Aline. Al verle asentir, le dirigió una mirada interrogante—: ¿Cómo pudo un encuentro casual convertirse en una colaboración profesional?

La expresión de McKenna se tornó cautelosa.

—Una cosa llevó a la otra.

Aline logró sonreír ante su actitud evasiva.

—Veo que tendré que emplear todas mis habilidades para sacar tu lado hablador.

—No tengo un lado hablador.

—Es deber del invitado entretener a su anfitrión —le informó ella.

—Oh, ya te entretendré —murmuró él—. Sólo que no hablaré mientras lo haga.

Este comentario la conturbó, como sin duda había sido su intención. Aline se ruborizó y emitió una risita amarga.

—Veo que no has perdido la costumbre de hacer comentarios maliciosos. Recuerda que estás en compañía de una retraída dama inglesa.

Él no la miró al contestar:

—Sí, lo recuerdo.

Se acercaban a la residencia de los recoletos, una pequeña dependencia construida al margen del edificio principal y reservada para el uso de aquellos invitados que deseaban más intimidad de la que ofrecía la propia mansión. Marco había informado a Aline de que el señor Shaw había solicitado específicamente la residencia de los recoletos para sí, aunque había espacio suficiente para acomodar a tres invitados más. Aún no había señales de la presencia del señor Shaw, pero Aline vio a un par de criados que entraban en la residencia cargados de baúles y equipaje.

McKenna se detuvo con el sol en los ojos y miró la pequeña dependencia.

—¿Nos despedimos aquí? Pronto iré a la mansión, aunque antes me gustaría echar un vistazo.

—Por supuesto. —Aline se imaginaba que le debía de resultar sobrecogedor encontrarse de nuevo en Stony Cross, donde los recuerdos acechaban detrás de cada esquina y de cada camino.

»McKenna —dijo con voz vacilante—. ¿Fue coincidencia que el señor Shaw aceptara la invitación de mi hermano? ¿O lo arreglaste todo para poder volver?

McKenna se dio la vuelta para enfrentarla, abrumándola con su estatura.

—¿Por qué razón querría volver?

Aline sostuvo su mirada insondable. Nada en su aspecto ni en su porte sugerían enfado, pero podía sentir la inquietud que se tensaba como un muelle en su interior.

Y entonces comprendió lo que él tanto se esmeraba en disimular..., lo que nadie podría detectar si no le hubiera amado en otro tiempo. Su odio. Él había vuelto en busca de venganza, y no se marcharía antes de infligirle mil castigos por lo que ella le había hecho.

«Oh, McKenna —pensó aturdida e invadida de una extraña simpatía por él, aun mientras todos sus instintos le gritaban que huyera del peligro inminente—. ¿Todavía te duele tanto?»

Apartó la mirada a la vez que fruncía el entrecejo al darse cuenta de lo poco que le costaría acabar con ella. Reuniendo el coraje necesario para mirar su rostro oscuro, le habló eligiendo cuidadosamente sus palabras:

—Cuántas cosas has logrado, McKenna. Parece que has podido conseguir todo lo que has deseado en la vida. Más, incluso. —Se dio la vuelta y se alejó con pasos medidos, haciendo acopio de todas sus fuerzas para no echar a correr.

—Todo, no —murmuró McKenna y la siguió con mirada atenta hasta que desapareció.

McKenna entró en la residencia de los recoletos haciendo caso omiso de los criados que se afanaban en ordenar las pertenencias de Shaw. El mobiliario era macizo y auténticamente jacobino, de formas regias y laboriosas. Las paredes estaban revestidas de intrincados paneles de palisandro, y pesados cortinajes de terciopelo orlado impedían la entrada del menor rayo de luz. Eso estaba bien. La luz del sol era casi siempre anatema para Gideon Shaw.

McKenna sabía perfectamente por qué Shaw necesitaba la intimidad de la residencia de los recoletos. Caballeresco en todo momento, Gideon evitaba escrupulosamente hacer escenas o aparecer fuera de control. De hecho, McKenna nunca lo había llegado a ver bebido. Gideon simplemente se encerraba en su habitación con un par de botellas para reaparecer dos o tres días después, pálido y vacilante pero lúcido y bien aseado. No parecía haber nada en particular que provocara aquellos episodios, sencillamente formaban parte de su vida. Sus hermanos habían confesado que aquellas borracheras rituales habían empezado poco antes de conocerle McKenna, cuando su hermano mayor, Frederick Shaw III, había muerto a causa de su débil corazón.

McKenna observó al ayuda de cámara de Gideon disponer una caja de cigarros barnizada con laca de china sobre un escritorio provisto de multitud de cajones y casillas. Aunque él raras veces fumaba, y nunca a esa hora del día, tendió la mano hacia la caja. Extrajo un cigarro de hojas lustrosas y perfumadas. El eficaz ayuda de cámara sacó inmediatamente unas pequeñas y afiladas tijeras, y McKenna las aceptó con un gesto de agradecimiento. Cortó la punta del cigarro, esperó que el ayuda de cámara encendiera el extremo e inhaló rítmicamente hasta producir una corriente espesa de humo tranquilizador. Sin emoción, observó el temblor de sus propios dedos.

La conmoción de volver a ver a Aline había sido mayor de lo que esperaba.

Al percibir aquel signo de nerviosidad incontrolable, el ayuda de cámara le dirigió una mirada escrutadora.

—¿Puedo ofrecerle algo más, señor?

McKenna negó con la cabeza.

—Si viene Shaw, dile que estoy en la parte de atrás, en el balcón.

—Sí, señor.

Al igual que la casa principal, la residencia de los recoletos estaba construida cerca de un acantilado con vistas al río. La tierra estaba densamente poblada de coníferas y el sonido del agua acompañaba el trino de las currucas que anidaban en los sauces. McKenna se quitó la chaqueta, se sentó en una de las sillas dispuestas en el balcón cubierto y fumó con gestos torpes hasta lograr recuperar cierta apariencia de autodominio. Apenas se dio cuenta del ayuda de cámara que le trajo un platillo de cristal para la ceniza de su cigarro. Su mente estaba enteramente ocupada por la imagen de Aline junto al río, por el tupido volumen de su cabello recogido, por las líneas exquisitas de su cuello y cuerpo.

El tiempo no había hecho más que acentuar la belleza de Aline. Su cuerpo había madurado, estaba plenamente desarrollado, tenía la silueta de una mujer en su plenitud. La madurez había cincelado su rostro con trazos más delicados, la nariz, más delgada, los labios, teñidos de un degradado que iba del rosa oscuro a los tonos más pálidos del nácar rosáceo que cubre el interior de las conchas. Y allí estaba el maldito y jamás olvidado lunar, la sensual peca oscura que atraía su atención hacia las tiernas comisuras de sus labios. La visión de Aline había despertado en su interior el fantasma de una humanidad perdida, le había recordado que hubo un tiempo en que era capaz de sentir alegría..., capacidad que había desaparecido hacía mucho. Le había llevado años reconducir el curso obstinado de su vida, y había sacrificado su alma en el empeño.

Apagó el cigarro a medio fumar, y se inclinó hacia delante con las manos apoyadas en los muslos. Mirando fijamente un espino florido cerca del balcón, se preguntó por qué no se había casado Aline. Quizá se pareciera a su padre y fuera una mujer de talante desapegado, que había reemplazado las pasiones de su juventud con el frío interés propio. Aunque daba igual cual fuera la razón. Él iba a seducirla. Lo único que lamentaba era que el viejo conde de Westcliff no estuviera vivo para ver cómo McKenna por fin hallaba placer entre los muslos níveos de su hija.

De pronto, atrajo su atención el crujido del parqué y el tintineo líquido de unos trozos de hielo dentro de una copa. Recostándose en la silla, alzó la mirada al tiempo que Gideon Shaw franqueaba el umbral del balcón cubierto.

Gideon se dio la vuelta para quedar frente a McKenna y se sentó en la balaustrada, rodeando perezosamente con el brazo uno de los pilares que soportaban el techo. McKenna le devolvió la mirada sin pestañear. La suya era una amistad compleja, que los extraños suponían se fundaba únicamente en el deseo compartido de ganancias económicas. Y, aunque aquélla era una razón innegable de su relación, en modo alguno era la única. Como sucede con casi todas las amistades sólidas, cada uno de ellos poseía características de las que el otro carecía. McKenna era de origen humilde y talante ávidamente ambicioso, mientras que Gideon era culto, sutil y complaciente. McKenna había aceptado hacía mucho que los escrúpulos eran un lujo que no se podía permitir. Gideon era un hombre de honor intachable. McKenna luchaba denodadamente en las batallas de la vida cotidiana, mientras que Gideon optaba por permanecer al margen de ellas.

Una sombra de sonrisa se dibujó en los labios de Gideon.

—Me crucé con lady Aline mientras volvía a la mansión. Es una mujer muy hermosa, tal como me la habías descrito. ¿Está casada?

—No. —McKenna escudriñaba taciturno el aire a través de las volutas de humo.

—Eso te facilita las cosas.

Los anchos hombros de McKenna se contrajeron en una insinuación de encogimiento.

—De cualquier modo, daría igual.

—¿Quieres decir que no permitirías que una menudencia como un marido se interpusiera en tu camino? —La sonrisa de Gideon se convirtió en una risa de admiración—: Maldita sea, McKenna, eres un bastardo sin contemplaciones.

—Por eso mismo me necesitas como socio.

—Muy cierto. Pero tomar conciencia de la poca moral que nos une... me hace desear un trago.

—¿Y qué no? —preguntó McKenna en tono de mofa amistosa y le quitó la copa de las manos. Se la llevó a la boca y la apuró rápidamente, recibiendo con placer el ardor aterciopelado del whisky con hielo.

El temblor residual de la mano de McKenna, que hizo tintinear el hielo en la copa, no escapó a la mirada perspicaz de Gideon.

—¿No te parece que llevas tu venganza a los extremos? No me cabe duda de que conseguirás a lady Aline. Pero no creo que eso te aporte paz alguna.

—No busco venganza —murmuró McKenna dejando la copa a un lado. Sus labios se torcieron en una sonrisa de amargura—. Es una especie de exorcismo. Y no espero encontrar la paz. Sólo quiero...

Calló. Como siempre, le atenazaba la misma hambre que se había despertado dentro de él hacía doce años, cuando se vio lanzado a una vida que nunca había imaginado para sí. En América, el paraíso de los oportunistas, había encontrado un éxito que superaba sus fantasías más locas. Aun así, no era suficiente. Nada podía satisfacer a la bestia que anidaba en su interior.

El recuerdo de Aline lo había atormentado en todo momento. Desde luego, no la amaba... Aquella ilusión se había desvanecido hacía tiempo. Ya no creía en el amor, ni falta que le hacía. Pero quería satisfacer aquel deseo ardiente que nunca le había permitido olvidarla. Veía los ojos de Aline, su boca o la curva de su mentón en los rostros de miles de extraños. Cuanto más se esforzaba por borrar su recuerdo, con más persistencia lo atenazaba.

—¿Qué pasará si tu llamado exorcismo le hace daño? —inquirió Gideon. Su voz no contenía ninguna inflexión de crítica. Era una de las mejores cualidades de Gideon, esa capacidad suya de ver las cosas sin pasarlas por un filtro moral.

McKenna metió un dedo dentro de la copa, alcanzó un trozo de hielo y se lo llevó a la boca. Lo masticó con sus dientes poderosos.

—Tal vez quiera hacerle daño.

Era una forma suave de decirlo. McKenna no sólo pretendía herir a Aline. Se proponía hacerla sufrir, llorar, gritar, suplicar. Se proponía ponerla de rodillas. Quebrarla. Y eso no sería más que el principio.

Gideon lo observó con escepticismo.

—Es una actitud un tanto extraña, viniendo de un hombre que en otro tiempo la amó.

—No fue amor. Fue una mezcla de pasión animal, juventud e idiotez.

—Qué pócima tan maravillosa —dijo Gideon con una sonrisa de añoranza—. No me he sentido así desde que tenía dieciséis años y me enamoré de la institutriz de mi hermana. Una mujer mayor, tenía ya veinte años... —Calló, su sonrisa se quebró y su mirada azul se oscureció.

McKenna sacó otro trozo de hielo de la copa.

—¿Qué fue de ella?

—Tuvimos una relación. Y parece que la dejé embarazada, aunque ella nunca me lo dijo. Creo que el niño era mío, puesto que no había razones para dudar de ello. Acudió a un llamado médico que se ocupaba de esas cosas en la trastienda. Murió desangrada. Es una lástima, ya que mi familia le habría ofrecido una compensación económica si se lo hubiera dicho. Los Shaw siempre hemos cuidado de nuestros bastardos.

Aunque su actitud era tan relajada como siempre, Gideon no pudo disimular la mirada de desolación en sus ojos.

—Nunca la habías mencionado antes —dijo McKenna observándole atentamente. Se conocían desde hacía más de diez años, y creía estar al tanto de todos los secretos de Gideon.

—¿De veras? —Recobrando la compostura, Gideon se enderezó y se frotó las manos como si quisiera limpiarlas de un polvo imaginario—. Este lugar tiene algo que me vuelve sensiblero. Resulta demasiado pintoresco. —Señaló la puerta con un ademán de la cabeza—. Voy a prepararme otra copa. ¿Me acompañas?

McKenna negó con la cabeza y se puso también de pie.

—Debo atender a ciertos asuntos.

—Sí, desde luego. Querrás dar un paseo, alguno de los criados podría recordarte todavía. —Una sonrisa burlona asomó en los labios de Gideon—: Precioso lugar, Stony Cross. Me pregunto cuánto tardarán sus residentes en darse cuenta de que han dejado entrar a una serpiente en su paraíso.

7

Sin lugar a dudas, el espacio que mejor olía en la mansión de Stony Cross Park era la despensa, una estancia contigua a la cocina donde la señora Faircloth almacenaba pastillas de jabón, velas, flores cristalizadas y comestibles suculentos, como frutas en almíbar. Ese día, con la mansión llena de huéspedes y sus criados, el ama de llaves estaba inusualmente atareada. Salió de la despensa con las manos llenas de pesadas pastillas de jabón recién hecho. En cuanto las llevara al taller, un par de criadas se dedicarían a cortarlas con una cuerda en pedazos de tamaño manejable.

Preocupada con la multitud de tareas que aún quedaban por hacer, la señora Faircloth fue vagamente consciente de la alta silueta de un lacayo que la seguía por el estrecho pasillo.

—James —dijo distraída—, sé un buen chico y lleva estas cosas al taller. Necesito un par de brazos fuertes. Y si Salter tiene objeciones, dile que yo te he pedido que me ayudes.

—Sí, señora. —Fue la respuesta obediente.

La voz no era la de James.

Mientras aún estaba perpleja y vacilante, alguien le quitó la carga de las manos y ella descubrió que acababa de dar órdenes a uno de los invitados del conde. Su traje bien confeccionado lo delataba como hombre de posición privilegiada... y ella le había ordenado que terminara una faena en su lugar. Otros sirvientes, incluso de rango superior, habían sido despedidos por faltas menores.

—Señor, le ruego que me perdone... —empezó a decir desconsolada, pero aquel hombre de cabello oscuro ya había emprendido el camino del taller, acarreando sin dificultades las pesadas pastillas de jabón. Las depositó encima de la superficie de pizarra de la mesa, dio la espalda a las criadas que lo observaban boquiabiertas y contempló a la señora Faircloth con una sonrisa.

—Debí imaginar que empezaría a darme órdenes antes de que tuviera la oportunidad de saludarla siquiera.

Mirándole a los ojos verdiazules que relampagueaban, la señora Faircloth se llevó ambas manos al corazón como si quisiera prevenir un ataque y parpadeó con repentinas lágrimas de asombro.

—¿McKenna? —exclamó y le tendió los brazos impulsivamente—. Oh, Dios mío...

Él la alcanzó con dos zancadas y estrechó la figura robusta contra sí, levantándola por un momento del suelo, como si fuera una muchacha menuda. Su risa ronca se ahogó entre los rizos plateados del ama de llaves.

Estupefactas ante la escena emotiva en la que estaba involucrada la habitualmente estoica ama de llaves, las criadas se retiraron del taller al vestíbulo, seguidas por la fregona boquiabierta, la ayudante de cocina y la cocinera, quien llevaba cinco años al servicio del conde de Westcliff.

—Creí que nunca volvería a verte —carraspeó la señora Faircloth.

McKenna estrechó aún más su abrazo y se sumergió en el nunca olvidado bienestar maternal que le ofrecía la presencia de aquella mujer. Recordó las incontables ocasiones en que la señora Faircloth le había guardado una ración extra de comida, las puntas de pan, los restos de galletas para el té, los posos deliciosos de los guisos. La señora Faircloth había sido una fuente de la tan necesaria dulzura en su vida, alguien que siempre lo había tenido en alta estima.

Era mucho más pequeña de lo que él recordaba, y su cabello ya estaba totalmente blanco. Pero el tiempo la había dibujado con pinceladas amables y sólo había añadido unas cuantas arrugas suaves en sus mejillas rosadas y cierto encorvamiento casi imperceptible a las antaño rectas líneas de su espalda y de sus hombros.

Echando atrás su cabeza tocada de encaje, la señora Faircloth lo contempló con franca incredulidad.

—¡Santo cielo, te has convertido en un auténtico Goliat! No te habría reconocido, si no fuera por tus ojos. —Consciente, de pronto, de la concurrencia, el ama de llaves soltó al corpulento joven de su abrazo y dirigió una mirada de advertencia a la servidumbre reunida—. A vuestras tareas, en seguida. No hay razón por la que quedaros ahí como pasmarotes, mirándonos con ojos desorbitados.

Con un murmullo obediente, las criadas se dispersaron y regresaron a sus puestos, sin dejar de echar miradas de soslayo al extraño mientras trabajaban.

La señora Faircloth apretó la mano de McKenna entre las suyas, pequeñas y rechonchas.

—Ven conmigo —le instó. Por tácito acuerdo mutuo, se dirigieron a los aposentos particulares del ama de llaves. Ella abrió la puerta y lo dejó pasar, y los aromas familiares a bolsitas de clavo, cera de abejas y lino teñido al té compusieron un perfume de pura nostalgia.

Volviéndose hacia la señora Faircloth, McKenna vio que sus ojos se llenaban de nuevo de lágrimas y tendió las manos para coger las de ella.

—Lo siento —dijo suavemente—. Debí buscar una manera de avisarla antes de aparecer tan de repente.

La señora Faircloth logró dominar sus emociones, que la desbordaban.

—¿Qué te ha ocurrido? —preguntó escudriñando el traje elegante y los zapatos negros y pulidos—. ¿Qué te ha hecho volver, después de tantos años?

—Hablaremos más tarde, cuando estemos menos ocupados —respondió McKenna, recordando la actividad frenética de los días como ése, cuando las docenas de invitados no dejaban a la servidumbre ni un momento de respiro—. Tiene la casa llena de huéspedes, y yo aún no he visto a lord Westcliff. —Sacó de la chaqueta unos papeles sellados con cera—. Antes de irme, quisiera darle esto.

—¿Qué es? —preguntó el ama de llaves perpleja.

—El dinero que me dejó para mi pasaje a América. Debí habérselo devuelto hace tiempo pero... —McKenna calló, incómodo. No había palabras adecuadas para explicar cómo, para salvaguardar su propia cordura, había tenido que evitar cualquier cosa y a cualquier persona relacionadas con Aline.

La señora Faircloth trató de devolverle el paquete con un meneo de la cabeza.

—No, McKenna, aquello fue un regalo. Únicamente lamento no haber podido darte más.

—Aquellas cinco libras me salvaron la vida. —Con gestos delicados, enderezó el tocado de encaje de la mujer—. Le devuelvo el regalo con intereses. Son acciones de una nueva fundición locomotora y están a su nombre. Puede convertirlas inmediatamente, si lo desea. Aunque yo le aconsejaría que espere un poco. Es probable que dentro de un año hayan triplicado su valor. —McKenna no pudo suprimir una sonrisa de tristeza al ver la perplejidad con que la señora Faircloth contemplaba los papeles. Poco entendía de acciones, bonos y prospecciones.

—¿Este paquete no contiene dinero en efectivo? —inquirió ella.

—Es mejor que el dinero —le aseguró McKenna, temeroso de que los certificados acabaran por ser empleados para envolver pescado—. Guárdelo en un lugar seguro, señora Faircloth. Lo que tiene en las manos vale unas cinco mil libras esterlinas.

La mujer palideció y el paquete estuvo a punto de caérsele de las manos.

—Cinco mil...

En lugar de manifestar la alegría que McKenna esperaba, el ama de llaves parecía totalmente aturdida, como si no pudiera asimilar el hecho de haberse convertido en una mujer rica. Se balanceó un poco, y McKenna tendió los brazos para sostenerla.

—Quiero que se jubile —dijo— y que se compre una casa propia, con sus criados, y un carruaje. Después de todo lo que ha hecho por los demás, quiero que disfrute del resto de su vida.

—No puedo aceptar tanto dinero —protestó ella.

McKenna la ayudó a sentarse en la silla junto al hogar y se acuclilló delante de ella. Apoyó las manos en los brazos de la silla.

—Esto es sólo una gota en el océano. Me gustaría hacer más por usted. Para empezar, quisiera que considerara la posibilidad de venir conmigo a Nueva York, donde pueda cuidarla.

—Ah, McKenna... —Sus ojos relucían al apoyar las manos ásperas sobre las de él—. ¡Jamás podría irme de Stony Cross! Debo quedarme con lady Aline.

—¿Con lady Aline? —repitió él con la mirada alerta, preguntándose por qué había mencionado a Aline en particular—. Ella puede contratar a otra ama de llaves. —Sus sentidos se agudizaron al ver la expresión precavida de la mujer.

—¿La has visto ya? —preguntó el ama de llaves con cautela.

McKenna asintió.

—Hemos hablado un poco.

—El destino no fue amable con ninguna de las hijas del conde de Westcliff.

—Sí, me doy cuenta. Lady Aline me contó lo que le sucedió a su hermana.

—¿No te dijo nada de sí misma?

—No. —A McKenna no le pasó inadvertida la sombra de consternación que cruzó el rostro de la mujer—. ¿Qué habría que contar?

El ama de llaves pareció elegir cuidadosamente sus palabras.

—Tuvo que guardar cama durante casi tres meses. Y aunque con el tiempo se recuperó... nunca volvió a ser la misma.

McKenna entrecerró los ojos.

—¿Qué le pasó?

—No me atrevo a decírtelo. La única razón por la que lo menciono es porque su enfermedad la dejó algo... débil.

—¿En qué sentido?

La mujer negó decididamente con la cabeza.

—No puedo decírtelo.

McKenna se sentó sobre los talones y la miró fijamente. Calculó cuál sería la manera más eficaz de conseguir la información que deseaba y dijo con voz dulce y seductora:

—Ya sabe que puede confiar en mí. No se lo diré a nadie.

—No pretenderás que rompa una promesa —le regañó la señora Faircloth.

—Claro que sí —repuso él secamente—. Me paso la vida procurando que la gente rompa sus promesas. Y, si no lo hacen, hago que se arrepientan. —Se puso de pie con un movimiento fluido—. ¿Qué significa que lady Aline «nunca volvió a ser la misma»? Que me lleven los demonios si he visto algún cambio en ella.

—¡Blasfemia! —El ama de llaves chasqueó la lengua con reprobación.

Sus miradas se encontraron, y McKenna sonrió de repente al recordar cuántas veces había recibido aquel mismo reproche cuando era niño.

—No me lo diga, pues. Obtendré la verdad de la propia lady Aline.

—Lo dudo. Y, si estuviera en tu lugar, no la presionaría demasiado. —La señora Faircloth se levantó también—. ¡En qué hombre tan apuesto te has convertido! —exclamó—. ¿Tienes una esposa que espere tu regreso a América? ¿Una prometida?

—No, gracias a Dios. —Su sonrisa, no obstante, se borró al oír las siguientes palabras del ama de llaves.

—Ah... —Su voz parecía impregnada de lástima o, tal vez, de extrañeza—. Siempre fue ella, ¿no es así? Por eso habrás vuelto.

McKenna frunció el entrecejo.

—He vuelto por cuestiones de negocios, y la posibilidad de que lord Westcliff invierta en la fundición no es la menor de ellas. Mi presencia aquí nada tiene que ver con lady Aline... ni con un pasado que ya nadie recuerda.

—Tú lo recuerdas —dijo la mujer—. Y ella también.

—He de irme —dijo él bruscamente—. Todavía no sé si lord Westcliff tiene objeciones a mi presencia aquí.

—No creo que sea el caso —replicó la señora Faircloth en seguida—. Lord Westcliff es todo un caballero. Creo que te dará una cordial bienvenida, como a todos sus invitados.

—Entonces ha de ser notablemente diferente a su padre —dijo McKenna con sorna.

—Lo es. E intuyo que te llevarás muy bien con él, siempre que no le des razones para temer que puedas hacer daño a lady Aline. Ya ha sufrido bastante sin que tú vengas a agravar la situación.

—¿Sufrido? —McKenna no pudo reprimir el desprecio que coleteó en su voz—. He visto lo que es el sufrimiento, señora Faircloth... gente muriéndose por falta de comida y medicinas, dejándose la piel en trabajos duros, familias devastadas por la pobreza. No trate de decirme que Aline tuvo que levantar alguna vez un dedo por su supervivencia.

—Esta actitud es de miras estrechas, McKenna —fue el suave reproche—. Es bien cierto que el conde y sus hermanas sufren de forma distinta a nosotros, pero su sufrimiento no es menos real por ello. Y no es culpa de lady Aline que tú hayas tenido una vida dura, McKenna.

—Tampoco mía —replicó él en tono suave, mientras su sangre hervía como un caldero en los infiernos.

—Santo Dios. ¡Qué mirada tan diabólica! —exclamó con voz queda el ama de llaves—. ¿Qué estás tramando, McKenna?

Él borró toda expresión de su rostro.

—Nada en absoluto.

Ella le observó con paciente descreimiento.

—Si pretendes maltratar a lady Aline de algún modo, te advierto...

—No —interpuso él amablemente—. Jamás le causaría daño alguno, señora Faircloth. Ya sabe cuánto significó para mí en el pasado.

El ama de llaves pareció relajarse. Al darse la vuelta, no pudo ver la sonrisa tenebrosa que moldeó las duras facciones del hombre.

McKenna se detuvo antes de posar la mano en el paño de la puerta y la miró por encima del hombro.

—Señora Faircloth, dígame...

—¿Sí?

—¿Por qué sigue soltera?

—Será mejor que te responda ella.

—Tiene que haber un hombre —murmuró McKenna. A una mujer tan asombrosamente bella como Aline jamás le faltaría la compañía masculina.

La señora Faircloth respondió con cautela:

—De hecho, hay cierto caballero. Lord Sandridge, actual propietario de la vieja finca de los Marshleigh. Se instaló allí hace unos cinco años. Sospecho que lo verás en el baile de mañana por la noche... le invitan a menudo a Stony Cross Park.

—¿Qué tipo de hombre es?

—Oh, lord Sandridge es todo un caballero, y muy estimado por sus vecinos. Me atrevería a decir que le encontrarás muchas virtudes cuando le conozcas.

—Estoy impaciente —respondió McKenna son suavidad, y salió de la habitación del ama de llaves.

Aline saludaba a sus invitados de forma mecánica. Tras su encuentro con el señor Gideon Shaw en el camino de vuelta a la mansión, había sido presentada a los Chamberlain: su hermana y cuñado y sus ricos amigos de Nueva York, los Laroche, los Guyler y los Robinson. Como era previsible, todos sentían la característica reverencia americana por la nobleza británica. El hecho de que Aline inquiriera por su comodidad durante la travesía del Atlántico suscitó un torrente de gratitud. La mención de los refrigerios que pronto les serían servidos fue recibida con el volumen de alegría que se podría esperar de un condenado a muerte que acabara de recibir el perdón. Aline albergaba la firme esperanza de que tras algunos días de estancia bajo el techo de la mansión dejarían de sentirse tan deslumbrados por ella.

Tras despedirse de los huéspedes, Aline se dirigió a la cocina en busca de la señora Faircloth. Curiosamente, aunque el escenario era totalmente normal, Aline supo sin que nadie se lo dijera que McKenna acababa de pasar por allí. El aire parecía vibrar con energía, como si un relámpago hubiese atravesado la estancia. Le bastó ver la mirada de la señora Faircloth para que su sospecha quedara confirmada. Sí, McKenna había ido a ver al ama de llaves inmediatamente después de hablar con Aline. De todos aquellos que antaño lo conocieran, ellas dos eran las que más le habían querido.

McKenna... Los pensamientos revoloteaban por su cabeza como un enjambre de abejas escapado de un panal roto... no se sentía capaz de atenerse a una noción coherente, a una imagen nítida. Le parecía imposible que McKenna hubiese vuelto a Stony Cross como atraído por el polo de un imán mágico, buscando la resolución del pasado que les atormentaba a ambos. Deseaba obtener algo de ella... algún rescate en forma de dolor, de pena o de placer, que por fin consiguiera aportarle cierta medida de paz. Y ella no podía ofrecerle nada, aunque con gusto sacrificaría el alma por él, si ello fuera posible.

Quería verlo una vez más, sólo para asegurarse de que su presencia era real. Necesitaba oír el sonido de su voz, sentir el tacto de su brazo bajo los dedos, cualquier cosa que la convenciera de que no se había vuelto loca a causa del eterno anhelo. Luchando por dominar sus sentimientos, Aline logró borrar toda emoción de su cara mientras se acercaba a la larga mesa de madera. Echó un vistazo a la página de anotaciones que sostenían la cocinera y la señora Faircloth y sugirió algunos cambios en los menús. Una vez tomadas las decisiones finales, consideró la perspectiva de reunirse con la multitud de invitados para el almuerzo de media mañana y se sintió invadida por una oleada de cansancio. No tenía ganas de comer, sonreír ni entablar conversación con tantos extraños ansiosos. Hacerlo, además, bajo la atenta mirada de McKenna... imposible. Por la tarde ya habría conseguido recuperarse y volvería a ser la anfitriona consumada. Ahora mismo, necesitaba recluirse en un lugar privado para poder pensar. «Y esconderte», añadió una vocecita burlona. Sí, y esconderse. No deseaba volver a ver a McKenna antes de lograr sobreponerse.

—El conde quiere verte —dijo la señora Faircloth retirándose con ella hacia la entrada de la cocina. La miraba con tierna preocupación, escudriñando su rostro exangüe.

Claro. Marco querría cerciorarse de que no estaba desconsolada, ni conmocionada ni en modo alguno desfallecida por la reaparición del hombre a quien había amado en el pasado.

—Iré a verle —respondió Aline—. Y le diré que tendrá que entretener a nuestros huéspedes sin mi ayuda esta mañana. Me siento... algo fatigada.

—Sí —acordó la señora Faircloth—, querrás estar bien descansada para el baile de esta noche.

McKenna asistiría a un baile en Stony Cross Park... Aline jamás se habría atrevido a imaginar siquiera una situación como ésa.

—Qué extraña es la vida —murmuró—. Resulta tan irónico que decidiera volver.

Por supuesto, la señora Faircloth sabía perfectamente a quién se refería Aline.

—Todavía te quiere.

Sus palabras provocaron un escalofrío que recorrió el cuerpo de Aline, y su espalda se tensó como el arco en manos de un arquero.

—¿Lo dijo él?

—No... pero vi su expresión cuando mencionó tu nombre.

Aline aspiró con dificultad antes de preguntar:

—No le habrás dicho...

—Nunca traicionaría tu secreto —le aseguró el ama de llaves.

Discretamente, Aline tomó la mano cálida y áspera de la mujer en la suya, fría y sedosa. El contacto le resultó reconfortante, y sus dedos se entrelazaron con fuerza.

—No debe enterarse nunca —murmuró—. No podría soportarlo.

Aline encontró a Marco en compañía de Livia en la sala de recepción de la familia, una estancia privada donde solían encontrarse para discutir asuntos de particular urgencia. Aquélla parecía ser una de esas ocasiones. A pesar del caos que imperaba en su interior, Aline sonrió al ver la expresión preocupada y tenebrosa de su hermano y las facciones tensas de su hermana.

—No pongáis esa cara, como si temierais que me fuera a tirar por la ventana —les dijo—. Os aseguro que estoy perfectamente tranquila. Ya he visto a McKenna, hemos charlado cordialmente y ambos acordamos que el pasado ya no tiene ninguna importancia.

Marco se adelantó y posó las fuertes y anchas manos en sus hombros.

—El pasado siempre tiene importancia —dijo con su característica voz rasposa—. Y, siendo las circunstancias las que son... no quiero que sufras de nuevo.

Aline intentó reconfortarle con una sonrisa.

—No sufriré. Nada queda de los sentimientos que albergaba por él. Entonces no era más que una niña tonta. Y estoy convencida de que tampoco McKenna siente ya nada por mí.

—¿Por qué está aquí, entonces? —preguntó Marco con la mirada dura.

—Para ocuparse de los negocios del señor Shaw, por supuesto. Y para discutir tu inversión en sus fundiciones...

—Sospecho que ése no es más que un subterfugio que oculta las verdaderas intenciones de McKenna.

—Que serían... ¿cuáles?

—Poder, por fin, conquistarte.

—Vamos, Marco. ¿Te das cuenta de cuán ridículo suena eso?

—Soy un deportista —contestó él secamente—. He pasado la mayor parte de mi vida cazando y disparando a las presas... puedo reconocer una cacería cuando la veo.

Aline se apartó de su hermano y le dirigió una mirada burlona.

—Debí imaginar que lo reducirías a eso. En la vida hay más que la caza y la captura, Marco.

—Para una mujer, tal vez. No para un hombre.

Aline suspiró y echó a Livia una mirada llena de intenciones, tratando de ganarse su apoyo.

La hermana menor la complació en seguida.

—Si Aline afirma que la presencia de McKenna no la incomoda, creo que tampoco nosotros deberíamos oponernos a ella.

La expresión de Marco no se relajó, sin embargo.

—Sigo considerando la posibilidad de pedirle que se marche.

—Por el amor de Dios. ¿Sabes cuántas habladurías despertarías con ello? —preguntó Aline con impaciencia—. ¿Por qué pierdes el tiempo en pedir mi opinión si ya has decidido lo que vas a hacer? Yo quiero que se quede.

La sorprendió la manera en que la miraron, tanto su hermano como su hermana, como si les hubiera hablado en otro idioma.

—¿Qué ocurre? —preguntó con recelo.

—Acabo de entrever un destello de tu vieja chispa —respondió Marco—. Bienvenido sea el cambio.

Aline le contestó con una risa forzada.

—¿Qué insinúas, Marco? ¿Que me he convertido en una mujer tímida y frágil?

—Retraída, diría yo —repuso su hermano—. Te niegas a aceptar las atenciones de cualquier hombre que no sea Sandridge... y resulta obvio que eso nunca podrá conducir a nada. —Mientras Aline se esforzaba por balbucear una respuesta, Marco dirigió su atención a Livia—: Y tú no eres mejor que tu hermana —afirmó sin rodeos—. Hace dos años que Amberley murió, y es como si te hubieras enterrado con él. Ya es hora de que te quites el traje de luto y empieces a vivir de nuevo, Livia. Por el amor de Dios, sois las dos mujeres más hermosas de Hampshire y vivís como monjas. Me temo que tendré que cargar con vosotras hasta que esté viejo y desdentado.

Livia le dedicó una mirada ofendida, mientras Aline se reía por lo bajo al imaginarse a su tan viril hermano como un vejete calvo. Se le acercó y le dio un beso afectuoso.

—Somos exactamente lo que te mereces, arrogante entrometido. Deberías estar agradecido porque yo no te sermoneo acerca de tus faltas, querido y soltero hermano de treinta y cuatro años, cuando tu único propósito en la vida debería ser la procreación de un heredero al título...

—Basta —gruñó él—. Madre ya me lo ha dicho un millón de veces. Dios sabe que no necesito oírlo también de ti.

Aline echó una mirada de triunfo a Livia, quien logró esbozar una sonrisa exánime.

—Muy bien, dejaré el tema de momento si prometes no hacer ni decir nada con respecto a McKenna.

Marco asintió con un gruñido y se despidió de ellas.

Mirando a Livia a los ojos, Aline vio que los comentarios de Marco la habían turbado mucho. Le dirigió una sonrisa reconfortante.

—En una cosa tiene razón —dijo—. Deberías empezar a relacionarte otra vez.

—Relacionarme con hombres, quieres decir.

—Pues, sí. Algún día volverás a enamorarte, Livia. Te casarás con un hombre maravilloso, tendrás hijos con él y vivirás la vida que Amberley hubiese deseado para ti.

—¿Y qué me dices de ti?

La sonrisa de Aline desapareció.

—Ya sabes que esos sueños ya no son posibles para mí.

Un suspiro escapó de los labios de Livia.

—¡No es justo!

—No —accedió Aline suavemente—. Pero ahí está... algunas cosas simplemente no pueden ser.

Livia se rodeó los hombros con los brazos y fijó la mirada ceñuda en la alfombra que cubría el suelo.

—Aline, hay algo que nunca te he dicho... porque siempre me ha dado vergüenza. Pero, ahora que McKenna ha vuelto y el pasado ocupa tanto mis pensamientos, ya no puedo fingir que lo ignoro.

—No, Livia —dijo Aline con ternura, intuyendo lo que iba a decirle su hermana.

Una lágrima repentina resbaló por la curva delicada del mentón de Livia.

—Fui yo quien le dijo a padre que te había visto con Mc-Kenna en los establos, hace tantos años. Tú lo sospechabas, desde luego, pero nunca me lo has preguntado. Ojalá hubiera callado. Lamento en el alma no haberlo hecho. Te arruiné la vida.

—No fue tu culpa —exclamó Aline y se le acercó para abrazarla—. ¿Cómo iba a culparte de ello? No eras más que una niña y... ¡no, no llores! No importa que se lo dijeras a padre. Mi relación con McKenna nunca hubiera podido conducirnos a ningún sitio. No había lugar donde ir, no había nada que hacer, nada que pudiera permitirnos estar juntos.

—Aun así, lo lamento.

Arrullándola con suavidad, Aline le dio unas palmaditas en la espalda.

—Sólo los necios van en contra de su destino... Eso es lo que padre solía decir. ¿Te acuerdas?

—Sí, y siempre sonaba como un idiota rematado.

La risa brotó de la garganta de Aline.

—Quizá tengas razón. Desde luego, McKenna desafió su propio destino, ¿no es cierto?

Livia sacó un pañuelo de la manga y se sonó la nariz.

—La servidumbre comenta —dijo con la voz ahogada por la prenda de algodón arrugado—. Parece que el mayordomo del señor Chamberlain dijo a James, el lacayo, quien a su vez dijo a las criadas, que a McKenna le llaman «Rey McKenna» en Nueva York, que tiene una enorme mansión en la Quinta Avenida y que todos lo conocen en Wall Street.

Aline esbozó una sonrisa torcida.

—De mozo de cuadra a rey. No esperaría menos de él.

—Aline, ¿qué pasará si McKenna vuelve a enamorarse de ti?

La pregunta le produjo un escalofrío.

—No lo hará. Créeme, cuando la llama de un amor pasado se apaga, ya nada puede reavivarla.

—¿Y si no se ha apagado nunca?

—Livia, te aseguro que McKenna no se ha pasado doce años suspirando por mí.

—Pero ¿tú no has...? —Livia calló bruscamente.

Al intuir lo que su hermana iba a preguntar, Aline se ruborizó. Se acercó a la ventana y contempló el camino cubierto de arcos de piedra que recorría el jardín oriental. Los arcos estaban cubiertos de rosas, clemátides y madreselvas, y formaban un túnel fragante que conducía a la glorieta de verano, cuyas paredes de piedra estaban rematadas de un techo de celosías. Los recuerdos de McKenna impregnaban el jardín... sus manos que se afanaban con cuidado entre las rosas para podar las flores marchitas, su cara bronceada iluminada por el sol que irrumpía a través de las hojas y las celosías, el cabello de la nuca reluciente de sudor mientras tiraba palas de grava sobre el camino o desbrozaba las malas hierbas de los parterres sobreelevados.

—No sé si puedes llamar a eso suspirar —dijo Aline acariciando el pretil con la punta de los dedos—. McKenna siempre será parte de mí, vaya donde vaya. Dicen que los que han perdido un miembro sienten, a veces, que todavía está allí. Cuántas veces no habré sentido que McKenna estaba todavía aquí, y que el espacio vacío vibraba con su presencia... —Cerró los ojos y se inclinó hacia delante, hasta que su frente y la punta de su nariz tocaron el cristal frío—. Lo amo más allá de toda razón —susurró—. Ahora es un extraño para mí y, sin embargo, sigue siendo tan familiar... No puedo imaginar tormento más dulce que tenerlo tan cerca.

Pasó un largo rato antes que Livia pudiera hablar.

—Aline... ¿No le dirás la verdad ahora que ha vuelto?

—¿Qué sentido tendría? Sólo conseguiría ganarme su compasión, y antes prefiero tirarme por el acantilado. —Se apartó de la ventana y frotó con la manga la mancha que su cara había dejado en uno de los cristales relucientes—. Es mejor permitir que me siga odiando.

—¡No sé cómo puedes soportarlo! —exclamó Livia.

Aline sonrió cansinamente.

—Digamos que hallo un extraño consuelo en el hecho de que no me odiaría tanto ahora si no me hubiese amado tantísimo en el pasado.

A pesar de las súplicas de Marco y de Aline, Livia se negó a asistir al baile de bienvenida, al que acudirían todas las personalidades de renombre del condado.

—Necesito que estés allí —había insistido Aline, tratando de emplear cualquier medio para inducir a su hermana a salir de su aislamiento voluntario de la sociedad—. Me siento intranquila esta noche, Livia, tu presencia a mi lado sería de gran ayuda...

—No —respondió Livia con placidez. Se había instalado en la sala de recepciones de la familia, con un libro en una mano y una copa de vino en la otra. Llevaba el cabello trenzado, y cómodas zapatillas de punto en los pies—. No tengo deseo alguno de mezclarme con esa horda de americanos. Además, sé muy bien por qué estás inquieta, y mi compañía no puede ayudarte en nada.

—¿No te apetece ver a McKenna después de tantos años?

—Que Dios me libre, no. —Los ojos verde almendra de Livia la escrutaron por encima del borde de la copa que se había llevado a los labios—. La sola idea de enfrentarme a McKenna después de cómo os delaté en el pasado me hace desear que me trague la tierra.

—Él no lo sabe.

—¡Pero yo, sí!

Aline frunció el entrecejo y decidió probar por otro camino.

—¿Y qué hay del señor Shaw? ¿No tienes el menor interés en conocerlo?

—Por lo que me ha contado Marco del infame señor Shaw, más me vale mantenerme lejos de él.

—Creía que Shaw le caía bien a Marco.

—Y así es, pero no como compañero de ninguna de sus hermanas.

—Pues, diría que esto convierte al señor Shaw en un hombre muy interesante —dijo Aline, provocando la risa de Livia.

—Puesto que va a quedarse un mes, seguramente tendremos oportunidad de comprobarlo. Entretanto, ve abajo y diviértete. Estás tan hermosa con este vestido... ¿No me dijiste una vez que el azul es el color preferido de McKenna?

—No me acuerdo.

Su color preferido era el azul. Y esa noche Aline no pudo evitar elegir un vestido de seda color lapislázuli. Era un vestido sencillo, sin vuelo ni sobrefalda, con una simple cola corta y un escote bajo de corte cuadrado. Una doble ristra de perlas colgaba de su cuello, y la vuelta más larga le llegaba casi a la cintura. Otra ristra adornaba sus rizos recogidos.

—Eres una diosa —anunció su hermana alegremente y levantó la copa en un brindis de homenaje—. Buena suerte, querida. Porque, cuando McKenna te haya visto con este vestido, predigo que te resultará muy difícil mantenerle bajo control.

Cuando McKenna y Gideon Shaw formalizaron su asociación profesional, este último insistió en prepararlo para presentarse ante la sociedad Knickerbocker. Aquel proceso de aprendizaje consistió en un período de entrenamiento e instrucción rigurosos, que habían dotado a McKenna de la soltura necesaria para codearse con los pares de Shaw en los altos círculos de la sociedad. El propio McKenna, no obstante, nunca se engañó a sí mismo, consciente de que su formación no le afectaba más que de modo superficial. Ser miembro de la alta sociedad comportaba mucho más que ropas y comportamientos apropiados. Requería una actitud de confianza, de fe innata en la propia superioridad y una elegancia de carácter que él se sabía incapaz de obtener.

Afortunadamente para él, en América bastaba con tener dinero. Por exclusivista que fuera la clase alta americana, aceptaba, aunque no sin recelo, a los advenedizos acaudalados. Los nuevos ricos, generalmente llamados «ricachones», encontraban la mayoría de las puertas abiertas. Las mujeres no eran tan afortunadas. Si la familia de una heredera no tenía raíces, por muy grande que fuera su dote, jamás sería aceptada por los viejos neoyorquinos y tendría que buscar esposo en París o en Londres antes que en casa.

Conociendo la atmósfera capciosa de los bailes de Nueva York, a McKenna le sorprendió agradablemente el aire desenfadado de aquella concurrencia. Cuando lo mencionó a Gideon su amigo rió por lo bajo.

—Siempre es así en Inglaterra —dijo—. Los aristócratas ingleses nada tienen que demostrar. Ya que nadie les puede quitar los títulos, son libres de hacer y de decir lo que les plazca. En Nueva York, en cambio, el estatus social es siempre algo precario. La única manera de asegurarlo es estar incluido en alguna lista. Lista de comités, lista de invitados, lista de socios, lista de visitas...

—¿Hay alguna lista en la que no estés incluido? —preguntó McKenna.

—Dios, no —respondió Gideon con una risa irónica—. Soy un Shaw. Todos quieren relacionarse conmigo.

Se encontraban juntos de pie en uno de los extremos del salón de baile, que parecía contener acres enteros de suelo de parqué. El aire estaba impregnado de la fragancia de lirios, rosas y azucenas recogidas en los jardines de la propiedad y dispuestas de manera artística en jarrones de cristal. En los huecos de las paredes se habían colocado pequeños bancos tapizados de terciopelo, y allí las damas de mayor edad se sentaban en estrecha compañía con las flores de alhelí. La música bajaba flotando desde un balcón del primer piso, donde la pequeña orquesta tocaba medio oculta tras cortinas de espesa vegetación. Aunque este baile no alcanzaba las extravagancias de algunas de las reuniones sociales de la Quinta Avenida a las que había asistido McKenna, de algún modo las dejaba en ridículo. «Hay una diferencia entre la calidad y la ostentación», pensó. Y la aparición de lady Aline le confirmó de inmediato esa idea.

Estaba deslumbrante, con las ristras de perlas blancas que adornaban su centelleante cabello oscuro y ese vestido azul que envolvía su cuerpo voluptuoso, ceñido a las curvas prominentes de sus pechos. Una doble guirnalda de frescos capullos de rosa rodeaba una de sus manos enguantadas. Lady Aline tendió los brazos en un gesto de bienvenida y se acercó a un grupo de invitados reunidos cerca de la entrada del salón. Su sonrisa era un destello de magia. Observándola, McKenna se fijó en algo en lo que no había reparado durante su anterior encuentro... caminaba de un modo distinto de como él recordaba. En lugar de exhibir la gracia impetuosa que poseía como muchacha, Aline se movía ahora con la lánguida determinación de un cisne que se desliza sobre las aguas quietas de un estanque.

La entrada de Aline atrajo muchas miradas, y resultaba obvio que McKenna no era el único hombre en admirar su centelleante atractivo. Por muy serena que fuera la superficie, no se podía disimular la sensualidad luminosa que se expandía por dentro. McKenna apenas consiguió dominarse para no ir hacia ella y arrastrarla hacia algún rincón apartado y oscuro. Deseaba arrancar las perlas de su cabello y apretar los labios contra sus pechos y respirar el perfume de su cuerpo hasta quedar embebido.

—Preciosa —comentó Gideon, siguiendo su mirada—. Aunque podrías encontrar a otras, casi tan atractivas (y, desde luego, bastante más jóvenes) en Nueva York.

McKenna le dirigió una mirada despreciativa.

—Ya sé lo que hay en Nueva York. —Sus ojos se volvieron compulsivamente hacia Aline.

Gideon sonrió e hizo girar el pie de su copa de vino entre los largos dedos.

—Aunque no me atrevería a decir que todas las mujeres son iguales, sí puedo afirmar con cierta autoridad que poseen las mismas características básicas. ¿Qué hace que ésta sea tan infinitamente preferible a las demás? ¿El simple hecho de no haber podido conseguirla?

McKenna ni se preocupó en responder a tamaña iniquidad. Sería imposible explicarlo, a Shaw o a cualquier otro. La oscura realidad era que él y Aline nunca se habían separado; aunque habitaran hemisferios distintos de la Tierra, siempre estarían entrelazados en la misma relación infernal. ¿Que no la había conseguido? Jamás había dejado de tenerla. Ella había sido su tormento incesante. E iba a sufrir por ello, como él había sufrido durante más de diez años.

La aparición de lord Westcliff interrumpió sus silogismos. Como el resto de los invitados varones, Westcliff lucía un traje formal en blanco y negro, con solapas anchas cortadas en líneas rectas según los dictados de la moda, y pantalones holgados y confeccionados con gran pericia. Tenía el porte vigoroso de los deportistas, y sus modales eran, más que afectados, directos. Su parecido físico con el viejo conde, sin embargo, despertó en McKenna una chispa de animosidad que no fue capaz de desestimar. Por otra parte, no eran muchos los aristócratas dispuestos a recibir a un viejo criado como huésped honroso... McKenna le daba crédito por ello.

Westcliff les saludó con expresión agradable si no precisamente amistosa.

—Buenas noches —murmuró—. ¿Se están divirtiendo, caballeros?

—Desde luego —respondió Shaw cordialmente, alzando su copa en señal de reconocimiento—. Un burdeos exquisito, señor conde.

—Estupendo. Daré órdenes para que algunas botellas sean llevadas a la residencia de recoletos, para ustedes. —Westcliff dirigió la mirada a McKenna—: ¿Y usted, caballero? ¿Qué impresión le merece su primer baile en Stony Cross Park?

—Se ve distinto de este lado de las ventanas —respondió él con franqueza.

Su comentario provocó una sonrisa vacilante en labios de Westcliff.

—De los establos al salón de baile hay una gran distancia —admitió—. Y no son muchos los hombres capaces de recorrerla.

McKenna apenas escuchó el comentario. Su atención había vuelto a Aline, quien recibía a un recién llegado.

Parecía que el invitado había venido solo. Era un hombre apuesto de no más de treinta años de edad, cuyo atractivo rubio era comparable al de Gideon Shaw. Mientras Gideon poseía un encanto dorado y curtido, sin embargo, aquel hombre era rubio ceniza... el cabello de oro pálido y los ojos, penetrantes. Su presencia junto a Aline, lo claro en compañía de lo oscuro, resultaba en extremo atractiva.

Westcliff siguió su mirada y vio a la pareja.

—Lord Sandridge —murmuró—. Un amigo de la familia, muy apreciado por lady Aline.

—Resulta evidente —comentó McKenna, a quien no escapaba el aire de intimidad entre los dos. Los celos lo invadieron como una marea ponzoñosa.

Westcliff prosiguió con desenfado:

—Son amigos desde hace por lo menos cinco años. Mi hermana siente una afinidad inusual con Sandridge, hecho que me complace sobremanera, puesto que su felicidad es lo más importante para mí. —Hizo una reverencia hacia ambos—: A sus órdenes, caballeros.

Gideon siguió su partida con una sonrisa.

—Gran estratega, nuestro Westcliff —murmuró—. Se diría que acaba de advertirte que te mantengas alejado de lady Aline, McKenna.

McKenna le dirigió una mirada de reprobación, aunque ya estaba acostumbrado al placer perverso que obtenía Gideon de sacarlo de sus casillas.

—Westcliff puede irse al infierno —gruñó—. Y Sandridge con él.

—¿No te asusta la competencia, entonces? —murmuró Gideon.

McKenna arqueó una ceja y habló con desprecio.

—Después de cinco años de amistad, Sandridge aún no la ha reclamado para sí. Yo no llamaría a eso competición, en ningún sentido de la palabra.

—No la ha reclamado para sí en público —puntualizó Gideon.

McKenna meneó la cabeza con una sonrisa imperceptible.

—Que yo sepa, Shaw, ésa es la única reclamación que cuenta.

8

Pocas personas había habido en la vida de Aline en las que hubiera confiado lo suficiente para amarlas. Amar a Adam, no obstante, a lord Sandridge, le había resultado inusualmente fácil. La suya era una amistad en el sentido más puro de la palabra, exenta de cualquier matiz de sexualidad. Muchos rumores de una relación entre los dos habían circulado a lo largo de los últimos cinco años, hecho que servía a los propósitos de ambos. A Aline la complacía que pocos hombres se atrevieran a abordarla debido a su supuesta relación romántica con Adam. Y él, por su parte, se sentía agradecido de que los cotilleos sobre ellos evitaran otro tipo de rumores, más destructivos, que podrían haber surgido en otras circunstancias.

Aline nunca había indagado en las preferencias sexuales de Adam, puesto que nada tenían que ver con ella. Sabía, sin embargo, algo que muy pocos sospechaban: que sólo se sentía atraído por otros hombres. Hecho que haría muy afortunado a cualquier hombre de su misma inclinación. El encanto natural de Adam, su inteligencia y su refinado sentido del humor bastarían para hacerlo deseable, al margen de su aspecto físico. Daba la casualidad, sin embargo, de que también poseía un atractivo deslumbrante, con su espeso cabello color oro blanco, sus ojos grises de pestañas oscuras y su cuerpo esbelto y bien trabajado.

Cuando Aline estaba con él, no podía más que divertirse. La hacía reír, la hacía reflexionar y sabía lo que iba a decir antes que llegara a pronunciarlo. Adam podía aliviar sus ocasionales depresiones mejor que nadie y, en más de una ocasión, ella había hecho lo mismo por él.

—A veces haces que desee ser un hombre —le dijo una vez riéndose. La sonrisa de respuesta fue un destello níveo en su rostro suavemente bronceado.

—No, eres absolutamente perfecta siendo mujer.

—Estoy lejos de ser perfecta —murmuró ella, consciente de la gruesa capa de cicatrices que cubría sus piernas.

Adam no había recurrido a tópicos ni a mentiras, sólo había tomado su mano entre las suyas y la había sostenido durante un largo rato. Poco después de conocerlo, Aline le había hablado ya de su accidente y de los daños que había causado a sus piernas. No dejaba de ser extraño, puesto que lo había mantenido en secreto a amigos que conocía desde hacía años... pero a Adam no podía ocultarle nada. También le había contado cada detalle de su amor prohibido con McKenna y cómo lo había obligado a marcharse. Adam había aceptado sus confidencias con gran comprensión y cierta dosis de compasión.

Con una rígida sonrisa de circunstancias en los labios, Aline le apretó las manos como una tenaza y musitó por lo bajo:

—Adam, te necesito.

Él observó su rostro con mirada alerta y atenta.

—¿Qué sucede?

—McKenna —consiguió articular ella—. Ha vuelto.

Adam meneó la cabeza en un gesto de incredulidad.

—¿A Stony Cross? —Al ver el brusco asentimiento de su cabeza, Adam esbozó un silbido inaudible—. ¡Santo Cielo!

Aline sonrió trémula.

—Está alojado en la mansión... Vino con los americanos.

—Pobre criatura —dijo él con tristeza—. Parece que tu mala suerte continúa. Acompáñame al jardín y hablaremos.

Ella deseaba seguirlo pero se contuvo con incertidumbre.

—Debo quedarme para recibir a los invitados.

—Esto es más importante —afirmó Adam y la cogió del brazo—. Sólo unos minutos... Te devolveré al salón antes que te echen a faltar. Vamos.

Salieron al balcón enlosado que miraba a las terrazas de atrás, donde una hilera de grandes puertas vidrieras estaba abierta para dar entrada a cualquier hálito de brisa que quisiera entrar en el salón. Aline habló con rapidez y le contó todo lo ocurrido, mientras él escuchaba en silencio meditabundo. Deteniéndose en el umbral de una puerta vidriera, Adam miró atrás, a la apretada concurrencia.

—Dime quién es —murmuró.

Aline apenas necesitaba mirar en el salón, tan consciente estaba de la presencia de McKenna.

—Está allí, debajo del friso dorado. Está hablando con mi hermano.

Después de echar una mirada discreta, Adam volvió la vista hacia ella y dijo con sequedad:

—No está nada mal, si te gustan los tipos morenos y huraños.

Angustiada como estaba, Aline no pudo reprimir una risita traviesa.

—¿Hay alguien a quien no le gusten estos tipos?

—Yo, por ejemplo. Tu *Sturm und Drang* es todo tuyo, querida. Yo me quedo con alguien más fácil de manejar.

—¿Qué significa «Sturm und Drang»?

—Ah..., ya veo que debo introducirte en las sutilezas de la literatura alemana. Significa pasión desasosegada, traducido literalmente: «tormenta y tensión».

—Sí, bueno, no hay nada tan apasionante como una tormenta, ¿no es cierto? —repuso Aline con malicia.

Adam sonrió y la condujo hacia un banco cercano.

—Sólo cuando la miras desde el cálido interior de tu casa. —Una vez sentados, tomó la mano de Aline en la suya y la apretó con suavidad—. Dime, cariño. ¿Qué vamos a hacer con este problema tuyo?

—Todavía no lo sé.

—¿Te ha dicho ya McKenna qué espera de ti? —Adam respondió a su propia pregunta antes que ella consiguiera hacerlo—. No importa, sé exactamente qué quiere. La cuestión es: ¿cabe la posibilidad de que pueda obligarte o coaccionarte de algún modo?

—No —respondió ella de inmediato—. Por mucho que haya cambiado, McKenna nunca haría eso.

Adam pareció relajarse un poco.

—Es bueno saberlo.

—Tengo miedo, Adam —confesó Aline en un susurro, apoyando la cabeza en su hombro—. No de lo que pueda pasar ahora o en las próximas semanas... Tengo miedo de lo que vendrá después, cuando McKenna se haya ido. Pude sobrevivir una vez, no sé si ahora sería capaz.

Él la rodeó con el brazo y le dio un apretón cariñoso.

—Sí, lo serás. Yo estaré aquí para ayudarte. —Se produjo un largo silencio, durante el cual Adam ponderó sus palabras—: Aline, lo que voy a decirte podría parecer fuera de lugar..., pero he estado reflexionando últimamente, y éste puede ser un buen momento para hablar del tema.

—¿Sí?

Adam la miró a los ojos. Tan cerca estaban, que sus narices casi se rozaban. Él sonrió, y la luna quedó reflejada en sus ojos grises.

—Hacemos una buena pareja, amiga mía. En estos cinco años en que nos conocemos, he llegado a adorarte como a nadie más en el mundo. Podría pasar una hora entera enumerando tus muchas virtudes, pero ya las conoces de sobra. Mi propuesta es la siguiente: creo que deberíamos continuar como hasta ahora, con una única pequeña modificación. Quiero casarme contigo.

—¿Has estado bebiendo? —preguntó Aline riéndose.

—Piénsalo: serías el ama de Marshleigh. Constituiríamos la más insólita de las uniones, un esposo y una esposa que se caen auténticamente bien.

Ella lo miró perpleja.

—Pero tú nunca querrías...

—No. Ambos encontraríamos un tipo de satisfacción dentro del matrimonio y otro, distinto, fuera de él. La amistad es mucho más duradera que el amor, Aline. Y, en cierto sentido, yo soy muy tradicionalista: me parece muy sensato mantener la pasión enteramente al margen del matrimonio. Yo no te culparé por buscar tus placeres allá donde puedas encontrarlos, y tú no me culparás por hacer otro tanto.

—Yo no busco ese tipo de placeres —murmuró ella—. Ningún hombre que viera mis piernas sería capaz de hacerme el amor.

—No le permitas que las vea, pues —repuso Adam tranquilamente.

Ella lo miró con escepticismo.

—¿Y cómo iba a...?

—Usa tu imaginación, querida.

El brillo diabólico de sus ojos la hizo ruborizarse.

—Nunca antes había pensado en esa posibilidad. Sería raro y embarazoso...

—Es una simple cuestión de logística —la informó Adam con ironía—. Volvamos a mi propuesta, sin embargo. ¿Pensarás en ella?

Ella meneó la cabeza sonriendo con vacilación.

—Puede que sea demasiado convencional para un arreglo de este tipo.

—Al diablo con las convenciones. —Adam le dio un beso en el cabello—. Permíteme que te ayude a reponerte cuando te partan el corazón. Permíteme masajearte las piernas por la noche, y abrazarte como lo haría un amigo del alma. Permite que te lleve a lugares maravillosos cuando te canses de las vistas de Inglaterra.

Aline sonrió contra el fino tejido de su chaqueta.

—¿Puedo disponer de algún tiempo para considerar tu tentadora oferta?

—Todo el tiempo del mundo. —Adam se removió de pronto, sin dejar de rodearla con los brazos, y le dijo quedamente en el oído—: El señor Sturm viene hacia aquí, señorita Drang. ¿Qué quieres que haga? ¿Me quedo o me voy?

Aline se apartó de él.

—Márchate —susurró—. Yo me ocuparé de él.

—Será la inscripción de tu lápida —bromeó Adam y le rozó la mejilla con los labios—. Buena suerte, cariño. Grita, si me necesitas.

—¿No quieres conocerlo antes de marchar? —preguntó ella.

—Por Dios, no. Tendrás que luchar contra tus propios dragones, mi dama —respondió él y la dejó con una sonrisa.

Desde su posición en el banco Aline observó a McKenna que se acercaba, hasta que su oscura presencia la cubrió como una sombra. La metáfora que Adam hiciera de McKenna no era del todo acertada, se parecía a un diablo mucho más que a un dragón, sólo le faltaba el tridente para completar su imagen demoníaca. Un diablo alto, taciturno y de mirada encendida, vestido en el blanco y negro de su traje formal. Literalmente, la dejó sin aliento. Aline se sintió escandalizada de su propia avidez incontrolable de tocarle. Era la misma sensación de su juventud, la excitación salvaje y embriagadora que jamás había podido olvidar.

—McKenna —pronunció sin aliento—. Buenas noches.

Él se detuvo delante de ella y echó una intensa mirada a la puerta vidriera por la que acababa de desaparecer Adam.

—¿Quién era ése? —preguntó, aunque sospechaba que ya sabía la respuesta.

—Lord Sandridge —murmuró Aline—. Un muy buen amigo.

—¿Sólo un amigo?

Diez minutos antes Aline habría respondido con un «sí» rotundo. Ahora, a la luz de la proposición de matrimonio que le hiciera Adam, consideró su respuesta con atención.

—Quiere casarse conmigo —admitió.

La expresión de McKenna era completamente apacible, aunque una chispa extraña relampagueó en sus ojos.

—¿Y lo harás?

Aline miró fijamente la silueta de pie ante ella, mitad en la sombra y mitad en la luz, y sintió que un cambio recorría su cuerpo, la piel hormigueaba debajo de la seda azul y sus pezones se endurecían. Un calor acarició su pecho y su vientre, como si alguien estuviera respirando junto a su piel.

—Es probable —oyó susurrar su propia voz.

McKenna se le acercó más y tendió una mano en un gesto de mando silencioso. Ella dejó que la pusiera de pie y sintió los largos dedos varoniles que se enroscaban alrededor de su mano enguantada a la altura de la muñeca, justo debajo de la guirnalda de rosas blancas. Su mano quedó inerte y entregada a la de él. Su corazón se contrajo bruscamente al sentir el pulgar de McKenna deslizarse en su palma. Ambas manos estaban enfundadas en guantes, sin embargo, la mera presión de los dedos del hombre fue suficiente para que el pulso de Aline se disparara.

—McKenna —preguntó en voz baja—, ¿por qué no me avisaste antes de volver a Stony Cross tan inesperadamente?

—No creí que te importara si volvía o no.

La evidente mentira fue pronunciada sin esfuerzo. Cualquiera la hubiera creído, menos ella. ¿Que no le importaría?, pensó, suspendida entre la angustia y la risa desgarrada. Cuántos días lluviosos, cuántas noches solitarias había pasado deseándolo. Mientras duraba el delirio febril que la había conducido hasta las puertas de la muerte, ella gritaba su nombre, suplicaba su presencia, soñaba con su abrazo cuando dormía.

—Claro que me importa —repuso con fingida ligereza, ahuyentando los recuerdos—. A fin de cuentas solíamos ser amigos.

—Amigos —repitió él sin inflexión alguna en la voz.

Con cuidado, Aline liberó su mano de los dedos de él.

—Pues, sí. Muy buenos amigos. A menudo me preguntaba qué habría sido de ti después de que te fueras.

—Ahora ya lo sabes. —Su expresión era dura e indescifrable—. Yo también me preguntaba qué pudo pasar después de que me enviaran a Bristol. Oí hablar de una enfermedad...

—No hablemos de mi pasado —lo interrumpió Aline con una risa brusca de autocensura—. Resulta muy aburrido, te lo aseguro. Me interesa mucho más saber de ti. Cuéntamelo todo. Empieza por el momento en que pusiste el pie en Nueva York.

Su astuta mirada halagadora pareció divertir a McKenna, como si de alguna manera comprendiera que ella había decidido flirtear con él precisamente para mantenerle en la distancia, para evitar la posibilidad de hablar de cosas significativas.

—Éste no es un tema apropiado para un salón de baile.

—Ah. ¿Lo es para una sala de estar? ¿Para un salón de juego? ¿Tampoco? ¡Cielos, ha de ser realmente escandaloso! Propongo que demos un paseo a cualquier lugar apropiado. A los establos, por ejemplo. A los caballos les divertirá mucho tu historia, y no suelen ser cotillas.

—¿Puedes abandonar a tus invitados?

—Oh, Westcliff es un anfitrión muy experto. Se arreglará solo.

—¿No necesitas una dama de compañía? —preguntó McKenna a la vez que la conducía hacia la entrada lateral del salón de baile.

La sonrisa de Aline se endureció.

—Las mujeres de mi edad no precisan de damas de compañía, McKenna.

Él la recorrió con una mirada embarazosamente penetrante.

—Puede que tú sí.

Caminaron a través de los jardines exteriores hacia la entrada trasera de los establos. La mansión había sido construida según el modelo europeo y los establos conformaban una de las alas que rodeaban el patio principal. Se solía bromear diciendo que los caballos de lord Westcliff vivían mejor que la mayoría de la gente, y no dejaba de ser cierto. El empedrado patio central de los establos contenía un gran abrevadero de mármol para los caballos. Unas arcadas conducían al cuarto de arreos, a las cinco docenas de pesebres dispuestos en hileras y al patio de los carruajes, impregnado de un fuerte olor a barniz, cuero y cera. Los establos no habían cambiado mucho en los años transcurridos desde que McKenna se fuera de Stony Cross Park. Aline se preguntó si le gustaba reencontrarse en aquel lugar familiar.

Se detuvieron en el cuarto de arreos, de cuyas paredes colgaban sillas de montar, arneses, petrales y alforjas. Sobre los estantes estaban dispuestas cajas de madera que contenían los implementos de aseo de los animales. El olor a caballo y a cuero impregnaba el aire con su penetrante aroma dulzón.

McKenna se acercó a una silla de montar y acarició con los dedos la superficie gastada. Inclinó la cabeza oscura y, de repente, pareció perderse en los recuerdos.

Aline esperó hasta que volvió a dirigirle la mirada.

—¿Cómo fueron tus principios en Nueva York? —le preguntó—. Me hubiese imaginado que buscarías un trabajo relacionado con los caballos. ¿Por qué demonios te convertiste en barquero?

—El primer trabajo que pude encontrar fue de estibador. Cuando no me tocaba cargar barcos, aprendía a defenderme con los puños. Los estibadores casi siempre se pelean por quién se hace con determinado trabajo. —Hizo una pausa y añadió con franqueza—: No me costó aprender a conseguir lo que quería por la fuerza. Con el tiempo, pude comprar un pequeño velero de poco calado y me convertí en el barquero más rápido del trayecto de Staten Island.

Aline le escuchaba con atención, tratando de comprender el proceso que había llevado al mozo de cuadra a convertirse en el hombre curtido que tenía ante sí.

—¿Tuviste algún protector? —inquirió.

—No, no tuve ningún protector. —Recorrió con los dedos el mango trenzado de una fusta—. Durante largo tiempo, seguí considerándome un criado... no se me ocurría que pudiera llegar a ser más de lo que era. Poco a poco, sin embargo, empecé a darme cuenta de que los demás barqueros tenían ambiciones mucho más grandes que las mías. Me contaron la historia de John Jacob Astor... ¿Has oído hablar de él?

—Me temo que no. ¿Es contemporáneo de los Shaw?

Su pregunta provocó la risa súbita de McKenna y el blanco destello de sus dientes en el marco oscuro de su cara.

—Es más rico que los Shaw, aunque Gideon jamás lo admitiría. Astor era hijo de un carnicero, salió de la nada e hizo fortuna comerciando con pieles. Ahora se dedica a la compraventa inmobiliaria en Nueva York. Su fortuna debe de ascender a quince millones de dólares, como poco. Yo lo conocí. Es un enano autoritario que apenas sabe hablar inglés, pero se ha convertido en uno de los hombres más ricos del mundo.

Aline abrió los ojos de par en par. Había oído hablar del explosivo crecimiento de la industria en América y de la rápida alza del valor del suelo en Nueva York. Pero le parecía prácticamente imposible que un solo hombre, sobre todo uno de orígenes tan humildes, pudiera amasar una fortuna tan grandiosa.

McKenna pareció adivinar el curso de sus pensamientos.

—Allí todo es posible. Puedes ganar mucho dinero si estás dispuesto a hacer lo que sea necesario. Y el dinero es lo único que importa, ya que no hay títulos ni sangre azul que marquen distinciones entre los americanos.

—¿Qué significa «si estás dispuesto a hacer lo que sea necesario»? —preguntó Aline—. ¿Qué tuviste que hacer?

—Tuve que aprovecharme de los demás. Aprendí a hacer oídos sordos a mi conciencia y a poner mis propios intereses por encima de los demás. Y, sobre todo, aprendí que no me puedo permitir el lujo de preocuparme por nadie que no sea yo.

—Tú no eres así —repuso ella.

La voz de McKenna fue muy suave:

—No lo dudes ni por un momento, milady. Yo ya no soy el muchacho que conocías. Él murió cuando se fue de Stony Cross.

Aline no podía aceptarlo. Si nada quedaba de aquel muchacho, una parte vital de su propio corazón habría de morir también. Se volvió hacia los aparejos de la pared más cercana para disimular la amargura que tensaba sus facciones.

—No digas eso.

—Es la verdad.

—Es como si quisieras prevenirme contra ti —dijo ella con voz espesa.

Aline no se dio cuenta de que McKenna se estaba acercando pero, de pronto, lo sintió justo a sus espaldas. No había contacto entre sus cuerpos, pero ella tuvo una nítida conciencia de la solidez y la estatura de su silueta. En medio de su desasosiego, sintió despertar un hambre física. La necesidad de apoyarse en él y sentirse rodeada por sus brazos la drenó de fuerzas. Había sido mala idea alejarse a solas con él, pensó y cerró los ojos.

—Te estoy previniendo —dijo McKenna dulcemente—. Deberías pedirme que abandone Stony Cross. O decirle a tu hermano que me eche, que mi presencia aquí te ofende. Me iría, Aline..., aunque sólo si tú lo deseas.

Su boca estaba muy cerca de la oreja de ella, su aliento acariciaba la sensible curva exterior de su oído.

—¿Y si no lo hago?

—Entonces me acostaré contigo.

Aline se volvió para mirarlo con ojos perplejos.

—¿Qué has dicho?

—Ya me has oído. —McKenna se inclinó hacia delante y apoyó las manos a cada lado de su cuerpo, las palmas firmes contra la antigua pared de los establos—. Voy a poseerte —prosiguió, la voz teñida de una difusa amenaza—. Y no se parecerá en nada al amor caballeresco al que te tiene acostumbrada lord Sandridge.

Era un disparo a ciegas. McKenna la observó atentamente para ver si su expresión desmentiría su insinuación.

Aline permaneció callada, sabiendo que cualquier alusión a la verdad acabaría delatando todos sus secretos. Era mejor que McKenna pensara que ella y Adam eran amantes a que se preguntara por qué seguía sola después de tantos años.

—Tú... no pierdes el tiempo en sutilezas, por lo que veo —logró pronunciar mirándolo siempre con sorpresa, mientras un cosquilleo cálido recorría su vientre.

—Me pareció justo advertírtelo.

Aline se sentía conmocionada por la inexplicable familiaridad de aquel momento, mientras los extraordinarios ojos verdiazules la mantenían inmóvil y esclavizada. Aquello no podía estar ocurriendo de veras.

—Tú nunca forzarías a una mujer —murmuró—. Por mucho que hayas cambiado.

McKenna respondió con voz firme, y sus ojos reflejaban todos los matices que llevan del fuego al hielo:

—Si no me echas de Stony Cross antes de la mañana, lo consideraré una invitación personal a tu cama.

Aline fue invadida por la más extraordinaria mezcla de emociones imaginables..., enfado, diversión, estupor..., por no hablar de la admiración. El muchacho nacido para servir se había convertido en un hombre espléndidamente arrogante, y a ella le encantaba esa vibrante confianza en sí mismo. Si las circunstancias fueran distintas, estaría dispuesta a darle todo, cualquier cosa que él deseara de ella. Si sólo...

De pronto, su mente quedó en blanco al tomar McKenna en la mano la ristra de perlas que colgaban de su cuello. Él apoyó su peso en una pierna y dejó que la otra se doblara suavemente entre las faldas de ella. En ese momento de proximidad a través de la ropa, Aline sintió que perdía el autocontrol. El aroma de la piel masculina la invadió... el rastro de colonia y jabón de afeitar mezclados con la limpia y bronceada esencia masculina que sólo le pertenecía a él. Aspirando la fragancia profundamente, Aline sintió que su cuerpo respondía.

Con una decisión que la dejó desarmada, McKenna utilizó el volumen de su cuerpo para inmovilizarla contra la pared. Ella sintió que la mano libre de su captor se deslizaba hacia su nuca, que el pulgar y el índice enguantados formaban una firme tenaza en torno a la parte posterior de su cabeza. Por alguna razón, ni se le ocurrió que debería intentar resistirse. No podía más que permanecer inmóvil en su abrazo, débil de excitación, deseo y trepidación.

—Dime que me vaya —murmuró McKenna, en apariencia deseoso de encontrar resistencia, desafiándola casi para que se le opusiera. Su falta de resistencia parecía inflamarle. Su aliento ardiente rozó los labios de ella, quien sintió que su cuerpo se tensaba—. Dímelo —la apremió, inclinando la cabeza sobre la de ella.

Y el recuerdo de qué y quiénes habían sido, de los besos de antaño, del anhelo angustioso, se consumió en la vorágine de deseo. Sólo existía el presente, su gemido atrapado en la boca ardiente de McKenna, el beso que empezó casi como un asalto para transformarse de inmediato en una especie de adoración ávida y extática. La lengua de McKenna se hundió en su boca, fuerte y segura. Ella gritó del placer de sentirla, y su grito quedó ahogado entre los labios de él. McKenna le había enseñado a besar y aún recordaba todos los trucos que la excitaban. Se contuvo para jugar con ella, usó los labios, los dientes, la lengua, y luego volvió a besarla a fondo, hurgando en su boca con sus besos maravillosamente agresivos. Con el cuerpo arqueado en respuesta, Aline gimió cuando la palma de McKenna se posó en la curva de sus nalgas y la atrajo hacia su entrepierna. Aun con el grosor del vestido entre ellos, pudo sentir el duro volumen de su erección.

El placer alcanzó una intensidad casi alarmante. Era demasiado, demasiado fuerte, demasiado rápido...

De repente, McKenna pronunció un sonido áspero y se apartó de ella.

Mientras lo miraba, Aline tuvo que apoyarse en la pared, sus piernas a punto de doblarse bajo su peso. Ambos respiraban de forma brusca y entrecortada, mientras la pasión frustrada saturaba el aire como si fuera vaho.

Finalmente, McKenna consiguió hablar.

—Vuelve a casa —le dijo con voz ronca—, todavía soy capaz de dejarte marchar. Y piensa en lo que te he dicho.

Pasaron varios minutos antes de que Aline consiguiera recobrar la compostura para volver al salón de baile. Creía haber podido ocultar su agitación interior tras una apariencia de falsa serenidad. Nadie parecía darse cuenta de su atolondramiento cuando saludaba a los invitados mientras les daba conversación y se reía con falsa alegría. Sólo Marco, que la observaba con ojos entrecerrados y mirada meditabunda desde el otro extremo del salón, le hacía ser consciente de las dos franjas de color ardiente que teñían la parte alta de sus pómulos. Y, por supuesto, Adam, quien apareció junto a su brazo izquierdo y escrutó su rostro con discreta preocupación.

—¿Qué aspecto tengo? —le preguntó ella en un susurro.

—Aparte de tu habitual belleza deslumbrante —respondió Adam—, se te ve un poco ruborizada. ¿Qué ha pasado entre vosotros dos? ¿Habéis hablado?

«Hemos hecho mucho más que hablar», pensó ella con tristeza. Aquel beso..., aquel placer paralizante que nunca antes había experimentado. Largos años de anhelo y fantasías destilados en pura sensación física. No era posible imponer una apariencia de desapego al deseo ardiente, seguir de pie cuando sus rodillas mostraban una irrefrenable inclinación a doblarse. Era imposible pretender que todo estaba en orden... cuando imperaba el caos.

Aquel beso, cargado de la avidez de ambos por descubrir los cambios que doce años de separación habían operado en cada uno de ellos. McKenna suponía un peligro para Aline en todos los sentidos posibles y, sin embargo, ella sabía que iba a tomar todas las decisiones equivocadas, que iba a correr riesgos descabellados, y todo en un intento inútil de satisfacer la necesidad que tenía de él.

—Adam —murmuró sin mirarlo—, ¿has deseado alguna vez algo con tanta intensidad que estarías dispuesto a hacer cualquier cosa para conseguirlo? ¿Aun sabiendo que te haría daño?

Caminaban lentamente, dando un rodeo alrededor del salón.

—Desde luego —respondió Adam—. Todas las cosas placenteras de la vida son perjudiciales..., pero aún son más placenteras si las hacemos en exceso.

—No me ayudas en absoluto —replicó Aline en tono severo, a la vez que se esforzaba por disimular una sonrisa.

—¿Preferirías que alguien te diera permiso para hacer lo que ya has decidido que harás? ¿Ayudaría eso a acallar tu conciencia culpable?

—De hecho, sí. Pero no hay nadie que pueda dármelo.

—Yo puedo.

Aline rió de pronto.

—Adam...

—Te doy permiso para que hagas lo que te dé la gana. ¿Te sientes mejor ahora?

—No, sólo más asustada. Como amigo, deberías hacer

lo imposible por evitar que cometa un error que me causará mucho sufrimiento.

—El sufrimiento ya lo has tenido —puntualizó él—. Ahora más vale que tengas el placer de cometer el error.

—Dios mío —susurró Aline y le apretó el brazo con fuerza—, eres una malísima influencia, Adam.

—Hago lo que puedo —respondió él con una sonrisa.

Gideon paseaba por las terrazas ajardinadas detrás de la mansión, siguiendo un camino de losas que serpenteaba alrededor de una hilera de tejos podados con maestría. Esperaba que el aire fresco le distrajera de la tentación. La noche era joven, y debía controlar un poco el número de copas que tomaba. Más tarde, cuando los invitados se hubieran dispersado, daría rienda suelta a su sed y bebería todo lo que quisiera. Por desgracia, le quedaban algunas horas de sobriedad relativa hasta entonces.

Unas antorchas de jardín estratégicamente colocadas proporcionaban luz suficiente para un paseo nocturno. Su deambular distraído llevó a Gideon hasta un claro empedrado con una fuente de agua en el medio. Sorprendido, vio que una muchacha se movía por el claro. Parecía disfrutar de la música distante, que emanaba de los ventanales abiertos del salón. Canturreando, esbozó unos pasos de vals, deteniéndose de vez en cuando para tomar unos sorbos de la copa de vino que llevaba en la mano. Una visión fugaz de su perfil le permitió ver que no era una niña sino una mujer joven, de facciones bonitas aunque no extraordinarias.

«Debe de ser una de las criadas —pensó al reparar en el vestido viejo y en la trenza improvisada de su cabello—. Será una de las doncellas, que se ha tomado un rato libre y una copa de vino.»

La joven giraba hacia un lado y hacia el otro, como una Cenicienta desafortunada, cuyo vestido de gala había desaparecido antes de llegar siquiera al baile. Gideon no pudo evitar sonreír. Olvidándose de momento de su necesidad de beber, se acercó más a la mujer; el gorgoteo de la fuente disimuló el sonido de sus pasos.

La joven lo vio de pronto y quedó petrificada en medio de uno de sus giros.

Gideon se plantó ante ella con su habitual encorvamiento seductor, ladeó la cabeza y la miró con ojos burlones.

La mujer se recobró en seguida y le devolvió la mirada. Sus labios esbozaron una sonrisa amarga y sus ojos relampaguearon a la tenue luz de las antorchas. A pesar de no ser una belleza clásica, poseía un encanto irresistible..., una vibrante energía femenina que él nunca había conocido antes.

—Bien —dijo ella—. Esto resulta muy embarazoso y, si es un hombre piadoso, olvidará lo que acaba de ver.

—Tengo una memoria de elefante —repuso él con fingido pesar.

—Muy desconsiderado por su parte —dijo ella y se rió abiertamente.

Gideon se sintió cautivado al instante. Su mente formuló centenares de preguntas. Quería saber quién era, por qué estaba allí, si tomaba el té con azúcar, si le gustaba trepar por los árboles cuando era niña, quién le había dado su primer beso...

Aquella oleada de curiosidad lo desconcertó. En general, conseguía no interesarse por nadie el tiempo suficiente para empezar a hacer preguntas. Sin atreverse a hablar, Gideon se le acercó con cautela. Ella se envaró imperceptiblemente, como si no estuviera acostumbrada a la proximidad de extraños. Al acercarse más, Gideon vio sus facciones regulares, su nariz un poco demasiado larga y su boca, suave y dulce. Sus ojos eran de un color claro, verde, tal vez... ojos brillantes de profundidad inesperada.

—Resulta más fácil bailar el vals cuando se tiene una pareja —dijo—. ¿Le apetece probar?

La mujer lo observaba con expresión de haberse encontrado con un desconocido amigable en una tierra extraña. La música venía del salón de baile como una corriente ininterrumpida de aire embriagador. Tras una larga vacilación, meneó la cabeza con una sonrisa de disculpa, a la vez que buscaba una excusa para rechazarlo.

—Aún no he terminado mi vino.

Con ademanes lentos, Gideon tendió la mano hacia la copa casi vacía. Ella se la entregó sin palabras y sin apartar la mirada de sus ojos. Gideon se llevó la copa a los labios, apuró su contenido con un trago experto y dejó el frágil cristal sobre el borde de la fuente.

La joven se rió sin aliento y meneó un dedo en señal de fingida desaprobación.

Mirándola, Gideon sintió un calor intenso en el pecho, como aquella vez que, siendo niño, había padecido de garrotillo y la enfermera le había hecho respirar los vapores vivificantes de una olla de hierbas. Aún recordaba el alivio de poder respirar tras muchas horas de ahogo, la contracción ávida de sus pulmones al aspirar el precioso aire caliente. Curiosamente, volvía a tener aquella misma sensación... una impresión de alivio, aunque no sabría decir de qué exactamente.

Le ofreció su mano desnuda, ya que se había quitado los guantes y los había guardado en el bolsillo cuando salió al jardín. Con la palma vuelta hacia arriba, la invitó en silencio a que se la tomara.

Al parecer, la decisión no era fácil. Ella apartó la mirada de repente, su expresión se tornó pensativa y sus dientes mordieron la suculenta curva de su labio inferior. Justo cuando Gideon pensaba que lo iba a rechazar, ella tendió la mano impulsivamente y tomó la suya entre sus cálidos dedos. Él la sostuvo como si fuera un pájaro frágil y la atrajo hacia sí lo suficiente para percibir la fragancia de agua de rosas en su cabello. El cuerpo de la joven era esbelto y torneado con delicadeza, y su cintura sin corsé se amoldó a sus dedos. A pesar del innegable romanticismo del momento, Gideon sintió un latigazo sumamente poco romántico cuando su cuerpo reaccionó con característica tensión masculina a la proximidad de la mujer deseada. Empezó a deslizarse suavemente por las losas irregulares del suelo, conduciendo a su pareja en un vals lento.

—Ya en otras ocasiones he visto a las hadas bailando sobre la hierba —le dijo—, después de apurar casi toda una bote-

lla de brandy. Pero es la primera vez que me sumo al baile.
—La estrechó contra sí al sentir que ella trataba de modificar la dirección que seguían—. No, permita que la lleve yo.

—Nos acercábamos demasiado al borde del enlosado —protestó ella con una risa, mientras Gideon la obligaba a seguir su ritmo.

—En absoluto.

—Un americano mandón —repuso ella y arrugó la nariz—. Sin duda, no debería bailar con un hombre que afirma haber visto hadas. Y, también sin duda, su esposa tendría algo que decir sobre el asunto.

—No estoy casado.

—Sí que lo está. —Le dedicó una sonrisa de censura, como si fuera un colegial a quien acaban de pillar diciendo mentiras.

—¿Por qué está tan segura?

—Porque es uno de los americanos, y están todos casados, excepto McKenna. Y usted no es McKenna.

—Hay otro americano soltero en el grupo —comentó Gideon con displicencia, mientras soltaba su cintura y la hacía girar alrededor de sí misma. Completado el giro, volvió a estrecharla contra sí y le sonrió.

—Sí —respondió ella—, pero es...

—El señor Shaw —dijo Gideon solícitamente mientras la voz de ella se apagaba.

—Oh... —La joven lo miró con los ojos muy abiertos. Si no la tuviera entre sus brazos, seguramente se habría tambaleado—. Se supone que debo evitarlo.

Gideon sonrió.

—¿Quién lo dice?

Ella no hizo caso a la pregunta.

—Y aunque estoy convencida de que al menos la mitad de los rumores sobre usted no pueden ser verdad...

—Lo son —afirmó Gideon sin rastro de vergüenza.

—Entonces, es un libertino.

—De la peor calaña.

Ella se apartó con una risa.

—Al menos, es sincero. No obstante, probablemente será mejor que me vaya. Gracias por el baile... ha sido precioso.

—No se vaya —dijo Gideon con voz suave y apremiante—. Espere. Dígame quién es.

—Le daré tres oportunidades para adivinarlo —respondió ella.

—¿Es una de las doncellas?

—No.

—No puede ser una Marsden... no se parece en absoluto a ellos. ¿Es del pueblo?

—No.

Gideon frunció el entrecejo ante una ocurrencia repentina.

—¿No será la amante del conde?

—No —respondió la joven sonriendo con dulzura—. Ésta ha sido su última oportunidad. Buenas noches, señor Shaw.

—Espere...

—Y no baile con las hadas sobre la hierba —le previno—. Está mojada y se estropeará los zapatos.

Desapareció rápidamente, dejando la copa vacía en la fuente y la sonrisa perpleja en los labios de Gideon como únicas pruebas de su existencia.

—¿Te dijo qué? —exclamó Livia, cayendo casi de su posición sobre la cama de Aline. Como era la costumbre entre ellas, había ido al dormitorio de su hermana después del baile para enterarse de los últimos cotilleos.

Aline se sumergió aún más en el agua humeante y olorosa de la bañera dispuesta en el centro de su habitación. Por muy caliente que estuviera el agua, no fue la única responsable del color que tiñó sus mejillas. La mirada de Aline iba del gesto incrédulo de su hermana menor a la expresión de asombro de la señora Faircloth, que escuchaba boquiabierta. A pesar de su nerviosismo, sintió que la situación la divertía.

—Dijo que, si le permiten quedarse en Stony Cross, me llevará a la cama.

—¿Dijo también que te ama todavía? —preguntó Livia.

—Santo cielo, no —respondió Aline secamente, estirando las piernas fatigadas y moviendo los dedos de los pies bajo el agua—. Las intenciones de McKenna nada tienen que ver con el amor..., esto está clarísimo.

—Pero... un hombre no declara simplemente que va a... que piensa...

—Parece que McKenna sí.

Livia meneó la cabeza con perplejidad.

—¡Jamás había oído tamaña arrogancia!

Un hilo de sonrisa asomó en los labios de Aline.

—Se podría considerar un halago, me imagino, si se mira desde este ángulo. —Un mechón de cabello se soltó de su moño y ella levantó una mano para recogerlo.

Livia rió de pronto.

—Muy amable de su parte, advertirte de sus intenciones.

—Yo diría que es una grosería insolente —afirmó la señora Faircloth acercándose a la bañera con una toalla doblada en las manos—, y se lo diré a la cara a la primera oportunidad.

—No, no le digas nada —interpuso Aline apresuradamente—. No debes hacerlo. Es sólo un juego. Quiero disfrutar de ello, sólo por un rato...

El ama de llaves la miró asombrada.

—¿Has perdido el juicio, Aline? Esto no es un juego, teniendo en cuenta tu historia con McKenna. Los dos sentís emociones muy profundas y las habéis reprimido durante demasiado tiempo. No tires por ese camino, si no estás dispuesta a seguirlo hasta el final.

Encerrada en un mutismo rebelde, Aline se puso de pie y dejó que la envolvieran los ricos pliegues de la gruesa toalla de algodón que sostenía la señora Faircloth. Salió de la bañera y permaneció inmóvil mientras el ama de llaves se agachaba para secarle las piernas. Echando un vistazo a Livia, vio que su hermana apartaba la mirada bruscamente y se dedicaba a contemplar el hogar, como si estuviera inmersa en profundos pensamientos. No la culpaba por no querer ver. Después de tantos años, la visión de sus propias piernas no dejaba de sorprenderla a ella misma.

Habían transcurrido doce años desde el accidente, que

Aline apenas recordaba. Sabía muy bien, sin embargo, que sólo seguía con vida gracias a la señora Faircloth. Cuando los médicos que acudieron desde Londres afirmaron que nada se podía hacer por ella, el ama de llaves había enviado a un lacayo a traer a una curandera del condado vecino. Una especie de bruja buena, a quien los lugareños contemplaban con reverencia y con temor, jurando sobre la eficacia de sus dones de sanación.

Marco, acérrimo realista, había protestado enérgicamente a la presencia de la bruja, quien resultó ser una mujer de mediana edad y aspecto poco llamativo, que llevaba un pequeño caldero de cobre en una mano y un saco lleno de hierbas en la otra. Aline, que estaba al borde de la muerte, no podía recordar a la bruja pero la entretenía escuchar la narración que Livia hacía de aquel episodio.

—Creí que Marco la sacaría a rastras de la finca —le había dicho, divertida—. Se plantó delante de la puerta de tu dormitorio, resuelto a defenderte en las horas que te quedaban de vida. Pero aquella mujer se le acercó sin tenerle miedo, tenía menos de la mitad de su estatura, y exigió que le permitiera verte. La señora Faircloth y yo habíamos pasado la mañana suplicando a Marco que la dejara hacer lo que pudiera por ti, ya que pensábamos que no podría perjudicarte en modo alguno. Pero él se había empecinado y llegó a hacer un comentario muy obsceno referente a los palos de sus escobas.

—¿La bruja no tuvo miedo de él? —preguntó Aline, sabiendo que su hermano mayor podía resultar tremendamente intimidador.

—Ningún miedo en absoluto. Le dijo que si no le permitía entrar en tu habitación, le echaría un maleficio.

Aline sonrió al oír aquello.

—Marco no cree en la magia ni en los maleficios, es un hombre demasiado pragmático.

—Sí, pero, a fin de cuentas, es un hombre. Y parece que ella lo amenazó con un maleficio que le quitaría su... bueno, su... —Livia se ahogaba de la risa—. Su potencia masculina —consiguió articular—. Bien, aquello bastó para que Marco se pusiera lívido y, tras feroces negociaciones, dijo a la bruja que le concedía exactamente una hora y que él estaría presente en todo momento.

Livia le había descrito la escena que se produjo a continuación: las velas de color azul, el círculo que la bruja trazara alrededor de su cama con una tizna de salvia, el incienso que había impregnado el aire con una neblina astringente, mientras la bruja llevaba a cabo sus rituales.

Para el asombro de todos, Aline no murió durante la noche. Cuando a la mañana siguiente retiraron las sábanas cosidas con hierbas que la cubrían, vieron que sus heridas ya no estaban pútridas sino limpias y en proceso de cicatrización. Por desgracia, las innegables artes de la bruja no habían podido evitar la formación de cicatrices duras y abultadas, que cubrían las piernas de Aline desde los tobillos hasta las ingles. Sus piernas tenían un aspecto espantoso... no había otra palabra para describirlo. Sus pies, que calzaban zapatos de cuero en el momento del accidente, se habían salvado del desastre. No obstante, allí donde se habían destruido grandes superficies de piel, el tejido cicatrizado tiraba con fuerza de los contornos de la piel remanente, afectando de ese modo la movilidad de los músculos y de las articulaciones que cubría. Cuando Aline se esforzaba demasiado, el acto de caminar se tornaba difícil y, en ocasiones, hasta doloroso. Cada noche se bañaba en agua con hierbas para ablandar las cicatrices y luego hacía algunos ejercicios de estiramiento, para mantener cierto grado de flexibilidad.

—¿Qué pasaría si le hablaras a McKenna de tus piernas? —preguntó la señora Faircloth mientras ayudaba a Aline a ponerse un fino camisón de color blanco—. ¿Cuál crees que sería su reacción?

La prenda se deslizó por la cabeza de Aline y cubrió un cuerpo que contenía la incongruente combinación de una piel pura y blanca y un torso bien esculpido con un par de piernas destrozadas.

—McKenna no tolera la debilidad en ninguna de sus manifestaciones —respondió Aline mientras se dirigía a una silla, en la que se dejó caer pesadamente—. Sentiría lástima de mí, y este sentimiento es tan parecido al desprecio que me pongo enferma sólo de pensarlo.

—No puedes saberlo con certeza.

—¿Insinúas que McKenna no sentiría repulsión ante estas cicatrices? —preguntó Aline haciendo una pequeña mueca cuando el ama de llaves empezó a frotarle las piernas con un ungüento herbario para calmar el picor del tejido cicatrizado. Nadie más, ni siquiera Livia, tenía permiso para tocarla de ese modo—. Sabes que sí. Cualquiera las encontraría repelentes.

—Aline —sonó la voz de su hermana desde la cama—. Si alguien te quiere, podrá mirar más allá de tu aspecto.

—Eso suena muy bien para un cuento de hadas —repuso Aline—. Pero yo ya no creo en los cuentos.

En medio del incómodo silencio que imperó en el dormitorio, Livia bajó de la cama y se acercó al tocador, para sentarse delante del espejo estilo Reina Ana. Cogió un cepillo de pelo, cepilló la punta de su trenza y trató de cambiar el tema de conversación.

—Nunca adivinaríais lo que me ha pasado esta noche. Bajé al jardín para tomar un poco el aire y fui hasta la fuente de la sirena... ya sabéis que desde allí se puede oír la música del salón de baile.

—Deberías estar en el propio salón, bailando —dijo Aline, pero Livia la mandó callar con un gesto.

—No, lo que ocurrió fue mucho mejor que cualquier baile dentro del salón. Tenía una copa de vino y bailaba sola como una loca cuando, de pronto, descubrí que alguien se había acercado y me estaba observando.

Aline echó a reír, divertida por la historia.

—Yo habría chillado.

—Pues casi lo hice.

—¿Era un hombre o una mujer? —inquirió la señora Faircloth.

—Un hombre. —Livia se dio la vuelta sobre el taburete para sonreír a ambas—: Alto y ridículamente atractivo, con la más hermosa de las cabelleras rubias que he visto. Y, antes de llegar a presentarnos siquiera, me cogió en sus brazos y empezamos a bailar.

—¡No! —exclamó Aline, sorprendida y encantada.

Livia se abrazó a sí misma, excitada.

—¡Sí! Y resultó que mi pareja de vals no era otro que el señor Shaw, el hombre más gallardo que he conocido en mi vida. ¡Oh, no me cabe duda de que es un libertino incorregible, pero... menudo baile, el nuestro!

—Es un bebedor —interpuso la señora Faircloth taciturna y siempre al tanto de los cotilleos de la servidumbre.

—No lo pongo en duda. —Livia meneó la cabeza, desconcertada—. Por la expresión de sus ojos se diría que ya lo ha visto y hecho todo más de mil veces, y que nada consigue despertar su interés ni darle placer.

—Suena muy distinto a Amberley —comentó Aline con delicadeza, preocupada de ver el entusiasmo que mostraba su hermana por el americano.

—Distinto en todos los sentidos —confirmó Livia y dejó el cepillo de plata sobre el tocador. Su voz se tornó dulce al proseguir en tono reflexivo—: Sin embargo, me gusta, Aline. Tienes que averiguarlo todo sobre él, y contármelo...

—No. —Aline templó su negativa con una sonrisa juguetona, a la vez que hacía una mueca en el momento en que la señora Faircloth empezaba a masajear su tobillo, flexionando la articulación dolorida—. Si deseas saber más del señor Shaw, tendrás que salir de tu escondite y preguntárselo tú misma.

—Vaya —respondió Livia con aparente indiferencia y con un gran bostezo—. Puede que lo haga. —Se puso de pie y se acercó a Aline para darle un beso en la cabeza—. En cuanto a ti, querida hermana, ten cuidado en tus tratos con McKenna. Sospecho que los juegos se le dan muchísimo mejor que a ti.

—Ya lo veremos —replicó Aline, suscitando la risa de Livia y una mirada de preocupación de la señora Faircloth.

9

Después de pasar la noche bailando, ninguno de los huéspedes de Stony Cross Park tenía ganas de levantarse antes del mediodía, con la excepción de un pequeño grupo de hombres que deseaban salir de caza. Aline, que tomaba una taza de té y sonreía al ver a los madrugadores reunidos en la terraza de atrás, descubrió desconcertada que McKenna se encontraba entre ellos.

Rompía el alba. El aire era frío y denso, mientras el débil sol inglés trataba de penetrar en la neblina sin resultado. Sentada a una de las mesas de la terraza con un chal de seda anudado sobre su fino vestido matinal, Aline se esforzaba por no mirar a McKenna. Le resultaba difícil, sin embargo, ocultar la fascinación que sentía por él. McKenna poseía un talante dinámico, una virilidad inherente que ella nunca había visto en otro hombre, con excepción, tal vez, de su hermano. El traje deportivo le quedaba a la perfección, la chaqueta negra definía la anchura de sus hombros, los pantalones de color verde bosque delineaban sus piernas musculosas, y las botas de cuero negro realzaban sus largas pantorrillas. Estos trajes siempre favorecen pero, cuando el portador es alguien tan corpulento como McKenna, el efecto casi inspira admiración reverencial.

McKenna percibió la mirada de soslayo y se volvió rápidamente hacia ella. Sus miradas se encontraron en un relámpago de interés descarnado, antes que él tuviera que volverse para responder a otro invitado, que se le había acercado en ese momento.

Aline hundió la vista en las ardientes profundidades ambarinas de su taza de té, el cuerpo colmado de una tensión exquisita. No alzó los ojos hasta que su hermano se acercó para preguntarle cuál era el programa de la jornada.

—El desayuno será servido en el pabellón junto al lago —dijo Aline. Cuando se trataba de visitas prolongadas como aquélla, la primera comida del día no se servía nunca antes del mediodía. Sería un almuerzo prodigioso, consistente en multitud de platos suculentos y en la cantidad de champán justa para reavivar el buen humor de la velada anterior. Aline tendió la mano para tocar la mano ancha y morena de su hermano—. Que tengas una buena mañana —le deseó con alegría—, y trata de mantenerte a distancia de los huéspedes con mala puntería.

Marco sonrió y dijo en voz baja:

—Generalmente, no es el caso de los americanos. Aunque son pocos los que saben montar, suelen ser bastante buenos tiradores. —Siempre inclinado sobre Aline, esperó hasta que ella alzara la vista para mirarle. Entonces entrecerró los ojos—: Anoche desapareciste con McKenna durante casi media hora. ¿Dónde fuisteis y qué hiciste con él?

—Marco —repuso Aline con una sonrisa de reproche—, en aquellas ocasiones en que tú desapareciste con alguna invitada (y ha habido muchas) yo nunca exigí saber dónde fuisteis ni qué hicisteis.

—No es lo mismo en tu caso que en el mío.

Su actitud protectora conmovió a Aline, a la vez que la divirtió.

—¿Por qué no?

Las negras cejas de Marco se contrajeron y su voz sonó malhumorada:

—Porque eres mi hermana.

—Nada tengo que temer de parte de McKenna —dijo ella—. Lo conozco bastante bien, Marco.

—Lo conocías cuando era un muchacho —repuso su hermano—. El McKenna de hoy es un extraño, y no tienes la menor idea de lo que es capaz de hacer.

—No interfieras, Marco. Haré con McKenna lo que me

plazca. Y espero que no intentarás manipular la situación como hizo padre en el pasado. Su intervención me costó muy cara y, aunque no tenía más remedio que aceptarla entonces, las cosas son distintas ahora.

Marco apoyó la mano en el respaldo de la silla. La tensión de sus labios delató su preocupación.

—Aline —preguntó con cuidado—, ¿qué crees que quiere de ti?

La respuesta estaba clara para ambos. Aline, no obstante, se dio cuenta de que su hermano todavía no había comprendido lo que ella esperaba de McKenna.

—Lo mismo que yo quiero de él.

—¿Qué has dicho? —Marco la miró como si no la reconociera.

Con un suspiro, Aline dirigió la mirada hacia McKenna quien, de pie al otro extremo de la terraza, estaba inmerso en una conversación con otros dos invitados.

—¿No has deseado nunca poder recuperar aunque sea unas horas de tu pasado? —preguntó suavemente—. Es lo único que pretendo... saborear lo que pudo ser y no fue.

—No, nunca lo he deseado —fue la brusca respuesta—. Las palabras «pudo ser» nada significan para mí. Sólo existe el momento presente, y el futuro.

—Es porque tu futuro no tiene limitaciones —replicó Aline—. El mío, sí.

La mano de Marco se apretó en un puño.

—¿Por unas cuantas cicatrices?

La pregunta provocó un destello peligroso en los ojos de Aline.

—Nunca has visto mis piernas, Marco. No sabes de qué estás hablando. Y, siendo un hombre que elige de entre las mujeres más hermosas de Londres, como si fueran los bombones más selectos de la caja...

—¿Pretendes afirmar que soy un necio superficial que sólo se fija en el aspecto físico de las mujeres?

Aline sintió la tentación de retractarse con tal de mantener la paz entre ambos. Pero pensando en las últimas mujeres con las que Marco había mantenido relaciones...

—Lamento tener que decir, Marco, que todas y cada una de tus últimas conquistas, al menos las cuatro o cinco últimas, poseían la inteligencia de un nabo. Sin embargo, eran todas muy hermosas, aunque dudo que pudieras mantener una conversación coherente con ellas durante más de cinco minutos.

Marco se echó para atrás, mirándola fijamente.

—¿Qué tiene que ver esto con nuestro tema de conversación?

—Ilustra el hecho de que incluso tú, uno de los hombres más buenos y honorables que conozco, da mucha importancia al aspecto físico. Si alguna vez tengo ocasión de verte en compañía de una dama que sea algo menos que una belleza deslumbrante, quizás escuche tus sermones sobre la poca importancia del físico.

—Aline...

—Que disfrutes de la cacería —le dijo ella—. Y haz caso de mi advertencia: no te me opongas en este asunto, Marco.

Con un profundo suspiro, su hermano fue en busca de su ayuda de cámara, que lo esperaba cargado de rifles y alforjas de cuero.

Otros miembros de la expedición se acercaron a la mesa de Aline para intercambiar cortesías, y ella sonreía y charlaba agradablemente, siempre consciente de la oscura silueta de McKenna en el fondo. Sólo cuando los huéspedes empezaron a bajar en masa los escalones de la terraza, liderados por Marco, decidió McKenna acercarse a ella.

—Buenos días —dijo Aline, mientras su corazón empezaba a latir demasiado aprisa para dejarla pensar. Le tendió la mano, y el suave contacto de sus dedos la dejó sin aliento. De algún lugar sacó fuerzas para hablar en tono tranquilo y sociable—: ¿Has tenido una buena noche?

—No. —Los ojos de McKenna relampaguearon cuando le sostuvo la mano un instante más de lo aceptable.

—Espero que tu dormitorio no resulte incómodo —consiguió decir Aline, liberando su mano.

—¿Qué harías si te dijera que sí?

—Ofrecerte otro dormitorio, por supuesto.

—No te molestes... salvo que se trate del tuyo.

Su atrevimiento casi le provocó la risa; no podía recordar la última ocasión —suponiendo que hubiera existido alguna— en que un hombre le hubiese hablado con tan asombrosa falta de respeto. Le recordaba tanto la confianza de la que disfrutaran antaño, que se sintió relajada en su presencia.

—No soy una anfitriona tan solícita —replicó.

McKenna se inclinó sobre la mesa, apoyando las manos en la pulida superficie. Su cabeza morena se cernió sobre la de Aline, como la de un felino al acecho de su presa. Un destello de interés depredador iluminó las profundidades color turquesa de sus ojos.

—¿Cuál es el veredicto, milady?

Aline fingió no entenderle.

—¿Qué veredicto?

—¿He de abandonar la finca o me quedo?

Lentamente, con la punta de un dedo, Aline dibujó un círculo invisible sobre la superficie de la mesa, mientras el corazón se desbocaba en su pecho.

—Puedes quedarte, si lo deseas.

La voz de él fue muy sedosa:

—¿Y comprendes lo que va a ocurrir si me quedo?

Aline jamás se había imaginado que McKenna pudiera ser tan arrogante..., ni que ella fuera capaz de disfrutar tanto de su arrogancia. Una corriente de desafío coleteó entre ambos, hombre contra mujer. Cuando Aline contestó, su voz rivalizaba en suavidad con la de él:

—No quisiera decepcionarte, McKenna, pero tengo absoluta confianza en mi capacidad de resistir tus embates.

Él parecía fascinado por algo que percibía en su expresión.

—¿De veras?

—Sí. La tuya no ha sido la primera proposición que me han hecho. Y, a riesgo de parecer un tanto engreída, diría que no será la última. —Por fin, Aline se permitió sonreírle como deseaba hacerlo, sin reservas, con provocación y cierto tono de burla—: Por lo tanto, puedes quedarte y emplear tus peores artes. Estoy segura de que tus métodos me divertirán.

Y ya deberías saber que prefiero cierto grado de fineza en el comportamiento.

Él bajó la mirada a los labios sonrientes. Aunque no manifestó reacción alguna a su atrevimiento, Aline supo que había conseguido sorprenderle. Se sintió como el alma de una condenada que se acerca a Lucifer sin miramientos y le hace cosquillas bajo la barbilla.

—Fineza —repitió McKenna mirándola a los ojos.

—Pues, sí. Serenatas, flores, poesía y cosas por el estilo.

—¿Qué tipo de poesía?

—La que escribe uno mismo, por supuesto.

La repentina sonrisa ociosa de McKenna hizo que una oleada de placer cosquilleante recorriera el cuerpo de Aline.

—¿Sandridge escribe poemas para ti?

—Sin duda, podría hacerlo. —Adam era hábil con las palabras, seguramente ejecutaría la tarea con gran estilo e ingenio.

—Pero tú no se lo has pedido —murmuró McKenna.

Ella negó con un ademán lento de la cabeza.

—Nunca me ha preocupado demasiado la fineza —dijo él.

Aline arqueó las cejas.

—¿Ni siquiera a la hora de seducir?

—Las mujeres que llevo a la cama no suelen requerir seducción.

Aline apoyó el mentón en la mano y lo observó con atención.

—¿Quieres decir que caen rendidas a tus pies?

—Exacto. —Él le dirigió una mirada inescrutable—. Y la mayoría son mujeres de clase alta. —Con una reverencia maquinal, se dio la vuelta para reunirse con la expedición de caza.

Aline se esforzó por mantener la respiración pausada y siguió sentada hasta sentir que su pulso se regularizaba.

Ahora ya había quedado claro que en el juego participaban dos jugadores resueltos... Un juego sin reglas ni un resultado previsible, que podía acarrear graves pérdidas a ambos. Y, por mucho que Aline se preocupara por sí misma, su temor por McKenna era aún mayor, porque su conocimiento del pasado tenía huecos graves y significativos. Sería mejor permitir que tuviera una pésima opinión de ella..., dejar que obtuviera lo que deseaba y que se fuera de Stony Cross con su deseo de venganza satisfecho.

Cumplida la obligación de despedir al grupo de cazadores, tenía tiempo libre para relajarse tomándose otro té en la sala del desayuno. Inmersa en sus pensamientos sobre McKenna, chocó con alguien que salía de la mansión en esos momentos.

El hombre tendió una mano y la sostuvo del brazo para ayudarla a recobrar el equilibrio.

—Discúlpeme. Tenía prisa por reunirme con los demás.

—Acaban de irse —dijo Aline—. Buenos días, señor Shaw.

Con su cabello desteñido del sol, su piel ligeramente bronceada y sus ojos color zafiro, Gideon Shaw estaba deslumbrante. Poseía esa elegante naturalidad que sólo tienen los que nacen en la riqueza. Las pequeñas arrugas que el cinismo había cincelado en torno a sus ojos y boca no hacían más que realzar su atractivo, como complemento de su rubia hermosura. Era un hombre alto y bien formado, aunque sus medidas ni se acercaban a la constitución guerrera de McKenna.

—Si baja las escaleras a la izquierda y sigue el camino hasta el bosque, los encontrará —dijo Aline.

La sonrisa de Shaw fue como un rayo de sol que penetra en las nubes espesas.

—Gracias, milady. Es mi tormento particular disfrutar de tales deportes que requieren levantarse pronto por la mañana.

—¿Puedo suponer, entonces, que también le gusta pescar?

—Oh, sí.

—Alguna mañana debería ir con mi hermano al arroyo con las truchas.

—Puede que lo haga... aunque, tal vez, no esté a la altura de la empresa. Las truchas inglesas son mucho más astutas que las americanas.

—¿Diría lo mismo de los hombres de negocios ingleses? —preguntó Aline con un destello en la mirada.

—Por suerte para mí, no. —Shaw hizo una leve reverencia con la intención de marchar, pero un pensamiento le hizo detenerse—: Milady, quisiera hacerle una pregunta...

De algún modo, Aline supo exactamente qué deseaba preguntar. Tuvo que hacer acopio de sus dotes de actriz para mantener la expresión impasible.

—¿Sí, señor Shaw?

—Anoche, mientras daba un paseo por los jardines de atrás, tuve ocasión de conocer a una joven... —Calló, obviamente para ponderar cuántos detalles de ese encuentro debía ofrecer.

—¿No le dijo su nombre? —preguntó Aline en tono inocente.

—No.

—¿Era una de las invitadas? ¿No? Pues, entonces, debía de ser un miembro de la servidumbre.

—No lo creo. —Shaw frunció el entrecejo en un gesto de concentración antes de proseguir—: Su cabello es de color castaño claro y sus ojos, verdes... al menos, creo que son verdes. Y es menuda, quizá mida un par de centímetros más que usted.

Aline se encogió de hombros con expresión de pesar. Aunque le hubiese encantado satisfacer la curiosidad del hombre facilitándole el nombre de su hermana, no estaba segura de que Livia quisiera revelar su identidad todavía.

—En este momento, señor Shaw, no puedo recordar a nadie que responda a esa descripción en la finca. ¿Está seguro de que no fue un producto de su imaginación?

Él negó con la cabeza y sus negras pestañas bajaron sobre los ojos azul profundo mientras parecía meditar un problema de gran importancia.

—Fue real. Y necesito... es decir, me gustaría mucho... encontrarla.

—Parece que esa mujer le causó una honda impresión.

Una sonrisa de ironía acentuó las comisuras de los labios de Shaw, y pasó la mano por su cabello reluciente, despeinando con descuido los mechones ambarinos.

—Encontrarme con ella fue como volver a respirar profundamente después de muchos años —respondió sin mirarla a los ojos.

—Sí, ya comprendo.

La inconfundible sinceridad de su voz captó la atención de él. Shaw sonrió de pronto y murmuró:

—Veo que sí.

Sintiendo una gran simpatía por ese hombre, Aline señaló en dirección a la expedición de caza:

—Todavía puede alcanzarlos, si se da prisa.

Shaw rió brevemente.

—Milady, nada hay en esta vida que desee tanto como para correr tras ello.

—Bien —repuso ella, satisfecha—. Entonces puede tomar el desayuno conmigo. Pediré que nos lo sirvan aquí fuera.

Ante el evidente placer con que su acompañante recibió la invitación, Aline ordenó que les sirvieran el desayuno en la mesa de la terraza. En seguida les trajeron una cesta llena de pequeñas tortas y bollos dulces, junto con platos de huevos hervidos, setas cocidas y finas lonjas de perdiz asada. Aunque Shaw parecía disfrutar del desayuno, se diría que le interesaba mucho más la garrafa de café fuerte, que tomó como si fuera el antídoto de un veneno recientemente ingerido.

Aline se arrellanó en el asiento, se llevó un trozo de tarta con mantequilla a la boca y le dirigió una mirada de coqueta interrogación, el tipo de mirada que siempre conseguía la información que ella deseaba obtener de un hombre.

—Señor Shaw —empezó, acompañando la tarta con un sorbo de té con mucho azúcar—, ¿cuántos años hace que conoce a McKenna?

La pregunta no pareció sorprender a Shaw. Después de dos tazas de café sin apenas pausa para respirar, se tomaba la tercera a un ritmo más sosegado.

—Unos ocho —respondió.

—McKenna me dijo que ustedes se conocieron cuando todavía era barquero..., que usted fue uno de sus pasajeros.

Una sonrisa peculiar curvó los labios de Shaw.

—¿Eso le dijo?

Ella ladeó la cabeza y lo miró con atención.

—¿No es la verdad?

—McKenna tiende a ocultar determinados detalles para salvaguardar mi reputación. De hecho, mi reputación le preocupa mucho más que a mí mismo.

Con ademanes medidos, Aline añadió más azúcar a su té.

—¿Cómo fue que usted aceptó ser socio de un simple barquero? —preguntó en tono deliberadamente relajado.

Gideon Shaw tardó mucho en responder. Dejó su taza medio vacía sobre la mesa y miró a Aline fijamente.

—Para empezar, McKenna me salvó la vida.

Ella no se movió ni habló mientras Shaw proseguía:

—Yo deambulaba por los muelles, borracho perdido. Hasta el día de hoy no he podido recordar cómo llegué allí ni por qué. En ocasiones, pierdo la memoria cuando bebo y soy incapaz de recordar lo ocurrido durante horas o, incluso, días. —Su sonrisa desolada hizo que Aline sintiera frío hasta la médula—. Tropecé y caí en el agua, en un lugar tan alejado que nadie podía verme, especialmente teniendo en cuenta la inclemencia del tiempo. Dio la casualidad de que McKenna pasaba en su trayecto de Staten Island, saltó a las malditas aguas heladas (en medio de una tormenta, ni más ni menos) y me rescató.

—Fue muy afortunado. —Aline sintió un nudo en la garganta al pensar en el riesgo que había corrido McKenna para ayudar a un total desconocido.

—Puesto que él no tenía medios para identificarme —prosiguió Shaw— y dado que yo estaba sin sentido, me llevó a su habitación. Día y medio después me desperté en una ratonera humana, gracias a las bofetadas que me propinaba un barquero gigante e iracundo. —El recuerdo hizo aflorar una sonrisa en sus labios—. Como se imagina, yo me encontraba en un estado lamentable. Sentía que mi cabeza estaba partida en dos. Cuando McKenna me trajo algo de comer y beber, recuperé lucidez suficiente para decirle mi nombre. Mientras hablábamos caí en la cuenta de que, a pesar de su aspecto tan rudo, mi salvador estaba sorprendentemente bien informado. Había aprendido mucho de los pasajeros que llevaba en sus trayectos, gran parte referente a Manhattan y los negocios inmobiliarios. Hasta sabía de una parcela de terreno que mi familia había comprado y que no había explotado nunca, y tuvo los c... perdón, la audacia, de proponerme un negocio.

Aline no pudo evitar sonreír.

—¿Cuál fue su propuesta, señor Shaw?

—Quería dividir el terreno en parcelas más pequeñas y arrendarlas a corto plazo. Y, por supuesto, pedía el diez por ciento del valor que consiguiera por ellas. —Shaw se apoyó en el respaldo y apoyó los dedos entrelazados sobre el esternón—. Y yo pensé: ¿Por qué no? Nadie de mi familia se había tomado la molestia de aprovechar aquel terreno. Nosotros, los Shaw de tercera generación, gozamos de la merecida fama de ser un hatajo de inútiles derrochadores. Y allí estaba aquel extraño, lleno de ambición y fuerza primitiva, y evidentemente dispuesto a hacer cualquier cosa para ganar dinero. De modo que le di todo lo que llevaba en la billetera (unos cincuenta dólares) y le dije que se comprara un traje nuevo, que se cortara el pelo y se afeitara la barba, y fuera a verme a mi despacho el día siguiente.

—Y McKenna fue una buena inversión —afirmó Aline más que preguntó.

Shaw asintió.

—En menos de seis meses, había arrendado hasta el último centímetro cuadrado de aquella tierra. Luego, sin pedirme permiso, empleó los beneficios para comprar acres de costa sumergida del ayuntamiento, en el sector debajo de la calle del Canal. Aquello me puso nervioso, sobre todo cuando empezaron a circular chistes a propósito de las «parcelas acuáticas» que Shaw y McKenna ponían a la venta... —Una suave risa escapó de sus labios al recordar aquello—. Naturalmente, me pregunté si estaba en sus cabales. Dadas las circunstancias, sin embargo, no podía hacer otra cosa que mantenerme a la expectativa mientras McKenna mandaba cubrir los acres sumergidos con rocas y tierra. Después hizo construir viviendas y almacenes por alquilar, transformando aquel suelo en valiosa propiedad comercial. Terminado el proceso, McKenna convirtió una inversión inicial de ciento cincuenta mil dólares en una propiedad que rinde un millón de dólares anualmente.

Las cifras, barajadas con tanto desenfado, dejaron a Aline anonadada.

Al ver que abría los ojos de par en par, Shaw se rió suavemente.

—No es de extrañar que McKenna se haya convertido en un hombre muy solicitado en Nueva York, a la vez que en uno de los solteros más codiciados de la ciudad.

—Me imagino que serán muchas las mujeres dispuestas a responder a sus atenciones —dijo Aline en tono que procuró sonara indiferente.

—Literalmente tiene que defenderse de ellas —respondió Shaw con una sonrisa taimada—. Yo no diría, sin embargo, que McKenna sea un mujeriego. Ha habido mujeres... aunque, que yo sepa, ninguna que haya despertado un auténtico interés en él. Sus energías están destinadas a su trabajo.

—¿Y qué me dice de usted, señor Shaw? ¿Quién es la depositaria de sus afectos en Nueva York?

Él negó con la cabeza sin vacilación.

—Me temo que comparto el escepticismo de McKenna en cuanto a las ventajas del matrimonio.

—Creo que algún día se enamorará.

—Lo dudo. Sospecho que es una emoción que desconozco... —Su voz se apagó de pronto. Dejó la taza sobre la mesa y miró a la distancia con los ojos alerta.

—¿Señor Shaw? —Aline siguió su mirada y descubrió qué había atraído su atención: Livia, quien lucía un vestido de paseo estampado con flores color pastel, se dirigía a uno de los senderos del bosque que se alejaban de la mansión. Un sombrero de paja adornado con un ramillete de margaritas recién cortadas colgaba de su mano, que lo sostenía de las cintas.

Gideon Shaw se levantó tan bruscamente que su silla casi cayó de espaldas al suelo.

—Perdone —dijo a Aline a la vez que tiraba su servilleta sobre la mesa—. Aquel engendro de mi imaginación acaba de reaparecer... y voy a atraparla.

—Por supuesto —respondió Aline esforzándose por no reír—. Buena suerte, señor Shaw.

—Gracias. —Se alejó como un rayo, bajando el tramo de escaleras con la agilidad de un felino. Cuando alcanzó las terrazas ajardinadas atravesó el césped con grandes y apresuradas zancadas, apenas dominándose para no echar a correr.

Aline se puso de pie para seguir mejor su avance y no pudo reprimir una sonrisa de ironía.

—Pero, señor Shaw... creía que nada le interesa tanto en la vida como para echar a correr tras ello.

10

Desde la muerte de Amberley, Livia dormía todas las noches con su recuerdo en el pensamiento. Hasta la noche pasada.

Le resultaba extraño tener en mente a otro hombre que no fuera Amberley, especialmente dadas las grandes diferencias entre ambos. El recuerdo del rostro delgado de Gideon Shaw, de su cabello rubio dorado y de la suave pericia de sus manos la hacía sentir culpable, intrigada y desasosegada al mismo tiempo. Sí, él era muy distinto a Amberley.

Su prometido no había sido un hombre complicado. No había áreas oscuras en su alma, nada que le impidiera amar y recibir amor sin reservas. Provenía de una familia muy agradable, gente adinerada aunque nada arrogante, y escrupulosamente cumplidora con su deber frente a los menos afortunados. Amberley era muy atractivo, con sus ojos color castaño oscuro, su sedoso cabello castaño y un mechón muy simpático de bucles que le caían de un modo seductor sobre la frente. Esbelto y en buena forma, amaba los deportes, los juegos y las largas caminatas.

No fue extraño que se enamoraran, porque a todos les resultaba obvio que estaban muy bien compenetrados. Amberley despertó una faceta del carácter de Livia que ella antes no sabía que poseía. Cuando se encontraba entre sus brazos, perdía por completo toda inhibición. Había disfrutado inmensamente de su amor, siempre dispuesta a hacer cualquier cosa, en cualquier lugar, con apasionado desenfreno.

Ahora que Amberley se había ido, Livia llevaba mucho tiempo sin estar con un hombre. Su madre la sermoneaba para que cazara a un marido cuanto antes, mientras aún le quedaban vestigios de juventud. La joven estaba de acuerdo. Se sentía sola y echaba de menos el placer y la comodidad de encontrarse entre los brazos de un hombre. Pero, por alguna razón, aquel proyecto no conseguía despertar del todo su interés... no podía sino esperar que alguien, algo, viniera a liberarla de las cadenas invisibles que la mantenían atada.

Paseaba sin rumbo por el bosque de robles y avellanos, inusualmente oscuro para esa hora de la mañana, dado que el cielo aún estaba cubierto de una espesa neblina plateada. Llegó a un camino de herradura y lo siguió hasta alcanzar un sendero perdido en una hondonada, deteniéndose de vez en cuando para dar patadas a alguna piedra con la punta de su bota de cuero. Una brisa agitaba el aire y hacía susurrar los árboles del bosque, provocando el trino indignado de un cascanueces solitario.

Livia no supo que alguien más caminaba por el sendero de la hondonada hasta que oyó una serie de pasos que se acercaban a gran velocidad. Se dio la vuelta y vio la alta figura de un hombre que se aproximaba. Caminaba con agilidad tan fluida, que su traje deportivo parecía tan elegante como un traje de noche. Livia contuvo el aliento al darse cuenta de que Gideon Shaw la había descubierto.

Tan espectacular como le había parecido a la luz de la luna, Gideon Shaw resultaba todavía más atractivo de día: su cabello corto relucía como oro viejo, su rostro era hermoso pero viril al mismo tiempo, la nariz, delgada y alargada, los pómulos, altos, los ojos, asombrosamente azules.

Por alguna razón, Shaw se detuvo en seco cuando sus miradas se cruzaron, como si hubiera topado con una pared invisible. Mientras se observaban desde aquella distancia de unos cinco metros, Livia sintió el despertar de un calor lento y doloroso en su interior. El rostro del hombre tenía una expresión peculiar... del interés que luchaba con el autocontrol... la fascinación vacilante de un hombre que hacía grandes esfuerzos para no desearla.

—Buenos días, señor.

El sonido de su voz pareció tirar de él. Se le acercó lentamente, como si temiera que cualquier gesto inesperado pudiera provocar su huida.

—Soñé con usted anoche —dijo.

Como táctica de aproximación, aquel comentario resultaba un tanto alarmante, aunque Livia sonrió a pesar de todo.

—¿Qué soñó usted? —preguntó ladeando la cabeza—. ¿O es demasiado peligroso preguntarlo?

La brisa jugó con un mechón de cabello que había caído sobre la frente de Shaw.

—Decididamente, es demasiado peligroso.

Livia se daba cuenta de que estaba flirteando con él pero no podía evitarlo.

—¿Ha venido para pasear conmigo, señor Shaw?

—Si usted no pone objeción a mi presencia.

—Lo único a lo que pondría objeción es a su ausencia —replicó ella, encantada con la repentina aparición de una sonrisa en los labios del hombre. Haciéndole un ademán para que la siguiera, se dio la vuelta y continuó su paseo por el sendero de la hondonada, hacia la caseta del guarda del parque que ya se divisaba en la distancia.

Shaw echó a caminar a su lado, pisoteando con las botas de cuero las hojas y las ramitas caídas que la brisa había llevado hasta el sendero. Metió las manos en los bolsillos de su chaqueta de lana y miró de soslayo el perfil de Livia mientras caminaban.

—Sabe —comentó relajadamente—, no permitiré que vuelva a desaparecer sin revelarme quién es.

—Preferiría seguir siendo la mujer misteriosa.

—¿Por qué?

Ella le dijo la verdad:

—Porque hice algo terriblemente escandaloso en el pasado, y ahora me resulta demasiado incómodo volver a la vida social.

—¿Cuál fue el escándalo? —El tono irónico de su voz dejó claro que esperaba escuchar una transgresión menor—.

Visitó algún lugar sin su dama de compañía, supongo. O permitió que alguien le robara un beso en público.

Livia meneó la cabeza con una sonrisa melancólica.

—Está claro que no sabe hasta qué punto nos podemos portar mal nosotras, las señoritas bien.

—Me encantaría que usted me informara.

Ante el silencio indeciso de Livia, Shaw abandonó el tema y fijó la mirada en el jardín descuidado y cubierto de vegetación que ya tenían cerca. Largos tallos de madreselva colgaban por encima de la valla, impregnando el aire con su fragancia dulce y espesa. Mariposas revoloteaban sobre las manchas luminosas de las peonías y las amapolas. Tras un lecho de zanahorias, lechugas y rábanos, una arcada cubierta de rosas conducía a un pequeño invernadero, construido a la sombra de un sicomoro en forma de parasol.

—Muy bonito —comentó Shaw.

Haciendo oscilar el brazo que llevaba el sombrero, Livia le llevó al invernadero, un rincón acogedor donde no podían caber más de dos personas al mismo tiempo.

—Cuando era niña solía sentarme en este invernadero con mis libros y mis muñecas y jugaba a ser la princesa encerrada en la torre.

—Creció en Stony Cross Park, entonces —dijo él.

Livia abrió la puerta del invernadero y miró en el interior. Estaba limpio y bien mantenido, y el asiento de madera brillaba gracias a una capa reciente de barniz.

—Lord Westcliff es mi hermano —admitió finalmente con voz que sonó hueca dentro del espacio rodeado de paneles de vidrio—. Soy lady Olivia Marsden.

Shaw estaba detrás de ella, cerca aunque sin tocarla. La sensación de proximidad era tan electrizante que la impulsó a entrar del todo en el invernadero. Shaw permaneció en la puerta, que tapaba con su cuerpo esbelto y sus anchas espaldas. Cuando Livia se dio la vuelta para mirarlo, la sorprendieron sus diferencias con Amberley. Shaw tenía cuanto menos diez años más que Amberley. Era un hombre poderoso y mundano y, a todas luces, desencantado de la vida, desencanto que había dibujado diminutas líneas de cinismo alrededor de sus ojos. Cuando sonrió, sin embargo, todo signo de desilusión desapareció temporalmente, y él resultó tan atractivo que el corazón de Livia casi se detuvo.

—Lady Aline dijo que tenía una hermana —dijo Shaw—. Me quedé con la impresión, no obstante, de que vivía lejos de la finca.

—No, Stony Cross Park es mi residencia. Pero evito a la gente. Ya sabe, el escándalo.

—Me temo que no lo sé. —Las comisuras de sus labios dibujaron una sonrisa desenfadada—. Dígame, princesa Olivia... ¿por qué debe permanecer encerrada en la torre?

Ante el dulce tono de la pregunta, Livia sintió que se derretía. Rió vacilante y, por un momento, deseó poder confiar en él. El hábito de la independencia era demasiado poderoso, sin embargo. Mientras negaba con la cabeza, Livia se le acercó, esperando que se retirara del umbral. Él sólo retrocedió un paso y no quitó las manos del marco de la puerta, de modo que ella se encontró de pronto entre sus brazos. Las cintas del sombrero se le escurrieron de entre los dedos.

—Señor Shaw... —empezó a decir pero cometió el error de alzar la cabeza para mirarle.

—Gideon —susurró él—. Quiero conocer sus secretos, Olivia.

Media sonrisa de amargura asomó en los labios de ella.

—Ya los conocerá, tarde o temprano, de boca de otros.

—Yo quiero que me los cuente usted.

Cuando Livia quiso retroceder hacia el interior del invernadero, Shaw asió hábilmente el pequeño cinturón de tela de su vestido de paseo. Sus largos dedos atraparon la tela reforzada.

Incapaz de alejarse, Livia puso la mano sobre la de él al tiempo que un rubor furioso se apoderaba de sus facciones. Sabía que él estaba jugando y, en otros tiempos, ella hubiese podido manejar la situación con bastante facilidad. Pero ahora ya no.

Cuando consiguió hablar, su voz sonó ronca:

—No puedo hacerlo, señor Shaw.

Para su asombro, el hombre parecía comprender exactamente qué quería decir.

—No tiene que hacer nada —le dijo con dulzura—. Sólo permita que me acerque... quédese así... —Inclinó la cabeza y encontró la boca de ella en seguida.

La presión convincente de sus labios hizo que Livia se tambaleara, y él la atrajo firmemente hacia sí. La estaba besando Gideon Shaw, el libertino sinvergüenza y malcriado contra el que la había prevenido su hermano. ¡Y qué bien lo hacía! Ella siempre había pensado que nada podría ser tan placentero como los besos de Amberley... pero la boca de este hombre era cálida y paciente, y su total falta de impaciencia tenía algo perversamente erótico. Jugaba con ella suavemente, le separaba los labios con la lengua y, apenas rozando la suya, la retiraba inmediatamente.

Ávida de más caricias sedosas, Livia se apretó contra él con la respiración acelerada. Él alimentó su excitación con tan sutil pericia que le resultó totalmente imposible rechazarle. Asombrada de sus propias reacciones, le rodeó el cuello con los brazos y apretó los pechos contra el tórax plano del hombre. Él deslizó la mano hacia su nuca y la obligó a inclinar la cabeza más hacia atrás, dejando expuesto su cuello. Siempre con tiento y dulzura, él dejó en la piel frágil una serie de besos que descendían hacia el hueco en la base del cuello. Livia sintió su lengua que se revolvía en la cálida depresión y dejó escapar un gemido de placer.

Shaw levantó la cabeza y se frotó contra su mejilla, mientras su mano bajaba por la curva de su espalda. Sus alientos se mezclaron en cálidas aspiraciones entrecortadas, y el pecho musculoso del hombre se movía contra el de ella a un ritmo errático.

—Dios mío —murmuró finalmente él contra la piel de su mejilla—, es usted una mujer peligrosa.

Livia sonrió.

—No, el peligroso es usted —logró reprenderle antes de que le cerrara la boca con un nuevo beso.

La caza matutina había sido de cuantía respetable y consistía en al menos veinte urogallos y media docena de becadas. Después, las mujeres se reunieron con los hombres para un copioso desayuno junto al lago, durante el cual charlaron y rieron relajadamente mientras los sirvientes se ocupaban de mantener sus platos y sus copas llenos. A continuación los huéspedes se dividieron en grupos, y algunos decidieron salir a pasear en carruaje o a caminar por los terrenos de la propiedad, mientras que otros se retiraron a la mansión para poner al día su correspondencia o para jugar a las cartas.

Cuando Aline descubrió la considerable cantidad de alimentos que habían sido devueltos a la cocina sin tocar, ella y dos criadas se dedicaron a guardarlos en potes y canastas para distribuirlos entre los aldeanos de Stony Cross. Como ama de la mansión durante la ausencia de su madre, Aline se preocupaba de visitar a aquellas familias que necesitaban más comida y enseres. No siempre cumplía con agrado aquella obligación, ya que las visitas le ocupaban un día entero o, incluso, más. Visitaba una casa tras otra, se sentaba junto a infinidad de hogares, escuchaba con interés las quejas y ofrecía consejo cuando era necesario. Aline temía no tener ni la sabiduría ni el estoicismo requeridos para esas tareas. Por otra parte, ver las parcas posesiones de los aldeanos y la dureza de sus trabajos nunca dejaba de ser una lección de humildad.

En los últimos meses Aline había convencido a Livia de que la acompañara en bastantes ocasiones, y la presencia de su hermana siempre hacía que la jornada transcurriera más aprisa. Por desgracia, esa tarde Livia había desaparecido. Preocupada, Aline se preguntaba si su hermana seguiría en la compañía del señor Shaw, que tampoco estaba presente. Seguramente no; Livia no había pasado tanto tiempo a solas con un hombre en años. Por otra parte, Shaw era el tipo de hombre que podría sacar a Livia de su aislamiento.

¿Sería eso bueno o malo? Aline se inquietaba en silencio. Sería muy propio de Livia, ese diablillo de las contradicciones, centrar su atención en un libertino licencioso antes que en un caballero respetable. Con una sonrisa melancólica,

Aline levantó una canasta pesada y se dirigió al carruaje que la esperaba. Los platos tintineaban dentro de la canasta, mientras que el olor a jamón salado y el rico aroma a huevos a la cacerola gratificaban su nariz.

—Oh, milady —sonó la voz de una criada a sus espaldas—. ¡Déjeme llevar la canasta, por favor!

Mirando por encima del hombro, Aline sonrió al ver que la joven ya cargaba con dos cestas pesadas.

—Puedo yo sola, Gwen —respondió, jadeando un poco al subir un corto tramo de escaleras. Un tirón obstinado del tejido contracturado hizo que su rodilla derecha le doliera. Rechinando los dientes, Aline obligó a su pierna a estirarse al máximo.

—Milady —insistió Gwen—, deje la canasta en el suelo y yo volveré a por ella.

—No es necesario. Quiero cargar el carruaje y marchar, ya me he demorado...

Aline calló bruscamente al ver a McKenna junto a la entrada de la sala de la servidumbre. Con un hombro apoyado en la pared, estaba hablando con una de las criadas, que dejaba escapar risitas tontas. Evidentemente, su capacidad de seducción no había mermado con el tiempo... sonriendo a la joven pelirroja, tendió la mano para acariciarla juguetonamente debajo de la barbilla.

Aunque Aline no hizo ningún ruido, algo debió de alertar a McKenna de su presencia. Se volvió para mirar en esa dirección con ojos que se tornaron cautelosos.

La criada desapareció al instante, mientras McKenna seguía observando a Aline fijamente.

Ella tuvo que decirse que no tenía derecho alguno de propiedad sobre él. A fin de cuentas, ya no era una muchacha de diecinueve años, obsesionada con uno de los mozos de cuadra. A pesar de todo, una descarga de furia ardiente recorrió su cuerpo al descubrir que ella no era la única mujer a la que McKenna intentaba seducir. Con las facciones rígidas, prosiguió su camino hacia el vestíbulo de entrada.

—Adelante —murmuró a Gwen, y la muchacha corrió delante de ella obedientemente.

A McKenna le bastaron unas pocas zancadas para alcanzar a Aline. Su rostro oscuro era inescrutable cuando se agachó para quitarle la canasta de las manos.

—Yo llevaré esto —dijo.

Aline tiró de la canasta bruscamente.

—No, gracias.

—Estás cojeando.

La observación hizo que unos tentáculos de alarma culebrearan en el estómago de Aline.

—Me he torcido el tobillo en las escaleras —respondió, mientras se resistía a los esfuerzos de McKenna por quitarle la canasta—. Déjala. No necesito tu ayuda.

Él no le hizo caso; acarreó la canasta sin dificultades, mirándola con el ceño fruncido.

—La señora Faircloth debería vendarte el tobillo antes que se inflame.

—Ya me siento mejor —repuso Aline, exasperada—. Busca a otra a quien importunar, McKenna. Seguro que hay muchas mujeres con las que te gustaría tontear hoy.

—No intentaba seducirla.

Aline le respondió con una mirada elocuente, y él arqueó las cejas en un gesto burlón.

—¿No me crees? —preguntó.

—Lo cierto es que no. Creo que ella será tu válvula de escape si no consigues llevarme a mí a la cama.

—En primer lugar, no tengo intención alguna de acostarme con ninguna de las criadas. Sólo quería sacarle cierta información. En segundo lugar, no necesito válvulas de escape.

La arrogancia de aquella afirmación bastó para dejar a Aline sin palabras. Jamás había conocido a un hombre tan extraordinariamente seguro de sí mismo, y no dejaba de ser una suerte, ya que en el mundo civilizado apenas había lugar para un puñado de personas como él. Cuando al fin se sintió capaz de hablar sin tartamudear, Aline preguntó con voz cortante:

—¿Qué información puede tener una criada que sea de tu interés?

—He averiguado que ya trabajaba aquí cuando sufriste tu misteriosa enfermedad. Intentaba convencerla de que me hablase de ello.

Aline fijó la mirada en el nudo de su corbata mientras su cuerpo entero se ponía tenso.

—¿Y qué te ha dicho?

—Nada. Parece que tanto ella como el resto de la servidumbre están decididos a guardar tus secretos.

Esa respuesta produjo un alivio inmenso en Aline, quien pudo relajarse un poco al reponer:

—No hay ningún secreto que descubrir. Padecí una fiebre. A veces ocurre, sin razón aparente y con graves consecuencias para la vida de los pacientes. Poco a poco conseguí recuperarme, y eso es todo.

Él la miró con dureza y replicó:

—No me lo trago.

La expresión no le era familiar y, sin embargo, su significado estaba claro.

—Evidentemente, puedes creer lo que quieras —contestó ella—. Yo no puedo hacer más que contarte la verdad.

McKenna arqueó una de las cejas ante ese tono de dignidad ofendida.

—Como tuve ocasión de aprender en el pasado, milady, no te cuesta nada manipular la verdad cuando así te conviene.

Aline frunció el entrecejo, frustrada por su propia incapacidad de defender sus acciones del pasado sin tener que revelarle mucho más de lo que nunca quisiera que él supiera.

Antes de que lograra dar con una respuesta, McKenna la sorprendió apartándose con ella a un lado del estrecho pasadizo. Dejó la canasta en el suelo y se enderezó para enfrentarla. De pie allí, en el pasillo, sus cuerpos casi rozándose, Aline sintió un intenso apremio erótico recorrer su cuerpo entero como una música. Tratando de alejarse de él, topó con la pared del pasadizo.

McKenna estaba tan cerca que Aline pudo ver el rastro de sus patillas bien afeitadas, una sombra que realzaba su moreno atractivo y viril. Sus labios apretados formaban una línea tenaz, que terminaba en paréntesis a ambos lados de la boca. Aline deseó besar aquellas líneas tensas, relajarlas con las caricias de su lengua, saborear las firmes comisuras... Desesperada, apartó esos pensamientos de su mente y bajó la cabeza para evitar la visión de aquella boca.

—No tiene sentido que aún sigas soltera —dijo la voz consternada de él—. Quiero saber qué te ocurrió hace tantos años, y la razón por la que estás sola. ¿Qué les pasa a los hombres de Hampshire, para que nadie te haya reclamado para sí? ¿O el problema está en ti?

Se había acercado tanto a la verdad, que Aline sintió un escalofrío inquietante.

—¿Es éste un ejemplo de tus estrategias de seducción, McKenna? —preguntó bruscamente—. ¿Aislar a una dama en el pasadizo de la servidumbre y someterla a un interrogatorio?

Su comentario provocó una súbita sonrisa en los labios de McKenna, y su perplejidad frustrada desapareció con sorprendente rapidez.

—No —admitió—. Puedo hacerlo mucho mejor.

—Eso espero. —Intentó escurrirse entre él y la pared, pero McKenna dio un paso adelante y su cuerpo macizo le cerró el paso y no le dejó ninguna posibilidad de escapatoria. Aline gimió al sentir su contacto, la regia presión de su muslo en la entrepierna, el roce de su aliento en la oreja. McKenna no intentó besarla, se limitó a sujetarla con cuidado, como si su cuerpo quisiera reconocer los detalles del cuerpo de ella.

—Déjame pasar —dijo Aline con voz pastosa.

Él no pareció oírla.

—Poder tocarte... —murmuró.

Atrapada entre la pared dura y fría y el cuerpo duro y caliente de él, Aline sintió una oleada de turbación. El cuerpo de McKenna era distinto a como ella lo recordaba. Ya no era delgado y desgarbado sino pesado, corpulento, impregnado de la fuerza de un hombre en su momento de plenitud viril. McKenna ya no era el muchacho encantador que ella recordaba... se había convertido en otro, totalmente distinto. En un hombre fuerte y despiadado, con un cuerpo acorde a su talante. Fascinada por aquellas diferencias, Aline no pudo evitar deslizar las manos debajo de la chaqueta de él. Pasó los dedos por los músculos desarrollados de su pecho, por la regia caja torácica. McKenna permaneció inmóvil, haciendo acopio de una disciplina tan dura que un temblor delató el esfuerzo de sus miembros.

—¿Y tú por qué estás solo? —susurró nadando en el olor de su cuerpo, una fragancia salada y soleada que hacía que su corazón latiera con fuerza casi incontrolable—. Ya deberías haberte casado.

—No he conocido a ninguna mujer a la que deseara tanto —murmuró McKenna. Su cuerpo se tensó más cuando las manos de Aline recorrieron los costados de su cintura—. Someterme a las ataduras de los votos matrimoniales sería... —Calló y empezó a respirar como un caballo a la carrera al sentir que los dedos de Aline acariciaban su tenso abdomen.

Disfrutando de una repentina sensación de poder mezclada con intensa excitación, Aline prolongó el momento, dejó que él se atormentara preguntándose si ella se atrevería a tocarle del modo en que obviamente él anhelaba que lo tocara. La excitación se había apoderado del cuerpo de McKenna, que despedía oleadas de calor. Aline ansiaba palpar la sedosa forma masculina bajo las ropas de algodón y de lana fresca. Incrédula ante su propia salvaje temeridad, pasó los dedos por la superficie externa de los pantalones y los curvó suavemente sobre la larga protuberancia de su erección. Una descarga de placer la invadió, y las palmas de sus manos hormiguearon al contacto con la carne dura y tensa. Los recuerdos de un antiguo placer físico despertaron latigazos de deseo en su cuerpo hambriento de sensaciones, y sus tejidos más delicados se hincharon con expectación.

McKenna gimió ahogadamente y posó las manos en los hombros de Aline, con los dedos abiertos, como si temiera apretarla con demasiada fuerza. Ella acarició el miembro tenso y vibrante... hacia arriba... frotó la cabeza suavemente con el pulgar... hacia abajo... presionando dulcemente con los dedos, hasta que la respiración del hombre salió silbando de entre los dientes apretados. Hacia arriba y hacia abajo... la idea de sentirlo dentro de ella, de ser penetrada por su espléndida virilidad, produjo una oleada de calor líquido entre sus propias piernas.

McKenna inclinó la cabeza y recorrió el rostro de ella con la punta de los labios, suaves como las alas de una mariposa. Su delicadeza la asombró. Los labios de él rozaron la comisura de su boca, se detuvieron y luego siguieron la curva de su mentón, hasta que McKenna lamió con la lengua el suave lóbulo de su oreja. Cegada, Aline buscó su boca, anhelando la fuerza de su beso. Él respondió lentamente, la poseyó con lentitud torturadora, haciéndola gemir cuando al fin posó la boca plenamente sobre la de ella. Colgada de él, Aline la abrió para recibir su lengua. Él la saboreó dulcemente y acarició el interior satinado de su boca con pericia tan exquisita que Aline perdió por completo la capacidad de pensar. El ritmo de su respiración se tornó desesperado, al tiempo que todos los músculos de su cuerpo se tensaban con apremio delicioso. Deseaba rodearlo con el cuerpo, recibirlo en la profundidad de su abrazo hasta tenerlo dentro de sí.

Tratando de abrazarla con más fuerza, McKenna encorvó los hombros sobre ella y rodeó sus nalgas con las manos, obligándola a ponerse de puntillas. Llevó la boca hasta su cuello, tanteó el camino de vuelta a sus labios y luego empezó a besarla una y otra vez, como si quisiera descubrir todas las maneras posibles en que sus bocas podían acoplarse. Sus labios se entrelazaron de una forma especialmente sensual, un gemido apagado escapó de la boca de ella, y su cuerpo se convulsionó con la necesidad de sentir cada centímetro del cuerpo de él. El roce de sus pechos con el tórax masculino produjo un sonido áspero en su garganta. De pronto, McKenna interrumpió el beso con una maldición proferida en voz baja.

Aline se rodeó los hombros con los brazos y le miró anonadada, consciente de que él debía de percibir perfectamente su temblor, como ella percibía el suyo.

McKenna se apartó bruscamente y se cruzó de brazos, agachó la cabeza y fijó la mirada en el suelo.

—He llegado al límite... de mi autocontrol. —Las palabras salieron comprimidas de entre sus mandíbulas apretadas.

Saber que había estado a punto de perder toda capacidad de gobernarse —y el hecho de que estuviera dispuesto a reconocerlo— produjo en Aline una agitación irracional que tardó en desaparecer.

A ambos les pareció una eternidad hasta que empezaron a recobrar el dominio de sí. Finalmente, McKenna se agachó para recoger la cesta abandonada y la instó a que fuera por delante con un ademán callado.

Aturdida, Aline lo condujo hasta el vestíbulo de la entrada, donde encontró a Gwen, la criada, a punto de volver en busca de la canasta de Aline.

McKenna se negó a entregar la pesada cesta a la muchacha.

—No hace falta —dijo con desenfado—. Yo la llevaré... sólo dime dónde tengo que dejarla.

—Sí, señor —respondió Gwen de inmediato.

McKenna se volvió para intercambiar una rápida mirada con Aline, los ojos verdiazules, oscuros y entrecerrados. Un mensaje sin palabras fue del uno al otro... «más tarde»... y él se alejó con largas y ligeras zancadas.

Aline permaneció inmóvil tratando de recuperar la serenidad, pero la distrajo la aparición inesperada de su hermano, quien entró en el vestíbulo con una expresión de honda turbación. Marco ya se había quitado el traje de caza y ahora lucía pantalones de color gris perla, un chaleco azul marino y una corbata de seda con dibujos azules.

—¿Dónde está Livia? —preguntó Marco sin preámbulos—. No ha aparecido en toda la mañana.

Aline vaciló antes de responder y procuró hacerlo en voz baja:

—Sospecho que se encuentra en compañía del señor Shaw.

—¿Qué?

—Creo que la acompañó en su paseo matinal —prosiguió Aline en tono cuidadosamente despreocupado—. Que yo sepa, ninguno de los dos ha sido visto desde entonces.

—¿Y tú permitiste que fuera? —susurró Marco con indignación—. ¡Por el amor de Dios! ¿Por qué no hiciste algo para impedírselo?

—Vamos, no te pongas así —repuso Aline—. Te aseguro, Marco, que Livia es perfectamente capaz de mantener a un hombre a distancia. Pero, si desea pasar algún rato en compañía del señor Shaw, creo que se ha ganado el derecho de hacerlo. Además, parece ser un caballero, a pesar de su reputación.

—No es como los caballeros a los que está acostumbrada Livia. ¡Él es americano! —El énfasis particular que puso en la última palabra la hizo sonar como un insulto.

—Creía que te gustaban los americanos.

—No cuando husmean alrededor de una de mis hermanas. —Los ojos de Marco rebosaron de recelo al observarla más de cerca—: ¿Y qué has estado haciendo tú, si se puede saber?

—Pues... —Sorprendida, Aline se llevó una mano al cuello, donde se posaba la mirada ceñuda de Marco—. ¿Por qué me miras así?

—Tienes una rojez en el cuello —respondió él crudamente.

Aline decidió hacerse la inocente y le devolvió una mirada de extrañeza.

—No seas tonto. Es una irritación causada por la cinta de mi camafeo.

—No llevas ningún camafeo.

Aline sonrió y se puso de puntillas para darle un beso en la mejilla, consciente de que, bajo su aspecto colérico, Marco estaba aterrorizado porque alguien pudiera herir a una de sus adoradas hermanas.

—Livia y yo somos mayorcitas —le dijo—. Hay determinadas cosas de las que no puedes protegernos, Marco.

Su hermano aceptó el beso y no pronunció nuevas quejas pero, en el momento de alejarse, Aline le oyó murmurar algo sospechosamente parecido a:

—Oh, sí que puedo.

Aquella noche Aline encontró una rosa roja sobre su almohada, los pétalos hermosos, entreabiertos, el largo tallo, limpio de espinas. Cogió la flor fragante, acarició con ella su mejilla y quedó boquiabierta.

Milady:

Aquí está la flor. Pronto oirá la serenata. En cuanto a la poesía... tendrá que darme más inspiración.

Suyo,

M.

11

A lo largo de los dos días siguientes McKenna no tuvo ninguna oportunidad de encontrarse a solas con Aline. Desempeñando su papel de anfitriona con habilidad deslumbrante, ella parecía estar en todas partes al mismo tiempo y organizaba con eficiencia las cenas, los juegos, las representaciones de teatro de aficionados y todas las demás diversiones ideadas para el entretenimiento de la horda de huéspedes alojados en Stony Cross Park. Salvo que decidiera acercársele a hurtadillas, atraparla y secuestrarla delante de todos, McKenna no podía hacer otra cosa que esperar hasta que se le presentara una oportunidad apropiada. Y, como era habitual en él, le resultaba difícil mostrarse paciente.

Donde apareciera, Aline se encontraba en seguida rodeada de gente. Irónicamente, poseía aquella cualidad que su madre, la condesa, siempre había envidiado: la de atraer a los demás como un imán. La diferencia consistía en que la condesa deseaba la atención del público para su propio disfrute, mientras que Aline parecía albergar un auténtico deseo de hacer feliz a la gente que la rodeaba. Sabía flirtear hábilmente con los caballeros de más edad, así como sentarse a cotillear con las damas mayores mientras tomaba con ellas una copa de cordial. Jugaba con los niños, escuchaba con simpatía las penas románticas que le contaban las muchachas jóvenes y rechazaba el interés de los caballeros tratándolos como si fuera su hermana mayor.

Aunque en este último empeño su éxito no era absoluto. A pesar de su falta de interés, muchos jóvenes se sentían fascinados por ella... y el espectáculo de su ardor esperanzado y apenas disimulado llenaba de hiel el alma de McKenna. Deseaba ahuyentarlos a todos, echarlos sin miramientos, mostrarles los dientes, como un lobo a punto de atacar. Aline le pertenecía, en virtud de la necesidad que sentía de ella y de los amargos recuerdos del pasado que ambos compartieran.

Por la tarde, mientras McKenna, Gideon y lord West-cliff descansaban en uno de los pabellones del jardín, Aline apareció con una bandeja de plata. La seguía un lacayo con una mesilla de madera de caoba. Era un día húmedo y la brisa estival no conseguía refrescarles, a pesar de haberse quedado los tres en mangas de camisa. Una quietud indolente imperaba en toda la finca, ya que la mayoría de los huéspedes habían optado por echar una siesta con las ventanas de sus dormitorios abiertas hasta las horas menos tórridas de la tarde.

Por primera vez no se había organizado una velada, ni una cena, ni una fiesta al aire libre en la finca, puesto que ya había empezado la feria anual en el pueblo. Habría bebidas y diversiones en la aldea de Stony Cross, donde casi todos los habitantes del condado asistirían a la feria. El acontecimiento se celebraba anualmente desde el año 1300, una festividad semanal durante la cual todo Stony Cross caía bajo el imperio de un caos dichoso. La calle Mayor del pueblo quedaba prácticamente irreconocible, y los escaparates habitualmente ordenados de las tiendas estaban ocultos tras las casetas de joyeros, mercaderes de sedas, fabricantes de juguetes, zapateros y huestes de artesanos de todo tipo. McKenna aún recordaba el entusiasmo que despertaba en él la feria cuando era niño. La noche inaugural empezaba siempre con música, baile y una gran hoguera encendida en las afueras del pueblo. Aline y él iban juntos a ver a los prestidigitadores, a los saltimbanquis y a los zancudos. Después iban siempre a la feria de caballos para admirar las docenas de purasangres de piel reluciente y los macizos caballos de tiro. Todavía recordaba la cara de Aline a la luz de la hoguera, las llamas que se reflejaban en sus ojos, los labios pegajosos del pan de jengibre helado que compraba en una de las casetas.

El objeto de sus pensamientos entró en el invernadero y los tres hombres quisieron ponerse de pie al unísono. Con una sonrisa, Aline les pidió que permanecieran sentados.

Mientras Westcliff y Gideon se arrellanaban obedientemente en sus asientos, McKenna se puso de pie y quitó la bandeja de limonada helada de las manos de Aline, al tiempo que el lacayo disponía la mesilla plegable. Aline sonrió a McKenna, las mejillas encendidas por el calor, los ojos castaños, suaves como el terciopelo. Él deseó poder saborear la piel rosada y sudorosa, lamer la sal de su transpiración y arrancarle el vestido de delgada muselina color amarillo pálido que se le pegaba al cuerpo.

Después de depositar la bandeja sobre la mesilla, McKenna se enderezó y vio que Aline miraba fijamente la piel de sus antebrazos, bronceada y cubierta de vello, que las mangas arremangadas de su camisa dejaban al descubierto. Sus miradas se cruzaron y, de repente, a McKenna le resultó muy difícil recordar que no se encontraban solos. Ni él podía ya disimular la fascinación que asomaba a sus ojos, ni Aline conseguía ocultar su indefensión ante la atracción que aquel hombre ejercía sobre ella.

Aline se volvió hacia la bandeja, alcanzó la jarra de cristal tallado y sirvió un poco de limonada. El breve tintineo de los cubitos de hielo delató la pérdida momentánea de su compostura. Ofreció el vaso a McKenna sin mirarle a la cara.

—Siéntese, se lo ruego, amable caballero —dijo jocosamente—. Y sigan con su conversación, señores, no tenía intención de interrumpirles.

Gideon aceptó su vaso de limonada con una sonrisa de gratitud.

—Este tipo de interrupciones son siempre bienvenidas, milady.

Lord Westcliff la invitó con un gesto a que se uniera a la compañía y ella se sentó grácilmente en el brazo de su sillón, a la vez que le ofrecía un refresco. La cálida amistad que unía a los hermanos resultaba evidente. «Qué interesante», pensó McKenna, quien recordaba que su relación había sido algo distante en el pasado. Aline se sentía intimidada por los éxitos de su hermano mayor, y Marco había estado aislado del resto de la familia durante los años que pasó en el internado. Ahora, sin embargo, parecía que él y su hermana habían establecido un fuerte lazo de unión.

—Estábamos discutiendo la cuestión de por qué las empresas británicas no venden sus productos al extranjero con la misma eficacia que las americanas o las alemanas —informó Westcliff a su hermana.

—¿Porque a los ingleses no les gusta aprender otros idiomas? —sugirió ella en tono divertido.

—Eso es un mito —repuso Westcliff.

—¿Lo es? —preguntó Aline—. Dime cuántos idiomas sabes hablar, aparte del latín, que no cuenta.

Westcliff dirigió a su hermana una mirada de desafío.

—¿Por qué no cuenta el latín?

—Porque es una lengua muerta.

—Sigue siendo una lengua —puntualizó Westcliff.

Antes de que los hermanos empezaran una discusión privada McKenna les devolvió al curso principal de la conversación.

—La lengua no es el problema —dijo, y consiguió atraer la atención de ambos—. Las dificultades del comercio británico en el extranjero derivan del hecho de que los fabricantes sienten aversión por la producción en masa de sus artículos. Valoran la individualidad por encima de la uniformidad y, como resultado, el fabricante inglés medio es demasiado pequeño, y sus productos, demasiado variados. Por eso pocos consiguen lanzar una gran campaña de ventas en los mercados mundiales.

—¿No debe, sin embargo, una empresa complacer a sus clientes ofreciéndoles una variedad de productos? —preguntó Aline arrugando el ceño de un modo que despertó en McKenna el deseo de alisárselo a besos.

—Dentro de ciertos límites —respondió él.

—Por ejemplo —interpuso Gideon—, las fundiciones de locomotoras británicas son tan especializadas que no salen dos máquinas iguales de la misma fábrica.

—Lo mismo ocurre con sus demás empresas —prosiguió McKenna—. Una fábrica de galletas produce cientos de variedades de galletas, cuando sería mucho más rentable limitarse a una docena. O un fabricante de papel pintado imprime cinco mil diseños diferentes, mientras que sacaría mayor beneficio produciendo la quinta parte. Resulta demasiado costoso ofrecer tantos productos diferentes, especialmente cuando se trata de promocionarlos en el extranjero. Los números no cuadran.

—No obstante, a mí me gusta poder elegir entre una gran variedad de artículos —protestó Aline—. No quiero que mis paredes sean como las paredes de todo el mundo.

La idea de disponer de una gama menor de papeles pintados pareció turbarla hasta tal punto, que McKenna no pudo reprimir una sonrisa. Viendo que le divertía, Aline arqueó las cejas en un gesto de coquetería:

—¿Por qué sonríe?

—Acaba de hablar como una auténtica inglesa —contestó él.

—¿No es usted también inglés, McKenna?

Sin dejar de sonreír, él negó con la cabeza.

—Ya no, milady.

McKenna se había convertido en americano en el mismo instante en que puso los pies sobre el suelo de Staten Island, hacía ya tantos años. Aunque siempre reconocería sentir cierta nostalgia por su país de nacimiento, él se había reinventado a sí mismo y se había vuelto a forjar en un país donde su sangre plebeya no constituía ningún obstáculo. En América había aprendido a no considerarse más un criado. Jamás volvería a inclinarse ni a barrer para nadie. Tras años de trabajo agotador, de sacrificios, de desvelos y de terquedad pura y dura, se encontraba sentado junto a lord Westcliff como invitado, en lugar de trabajar en sus establos por cinco chelines mensuales.

McKenna en seguida se dio cuenta de que los ojos agudos de Marco iban de él a Aline sin perder un detalle de la situación. El conde no era tonto, y resultaba evidente que no permitiría que nadie se aprovechara de Aline.

—Supongo que tiene razón —dijo ella—. Cuando un hombre habla, piensa y mira como los americanos, probablemente ya es uno de ellos. —Se inclinó ligeramente hacia él con un destello de sus ojos castaños—: Sin embargo, McKenna, una pequeña parte de usted pertenecerá siempre a Stony Cross... me niego a permitir que reniegue totalmente de nosotros.

—No me atrevería —respondió él con voz suave.

Sus miradas se encontraron y, en esta ocasión, ninguno de los dos consiguió apartar la vista, a pesar del incómodo silencio que imperó en el pabellón.

Fue el conde de Westcliff quien rompió el hechizo. Carraspeó para aclararse la garganta y se levantó tan bruscamente que su silla casi cayó de lado arrastrada por el peso de Aline, que seguía sentada en el brazo. Ella también se puso de pie, mirando a su hermano con el ceño fruncido. Cuando Westcliff habló, su voz sonó tan parecida a la del viejo conde, que McKenna sintió que se le erizaba el vello de la nuca.

—Aline, quisiera discutir algunos de los preparativos para los próximos días, para asegurarme de que no habrá conflicto de horarios. Acompáñame a la biblioteca, si eres tan amable.

—Desde luego, señor conde —respondió Aline y sonrió a McKenna y a Gideon, que se habían puesto de pie—. Discúlpenme, caballeros. Les deseo una tarde agradable.

Tras la partida del conde y su hermana, McKenna y Gideon volvieron a sentarse estirando las piernas.

—De modo —comentó Gideon en tono relajado— que tus planes van por buen camino.

—¿Qué planes? —preguntó McKenna taciturno, mientras examinaba con malhumor los restos aguados de su limonada.

—Los de seducir a lady Aline, por supuesto. —Con movimientos morosos, Gideon fue a servirse un poco más de limonada.

McKenna respondió con un gruñido indescifrable.

Transcurrieron algunos minutos de silencio amigable antes de que McKenna preguntara:

—Shaw..., ¿alguna mujer te ha pedido alguna vez que le escribieras un poema?

—No, gracias a Dios —respondió Gideon con una risa disimulada—. Los Shaw no escribimos poesías. Pagamos a otros para que las escriban por nosotros y luego recibimos el crédito. —Arqueó las cejas—. ¿No me dirás que lady Aline te pidió un poema?

—Sí.

Gideon alzó la vista al cielo.

—Uno no puede evitar maravillarse con la variedad de métodos que han ideado las mujeres para hacernos parecer unos idiotas rematados. ¿No estarás pensando en serio escribirle un poema?

—No.

—¿Hasta dónde piensas llevar este plan tuyo de venganza, McKenna? Lady Aline me resulta muy simpática y no quisiera verla sufrir.

McKenna le dirigió una mirada de fría advertencia.

—Si intentas interferir...

—Tranquilo —dijo Gideon en tono defensivo—. No pienso desbaratar tus planes. Creo que eso lo harás bastante bien tú solito.

McKenna arqueó una ceja con sarcasmo.

—¿Qué quieres decir?

Gideon sacó un frasco de licor y se sirvió una dosis generosa en la limonada.

—Quiero decir que nunca antes te había visto tan hechizado por nada ni por nadie como por lady Aline. —Tomó un largo trago de la potente mezcla—. Y ahora que ya cuento con refuerzos líquidos, me atreveré a decir que, en mi opinión, sigues enamorado de ella. Y que, en el fondo, preferirías sufrir una muerte lenta antes que causarle un solo instante de dolor.

McKenna lo miró con dureza.

—Shaw, eres un borracho estúpido —murmuró y se puso de pie.

—¿Acaso lo he puesto alguna vez en duda? —preguntó Shaw tomándose el resto de la bebida de un trago, mientras seguía con la mirada a McKenna, que salía del pabellón.

A medida que la tarde avanzaba y la temperatura refrescaba, los huéspedes de Stony Cross Park empezaron a congregarse en el vestíbulo de la entrada. En grupos pequeños, fueron saliendo al patio cubierto de grava, donde esperaba una hilera de carruajes dispuestos para llevarlos al pueblo. Entre aquellos que deseaban encontrar diversión en la feria estaba la hermana de Gideon, la señorita Susan Chamberlain, y su esposo, Paul. A lo largo de los últimos días a Aline no le había costado relacionarse con los Chamberlain, aunque no acababa de encontrarles realmente simpáticos. Susan era una mujer alta y de cabello dorado, como su hermano, Gideon, pero carente del buen humor de éste y de su capacidad de reírse de sí mismo. Por el contrario, parecía darse demasiada importancia, característica que compartía con su esposo, Paul.

En el momento de la partida del primer carruaje, Aline vio a Gideon Shaw y percibió que su atención estaba cautivada por alguien que salía de la mansión. Una leve sonrisa asomó a los labios del hombre, y su expresión se relajó. Siguiendo su mirada, Aline descubrió con agradable sorpresa que Livia, por fin, había decidido abandonar su reclusión voluntaria. Ésa era la primera vez que participaba de una salida pública desde la muerte de Amberley. Con su vestido color rosa oscuro adornado con ribetes de rosa pálido, Livia parecía muy joven y aún más nerviosa.

Aline se acercó a su hermana con una sonrisa de bienvenida.

—Cariño —dijo rodeándole la cintura con el brazo—, ¡qué bien que hayas decidido acompañarnos! Ahora sí que será una velada perfecta.

Susan Chamberlain se volvió para susurrar algo a su marido, llevando delicadamente la mano hasta la boca para disimular el chismorreo que le estaba contando. Chamberlain dirigió la mirada rápidamente hacia Livia y en seguida la apartó de nuevo, como si no quisiera que le pillaran observándola.

Resuelta a proteger a su hermana de cualquier impertinencia, Aline instó a Livia a que la siguiera.

—Tienes que conocer a algunos de nuestros invitados. Señor y señora Chamberlain, tengo el placer de presentarles a mi hermana menor, lady Olivia Marsden. —Aline se ciñó estrictamente al orden de precedencia, esperando que de ese modo consiguiera comunicarles que, en lo social, ostentaban un rango inferior al de Livia y, por lo tanto, no tenían derecho alguno de ofenderla. Cuando los Chamberlain terminaron de saludar a Livia con una sonrisa hueca, Aline procedió a presentarla a los Cuyler y al señor Laroche, cuya esposa ya se había marchado en el primer carruaje.

De pronto, apareció ante ellas McKenna.

—Dudo que me recuerde, milady, después de tantos años.

Livia le sonrió con gesto repentinamente pálido y culpable.

—Claro que lo recuerdo, McKenna. Sea bienvenido en Stony Cross, debió haber vuelto mucho antes.

Alcanzaron a Gideon Shaw, quien no consiguió disimular la fascinación que sentía por Livia.

—Es un placer conocerla, milady —murmuró y, tomándole la mano, se inclinó sobre ella en lugar de saludar con un simple asentimiento de la cabeza, como habían hecho los demás. Se incorporó y sonrió a Livia, cuyas mejillas se habían vuelto varios tonos más oscuros que su vestido. La atracción que sentían uno por el otro casi se podía palpar—. Viajará en nuestro carruaje, espero —dijo Shaw, a la vez que le soltaba la mano con evidente desgana.

Antes que Livia pudiera responder intervino Susan, la hermana de Shaw:

—Me temo que no será posible —dijo a Gideon—. Sencillamente ya no cabe nadie más en el carruaje. Vienes tú, Paul y yo, y el señor Laroche, por no mencionar a McKenna...

—McKenna no viaja con nosotros —interpuso Shaw. Echó a McKenna una mirada de advertencia—: ¿verdad?

—Pues, sí —confirmó él captando la indirecta—. Lady Aline ya ha dispuesto que vaya en otro carruaje.

—¿De quién? —inquirió Susan contrariada. Estaba claro que aquella sustitución no era de su agrado.

Aline sonrió alegremente.

—En el mío —mintió—. McKenna y yo todavía tenemos una conversación pendiente sobre... bueno...

—Poesía —concluyó McKenna con expresión grave.

—Sí, poesía. —Sin perder la sonrisa, Aline resistió la tentación de pisarle en un pie—. Deseaba poder seguir hablando del tema camino del pueblo.

Los ojos azules de Susan se estrecharon hasta formar dos rendijas de recelo.

—No me diga. Dudo que McKenna haya leído un solo poema en su vida.

—Yo tuve ocasión de escucharle recitar uno —dijo Shaw—. Creo recordar que empezaba así: «Hubo una vez un hombre de Bombay...» El resto, si no recuerdo mal, sería inadecuado para los oídos de los presentes.

El señor Chamberlain se ruborizó y se rió por lo bajo, delatando su conocimiento del resto del llamado poema.

McKenna sonrió.

—Obviamente, será tarea de lady Aline cultivar mis gustos literarios.

—Dudo que para ello nos baste un trayecto —replicó Aline recatadamente.

—Depende de lo largo que sea —repuso McKenna.

Su comentario difícilmente podría entenderse como una insinuación, aunque algo en su tono de voz y en su manera de mirarla hizo que Aline se ruborizara.

—Entonces, sugiero que no se detengan hasta llegar a Siberia —dijo Shaw, rompiendo la tensión que se había generado de repente y provocando la risa de todos los presentes. Con ademán galante, ofreció su brazo a Livia—: Milady, si me permite...

Mientras Shaw conducía a su hermana al carruaje que les esperaba, Aline los observó maravillada. Desde luego, resultaba un poco extraño ver a su hermana con otro hombre.

No obstante, Gideon Shaw parecía ser un buen compañero para ella. Tal vez Livia necesitara a un hombre de mundo y seguro de sí mismo como él. Y, a pesar de su cinismo, daba la impresión de ser un auténtico caballero.

Sin embargo, no parecía haber verdaderas posibilidades de una relación entre Shaw y Livia. Su afición a la bebida era un problema que preocupaba mucho a Aline, por no hablar de su malísima reputación, ni del hecho de provenir de un mundo enteramente distinto del que pertenecía Livia. Suspirando con el ceño fruncido, Aline miró a McKenna.

—Es un buen hombre —dijo él, leyendo sus pensamientos con una facilidad que la asombró.

—Lo creo —respondió ella con voz queda—. Pero si Livia fuera tu hermana, McKenna..., ¿te gustaría que se relacionara con él? —La pregunta no nacía del prejuicio sino de la preocupación.

McKenna tardó un rato en responder. Luego meneó la cabeza.

—Me lo temía —murmuró Aline. Lo tomó del brazo—: Bien, ya que te has apuntado a mi carruaje, podemos ponernos en marcha.

—¿Tu hermano viene con nosotros? —preguntó él mientras la acompañaba a lo largo del camino.

—No, a Westcliff no le interesa la feria. Pasará la velada en casa.

—Bien —declaró McKenna con satisfacción tan evidente que Aline se rió.

Estaba claro que él hubiese preferido viajar a solas con ella, pero se les unieron los Cuyler, quienes llevaron la conversación al tema de la producción local de quesos. Mientras respondía a sus preguntas con todo detalle, Aline a duras penas conseguía reprimir una sonrisa ante el evidente desconcierto de McKenna.

Cuando el grupo de huéspedes llegó a reunirse en el centro de Stony Cross, el pueblo ya resplandecía a la luz de las lámparas y las antorchas festivas. La música flotaba sobre el ejido ovalado, lleno de bailarines exuberantes. Las filas de diminutas cabañas con techo de paja y paredes pintadas de blanco y negro quedaban prácticamente ocultas tras la gran proliferación de casetas. Las frágiles construcciones de madera eran muy parecidas. Disponían de un puesto abierto a la venta en la parte anterior y de una habitación diminuta en la parte trasera, donde dormían los feriantes por la noche. Había casetas que vendían joyas, cuberterías, juguetes, zapatos, abanicos, cristalería, muebles y alimentos tradicionales de la región. Estallidos de risas surgían de la multitud reunida en torno a los teatrillos, donde los actores y los comediantes presentaban sus espectáculos bajo una lluvia de monedas que caían a sus pies.

Permitiendo que McKenna la acompañara en su recorrido por las casetas, Aline le echó una mirada de curiosidad.

—Esto debe de despertar muchos viejos recuerdos.

McKenna asintió con la mirada distante.

—Parece que fue en otra vida.

—Así es —admitió Aline con cierta melancolía. Qué distintos habían sido ambos. La inocencia de aquellos días, la exquisita sencillez de las cosas, la sensación de vida y de juventud que rodeaba cada momento con un aura dorada... recordando, se sintió de pronto invadida de una cálida impaciencia que no parecía tener objeto ni salida concretos. La sensación se hizo fuerte en su interior, hizo que su corazón latiera con fuerza y le provocó una radiante conciencia de cada escena, impresión y sensación. Caminar por el pueblo con McKenna a su lado... era un eco precioso del pasado, como escuchar una hermosa melodía que no oía desde la niñez.

Lo miró a los ojos y vio que él también caía presa de la misma sensación. Se estaba relajando, sonreía más abiertamente, desaparecía la expresión de dureza de sus ojos y de su boca. Se abrieron camino a empujones a través de un tramo atestado de la calle Mayor, donde una pareja de prestidigitadores arrancaba gritos de entusiasmo de los espectadores reunidos a su alrededor. McKenna rodeó los hombros de Aline con el brazo para evitar que la zarandearan y siguió abriéndose camino a través de la multitud. En medio del entusiasmo general, nadie se fijó en aquel gesto, aunque a Aline le desconcertó su naturalidad, así como la respuesta que suscitó en ella. Le pareció completamente normal que la estrechara con el brazo y que ella le siguiera a donde fuera, normal que se dejara conducir por la mano de McKenna en su hombro.

Al salir de la densidad de la multitud, la mano de McKenna buscó la de Aline y la guió para que le tomara del brazo. Los dedos de Aline se amoldaron a la dura musculatura, mientras un lado de su pecho rozaba con el brazo de él.

—¿Adónde vamos? —preguntó, vagamente desconcertada por la calidad lánguida, casi soñadora, de su propia voz.

McKenna no respondió, siguió conduciéndola a lo largo de las casetas hasta alcanzar la que estaba buscando. La fragancia penetrante a pan de jengibre llegó en una cálida oleada hasta su nariz, y Aline se echó a reír, encantada.

—¡Lo recuerdas! —Cuando era joven, lo primero que hacía siempre al llegar a la feria era darse un atracón de pan de jengibre y, aunque McKenna no compartía su afición por aquel manjar, siempre la acompañaba a buscarlo.

—Por supuesto —dijo él sacando una moneda del bolsillo para comprarle un gran trozo—. Desde entonces no he vuelto a ver a nadie devorar una hogaza entera, como solías hacer tú.

—No es cierto —protestó Aline ceñuda, al tiempo que hincaba los dientes en la gruesa masa pastosa.

—Era asombroso —insistió McKenna conduciéndola lejos de la caseta—. Verte comer algo tan grande como tu cabeza en menos de un cuarto de hora...

—Yo nunca he sido tan glotona —le informó Aline, arrancando con decisión un trozo enorme de pan de jengibre.

Él sonrió.

—Debo de estar pensando en otra persona —dijo.

Siguieron su lento paseo por las casetas, y McKenna compró vino dulce para que Aline pudiera regar el pan de jengibre; ella bebió con avidez.

—Despacio —la previno él con mirada tierna—. Acabarás mareándote.

—¿Qué más da? —repuso Aline alegremente y tomó

otro sorbo—. Si tropiezo, tú estarás aquí para sostenerme. ¿No es cierto?

—Con ambos brazos —murmuró él. De boca de otra persona, aquel comentario habría parecido pura galantería. Viniendo de McKenna, sin embargo, contenía cierto tono deliciosamente amenazante.

Se dirigieron hacia el ejido pero, antes de llegar, Aline vio un rostro familiar. Era Adam, con el cabello rubio centelleando a la luz de las antorchas. Estaba en compañía de varios amigos y amigas, de quienes se excusó con un breve comentario que suscitó algunas risas conspiradoras al ver que se dirigía hacia Aline.

Ella fue rápidamente a su encuentro, mientras McKenna la seguía como un espectro arisco. Aline alcanzó a Adam, lo tomó de las manos y le sonrió.

—He aquí un apuesto desconocido —se rió—. No, espere... ¿no solía visitar con frecuencia Stony Cross Park? Hace tanto que no lo veo que me engaña la memoria.

Adam torció el gesto, divertido, antes de responder:

—Mi ausencia ha sido deliberada, dulce dama..., y usted sabe por qué.

Aline sintió una cálida emoción de afecto, dándose cuenta de que Adam se había mantenido en la distancia para permitirle tratar con McKenna como mejor le pareciera.

—Eso no impide que te eche de menos.

Los dedos suaves y fuertes de Adam apretaron sus manos antes de soltarlas.

—Pronto te haré una visita —le prometió—. Y ahora preséntame a tu acompañante.

Obediente, Aline hizo las presentaciones de su mejor amigo y su amor del pasado... el primero nunca la haría infeliz, el segundo, sin duda, la haría desdichada. Resultaba muy extraño ver a Adam estrechar la mano de McKenna. Jamás se había imaginado que ambos pudieran llegar a conocerse, y no podía evitar fijarse en sus diferencias, en los contrastes entre el ángel y el demonio.

—Señor McKenna —decía Adam jovialmente—, su regreso a Stony Cross ha procurado un placer tan intenso a lady Aline que yo no puedo más que compartirlo, ya que apruebo todo aquello que le causa placer.

—Es usted muy amable. —McKenna lo sometió a un escrutinio muy hostil—. Son amigos desde hace tiempo, me imagino.

—Desde hace unos cinco años —respondió Adam.

Siguió un denso silencio, que fue interrumpido por un grito que sonó a poca distancia:

—¿McKenna?

Mirando en dirección a la voz, Aline descubrió que algunos viejos amigos de McKenna acababan de enterarse de su presencia... Dick Burlison, un muchacho de cabello color zanahoria y piernas larguiruchas, ahora ya un hombre fornido y casado, de más de treinta años... Tom Haydon, el hijo del panadero, quien ahora se hacía cargo del negocio familiar, y la mujer de Tom, Mary, la hija del carnicero, con la que tantas veces había flirteado McKenna en su juventud.

Aline le dio un pequeño empujón, sonriendo.

—Ve —le dijo.

No necesitaba decírselo dos veces. McKenna se acercó al grupo con una gran sonrisa, y todos le estrecharon la mano en medio de risas y gritos de júbilo. Mary, madre de cinco niños, tenía una expresión de asombro al inclinarse McKenna para darle un beso en la mejilla.

—Diría que aún no has estado en la intimidad con él —susurró Adam a Aline.

Ella respondió en voz baja, sin dejar de observar a McKenna:

—Quizá no tenga el valor de correr ese riesgo.

—Como amigo debería aconsejarte que no hagas nada que después puedas lamentar. —Adam sonrió y añadió—: Desde luego que así se pierde gran parte de la diversión.

—Adam —le reprendió ella—, ¿me estás alentando para que haga justamente lo que no debo?

—Sólo si me prometes contármelo todo después.

Aline meneó la cabeza riéndose. McKenna oyó el sonido de su risa y se volvió para mirarla con el ceño fruncido.

—Ya está, acabo de facilitarte las cosas —murmuró

Adam—. He alimentado las llamas de los celos. Ahora ya no descansará hasta reclamar su territorio. ¡Santo Dios, te gustan los hombres primitivos!

Y McKenna regresó a su lado en menos de un minuto, para agarrarla del codo en un claro alarde posesivo.

—Nos dirigíamos al ejido —le recordó con voz cortante.

—Así es —murmuró Aline—. ¿Querrá acompañarnos, lord Sandridge?

—Lamento decir que no puedo. —Adam se llevó la mano libre de Aline a los labios y le dio un beso en los nudillos—. Debo reunirme con mis amigos. Que tengan buenas noches.

—Adiós —dijo McKenna sin esforzarse en absoluto en disimular su animosidad al despedirse del apuesto vizconde.

—Sé amable con él, te lo ruego —dijo Aline—. Siento un gran afecto por lord Sandridge, y no quisiera herir sus sentimientos por nada en el mundo.

—He sido amable —murmuró McKenna.

Aline rió, disfrutando de sus evidentes celos.

—Apenas le has dirigido la palabra, excepto para decirle adiós. Y tu manera de mirarle me hizo pensar en un jabalí acorralado y a punto de atacar...

—¿Qué hombre es este —la interrumpió McKenna—, que no objeta en verte pasear por el pueblo en compañía de alguien como yo?

—Un hombre que confía. Lord Sandridge y yo tenemos una especie de acuerdo... nos concedemos mutuamente toda la libertad necesaria. Es un acuerdo muy sabio.

—¡Sabio! —repitió McKenna con desprecio mal disimulado—. Sandridge es un necio. Si yo estuviera en su lugar, tú no estarías aquí.

—¿Y dónde estaría? —preguntó Aline en tono insolente—. ¿En casa, me imagino, zurciendo los puños de tus camisas?

—No. En mi cama. Debajo de mí.

El buen humor de Aline desapareció al instante. La reacción a esas palabras, pronunciadas con voz muy suave, recorrió su cuerpo entero como una caricia, dejándola mareada y temblorosa. Guardó silencio y un rubor asomó en sus mejillas. Ambos siguieron caminando hacia el ejido. No fueron pocos los que les dirigieron miradas especuladoras al verles pasar. El retorno de McKenna después de tantos años en el extranjero ya era razón suficiente para que los aldeanos mostraran interés, pero el hecho de aparecer en compañía de Aline desató aún más las lenguas.

La música iba acompañada del batir de palmas y traqueteo de pies, al ritmo de los hombres y de las mujeres que saltaban y giraban al son de la tonadilla popular. Atraída por la contagiosa melodía, Aline permitió que McKenna la llevara cerca de la orquesta.

En el instante de terminar la canción McKenna hizo señas al primer violín, que se les acercó sin demora. McKenna le dijo algo en el oído al tiempo que ponía unas monedas en la palma de su mano, mientras Aline lo observaba con repentino recelo.

Con una gran sonrisa, el violinista se apresuró a acercarse a sus compañeros, mantuvo con ellos una breve conversación y el grupo entero de ocho músicos se dirigió *en masse* a donde se encontraba Aline. Ella miró a McKenna con creciente desconfianza:

—¿Qué estás tramando?

Los músicos la obligaron a acompañarlos hasta el centro mismo de la multitud y la colocaron al frente, donde todos pudieran verla. El primer violín hizo una reverencia en dirección a McKenna.

—Alegres amigos —exclamó—, este caballero ha pedido una canción en honor a los encantos de la dama que tenemos aquí delante. Ruego vuestra amable colaboración para cantar *La rosa de Tralee* a lady Aline.

La audiencia aplaudió a rabiar, porque se trataba de una tonadilla muy popular que acababa de salir ese mismo año. Las mejillas de Aline se tornaron de color escarlata, y ella dirigió a McKenna una mirada tan declaradamente asesina que casi todos los presentes se echaron a reír. Él le devolvió la mirada con una sonrisa de inocencia y arqueó las cejas en un gesto burlón, como si quisiera recordarle que había sido ella quien le había pedido una serenata.

Los músicos contemplaban a Aline con ojos exageradamente emocionados, y ella meneó la cabeza con una sonrisa cuando empezaron a tocar, acompañados de al menos doscientas voces cantoras. Incluso algunos de los comerciantes y de los vendedores ambulantes se acercaron para unirse al coro, que cambió el nombre de la heroína de la canción por el de Aline:

> *La luna pálida asomó*
> *Tras la montaña verde;*
> *El sol se hundía*
> *En el mar azul*
> *Cuando mi amor y yo llegamos*
> *A la pura fuente cristalina*
> *Que emana del bello*
> *Valle de Tralee.*
>
> *Ella era*
> *Rubia y hermosa*
> *Como la rosa de verano*
> *Pero no fue sólo su hermosura*
> *La que me cautivó.*
> *¡Oh, no! Fue la verdad*
> *Siempre viva en sus ojos*
> *Que me hizo amar a Aline,*
> *La Rosa de Tralee*
>
> *Las frías sombras del anochecer*
> *Tendían su manto,*
> *Y Aline me escuchaba*
> *Con una sonrisa,*
> *La luna sus pálidos rayos*
> *Derrochaba sobre el valle*
> *Cuando gané el corazón*
> *De la Rosa de Tra-leeeeee!*

Al terminar la canción, Aline hizo una profunda reverencia como gesto de agradecimiento. Tendió la mano al primer violín quien, después de inclinarse para besarla, fingió caerse de espaldas desmayado, provocando una ronda de aplausos y de risas cómplices entre la concurrencia.

Aline se volvió hacia McKenna y lo miró con fingida furia:

—Vas a pagar por esto —le advirtió.

Él sonrió.

—Querías una serenata.

La risa hinchó el pecho de Aline.

—Quería una serenata de ti —exclamó, tomándole de nuevo del brazo—. ¡No de la población entera de Stony Cross!

—Créeme si te digo que esto es mucho mejor que escucharme cantar en solitario.

—Recuerdo que tenías una voz muy bonita.

—Me falta práctica.

Quedaron mirándose sonrientes, y la felicidad recorrió canturreando las venas de Aline.

—También te he pedido un poema —dijo.

La chispa seductora de su mirada pareció afectar a McKenna, quien respondió con voz gutural:

—Y yo te he dicho que necesito más inspiración.

—Me temo que tendrás que ser más preciso. ¿A qué tipo de inspiración te refieres?

Las comisuras de la ancha boca de McKenna se torcieron hacia arriba.

—Usa tu imaginación, querida.

Sus palabras causaron conmoción en Aline. Sin saberlo, McKenna acababa de emplear la misma frase que utilizara Adam cuando habían discutido el problema de las cicatrices de sus piernas.

La sensación de impaciencia la embargó de nuevo y empezó a respirar con dificultad, oprimida por la excitación y la confusión que crecían y revoloteaban en su pecho. Si fuera inteligente, si tuviera valor, podría conseguir lo que más deseaba en el mundo. Una noche con McKenna... no, sólo unos minutos, arrancados del mismísimo puño de un destino cruel... Dios bendito, ¿era demasiado pedir?

No.

Costara lo que costara, ella disfrutaría de unos preciosos momentos de intimidad con el hombre a quien nunca había dejado de amar. Encontraría una forma de hacerlo sin tener que revelarle sus secretos. «Esta misma noche», pensó con rebeldía apasionada, y al infierno con quien tratara de impedírselo. Al infierno con el propio destino... McKenna y ella finalmente se iban a encontrar.

12

Era muy pasada la medianoche, y las antorchas ya casi se habían consumido. Aldeanos y visitantes caminaban por las calles oscuras, muchos de ellos embriagados. Unos cantaban, otros reñían y discutían, mientras que otros más aprovechaban la oscuridad para intercambiar besos ardorosos. Los de sensibilidades más moderadas habían tenido la prudencia de volver a sus casas, y los que permanecían no podían evitar darse cuenta de que las inhibiciones del gentío declinaban tan rápido como la luz de las antorchas. Los músicos seguían tocando junto a la hoguera y los bailarines transpiraban en abundancia al cruzar una y otra vez el círculo de luz vacilante.

Con la mirada fija en el resplandor de la hoguera, Aline se apoyó en McKenna. Él la sostuvo de forma automática, colocando una mano en la curva pronunciada de su cintura al tiempo que rodeaba delicadamente su codo con la otra. En cualquier otra noche, en otras circunstancias, su postura habría provocado un escándalo. Durante la feria, sin embargo, las normas habituales de la compostura se relajaban, por no decir que quedaban abolidas. Y, en medio del gentío que se arremolinaba, nadie parecía notar ni preocuparse por que Aline y McKenna se hubieran materializado como un par de sombras venidas de un lejano pasado.

Aline entrecerró los ojos al calor de la hoguera que dibujaba trazos de luz en su rostro.

—Eres más alto —murmuró distraída, recordando cómo McKenna solía apoyar la barbilla en la coronilla de su cabeza. Ahora ya no podía hacerlo sin tener que agacharse.

Él inclinó la cabeza y le susurró con voz cálida y sedosa en el oído:

—No, no lo soy.

—Sí que lo eres. —El vino había desatado la lengua de Aline—. Ya no encajamos como entonces.

El tórax de McKenna, sólido apoyo de su espalda, se sacudió con una risa divertida.

—Quizás encajemos aún mejor. Probémoslo y veremos.

Aline sonrió y casi permitió que su cuerpo se fundiera con el cuerpo de él... Oh, cuánto deseaba, cuánto necesitaba apoyar la cabeza en su hombro y sentir sus labios rozar el frágil arco de su cuello. En cambio, se mantuvo perfectamente inmóvil mirando la hoguera sin verla. La piel y el traje de McKenna despedían los aromas del aire nocturno, de los prados estivales, del humo... y la fragancia mucho más sutil de un varón vigoroso y excitado. El deseo crecía entre ambos, les embriagaba, distorsionaba los límites de la realidad. Los sonidos de la hoguera, los crujidos y silbidos y chasquidos de la madera que ardía, parecían ser la expresión perfecta de su propio desmoronamiento interior. Ella ya no era la frívola muchacha de antaño, ni la Aline resignada a los vacíos de su interior. Era una mujer distinta, una personalidad pasajera..., una insurgente apasionada, henchida de la rebelión que nace del amor.

—En la casa, no —susurró su voz.

McKenna no se movió, aunque ella percibió la conmoción que lo recorrió de pies a cabeza. Pasó un minuto entero antes que él murmurara:

—¿Dónde, entonces?

—Caminemos por el bosque —dijo ella con temeridad—, por el camino que pasa junto al pozo de los deseos.

McKenna ya conocía ese camino al que ella se refería, una ruta oscura y poco frecuentada, que habían recorrido miles de veces en su juventud. No le cabía ninguna duda de sus intenciones al proponerla.

Una pequeña sonrisa taciturna asomó a los labios de Aline cuando pensó que hacer el amor en el bosque no era, precisamente, lo que correspondía a un gran romance. Sería furtivo, poco elegante, apresurado y, casi sin remedio, incómodo. Ella, no obstante, nunca tendría el lujo de hacer el amor a la luz de las velas, entre sábanas de lino blanco y sin prisas. Si quería evitar que McKenna viera las cicatrices, necesitaba de la oscuridad y de la premura, para que no tuviera oportunidad de fijarse en sus piernas. El solo hecho de considerar tal posibilidad, de un acto totalmente desprovisto de gracia y ternura, la dejaba anonadada. Eso, no obstante, era lo único que podía tener de McKenna. ¿A quién le importaría? Él, a todas luces, sólo quería la oportunidad de tomar lo que le había sido negado en el pasado. En cuanto a ella, quería algo para recordar en los largos años que tendría que vivir sin él. Se deseaban por razones probablemente muy egoístas... y, dado el estado de ánimo de Aline, eran razones perfectamente válidas.

—El pozo de los deseos... —murmuró McKenna—. ¿Sueles visitarlo todavía?

Aline recordó cómo, cuando era joven, iba a menudo a tirar una horquilla en el pozo y desear lo único que no podía tener.

—No —respondió y se volvió para mirarle con una leve sonrisa—. El pozo perdió su magia hace mucho tiempo. Jamás me concedió ninguno de mis deseos.

McKenna daba la espalda a la hoguera, y su rostro estaba en la sombra.

—Quizá desearas cosas equivocadas.

—Siempre —admitió ella, mientras su sonrisa dibujaba una curva dulce y amarga a la vez.

McKenna la miró con atención; luego la condujo lejos de la hoguera, hacia el bosque que rodeaba Stony Cross Park. Pronto desaparecieron en la noche, su camino iluminado por la luna estriada de nubes. Pronto los ojos de Aline se adaptaron a la densa oscuridad, aunque sus pasos no eran tan seguros como los de McKenna al atravesar el sotobosque de olmos y avellanos. Él la tomó de la mano. Al recuerdo de las viejas caricias, de los tiernos lugares que esos dedos habían tanteado en el pasado, Aline empezó a respirar entrecortadamente. Se soltó la mano con una risita nerviosa.

—¿Voy demasiado deprisa para ti? —preguntó McKenna.

—Sólo un poquito. —Ya había caminado demasiado aquella tarde, su rodilla derecha amenazaba con anquilosarse bajo el tirón de la piel cicatrizada.

—Entonces, pararemos un momento. —La llevó a un lado del camino, bajo las ramas de un roble gigantesco, y se detuvieron en un hueco de sus grandes raíces. El bosque parecía suspirar al envolverles en su humedad musgosa y susurrante. Aline se apoyó en el tronco del árbol y McKenna se inclinó sobre ella; su aliento agitó los mechones de pelo que caían sobre la frente de Aline.

—McKenna... —dijo ella con voz que trataba de parecer normal—, me gustaría preguntarte algo...

Él rozó su cuello con la punta de los dedos, acariciando los nervios más sensibles.

—¿Sí?

—Háblame de las mujeres que has conocido. A las que... —Aline calló en busca de la palabra apropiada.

McKenna se apartó unos centímetros.

—¿Qué quieres saber?

—Si quisiste a alguna de ellas.

Ante el silencio de McKenna, Aline alzó la vista para mirarle y descubrió que la contemplaba con tal intensidad que una oleada de calor y de frío recorrió su cuerpo.

—No creo en el amor —dijo él—. No es más que una píldora azucarada... la primera vez que lo pruebas resulta bastante sabroso, pero pronto llegas a las capas amargas del interior.

Entonces, ella había sido la única. Aline era consciente de que debería lamentar el hecho de que sus relaciones con otras mujeres fueran puramente físicas. Como siempre, sin embargo, era egoísta en todo lo relacionado con McKenna. No pudo evitar sentirse contenta porque sus palabras de antaño se hubieran demostrado verdaderas... «Mi corazón será siempre tuyo, me has arruinado para el resto de mi vida.»

—¿Qué me dices de Sandridge? —preguntó McKenna—. ¿Lo quieres?

—Sí —susurró Aline. Quería a Adam con ternura..., aunque no como McKenna se imaginaba.

—Pero estás aquí, conmigo —murmuró él.

—Adam... —Se interrumpió para aclararse la garganta—. Yo puedo hacer lo que quiera... a él no le importa. Esto nada tiene que ver con él... tú y yo...

—¡Conque no! —espetó McKenna con repentina furia—. Por Dios, él debería intentar arrancarme el cuello en lugar de permitir que te encuentres a solas conmigo. Debería estar dispuesto a hacer cualquier cosa menos asesinar (¡qué demonios, yo ni siquiera me detendría ante eso!), para mantener a los demás hombres alejados de ti. —La repugnancia agravó su voz—: Te estás engañando a ti misma si crees que podrás encontrar satisfacción en el tipo de relación desapasionada que tuvieron tus padres. Necesitas a un hombre con tu misma fuerza de voluntad, alguien que te posea, que ocupe cada centímetro de tu cuerpo y cada rincón de tu alma. A los ojos de la gente, Sandridge es tu par..., pero tú y yo sabemos la verdad. Es tan distinto a ti como el hielo lo es del fuego. —Se agachó sobre ella y su cuerpo formó una dura jaula de carne viva a su alrededor—: Yo soy tu par —dijo con dureza—. Aunque mi sangre sea roja en vez de azul, aunque esté condenado de nacimiento a no poder tenerte..., por dentro, somos iguales. Y estaría dispuesto a transgredir todas las leyes, humanas y divinas, si...

McKenna calló bruscamente, se mordió la lengua, al darse cuenta que estaba hablando demasiado, que revelaba demasiado, que se había dejado llevar por sus violentas emociones.

Aline anhelaba decirle que nunca le había considerado otra cosa que su igual. Calló, no obstante, y en lugar de hablar empezó a desabrochar los botones de su chaleco.

—Déjame —susurró. Incluso a través de las prendas percibía la dureza de su vientre, los volúmenes rígidos de su musculatura.

McKenna permanecía inmóvil y los nudillos de sus puños cerrados se clavaban en la corteza del roble. Aline desabrochó atentamente la hilera de botones y luego empezó con la camisa. Él no hizo gesto alguno por ayudarla, recibía inmóvil sus atenciones. Temblando de excitación, Aline acabó de desabrochar la camisa y tiró de la parte inferior para sacarla de los pantalones. La prenda estaba arrugada y caliente allí donde había estado aprisionada contra la cintura de él. Aline deslizó las manos por debajo de la ropa abierta e inhaló profundamente. La piel de McKenna ardía como si tuviera fiebre, olía como si estuviera sazonada con sal, era atractiva y seductora. Ella recorrió el vello de su tórax con las palmas de las manos. La fascinaban las texturas de aquel cuerpo, tanto más variadas que las del suyo. Resuelta y ardiente, Aline alcanzó un pezón con la yema de su dedo. Se inclinó hacia delante para rozar el círculo sedoso con la lengua, mientras los rizos cerrados del vello torácico le acariciaban la mejilla.

McKenna aspiró bruscamente y llevó las manos a la espalda de Aline para tirar de los cierres de su vestido. Bajó la boca hasta su cuello, besándolo y frotándose mientras trataba de abrir la parte posterior de su corpiño. El vestido cayó alrededor de su cintura, revelando un corsé que le realzaba los pechos bajo una combinación de algodón fino. De pronto, una sensación de irrealidad disolvió todos los temores de Aline. Ella misma bajó los tirantes de la combinación, se liberó los brazos y bajó la prenda interior hasta la cintura, por encima del corsé. Sus pechos se liberaron y los pezones oscuros se contrajeron al contacto con el aire de la noche.

McKenna deslizó los dedos bajo la curva pálida de uno de sus senos e inclinó la cabeza sobre él. Aline se sobresaltó al sentir la húmeda calidez de su boca sobre la piel. Él tanteó con la lengua el contorno crispado de la areola y jugueteó con la punta del pezón, excitando la piel sensible. Aline se agitó y contuvo el aliento al sentirse invadida por una oleada de deseo. McKenna soltó el pezón y retiró apenas la boca para acariciar la piel ansiosa con la cálida humedad de su aliento. Su lengua se agitó y las caricias sedosas hicieron que Aline gimiera y se convulsionara.

Tomó el pezón palpitante entre los dientes y lo mordisqueó con suavidad tan exquisita que los dardos de placer recorrieron el cuerpo de Aline hasta los dedos de sus pies. Estaba tan entregada al placer que aquella boca le causaba, que no se dio cuenta cuando él tiró de su vestido hacia abajo y lo dejó caer al suelo, alrededor de sus pies, dejándola en enaguas. Desconcertada, se agachó automáticamente para recuperar el vestido, pero McKenna la empujó contra el tronco del roble y le aprisionó la boca en un beso voraz. Sus dedos buscaron las cintas de las enaguas y las desataron, dejando que la ropa interior cayera hasta las rodillas de Aline.

Con ademanes torpes, ella tanteó la parte alta de sus medias para asegurarse de que el liguero no se había soltado. Su corazón dio un vuelco doloroso al sentir que la mano de McKenna cubría la suya.

—Yo lo haré —murmuró él, evidentemente pensando que ella quería soltar la liga.

—¡No! —Aline le agarró la mano y la llevó precipitadamente al pecho.

Aliviada, vio que McKenna se dejaba distraer por la maniobra y sintió la yema de su pulgar sobre la punta de su pezón. Aline alzó la cara para recibir su beso, y sus labios se partieron, anhelantes, entre los de él. Sintió el volumen de su excitación contra el muslo, la dureza que se tensaba tras la hilera de los botones del pantalón. Aline lo buscó ávidamente, empezó a desabrochar los botones a la vez que hundía los nudillos debajo de la tela caliente. Los dos gimieron cuando, por fin, lo liberó, y la carne endurecida del hombre saltó de entre los confines de la tupida tela. Estremecida de expectación, Aline curvó los dedos con delicadeza en torno a la carne ardiente.

Con un gruñido gutural, McKenna le llevó las manos por encima de su cabeza y las aprisionó contra el árbol. La besó en la boca, explorándola con la lengua, mientras su mano libre acariciaba la piel de su vientre. Jugueteó con los apretados rizos de la entrepierna, mientras metía uno de sus muslos entre los muslos de ella y la obligaba a separarlos. Al sentirse tan enteramente dominada, Aline recibió un latigazo de placer primitivo. Había desatado la pasión de McKenna y ahora debía atenerse a las consecuencias... y estaba más que preparada para ofrecerle lo que ambos deseaban desde hacía tantos años.

Los dedos del hombre recorrieron los labios hinchados de la entrepierna y luego los abrieron con gran delicadeza. Mientras intentaba sin éxito liberar sus manos, Aline se envaró al sentir que el dedo de McKenna se deslizaba por la abertura de su cuerpo. El dedo jugueteó con la humedad en el umbral sensible de su sexo hasta que unos gemidos de súplica salieron de la garganta de ella. McKenna le liberó las manos y deslizó el brazo alrededor de su espalda para sujetarla. Su boca se cebó con la de ella, mientras sus dedos encontraban la punta excitada bajo la suave cobertura de su sexo. Su beso era bárbaro, húmedo, violento, enteramente distinto a la delicadeza experta de sus dedos. Atormentó la pequeña punta con suaves empujoncitos resbalosos, la recorrió, la frotó y le hizo cosquillas, hasta que Aline empujó las caderas hacia delante. Más cerca de él... aún más cerca... su piel palpitaba, ardía de excitación. Ella se retorció al contacto de sus dedos, en el borde de un precipicio de placer tan agudo que no la dejaba pensar, ni siquiera respirar. Entonces él la hizo caer, y ella quedó suspendida en un goce desgarrador, el cuerpo contorsionado y la garganta dilatada para recibir una gran bocanada de aire. Tras lo que pareció una eternidad, el placer fue disipándose en ondas deliciosas y ella quedó jadeando sobre la boca de él.

McKenna empezó a recoger el borde arrugado de su combinación. La seda áspera de su lengua acarició la piel de su abdomen, allí donde la estructura del corsé había comprimido la pálida carne. Lánguida, Aline se apoyó en el tronco del árbol y miró el cabello oscuro del hombre:

—McKenna —susurró, invadida por un calor abrasador en el momento en que él se arrodillaba para inhalar el perfume de su cuerpo. Aline recordó las cicatrices, se agachó para subirse las medias y quiso apartarle de un empujón, pero sin resultado—. Espera... —Pero la boca del hombre ya estaba sobre ella, ya se introducía en la húmeda abertura, y su lengua ya apartaba los rizos tupidos.

Las piernas de Aline temblaron violentamente. Si no fuera por el apoyo que le ofrecía el tronco del roble, ya habría caído al suelo. Llevó las manos temblorosas a la cabeza de él y entrelazó los dedos con el cabello corto.

—McKenna —gimió, incapaz de creer lo que le estaba haciendo.

Él hundió más la lengua en la abertura de su sexo, invadió los húmedos pliegues sensibles hasta que ella calló. Sus jadeos trabajosos penetraban el aire. La tensión aumentó de nuevo, culebreando con cada pasada de la lengua.

—No puedo soportarlo —gimió ella—. Por favor, McKenna... por favor...

Al parecer, aquéllas eran las palabras que él había estado esperando. McKenna se enderezó, la atrajo hacia sí y la levantó con facilidad increíble. Con uno de sus brazos la protegió del roce con el árbol, mientras la otra mano se deslizaba debajo de sus nalgas. Ella estaba totalmente indefensa, incapaz de moverse ni de agitarse siquiera. Las cicatrices le hacían daño y levantó la rodilla para relajar la tensión.

McKenna la besó y su aliento ardiente le llenó la boca. Sintió la rígida presión de su sexo, la dureza que se apretaba contra la cavidad vulnerable de su cuerpo. Su carne se resistió, contrayéndose ante la amenaza del dolor. La punta de su miembro entró en ella y, al sentir la contracción fuerte y ardorosa, la urgencia de McKenna pareció multiplicarse por cien. Empujó hacia arriba, al tiempo que permitía que el propio peso de Aline lo ayudara a penetrarla hasta el fondo. Un gemido entrecortado salió de la boca de ella cuando su cuerpo recibió la invasión ineludible. De repente, McKenna estaba dentro de ella, hendiéndola, colmándola y forzando los delicados tejidos. Aline arqueó el cuerpo, conmocionada, y apretó los puños contra la espalda de McKenna.

Él quedó paralizado cuando los signos de su dolor lograron penetrar en su mente nublada de deseo. Dándose cuenta de lo que había significado la peculiar resistencia de su cuerpo, soltó una exclamación de asombro.

—Santo Dios. ¿Eres todavía virgen? No puede ser.

—No importa —jadeó ella—. No pares. Está bien. No pares.

Pero él permaneció inmóvil, observándola en la secreta oscuridad, estrechándola en sus brazos hasta que casi no podía respirar. Por fin, él formaba parte de ella, en ese acto definitivo y necesario hacia el que la había conducido su vida entera. Se agarró a él con todas sus fuerzas, tiró de él hacia la profundidad de su cuerpo, aprisionándolo en su suave y seguro abrazo. Al sentir la presión rítmica de los músculos internos de su cuerpo, McKenna se inclinó y la besó con ferocidad, recorriendo con la lengua el filo de sus dientes y explorando la dulce oscuridad de su boca. Aline le rodeó la cintura con sus piernas enfundadas en las medias y él empezó a moverse en lentas e incansables embestidas. El dolor cedió, aunque no desapareció por completo... además, a ella no le importaba. Lo único que importaba era poseerlo, contener su carne endurecida. Aquella invasión apasionada había cambiado para siempre su cuerpo y su alma.

Gimiendo entre los dientes apretados, McKenna se afianzó mejor en el suelo y empezó a embestir con más fuerza, a penetrar más profundo, sudando del esfuerzo y del placer. Terminó dentro de ella en un orgasmo primitivo, feroz e interminable. Aline se colgó de él, pasó la boca abierta por la cara y el cuello del hombre, y lamió con avidez las gotas de su sudor.

McKenna gimió y se estremeció y se mantuvo dentro de ella un largo rato. Poco a poco, la tensión desapareció del cuerpo de Aline, y ella se quedó exhausta. Cuando McKenna se retiró, sintió el líquido caliente que se escurría entre sus muslos. De pronto se dio cuenta de que sus medias habían caído y se removió con repentina ansiedad.

—Por favor, déjame bajar.

McKenna la dejó pisar el suelo con cuidado y la sostuvo con las manos, mientras ella forcejeaba con las medias y volvía a subir los tirantes de su combinación. Amparada ya en las prendas interiores, quiso buscar el vestido que yacía arrugado a sus pies. Cuánto deseaba poder acostarse junto a él, dormir acurrucada contra su cuerpo y despertarse juntos por la mañana, a la luz del sol. Si sólo fuera posible...

Tirando con torpeza del resto de su ropa, Aline mantuvo el rostro apartado mientras McKenna le abrochaba los botones de la espalda. Uno de sus zapatos había desaparecido... se le había caído mientras hacían el amor, e hizo falta un minuto de búsqueda cuidadosa para que McKenna consiguiera localizarlo detrás de un trozo de raíz.

Los labios de Aline esbozaron una sonrisa vacilante cuando él le devolvió el zapato.

—Gracias.

McKenna, sin embargo, no sonreía. Sus facciones estaban duras como la piedra y sus ojos destellaban amenazadores.

—¿Cómo diablos es posible —preguntó con furia controlada— que aún fueras virgen?

—No tiene importancia —farfulló ella.

—La tiene para mí. —Asió su mentón con poca delicadeza y la obligó a mirarle a los ojos—: ¿Por qué no has dejado que nadie te hiciera el amor hasta hoy?

Aline se lamió los labios resecos mientras buscaba una explicación satisfactoria.

—Pues... decidí esperar hasta estar casada.

—¿Y en los cinco años que conoces a Sandridge no has permitido que te tocara nunca?

—No tienes que hablar como si fuera un crimen —repuso ella, a la defensiva—. Fue una cuestión de respeto, de acuerdo mutuo y...

—¡Sí que es un crimen! —estalló él—. ¡Es antinatural, maldita sea, y vas a explicarme el porqué! ¡Y después me vas a explicar por qué has permitido que yo te quitara la virginidad!

Aline buscó una mentira que lo convenciera... cualquier cosa que le permitiera ocultar la verdad.

—Pues... supongo que pensé que te lo debía después de haberte obligado a marchar de Stony Cross.

McKenna la agarró de los hombros.

—¿Y ahora piensas que la deuda está saldada? —preguntó incrédulo—. Ah, no, milady. Seamos claros en este punto: ni siquiera has empezado a enmendar tu error. Vas a pagar de maneras que no puedes imaginar... y con intereses.

Aline sintió un temor frío.

—Me temo que esto es lo único que puedo ofrecerte, McKenna —dijo—. Una noche, sin promesas ni remordimientos. Lo siento si deseas más de mí. Sencillamente, no es posible.

—Ya lo creo que sí —murmuró él—. Milady, está a punto de recibir una lección sobre cómo conducir una relación. Porque tendrá que pagar su deuda mientras dure mi estancia en Stony Cross... De espaldas, de rodillas o en cualquier otra posición que yo desee. —La apartó de un tirón del tronco del roble, su vestido arrugado y manchado, su cabello despeinado y lleno de fragmentos de corteza. La atrajo hacia sí y cubrió sus labios con su boca en un beso que, lejos de pretender dar placer, sólo quería demostrar sus derechos de propiedad. Aunque Aline sabía que lo mejor para ella sería no responder, el beso de McKenna era demasiado intenso para resistirlo. No tenía fuerzas para liberarse de su férreo abrazo, ni podía evitar su boca dominante, y pronto se derritió contra él con un gemido quejoso y sus labios respondieron con ardor al beso del hombre.

Sólo cuando su reacción fue evidente para los dos, levantó McKenna la cabeza. Su respiración acelerada se mezcló con la de ella cuando dijo:

—Esta noche iré a tu habitación.

Aline se arrancó de su abrazo y volvió tambaleándose al camino del bosque.

—Cerraré con llave.

—Entonces tiraré la puerta abajo.

—No seas burro —respondió ella con exasperación y apresuró el paso, a pesar de las protestas de sus piernas agotadas.

El resto del recorrido hasta la mansión se hizo en silencio, con excepción del sonido de sus pies que pisaban las hojas, las ramas y la grava. Aline se sentía más incómoda por momentos e iba cobrando conciencia de la multitud de pinchazos y dolores que recorrían su cuerpo, además de la fría

viscosidad que cubría su entrepierna. Sus cicatrices empezaban a doler y a picarle. Nunca antes había necesitado tanto
un baño caliente. Sólo le quedaba desear que McKenna estuviera demasiado inmerso en sus pensamientos para notar
que caminaba cojeando.

La mansión estaba silenciosa y a oscuras, sólo algunas
luces seguían encendidas en atención a aquellos invitados
que deseaban prolongar los festejos. McKenna acompañó
a Aline hasta una de las entradas de la servidumbre, en un
ala lateral de la casa, donde era mucho menos probable que
nadie los descubriera. Cualquiera que viera el aspecto desgreñado de Aline adivinaría en seguida lo que había pasado.

—Hasta mañana, entonces —advirtió McKenna, de pie
ante la entrada. La observó subir lenta y cansinamente las escaleras.

13

McKenna se dirigió a la terraza de atrás en un estado de estupor. Se sentía drogado y confuso... como, sin duda, debió de sentirse Gideon Shaw cuando se cayó borracho y se estaba ahogando en las aguas turbulentas del océano. Todas las veces que McKenna se había imaginado esta noche, se había visto a sí mismo fuerte y en control de la situación. Tenía experiencia en asuntos de mujeres, conocía sus propias necesidades sexuales tanto como las respuestas de sus parejas. Sabía exactamente qué iba a hacer con Aline y cómo se desarrollaría la escena. Pero Aline lo había cambiado todo.

McKenna se sentó a una de las mesas de la terraza y, oculto en las sombras, apoyó la cabeza en las manos y cerró los ojos. Sus manos emanaban todavía un resto de olor a roble, a savia y a excitación femenina... Inhaló las fragancias con avidez y sintió el calor que se removía en su bajo vientre. Recordó la sensación de la penetración, de la carne jugosa que se había cerrado con fuerza a su alrededor. Los gemidos que salieron de la garganta de ella. El sabor de su boca, sazonado de vino y jengibre. Ella le había dado más satisfacción que cualquier otra mujer en el pasado y, sin embargo, ya la estaba deseando otra vez.

Era virgen... ¡maldita sea! Maldita sea por los sentimientos que despertaba en su interior, por la confusión, el recelo, el impulso de protección y la avidez sexual. Hubiera apostado hasta su último centavo a que ella ya habría tenido docenas de amantes.

Y habría perdido la apuesta.

McKenna se apretó la cabeza con las manos, como si quisiera exprimir los pensamientos traidores. Ella no es la muchacha que yo amaba, se repetía taciturno. Aquella muchacha no existió nunca, en realidad. Sin embargo, eso no parecía tener importancia. Aline era su maldición, su destino, el deseo que lo consumía. Jamás dejaría de desearla, a pesar de lo que ella pudiera hacer, a pesar de los océanos y de los continentes que él lograra interponer entre ambos.

Dios... La dulzura de su cuerpo, tan terso y cálido en torno a él... El aroma fresco y salado de su piel, la seda perfumada de su cabello. Había perdido la cabeza en el momento de poseerla, y se había olvidado de toda precaución en el momento del clímax. Podía haberla dejado embarazada. La idea lo llenó de una satisfacción primitiva. Verla engordada e indefensa con el embarazo, poseída por su semilla, enteramente dependiente de él... «Sí», pensó hoscamente. Quería ocuparla con su propia carne y atarla a él con un lazo que jamás podría romper. Aline aún no se daba cuenta pero nunca se libraría de él... ni de las cosas que le iba a exigir.

—Qué tarde tan aburrida —comentó disgustada Susan Chamberlain, la hermana de Gideon Shaw. Acababan de regresar de la feria del pueblo, habían abandonado las festividades justo en el momento en que las cosas empezaban a ponerse interesantes. Parece ser que los placeres provincianos de dejar que alguien te lea el futuro en la mano, o de mirar los saltimbanquis y los tragallamas, o de probar el vino local no seducían a la gente mundana como los Shaw.

—Sí —secundó su marido, el señor Chamberlain—, me temo que la novedad de tratar con los rústicos pronto pierde su encanto. Es mejor pasar el rato en soledad que codearse con gente que no tiene más inteligencia que las cabras y las ovejas que pastorea.

Irritada con su esnobismo, Livia no pudo reprimir un comentario mordaz:

—Entonces, considérese afortunado, señor Chamberlain. Con esa actitud, es probable que tenga que pasar muchos ratos en soledad.

Mientras que los Chamberlain la fulminaban con la mirada, Gideon Shaw se echó a reír con su insolencia.

—A mí me gustó la feria —dijo con un destello en los ojos azules. Miró a Susan—: Pareces olvidar, querida hermanita, que la mayoría de esos llamados rústicos tienen mejor pedigrí que los Shaw.

—¿Cómo puedo olvidarlo? —repuso Susan Chamberlain bruscamente—. Tú siempre estás ansioso por recordármelo.

Livia se mordió el interior de su labio para reprimir la risa.

—Creo que me retiraré por hoy. Les deseo buenas noches a todos.

—Aún no —dijo Shaw con voz suave—. La noche todavía es joven, milady. ¿Qué le parece si jugamos a las cartas o una partida de ajedrez?

Livia sonrió y preguntó en tono ingenuo:

—¿Le gustan los juegos, señor Shaw?

Él la miró con ojos seductores, aunque respondió en el mismo tono de inocencia:

—De todo tipo.

Livia se mordió el labio inferior de esa manera que hacía que Amberley la llamara adorable. Qué extraño... hacía muchísimo tiempo que no recurría conscientemente a ese gesto. Livia cayó en la cuenta de lo mucho que deseaba atraer a Gideon Shaw.

—Yo nunca juego si no estoy segura de ganar —le respondió—. Por lo tanto, propongo que demos una vuelta por la galería de los retratos, así podrá conocer a mis antepasados. Quizá le interese saber que mi árbol genealógico tiene el honor de incluir a un pirata. Un tipo bastante sanguinario, según me han dicho.

—Igual que mi abuelo —replicó Shaw—. Aunque, por cortesía, solemos referirnos a él como capitán de barco, hizo cosas que sacarían los colores a un pirata.

Su hermana, Susan, emitió un sonido ahogado.

—Yo no les acompañaré, lady Olivia, puesto que es obvio que mi hermano está dispuesto a aprovechar toda oportunidad de denigrar a sus antepasados. Dios sabe con qué propósito.

Livia trató de reprimir cualquier manifestación de placer ante la perspectiva de encontrarse a solas con Shaw otra vez, pero un rubor delator tiñó sus mejillas.

—Por supuesto, señora Chamberlain. Que tenga unas buenas noches.

La respuesta de los Chamberlain, suponiendo que ofrecieran alguna, resultó inaudible. En todo caso, Livia no habría podido oírla; la ensordecían los intensos latidos de su corazón. Se preguntó qué opinaban de su alejamiento a solas con Gideon Shaw pero, en un arranque de feliz despreocupación, decidió que no tenía importancia. La noche era realmente joven y, por primera vez en muchísimo tiempo, ella también se sentía joven.

Livia condujo a Shaw a la galería de los retratos, dirigiéndole una mirada de reproche.

—Eres muy malo al meterte de este modo con tu hermana —dijo en tono severo.

—Es deber de todo hermano atormentar a su hermana mayor.

—Cumples con tu deber al pie de la letra —repuso Livia, y la sonrisa de Shaw se hizo más ancha.

Entraron en la larga y estrecha galería de los retratos. Los cuadros estaban colgados en seis hileras consecutivas que llegaban hasta el techo, no como obras de arte expuestas a la vista sino con la obvia intención de hacer alarde de la ascendencia aristocrática de la familia. En el extremo opuesto de la galería se erguían dos tronos góticos de dimensiones inmensas. Los respaldos medían casi tres metros de altura y en los asientos descansaban unos cojines que parecían más duros que una tabla de madera. Para los Marsden, la comodidad física era mucho menos importante que el hecho de que los tronos databan del siglo XVI y que representaban un linaje mucho menos corrompido por influencias extranjeras que el del propio monarca del país.

Mientras recorrían una y otra vez la galería, la conversación pronto se desvió del tema de los antepasados hacia cuestiones mucho más personales, y Shaw supo encontrar la manera de hacerla hablar de su relación con Amberley. Había razones más que suficientes por las que Livia no debía confiar en él. No hizo caso a ninguna de ellas. Por algún motivo, no quería tener secretos para Gideon Shaw, por muy escandalosos o poco halagadores que fueran. Llegó a hablarle incluso del aborto... y, mientras hablaba, sintió que él la conducía hacia uno de los enormes asientos y, de repente, se encontró sentada en su regazo.

—No puedo —susurró ansiosa, mirando la puerta de entrada a la galería—. Si nos encontraran así...

—Yo me ocupo de la puerta —la tranquilizó Shaw, estrechando su abrazo en torno a su cintura—. ¿No estamos más cómodos aquí sentados?

—Sí, pero...

—Deja de moverte, mi amor, o nos pondrás en apuros a los dos. Ahora... me estabas diciendo...

Livia quedó inmóvil en su regazo, a la vez que se ruborizaba intensamente. Los términos de afecto, por muy corrientes que fueran, el contacto prolongado de sus cuerpos y la cálida simpatía en la mirada de él la desarmaron por completo. Trató de recordar de qué habían estado hablando. Ah, sí, del aborto.

—Lo peor de todo fue que la gente parecía opinar que había sido afortunada al perder el niño —prosiguió—. Nadie me lo dijo claramente pero resultaba obvio.

—Imagino que no sería muy fácil ser la madre soltera de un niño sin padre —dijo Shaw con delicadeza.

—Era bien consciente de ello. Aun así, la pérdida me causó gran dolor. Incluso llegué a sentirme culpable de haberle fallado a Amberley por no haber podido conservar con vida lo último que quedaba de él. Y ahora hay momentos en que me cuesta recordar qué aspecto tenía exactamente Amberley o cómo era el sonido de su voz.

—¿Crees que él desearía que cometieras *suttee*?

—¿Qué es eso?

—Una práctica hindú según la cual las viudas tienen que lanzarse a las llamas de la pira funeraria de sus esposos. Su suicidio se considera prueba de devoción hacia él.

—¿Qué ocurre si la mujer muere antes? ¿El marido hace lo mismo?

Shaw le dirigió una sonrisa levemente burlona.

—No, él vuelve a casarse.

—Debí imaginármelo —dijo Livia—. Los hombres siempre consiguen disponer las cosas para su propio beneficio.

Shaw chasqueó la lengua en señal de desaprobación.

—Eres demasiado joven para estar tan decepcionada.

—¿Y qué me dices de ti?

—Yo nací decepcionado.

—Claro que no —replicó ella con resolución—. Algo sucedió que te hizo así. Y deberías contarme qué fue.

Una chispa de diversión destelló en los ojos de Shaw.

—¿Por qué debería contártelo?

—Es lo justo. Yo te he hablado de Amberley y del escándalo.

—Me llevaría toda la noche hablarte de mis escándalos, milady.

—Me lo debes —insistió ella—. Sin duda eres demasiado caballero para descuidar tu deber para con una dama.

—Oh, soy todo un caballero —asintió Shaw con sarcasmo. Metió la mano en el bolsillo interior de su chaqueta y sacó el pequeño frasco de plata. Acomodó a Livia más hondo en su abrazo y juntó las manos para abrir el frasco. Livia se quedó por un instante sin aliento al sentir el suave apretón de la fuerte musculatura del hombre. Concluida la tarea, Shaw relajó su abrazo y se llevó el frasco a los labios. El aroma del licor caro acarició su nariz y Livia se quedó observándolo con cautela.

Shaw exhaló un suspiro pausado al recibir el efecto calmante del bourbon.

—Muy bien, princesa Olivia... ¿Cómo le gustan los escándalos? ¿Bien hechos u *au tartare*?

—¿En su punto, quizás?

Shaw sonrió y tomó otro sorbo del frasco. Durante un

largo minuto guardaron silencio, Livia entronada en su regazo en un revuelo de faldas, ballenas del corsé y carne aprisionada. Pudo ver la expresión de prevención en sus ojos al sopesar cuánto debería contarle, qué palabras debería elegir para explicar mejor su historia... Luego sus labios se torcieron en un gesto de resignación taciturna y sus hombros se tensaron en el más leve esbozo de un encogimiento.

—Antes de decirte cualquier cosa, has de entender la opinión (no, la convicción) de los Shaw de que nadie es lo suficientemente bueno para ellos.

—¿A qué Shaw te refieres?

—A la mayoría de ellos..., sobre todo a mis padres. Tengo tres hermanas y dos hermanos y créeme, los que están casados tuvieron que pasar por el infierno para conseguir que mi padre aprobara a sus futuros cónyuges. Para mis padres es infinitamente más importante que sus hijos se casen con personas de familias apropiadas, con pedigríes adecuados y fortunas considerables que con alguien que realmente les gusta.

—O a quien amen —añadió Livia comprensivamente.

—Exacto. —Shaw contempló el frasco de plata manida y acarició con el pulgar el metal desgastado. Livia tuvo que apartar la vista de aquel detalle, sorprendida por la repentina intensidad con que él posó la mano sobre su cuerpo. Por fortuna, Shaw estaba demasiado inmerso en sus pensamientos para percibir la tensión de Livia—. Yo soy... era... el segundo en la línea de herencia. Mientras mi hermano, Frederick, sufría bajo el peso de las expectativas familiares, yo me convertí en la oveja negra de mi casa. Cuando alcancé la edad de matrimonio, la mujer de la que me enamoré estaba muy por debajo del listón establecido por los Shaw. Evidentemente, esto sólo la hacía aún más atractiva a mis ojos.

Livia escuchaba con atención y observaba el rostro de Shaw, que sonreía con sarcasmo dirigido contra sí mismo.

—La previne en cuanto a lo que debía esperar —prosiguió él—. Le dije que probablemente me desheredarían, que se mostrarían crueles, que jamás aprobarían a alguien que no hubieran elegido ellos mismos. Ella contestó que su amor por mí era indestructible. Que estaríamos siempre juntos. Yo sabía que me desheredarían pero no me importaba. Había encontrado a alguien que me amaba y, por primera vez en mi vida, tenía la oportunidad de demostrar a los demás y a mí mismo que no necesitaba la fortuna de los Shaw. Por desgracia, cuando la llevé a conocer a mi padre, quedó patente en seguida la falsedad de la relación.

—Ella se desmoronó bajo la desaprobación de tu padre —adivinó Livia.

Shaw rió con amargura, volvió a tapar el frasco y lo guardó en su bolsillo interior.

—«Desmoronarse» no es el verbo que yo emplearía. Ellos dos llegaron a un acuerdo. Mi padre le ofreció dinero para que se olvidara de mi proposición de matrimonio y se marchara, y ella respondió con una contraoferta. Los dos regateaban como un par de corredores de apuestas, mientras yo los escuchaba con la boca abierta. Cuando acordaron una suma aceptable para ambos, mi amada salió de la casa sin echar una sola mirada atrás. Obviamente, la perspectiva de casarse con un Shaw desheredado no era tan atractiva como una buena cantidad en efectivo. Durante un tiempo no sabía a quién odiaba más, a ella o a mi padre. Poco después mi hermano, Frederick, murió inesperadamente y yo me convertí en el heredero. Mi padre procuró que su decepción por mí quedara patente desde entonces hasta el día de su muerte.

Livia hizo un esfuerzo por no mostrar que lo compadecía, temerosa de que él pudiera interpretar mal su emoción. Se le ocurrían una docena de cosas que decir para consolarle: que indudablemente llegaría el día en que pudiera encontrar a una mujer digna de su amor, que tal vez su padre sólo deseaba lo mejor para él... Pero, en la descarnada honestidad de ese momento, no se veía capaz de decirle nada tan banal. Guardó silencio con él y, cuando al final se decidió a mirarle a la cara, descubrió que, en lugar de aparecer amargado o desilusionado, la estaba observando con una sonrisa burlona.

—¿Qué estás pensando? —preguntó él.

—Sólo reflexionaba en lo afortunada que soy. Aunque

sólo tuve a Amberley por poco tiempo, al menos sé que él me amó de veras mientras duró.

Shaw rozó la punta de su mentón con los dedos y la acarició con delicadeza. La suave caricia hizo que el corazón de Livia latiera con fuerza. Él sostuvo su mirada deliberadamente y siguió jugueteando con los dedos, dirigiéndolos hasta el tierno hueco detrás del lóbulo de su oreja.

—Cualquiera te amaría de veras.

Livia no conseguía apartar la vista de él. Era un hombre peligroso, que le ofrecía sensaciones en lugar de seguridad, pasión en lugar de protección. Nunca antes se hubiera creído capaz de considerar la posibilidad de tener una relación con un hombre a quien no amase. Pero él poseía cierta cualidad fascinante, una promesa implícita de traviesa diversión, de placer, que ella encontraba imposible de resistir.

En un impulso, se inclinó hacia delante y le rozó los labios con la boca. La textura de sus labios era suave y sedosa, fresca al principio aunque en seguida más caliente. Como sucediera en la ocasión anterior, sus besos eran juguetones, expresivos, comenzaron mordisqueándola con dulce curiosidad para luego ejercer una presión más decidida sobre su boca. Después de separarle los labios con sus juegos, le dio un largo beso abierto, explorándola con su lengua sedosa.

Livia se apretó más contra él y sintió la tensión del cuerpo masculino, la regia musculatura del tórax y el abdomen... y más abajo una presión creciente cuya identificación le provocó un repentino rubor. Shaw le acariciaba la espalda con lentos movimientos circulares, impulsándola a apoyarse más contra él, hasta que Livia rozó con la mano el borde del frasco de plata. El objeto metálico se interpuso en el camino de sus exploraciones y la devolvió a la realidad con un desagradable sobresalto.

Se apartó de él, sonriente y temblorosa.

—No te vayas todavía —murmuró Shaw al percibir que se preparaba para bajar de su regazo.

Tenía la mano puesta en la cintura de ella y Livia la apartó, no sin vacilación.

—No puedo hacer esto bajo los ojos escrutadores de mi

familia, señor Shaw. —Señaló con un ademán las hileras de ancestros solemnes que cubrían las paredes.

Shaw respondió con una sonrisa morosa.

—¿Por qué no? ¿Crees que no me aprueban?

Livia fingió considerar la pregunta en serio y contempló los innumerables rostros austeros de los Marsden.

—Parece que no. Quizá necesiten conocerte mejor.

—Ah, no —replicó él sin vacilación—. Cuanto más se me conoce, menos se me aprueba.

Livia arqueó las cejas, preguntándose si aquel comentario nacía de la sinceridad, de un deseo de manipulación o, simplemente, de un sentido del humor un tanto negro. Incapaz de discernirlo, meneó la cabeza con una sonrisa dubitativa:

—En realidad, cuanto más te conozco, más me gustas.

En lugar de responder, Shaw le tomó el rostro entre las manos, la atrajo hacia sí y le estampó un beso en la boca. El contacto sonoro de sus labios difícilmente se podría llamar romántico... fue demasiado fuerte y demasiado precipitado, aunque agradablemente entusiasta. No obstante, tuvo en Livia un efecto más profundo que la exploración lánguida y sedosa de hacía pocos minutos.

Shaw la soltó y la observó mientras ella bajaba de su regazo. El suelo pareció resbalar bajo sus pies antes que consiguiera afianzarse del todo en él. Shaw se arrellanó en el trono y la miró de un modo que provocó un cosquilleo en lo hondo de su vientre.

—¿En qué estás pensando? —susurró Livia, haciendo eco de la pregunta anterior de Gideon.

Él respondió con sorprendente sinceridad:

—Me pregunto hasta dónde puedo llegar contigo sin hacerte daño.

Fue en ese momento cuando Livia tuvo la certeza de algo: antes que Gideon Shaw regresara a América, ella y él serían amantes. Y vio en la expresión de sus ojos que él también lo sabía. Este conocimiento la colmó de una expectación temblorosa. Se ruborizó, dio un par de pasos atrás y murmuró buenas noches. En el momento de darse la vuelta para marchar no pudo evitar mirarlo por encima del hombro.

—No temo que me hagas daño —murmuró.

Él esbozó una leve sonrisa.

—Aun así... eres la última persona en el mundo a la que quisiera herir.

Aline descubrió que la puerta de su dormitorio estaba entreabierta y que un rayo dorado de luz iluminaba cálidamente el corredor. Cohibida en extremo, entró en la habitación y vaciló al ver que la señora Faircloth la esperaba sentada en una silla junto a la chimenea. En el centro de la estancia se encontraba la bañera habitual y una olla de agua hirviendo esperaba en el hogar.

Como era natural, la señora Faircloth lo comprendió todo con la primera mirada.

Aline cerró la puerta sin mirar al ama de llaves.

—Buenas noches, señora Faircloth. Si quieres desabrocharme el vestido, yo haré el resto. Esta noche no necesito ayuda.

—Sí que la necesitas —repuso la señora Faircloth y se le acercó.

Un rayo de diversión atravesó la desdicha de Aline. Era del todo imposible esperar que el ama de llaves dejara pasar el acontecimiento sin expresar su opinión al respecto. Después de ayudarla a quitarse el vestido la señora Faircloth acercó la olla del hogar y calentó el agua de la bañera con una nueva infusión de agua hirviendo.

—Me imagino que estás dolorida —dijo el ama de llaves—. El agua caliente te aliviará.

Ruborizada al límite, Aline se desabrochó el corsé y lo dejó caer al suelo. La repentina entrada de oxígeno la mareó un poco, y esperó a sentirse menos débil antes de quitarse el resto de la ropa. Los ligueros apretados habían dejado marcas de color rojo oscuro en torno a sus muslos, y ella suspiró con alivio al quitárselos, y también las medias. Presa de la incómoda sospecha de que las cosas que había hecho con McKenna habían dejado huellas sobre su cuerpo, Aline se metió en la bañera precipitadamente. Se hundió en el agua con un suspiro de bienestar.

La señora Faircloth se dedicó a ordenar las cosas de la habitación, mientras un par de hoyuelos surcaban el espacio entre sus cejas plateadas.

—¿Ha visto las cicatrices? —preguntó con voz queda.

Aline permitió que su rodilla derecha asomara sobre la superficie humeante del agua.

—No. Conseguí que no tuviera oportunidad de verlas. —Apretó los párpados para contener la repentina aparición de las lágrimas, luchando contra su caída—. Oh, señora Faircloth, ha sido un error tan grande. Y tan horriblemente maravilloso. Como encontrar una parte de mi alma que me había sido arrancada hace tiempo. —Hizo una mueca de ironía al oír el tono melodramático de su propia voz.

—Entiendo —dijo el ama de llaves.

—¿De veras?

Un inesperado destello de humor asomó a los ojos de la señora Faircloth.

—Yo también fui joven, por difícil que resulte creerlo.

—A quién...

—Nunca hablo de ello —respondió el ama de llaves con firmeza—. Y nada tiene que ver con tu apuro con McKenna.

No habría podido encontrar una palabra más apropiada. No se trataba de una dificultad, ni de un problema, ni siquiera de un dilema. Se trataba de un auténtico apuro.

Aline removía las manos lentamente en el agua, mientras la señora Faircloth se acercaba para verter en la bañera aceites perfumados con hierbas.

—Me he comportado como una niña golosa —dijo Aline con pesar—. He tomado lo que me apetecía sin pensar ni un momento en las consecuencias.

—La conducta de McKenna no ha sido mejor. —El ama de llaves se retiró a la silla junto al hogar—. Ahora que ambos habéis conseguido lo que queríais, parece que estáis peor que antes.

—Lo peor no ha llegado todavía —dijo Aline—. Ahora tengo que alejarlo de mí sin siquiera explicarle por qué. —Calló, se frotó la cara con las manos húmedas y añadió con voz débil—: Otra vez.

—No tiene por qué ser así —repuso la señora Faircloth.

—¿Sugieres que le diga la verdad? Ya sabes cuál sería su reacción.

—Nunca se sabe lo que puede pensar el otro, Aline. Yo te conozco desde el día en que naciste, y todavía tienes la capacidad de sorprenderme.

—Lo que he hecho esta noche con McKenna... ¿Te ha sorprendido?

—No. —Por algún motivo, la inmediatez de la respuesta de la señora Faircloth las hizo reír a ambas.

Aline apoyó la cabeza en el borde de la bañera y dobló las rodillas para que el agua caliente ablandara sus cicatrices.

—¿Ha vuelto ya mi hermana de la feria?

—Sí, volvió en compañía del señor Shaw y los Chamberlain hace, al menos, tres horas.

—¿Cómo estaba? ¿Parecía feliz?

—Demasiado, diría yo.

Aline sonrió levemente.

—¿Cómo es posible ser demasiado feliz?

El ama de llaves frunció el entrecejo.

—Sólo espero que lady Livia comprenda qué tipo de hombre es el señor Shaw. Sin duda, ha flirteado con cientos de mujeres antes de conocerla y seguirá haciéndolo después de partir de Stony Cross.

Sus palabras hicieron desaparecer la sonrisa de Aline.

—Hablaré con ella mañana. Tal vez juntas consigamos sentar las cabezas.

—No es eso lo que necesita arreglo —dijo la señora Faircloth, ganándose una mueca de Aline.

14

Para gran decepción de Livia, Gideon Shaw no hizo su aparición en todo el día siguiente. El grupo de americanos no hizo comentario alguno sobre su ausencia de la mesa del desayuno y de la comida, como si ésta fuera moneda de curso habitual. Después de encargar a la señora Faircloth que hiciera discretas averiguaciones en torno a su paradero, Livia se enteró de que Shaw sencillamente se había encerrado en la residencia de los recoletos y había dado instrucciones de que no le molestaran por nada en el mundo.

—¿Está enfermo? —preguntó Livia, imaginándolo débil y enfebrecido en la cama—. ¿Crees que es buena idea dejarlo solo en estas condiciones?

—Enfermo de alcohol, según parece —explicó la señora Faircloth en tono de desaprobación—. En cuyo caso, es decididamente mejor que el señor Shaw esté solo. Hay pocos espectáculos tan desagradables como el de un caballero borracho.

—¿Por qué motivo hará eso? —se inquietó Livia. Se encontraba de pie junto a la gran mesa de roble macizo de la cocina, donde las criadas acababan de amasar y cortar la masa para los dulces. Con la punta del dedo índice trazó un dibujo en la gruesa capa de harina, dejando una sucesión de pequeños círculos—. ¿Cuál puede ser la causa? Anoche parecía estar perfectamente bien.

La señora Faircloth esperó que las criadas se llevaran la masa a la estancia contigua antes de responder:

—Los borrachos no necesitan una causa para emborracharse.

A Livia no le gustaron las imágenes que aquel comentario le trajo en mente, de hombres torpes, agresivos y ridículos que decían cosas desagradables y tropezaban con muebles invisibles y terminaban siendo unos viejos gordos y de caras enrojecidas. Aunque era un hecho bien sabido que prácticamente todos los hombres bebían en exceso de vez en cuando, a nadie se le consideraba un borracho hasta que fuera evidente que su sed era perpetua y que no era capaz de resistir el alcohol. Livia había conocido muy pocos hombres de ese tipo. De hecho, nunca había visto a Marco embriagado, porque su hermano siempre mantenía un férreo control de sí mismo.

—Shaw no es un borracho —repuso casi en un susurro, pendiente de los oídos agudos de la servidumbre—. Sólo es... bueno... —Calló y frunció el entrecejo tanto que llegó a parecer un acordeón—. Tienes razón, es un borracho —admitió al final—. ¡Cuánto me gustaría que no lo fuera! Si sólo algo o alguien pudiera incitarlo a cambiar...

—Estos hombres nunca cambian —murmuró la señora Faircloth con asombrosa certeza.

Livia se apartó de la mesa al llegar una de las criadas con un trapo mojado para limpiarla. Sacudió los restos de harina de las manos y cruzó los brazos sobre el pecho.

—Alguien debería ir a averiguar si se encuentra bien.

El ama de llaves le dirigió una mirada de desaprobación.

—Si yo estuviera en tu lugar, Livia, procuraría mantenerme al margen de este asunto.

Livia sabía que la señora Faircloth tenía razón, como siempre. Al pasar los minutos y las horas, sin embargo, con velocidad desesperadamente lenta y al acercarse la hora de la cena, decidió ir en busca de Aline. Quien, ahora que lo pensaba, había parecido distraída a lo largo de todo el día. Por primera vez en la jornada Livia consiguió apartar sus pensamientos de Gideon Shaw el tiempo suficiente para preguntarse cómo le habría ido a su hermana con McKenna. Los había visto pasear juntos por la feria y, por supuesto, se había enterado de la serenata de la *Rosa de Tralee*. Le había parecido interesante que McKenna, a quien tenía por un hombre muy reservado y discreto, recurriera a una demostración pública de su interés por Aline.

Era probable que nadie se sorprendiera, no obstante, puesto que estaba muy claro que Aline y McKenna pertenecían el uno al otro. Algo invisible y al mismo tiempo irrefutable los delataba como pareja. Quizá fuera el modo en que ambos se dirigían miradas furtivas cuando les parecía que el otro no les veía..., miradas de fascinación y de avidez. O la manera sutil en que la voz de McKenna cambiaba cuando le hablaba a Aline, tornándose más suave y profunda. Por muy circunspectos que intentaran parecer, era evidente que Aline y McKenna estaban mutuamente atraídos por una fuerza más poderosa que ellos. Tenían que respirar el mismo aire. La necesidad que tenían uno del otro quedaba dolorosamente patente. Y Livia estaba convencida de que McKenna adoraba a su hermana. Quizá se equivocaba pero no podía evitar desear que Aline reuniera el valor necesario para contar a McKenna la verdad acerca de su accidente.

Absorta en sus pensamientos, Livia encontró por fin a Aline en el despacho privado de Marco, el que solía utilizar el viejo conde. Aquel despacho se parecía a su padre, estaba lleno de ángulos duros. Las paredes estaban revestidas de paneles de palisandro pulido, con una fila de vidrieras rectangulares como única ornamentación. Aunque Aline sólo visitaba a Marco allí para comentar asuntos domésticos, en esos momentos parecían estar hablando de algo mucho más personal. De hecho, se diría que estaban discutiendo.

—... no sé por qué tuviste que ocuparte... —estaba diciendo Aline con voz cortante en el momento en que Livia entró en la estancia después de llamar precipitadamente a la puerta.

Ninguno de los interlocutores pareció muy entusiasmado de verla.

—¿Qué quieres? —gruñó Marco.

Indiferente a su rudeza, Livia centró su atención en su hermana.

—Quería hablar contigo antes de la cena, Aline. Se trata... Bueno, ya te lo diré después. —Calló y los miró a ambos con las cejas arqueadas—. ¿Por qué estáis discutiendo?

—Que Marco te lo explique —dijo Aline bruscamente. Se sentó en la esquina del gran escritorio y apoyó una mano en la superficie encerada.

Livia observó a Marco con ojos recelosos.

—¿Qué ha pasado? ¿Qué has hecho?

—Lo correcto —contestó él.

Aline soltó un resoplido de desdén.

—¿Qué quieres decir? —insistió Livia—. ¿Hemos de jugar a las veinte preguntas, Marco, o piensas decírmelo de una vez?

Marco se acercó al hogar apagado. Si hubiera sido más alto, habría podido apoyar el codo en la repisa en una pose de elegancia relajada. Con su estatura, casi consiguió el mismo efecto apoyando allí sus anchos hombros.

—Sencillamente, me ocupé de avisar a algunos de los inversores potenciales de Shaw (y los conozco a todos) de que sean cautelosos a la hora de invertir en sus fundiciones. Les informé acerca de determinados problemas que podrían surgir del acuerdo que proponen Shaw y McKenna. Les advertí que la impaciencia de los americanos por ampliar sus negocios no nos ofrece garantía alguna contra la merma de la calidad de los productos, la degradación de los diseños, el servicio defectuoso e incluso el fraude...

—Tonterías —interpuso Aline—. Te estás aprovechando del característico temor inglés a la producción a gran escala. No tienes pruebas que demuestren que ése vaya a ser un problema para las fundiciones de Shaw.

—Tampoco tengo pruebas que demuestren lo contrario —repuso Marco.

Aline cruzó los brazos sobre el pecho y le dirigió una mirada de desafío.

—Pues yo predigo que tus esfuerzos serán en vano, Marco. Shaw y McKenna serán más que capaces de tranquilizar cualquier temor que puedan albergar sus inversores.

—Esto queda por ver. También le dije algunas cosas a lord Elham, miembro de la Empresa Naviera de Somerset, y ahora se lo pensará dos veces antes de vender derechos de anclaje a Gideon Shaw. Y esos derechos forman parte esencial de los planes de Shaw.

Livia seguía la conversación totalmente desconcertada y sólo era capaz de entender que su hermano se había asignado la tarea de entorpecer las futuras negociaciones comerciales de Shaw y McKenna.

—¿Por qué lo has hecho? —preguntó.

—Es sencillo —contestó Aline antes que pudiera hacerlo Marco—. Sembrando obstáculos en el camino de Shaw, Marco se ha asegurado de que él, y McKenna tengan que viajar a Londres de inmediato, para deshacer el entuerto que ha montado.

Livia miró a su hermano con furia naciente.

—¿Cómo has podido?

—Tengo intención de mantener a esos dos bastardos tan lejos de mis hermanas como pueda —contestó Marco—. He actuado a favor de vuestros intereses, de las dos y algún día sabréis reconocer la sensatez de mi actuación.

Livia recorrió el despacho con mirada desencajada, en busca de algún objeto que pudiera tirar a su hermano.

—¡Eres igual que nuestro padre, un patán engreído y entrometido!

—En estos momentos —dijo Marco hoscamente—, Shaw se está ahogando en una botella de qué sé yo, después de pasar el día entero escondido en una habitación a oscuras. Desde luego, es un tipo muy recomendable para ti, Livia. Amberley se sentiría muy feliz.

Livia palideció ante aquel sarcasmo. Atolondrada por la ira y el dolor, salió de la estancia sin preocuparse de cerrar la puerta.

Aline miró a su hermano con ojos entrecerrados.

—Has ido demasiado lejos —le previno con suavidad—. No olvides, Marco, que, una vez dichas, algunas cosas ya no se pueden desdecir.

—No estaría de más que Livia también lo recordara —replicó él—. Ya has oído lo que ha dicho ella.

—Sí, que eres igual que nuestro padre. ¿No estás de acuerdo?

—Categóricamente, no.

—Marco, nunca has hablado ni te has comportado ni te has parecido más a él que durante estos últimos minutos.

—¡Por supuesto que no! —exclamó él, ultrajado.

Aline levantó las manos como si quisiera defenderse de él y habló en tono repentinamente cansino:

—No voy a perder el tiempo discutiendo contigo. Aunque podrías emplear esa mente aguda para reflexionar sobre un punto: ¿De cuántas maneras distintas podrías haber tratado la situación? Tomaste el camino más corto y eficaz para alcanzar tu objetivo, sin detenerte siquiera a considerar los sentimientos de los demás. Si esto no es lo que habría hecho papá... —Su voz se apagó y ella meneó la cabeza con un suspiro—: Ahora voy a buscar a Livia.

Aline dejó a su hermano obcecado en el despacho y salió con precipitación en pos de su hermana. El esfuerzo por caminar tan deprisa hizo que las cicatrices tiraran, y suspiró con impaciencia.

—¡Livia! ¿Adónde vas? ¡Por el amor de Dios, espérame un momento, deja que te alcance!

Encontró a Livia en la entrada de un corredor, las mejillas estriadas de furia roja. De pronto, Aline recordó que, siendo aún una niña pequeña, su hermana se había frustrado construyendo una torre de cubos demasiado alta para mantenerse de pie. Una y otra vez había vuelto a erigir la misma torre endeble, y había llorado de furia cada vez que se desmoronaba... nunca aceptó que debía contentarse con una estructura menos ambiciosa.

—No tiene derecho —dijo Livia, temblando con la violencia de sus emociones.

Aline la contempló con compasión.

—Marco se ha mostrado despótico y arrogante —acordó— y es obvio que se ha equivocado. Pero debemos recordar ambas que lo ha hecho por amor.

—No me importan sus motivaciones... no cambian el resultado.

—¿Que es...?

Livia la miró irritada, como a alguien que se mostrara deliberadamente obtusa.

—¡Que no veré a Shaw, por supuesto!

—Marco da por sentado que tú no sales de Stony Cross. No has salido del condado desde la muerte de Amberley. Pero parece que ni a ti ni a Marco se os ha ocurrido que puedes ir a Londres. —Aline sonrió al ver la sorpresa asomar en las facciones de su hermana.

—Supongo que podría —musitó Livia, confusa.

—¿Por qué no vas, entonces? Nadie te lo puede impedir.

—Pero Marco...

—¿Qué puede hacer? —insistió Aline—. ¿Encerrarte en tu habitación? ¿Atarte a una silla? Ve a Londres, si lo deseas. Puedes alojarte en Marsden Terrace. Yo me ocuparé de Marco.

—¿No te parece un tanto descarado? Ir detrás del señor Shaw...

—No irás detrás de él —le aseguró Aline inmediatamente—. Irás a la ciudad de compras. Y buena falta que te hace, si me permites decirlo. Necesitas visitar a la modista, porque todos tus vestidos están tristemente pasados de moda. ¿Y a quién le importa si estás en Londres de compras al mismo tiempo que el señor Shaw?

Livia sonrió de pronto.

—¿Irás conmigo, Aline?

—No, debo quedarme en Stony Cross con nuestros invitados. Y... —Vaciló por un largo momento—. Creo que será mejor poner distancia entre McKenna y yo.

—¿Cómo van las cosas con él? —preguntó Livia—. En la feria se os veía tan...

—Nos lo pasamos muy bien —respondió Aline con ligereza—. No pasó nada... y no espero que nunca pase nada. —Sintió una punzada de incomodidad al mentir a su hermana. No obstante, la experiencia de la noche pasada con

McKenna había sido demasiado personal... No se sentía con ánimos de intentar ponerla en palabras.

—Pero no crees que McKenna...

—Más vale que empieces a hacer tus planes —interpuso Aline—. Necesitarás una acompañante. Sin duda, la tía abuela Clara se quedaría de buen grado en Marsden Terrace contigo, o quizás...

—Invitaré a la vieja señora Smedley del pueblo —dijo Livia—. Pertenece a una familia respetable y le encantaría un viaje a Londres.

Aline frunció el entrecejo.

—Cariño, la señora Smedley es medio sorda, y ciega como un murciélago. No se me podría ocurrir una acompañante menos apropiada.

—Precisamente —contestó Livia con tanta satisfacción que Aline no pudo reprimir la risa.

—De acuerdo, pues, llévate a la señora Smedley. Pero, si yo estuviera en tu lugar, lo mantendría todo bastante en secreto hasta después de tu partida.

—Sí, tienes razón. —Presa de una agitación furtiva, Livia se dio la vuelta y se alejó pasillo abajo.

Aline decidió que era justo avisar a McKenna de las maquinaciones de su hermano y resolvió abordarle después de la cena. Tuvo, no obstante, la oportunidad de hablar con él antes de lo esperado, ya que la cena terminó de un modo precipitado y decididamente embarazoso. Gideon Shaw brilló por su ausencia, y su hermana, Susan Chamberlain, parecía encontrarse de muy mal humor.

Al notar que Susan consumía vino demasiado a la ligera, Aline intercambió una mirada sutil con el mayordomo, comunicándole que debían aguar más el vino antes de servirlo. Al instante, el mayordomo entregó circunspecto una garrafa de vino a su subordinado, quien la llevó discretamente a la cocina y reapareció con ella de inmediato. Ninguno de los invitados se dio cuenta del suceso excepto McKenna, quien dirigió a Aline una súbita sonrisa.

Mientras los sirvientes retiraban el primer plato de crema de espárragos y salmón con salsa de langosta, la conversación viró al tema de las negociaciones comerciales que iban a tener lugar en Londres. El señor Cuyler preguntó inocentemente a Marco cuál suponía que sería el resultado de las negociaciones, y Marco respondió con frialdad:

—Dudo de que podamos abordar convenientemente este tema en ausencia del señor Shaw, puesto que el resultado dependerá en gran medida de él. Tal vez debiéramos esperar hasta que se recupere de su indisposición.

—Indisposición —repitió Susan Chamberlain con una risa burlona—. ¿Acaso se refiere a la costumbre de mi hermano de empaparse en alcohol de la mañana a la noche? Todo un cabeza de familia. ¿No le parece?

Las conversaciones se interrumpieron en seco. Sorprendida por la inesperada hostilidad de Susan hacia su hermano, Aline trató de relajar la tensión que se había apoderado del comedor.

—Yo diría, señora Chamberlain —comentó—, que su familia ha prosperado bajo el liderazgo del señor Shaw.

—Esto nada tiene que ver con él —espetó Susan con desprecio mientras se resistía a los esfuerzos de su esposo por hacerla callar—. ¡No, voy a decir lo que pienso! ¿Por qué debo respetar a Gideon, sólo por haber tenido la suerte de ser el siguiente en la línea de sucesión cuando murió Frederick? —Torció el gesto con amargura—. La causa de la prosperidad de los Shaw, lady Aline, es que mi hermano decidió confiar el bienestar de su familia a la merced de un inmigrante inculto, que tuvo el acierto de tomar algunas decisiones afortunadas. —Se echó a reír—. Un borracho y un estibador, una pareja muy distinguida. Y mi futuro está totalmente en sus manos. Muy divertido, ¿no le parece?

A nadie más le parecía divertido. Siguió un largo minuto de silencio. La expresión de McKenna era impasible, parecía totalmente indiferente, como si se hubiera inmunizado hacía tiempo a las palabras venenosas. Aline se preguntó cuántos insultos y afrentas había tenido que soportar a lo largo de los años, sólo porque había cometido el pecado imperdonable de trabajar para ganarse la vida.

McKenna se puso de pie e hizo una reverencia a los comensales en general, deteniendo un instante la mirada en los ojos de Aline.

—Si me disculpan —murmuró—. Esta noche no tengo mucho apetito.

Todos le desearon las buenas noches excepto Susan Chamberlain, quien procedió a ahogar su resentimiento en una nueva copa de vino.

Aline era consciente de que debía quedarse para aliviar la atmósfera con conversaciones intrascendentes. Pero, al contemplar el asiento vacío de McKenna, la necesidad de seguirlo se tornó insoportable. «Quédate donde estás y haz lo que debes», trató de disciplinarse pero, con cada segundo que pasaba, la sensación de urgencia cobraba fuerzas, hasta que su corazón empezó a latir desbocado y gotas de sudor corrieron debajo de su vestido. Aline se levantó de la mesa, lo cual obligó a los caballeros a ponerse de pie.

—Ruego me disculpen... —murmuró tratando de idear alguna razón para su marcha precipitada—. Yo... —No se le ocurría ninguna, sin embargo—. Perdonen —dijo al final y salió del comedor. Haciendo caso omiso de los murmullos a sus espaldas, corrió tras McKenna. Cuando alcanzó el tope de la escalera, lo encontró allí esperándola. Debió de haber oído sus pasos, que iban tras él.

Oleadas sucesivas de frío y calor recorrieron su cuerpo mientras estuvieron así enfrentados. Los ojos de McKenna brillaban en su rostro oscuro, su mirada penetrante evocaba el recuerdo de ellos dos abrazándose insaciables en el bosque..., el cuerpo de Aline penetrado y removiéndose en sus brazos.

Aline cerró los ojos desconcertada, consciente de las agujas de calor que cubrían su rostro. Cuando, al fin, consiguió mirarlo de nuevo, sus ojos todavía contenían un brillo inquietante.

—¿Todos los Shaw son así? —preguntó Aline a propósito de Susan Chamberlain.

—No, ella es la más agradable —respondió McKenna secamente, y la hizo reír.

Haciendo un nudo con los dedos, Aline preguntó:

—¿Puedo hablar contigo un momento? Tengo algo importante que decirte.

Él la observó con mirada alerta.

—¿Dónde podemos hablar?

—En la sala de recepción de la familia —sugirió Aline. Era la estancia más apropiada para mantener una conversación de ese tipo en el segundo piso.

—Corremos el riesgo de ser interrumpidos si hablamos allí —dijo McKenna.

—Cerraremos la puerta.

—No. —La tomó de la mano y echó a andar. Confundida por su actitud autoritaria, Aline lo siguió sin ofrecer resistencia. Su corazón latió sin ritmo cuando se dio cuenta de adónde la conducía.

—No podemos ir a mi habitación —dijo preocupada, echando miradas de inquietud por el pasillo—. ¿Es allí donde...? No, de veras, no podemos...

Sordo a sus protestas, McKenna llegó ante la puerta del dormitorio que Aline había ocupado toda la vida y la abrió. La sola contemplación de su figura robusta y sus espaldas anchas convenció a Aline de que no tenía sentido oponerse. Desde luego, no iba a echarlo a cajas destempladas. Con un suspiro de exasperación, entró en el dormitorio y cerró la puerta.

Una lámpara descansaba sobre la mesilla junto a la entrada. Aline se detuvo para encenderla con destreza, y la llama proyectó largas sombras por la habitación y el vestidor del otro lado. Cogió la lámpara por el asa de porcelana pintada y siguió a McKenna hasta la antecámara, aquel espacio privado que él nunca se había atrevido a franquear cuando eran niños.

El sofá —único mueble de la pequeña antecámara— estaba cubierto de cojines bordados y dispuestos sin orden. A su lado una ristra de perlas colgaba de un gancho dorado, junto a una colección de diminutos bolsos y redecillas hechos de cuentas brillantes. Con el rabillo del ojo, Aline vio que McKenna tendía una mano para tocar una de las delicadas redecillas, que pareció absurdamente pequeña en comparación con su mano.

Aline se acercó a la antigua ventana de la antecámara. Los viejos paneles de cristal ondulado convertían la vista exterior en un agradable paisaje borroso, como un mundo visto a través de una cortina de agua. Las tres paredes restantes de la antecámara estaban revestidas de baldosas de vidrio plateado, que generaban miríadas de reflejos que se multiplicaban al infinito. Aline vio su propio rostro y el de McKenna, que estaba de pie detrás de ella, reproducirse sin fin al resplandor de la lámpara.

Explorando la estancia, McKenna se dirigió a la ventana y cogió un objeto del pretil pintado. Era un juguete de niño, un caballito de metal con la figura de un jinete montado en él. Aline supo en seguida que lo había reconocido... Había sido su juguete favorito, tanto lo quería que la pintura brillante estaba desgastada del contacto con sus manos. Por fortuna, McKenna volvió a dejarlo en su sitio sin hacer ningún comentario.

—¿Qué querías decirme? —preguntó él con voz tranquila. Aline estaba fascinada con la perfecta yuxtaposición de dureza y suavidad en su rostro..., el ángulo soberbio de su nariz, la curva sensual de su labio inferior, la seda ingrávida de sus pestañas que proyectaban largas sombras sobre sus pómulos.

—Me temo que, por culpa de mi hermano, vuestras negociaciones resultarán más difíciles de lo que esperabais —dijo ella.

La mirada de McKenna se endureció.

—¿En qué sentido?

Mientras ella le contaba lo que había hecho Marco, McKenna la escuchaba con tranquilidad reconfortante.

—Todo irá bien —dijo él cuando Aline terminó su relato—. Yo responderé a las preocupaciones de los inversores. Y encontraré la manera de convencer a Elham de que si nos vende los derechos de anclaje no hará más que obrar a favor de sus intereses. Si no da resultado, construiremos nuestro propio maldito muelle.

Esa confianza en sí mismo hizo sonreír a Aline.

—No sería tan fácil.

—Las cosas que valen la pena nunca lo son.

—No me cabe duda de que debes de estar furioso con Marco. Pero él sólo lo hizo con la equivocada intención de...

—Protegeros a ti y a tu hermana —concluyó la frase Mc-Kenna cuando ella vaciló—. No puedo culparle por ello. —Su voz sonó muy comprensiva—: Alguien debería protegerte de los hombres como yo.

Aline se apartó, sólo para enfrentarse a los paneles de vidrio reflectante, al mosaico de su cara ruborizada... y a la línea de luz que se reflejaba en el brillante cabello negro de McKenna mientras se le acercaba hasta ponerse a su lado. Sus miradas se encontraron en medio de las imágenes fragmentadas.

—Tendrás que ir a Londres en seguida, me imagino —dijo ella, desconcertada por la cercanía de él.

—Sí. Mañana mismo.

—¿Qué... piensas hacer con el señor Shaw?

Él inclinó la cabeza sobre ella hasta que pudo sentir su aliento en la sien. Llevó una mano a la curva desnuda de su hombro y acarició la piel pálida con la suavidad de un ala de mariposa.

—Tendré que apartarlo de la botella, supongo.

—Me parece tan desafortunado que se deje...

—No quiero hablar de Shaw. —McKenna la obligó a darse la vuelta para mirarle y subió las manos a lo largo de su cuello hasta rodearle las mejillas con los dedos.

—¿Qué estás haciendo? —Se inquietó Aline al sentir que una mano se deslizaba hacia los botones de su espalda.

—Exactamente lo que sabías que haría si me dejabas entrar en tu habitación. —McKenna empezó a besarla a la vez que desabrochaba su vestido; la barba incipiente de sus mejillas le hacía cosquillas en la piel.

—No me has dejado alternativa —protestó Aline—. Has entrado por las buenas y...

McKenna le selló la boca con los labios, mientras sus dedos trabajaban hasta encontrar los cordones de su corsé. Enrolló las delgadas cintas alrededor de los nudillos y tiró de ellas hasta que las ballenas se relajaron y la carne oprimida de Aline se soltó. El corsé cayó al suelo, debajo del vestido que aún le cubría el cuerpo. Su piel liberada estaba tierna e hinchada, anhelaba el contacto de sus manos.

Los latidos de su propio corazón la ensordecieron cuando la boca de McKenna se apoderó de la suya con un beso dulce y devastador. El cálido incienso viril de su piel, sazonado de colonia, perfumado de almidón y tocado con la fragancia penetrante del tabaco la llenó de un placer embriagador. La idea de sentirlo de nuevo dentro de ella le provocaba una excitación alocada mientras que, al mismo tiempo, una voz le recordaba que no podía permitir que él explorara su cuerpo libremente.

—Date prisa —le instó con voz quebrada—. Por favor..., date prisa... —Las palabras desaparecieron en la boca de él, en sus besos ardientes y deliciosos, en la cercanía embriagadora de su cuerpo excitado. McKenna deslizó las manos por debajo del vestido desabrochado y recorrió la suave línea de su espalda hasta llegar al volumen terso de sus nalgas. Ella sintió la punzada de respuesta entre los muslos, el ardor húmedo en los pliegues ocultos de sus carnes, y se envaró con avidez bajo el malicioso y dulce cortejo de los dedos de él.

McKenna apartó su boca de la de ella, la hizo dar la vuelta y posó las manos en sus hombros.

—Ponte de rodillas —susurró.

Al principio ella no comprendió. Pero la presión de las manos masculinas la guió, y se encontró arrodillándose delante del sofá. De rodillas entre los vuelos relucientes de su vestido. El motivo bordado de un cojín se desdibujó ante sus ojos al oír que McKenna se estaba quitando la chaqueta. La prenda cayó sobre el sofá, delante de ella. Hubo más ruidos de tela, el sonido de prendas al ser desabrochadas, y McKenna se arrodilló detrás de ella.

Con gestos eficaces, él metió las manos por debajo de sus

faldas y alisó metros enteros de tela hasta encontrar el cuerpo vulnerable que se ocultaba debajo. Aline sintió que la asía por las caderas y que sus pulgares se clavaban en la redondez de sus nalgas. McKenna deslizó una mano entre sus piernas, buscando la abertura de sus bragas de lino. Parecía medir la longitud de la rendija rematada de encajes con los dedos, y Aline tembló cuando sus nudillos rozaron el vello rizado bajo la prenda. Él empleó ambas manos para forzar la rendija aún más, hasta que las braguitas quedaron totalmente abiertas. Con suavidad, McKenna modificó la posición de Aline y la obligó a inclinarse más hacia delante, a apoyarse por completo en el sofá, al tiempo que empleaba las rodillas para separarle las piernas hasta tenerla toda abierta delante de él.

McKenna se le acercó más, la cubrió con su cuerpo, encorvando levemente los hombros.

—Tranquila —murmuró al sentirla temblar debajo de él—. Tranquila. Esta vez no te haré daño.

Aline no pudo responder. Sólo podía temblar y esperar; cerró los ojos y apoyó el rostro en el antebrazo de él. Sintió que McKenna movía las caderas y algo la rozó en la entrepierna... Su miembro viril exploraba los tejidos delicados que él había dejado expuestos. McKenna deslizó su mano libre debajo de las faldas, la dirigió hacia su vientre y la metió entre los rizos tupidos de su sexo. Abrió la suave rendija y siguió, mientras las caderas de Aline se movían hacia atrás con un sobresalto, pegándose a su cuerpo. Ella gimió al sentir sus caricias sedosas, los diminutos círculos que trazaba alrededor del clítoris sensible.

McKenna retiró la mano y la llevó hasta su rostro, para acariciar su labio inferior con el dedo medio. Ella abrió la boca, obediente, y le dejó deslizar el dedo dentro de la cálida cavidad. Él volvió a meter la mano bajo sus faldas, y esta vez su dedo resbalaba al acariciarla. La siguió excitando lentamente, masajeando la carne húmeda hasta que ella se agarró de la colcha del sofá y hundió la frente sudorosa entre los cojines. Un temblor violento la recorrió cuando sintió que su dedo entraba en ella, que se deslizaba cada vez más adentro, hasta que su carne turgente envolvía todas las articulaciones. Sus nalgas se levantaron hasta acoplarse lo más estrechamente posible al cuerpo de él, y ella esperó con avidez casi incontenible mientras él la dilataba con suaves movimientos circulares, preparándola para la invasión que todavía estaba por llegar.

De nuevo el roce enloquecedor de su órgano, el roce juguetón de su erección dura y sedosa al mismo tiempo. Aline contuvo la respiración y permaneció totalmente inmóvil, los muslos abiertos en un gesto de ofrenda impotente. McKenna la penetró con un largo y lento movimiento... y ella volvió a experimentar la sorprendente sensación de estar llena, aunque esta vez con sólo una brevísima punzada de dolor. La penetró hasta el fondo y no encontró resistencia, las profundidades de su cuerpo lo recibían con placer palpitante. Cada vez que se retiraba para volver a penetrar, Aline se retorcía para apretarse contra él. Los dedos de McKenna jugaban con los rizos mojados de su sexo, frotaban tiernamente la fuente de su deseo, la acariciaban con dulzura a contratiempo con el ritmo de sus penetraciones. La sensación aumentaba con rapidez, se multiplicaba con cada deliciosa embestida, la dureza masculina avanzaba cada vez más por el canal lubricado de su cuerpo. El placer alcanzó un cenit de tormento, se acumuló allí donde él la poseía hasta que ya no pudo resistirlo más. Arqueando el cuerpo contra sus manos, Aline se convulsionó fuera de control mientras trataba de ahogar los gritos en la colcha del sofá. McKenna la sostuvo con un gruñido y empujó con fuerza en su interior hasta que un sonido desgarrado salió de su garganta y su miembro latió violentamente dentro de ella.

Permanecieron así acoplados durante un largo minuto, ambos sin aliento, sus cuerpos unidos y apretados, mientras el peso de McKenna casi la aplastaba. Aline no quería volver a moverse nunca más. Mantuvo los ojos cerrados y sus pestañas húmedas se pegaban a la piel de sus mejillas. Cuando sintió que él se retiraba, se mordió el labio para reprimir un gemido de protesta. Siguió apoyándose en los cojines, un bulto de seda y lino desgarrado, los miembros flácidos después del amor.

McKenna volvió a vestirse y buscó su chaqueta en el sofá. Tuvo que aclararse la garganta para hablar; aun así, su voz sonó rasposa:

—Ni promesas ni remordimientos... Exactamente como tú querías.

Aline no se movió cuando él abandonó la antecámara. Esperó hasta que hubiera salido de su suite, hasta oír la puerta que se cerraba, antes de permitir que las lágrimas cayeran por sus mejillas.

La larga cena infernal había terminado. Aunque Livia sabía que casi todos los ocupantes de Stony Cross Park sospecharían que había ido a visitar la residencia de los recoletos, pensaba que sería más decente tratar de ser discreta. Enfiló un camino que pasaba por el lado de la mansión y se mantuvo al amparo del alto seto de tejos antes de deslizarse hacia la residencia silenciosa. Sin duda, sería mejor dejar las cosas como estaban, pero su preocupación por Gideon Shaw la impulsaba a ir a verle. Una vez cerciorada de que se encontraba bien, volvería a la mansión y buscaría una larga y bonita novela con la que pasar el rato.

Livia llamó a la puerta y, tensa, esperó alguna respuesta. Nada. Frunció el entrecejo y llamó de nuevo.

—¿Hola? —Llamó—. ¿Hola? ¿Pueden oírme?

En el momento en que empezaba a considerar la posibilidad de ir a buscar una de las llaves de la señora Faircloth, la puerta vibró y se sacudió, porque no estaba cerrada. Se abrió una rendija cautelosa, a través de la cual apareció el ayuda de cámara de Shaw.

—¿Sí, milady?

—He venido a ver al señor Shaw.

—El señor Shaw no recibe visitas en estos momentos, milady.

La puerta empezó a cerrarse. Livia metió el pie en la abertura.

—No pienso irme sin verle —declaró.

La mirada del ayuda de cámara delataba una profunda exasperación, aunque su voz sonaba siempre cortés.

—El señor Shaw no está en condiciones de recibirla, milady.

Livia decidió ser franca:

—¿Está borracho?

—Como una cuba —confirmó el ayuda de cámara en tono ácido.

—Entonces mandaré que nos traigan té y algunos bocadillos.

—El señor Shaw ha pedido más brandy.

Livia apretó la mandíbula y se abrió camino en la residencia. El ayuda de cámara, un miembro de la servidumbre, no podía detenerla; ningún sirviente se atrevería jamás a poner la mano sobre una de las damas de la mansión. Haciendo caso omiso de sus protestas, escudriñó la sala de recepción que estaba en penumbra. El aire estaba cargado de olores a alcohol y a tabaco.

—Nada de brandy —dijo en un tono que no admitía discusiones—. Ve a la mansión y tráenos té y una bandeja de bocadillos.

—Esto no le gustará, milady. Nadie se interpone entre el señor Shaw y lo que quiere.

—Ya es hora de que alguien lo haga —repuso Livia y le hizo un ademán para que se pusiera en marcha. El criado se fue, no sin vacilación, y Livia se adentró más en la oscura residencia de los recoletos. El resplandor de una lámpara inundaba el dormitorio principal con su dulce luz ambarina. Hasta sus oídos llegó el tintineo inconfundible del hielo dentro de un vaso. Suponiendo que Shaw se encontraba en estado de estupor, Livia se acercó a la puerta.

El espectáculo que se le ofreció la hizo contener el aliento.

Gideon Shaw estaba reclinado dentro de una bañera colocada junto a la chimenea, la cabeza apoyada en el borde de caoba, una pierna colgando despreocupadamente por fuera. En la mano sostenía una copa llena de cubitos de hielo, y su mirada la traspasó como una flecha mientras él tomaba un

sorbo. De la bañera salían velos de vapor, que se condensa-
ba en la superficie dorada de sus hombros. Gotas de agua
centelleaban sobre los rizos de su pecho y los pequeños círculos de sus pezones.

Santo Dios en los cielos, pensó Livia desconcertada. Los
caballeros que sufren los efectos de un exceso de alcohol
suelen tener un aspecto horrible. «El rostro de la muerte sobre un palo de escoba», como a Marco le gustaba describir-
los. Ella, no obstante, jamás había visto a nadie tan magnífico como ese Gideon Shaw, desaliñado y sin afeitar, metido
en su bañera.

Ceñudo, Shaw se apoyó en el reborde para levantarse,
haciendo que el agua se derramara suavemente hacia fuera.
Regueros relucientes resbalaron por la superficie musculosa
de su pecho.

—¿Qué estás haciendo aquí? —preguntó bruscamente.

Livia estaba tan hechizada que le costó esbozar una respuesta. Se obligó a apartar la mirada y se humedeció los labios secos con la punta de la lengua.

—He venido a ver si te encuentras bien.

—Ya lo has visto —respondió él fríamente—. Estoy
bien. Ahora vete.

—No estás bien —repuso ella—. Estás bebido y es probable que no hayas comido nada en todo el día.

—Comeré cuando tenga hambre.

—Necesita algo más nutritivo que el contenido de esa
copa, señor Shaw.

La mirada acerada de él se cruzó con la de ella.

—Ya sabes qué necesito, pécora presuntuosa. Y ahora
vete o se te llenarán los ojos de Gideon Shaw.

A Livia nunca le habían llamado pécora antes. Debería
sentirse ofendida pero, en cambio, una sonrisa asomó en sus
labios.

—Siempre me ha parecido muy pomposo referirse a uno
mismo en tercera persona.

—Soy un Shaw —respondió él, como si esto fuera la le-
gitimación misma de la pomposidad.

—¿Eres consciente de lo que va a pasar si sigues bebiendo de ese modo? Acabarás siendo una ruina de hombre, feo, con una gran nariz roja y una enorme barriga.

—No me digas —replicó él con voz pétrea y terminó de apurar su copa de un largo y deliberado trago.

—Sí, y tu cerebro se hará papilla.

—Estoy impaciente. —Se agachó sobre el borde de la bañera y dejó la copa sobre la alfombra.

—Además, serás impotente —concluyó Livia en tono triunfal—. Tarde o temprano, el alcohol despoja al hombre de su virilidad. ¿Cuándo fue la última vez que hizo el amor a una mujer, señor Shaw?

Obviamente, este último desafío fue demasiado para él. Shaw salió de la bañera con una mueca de desdén.

—¿Estás pidiendo una prueba de mi potencia? Desde luego. Ven a buscarla.

Livia recorrió con la mirada el cuerpo excitado del hombre y se ruborizó.

—Creo que... ya es hora de irme. Piensa en lo que te he dicho... —Dio la vuelta para marchar pero, antes de que pudiera dar un paso, Shaw la alcanzó y la agarró por detrás. Livia se detuvo y cerró los ojos al sentir el contacto del cuerpo húmedo que se apretaba contra su espalda. Shaw la rodeó con un brazo mojado justo debajo de los pechos.

—Oh, ya estoy pensando en ello, milady —le dijo junto al oído—. Y acabo de llegar a la conclusión de que sólo existe una refutación posible de tu argumento.

—No es necesario —empezó a decir Livia, pero se cortó cuando él movió el brazo y le cubrió el pecho izquierdo con la mano. El calor y el agua traspasaron la tela de su vestido, y su pezón se endureció en la palma de él—. Oh...

—No deberías sembrar calumnias sobre mi virilidad. Es un tema un tanto delicado para nosotros, los hombres.

Livia empezó a temblar y su cabeza cayó hacia atrás, sobre el hombro de Shaw. Él retiró la mano cálida de su pecho, la subió rozando la piel desnuda de su cuello y la metió por debajo de su corpiño. Ella se sobresaltó al sentir que tocaba la punta dura de su pezón.

—Procuraré recordarlo —murmuró.

—Bien dicho. —La obligó a darse la vuelta en sus brazos y le cubrió los labios con su boca. La suavidad de sus labios, rodeada del roce áspero de la barba sin afeitar, resultaba muy excitante. Livia se apretó contra él con fervor, recorriendo con las manos su cuerpo reluciente. Vagamente, se dio cuenta de que estaba a punto de tener su primer amante después de Amberley e intentó dominar sus pensamientos... pero le resultaba imposible pensar mientras Gideon no dejaba de besarla, hasta que ambos se encontraron de rodillas sobre la alfombra salpicada de agua.

Gideon la hizo tenderse de espaldas y se acomodó entre los vuelos de sus faldas. Desabrochó los primeros botones de su corpiño y tiró de la parte superior de su camisa, dejando al descubierto las suaves curvas de sus pechos. Ella deseaba que se los besara. Deseaba su boca sobre la de ella, su lengua... Sólo con pensarlo, un gemido brotó de su garganta.

Con la respiración acelerada, Gideon la cubrió aún más con su cuerpo y tendió la mano para buscar algo que estaba justo detrás de su cabeza. Livia oyó el tintineo del hielo fundido y, en un instante de confusión, se preguntó si Gideon pensaba tomarse un trago en unos momentos como ésos. Él, sin embargo, sacó un cubito de la copa, se lo metió en la boca y, para gran sorpresa de Livia, se inclinó sobre ella. Envolvió su pezón en un beso helado y empezó a acariciar la punta con gélidas pasadas de su lengua. Livia se retorció bajo él con un pequeño grito de asombro, pero Gideon la contuvo e insistió, hasta que el hielo se disolvió y su boca se tornó caliente. El peso voluminoso de su erección apretaba la cara interior de su muslo, mientras cada caricia de su lengua despertaba un remolino de placer en el vientre de Livia. Ella deslizó los dedos entre los mechones húmedos de su cabello dorado y le inmovilizó la cabeza, tratando de alcanzar sus labios con la boca.

Pero Gideon se apartó de ella de repente y con un gruñido.

—No —le dijo con voz entrecortada—. Nuestra primera vez no puede ser así. Estoy demasiado borracho para hacerlo bien y no voy a tratarte de este modo ofensivo.

Livia lo miraba inexpresiva, demasiado arrebatada de deseo para pensar con claridad. Su pecho palpitaba y hormigueaba.

—No me sentiría ofendida. No lo hacías mal en absoluto, en realidad...

—Y nada más y nada menos que en el suelo —murmuró él—. Por Dios. Perdóname, Livia. No mereces ser tratada de esta manera.

—Estás perdonado —respondió ella en seguida—. No me he sentido incómoda, en absoluto. De hecho, esta alfombra me gusta. Así que sigamos...

Su acompañante, sin embargo, ya se había puesto de pie. En el futuro, Livia habría de saber que Gideon sentía un auténtico pavor de comportarse de un modo poco caballeresco. Shaw buscó una bata, se la puso con movimientos bruscos y ató el cinturón. Se volvió hacia Livia y la ayudó a levantarse del suelo.

—Lo siento —dijo mientras le alisaba el vestido y lo volvía a abrochar con manos torpes.

—Está bien, de veras...

—Debes irte, Livia. Ahora mismo, antes de que te tire de espaldas otra vez.

Sólo el orgullo la contuvo de responder que la idea le gustaba mucho, porque obviamente él estaba decidido a deshacerse de ella. Con un suspiro de resignación, Livia permitió que la empujara prácticamente fuera del dormitorio.

—Envié a tu ayuda de cámara en busca de algunos bocadillos —dijo caminando delante de él por el pasillo.

—¿De veras?

—Sí, y tú los comerás y ya no tomarás más brandy esta noche.

—No tengo hambre.

Livia trató de sonar tan severa como le era posible.

—Los comerás, no obstante, como parte de tu penitencia por intentar violarme en el suelo...

—De acuerdo —se apresuró a decir Gideon—. Los comeré.

Reprimiendo una sonrisa, Livia permitió que le abriera la puerta y atravesó el umbral. Sólo cuando la puerta se hubo cerrado a sus espaldas soltó un suspiro entrecortado y terminó su frase:

—... ¡y ojalá lo hubieras hecho!

15

Sería exagerado afirmar que Gideon se encontraba totalmente sobrio cuando McKenna lo metió en el carruaje la mañana siguiente. Al menos, no obstante, estaba limpio y afeitado, aunque su rostro aparecía pálido bajo la corona de cabello rubio cortado con pericia. Se dirigían al Rutledge, un hotel londinense que comprendía cuatro residencias de lujo para caballeros pudientes o para familias que venían del extranjero. McKenna esperaba que las negociaciones con los inversores lo mantendrían tan ocupado que no tendría tiempo para pensar en Aline. Al menos, no por más de unos minutos.

Un gruñido apagado resonaba en el lado del carruaje donde viajaba Gideon. Víctima de unas náuseas casi palpables, prácticamente no había pronunciado ni una palabra todavía.

—Maldita sea —dijo de repente dándose cuenta de su posición—. Estoy viajando de espaldas. Cambiemos de asientos, si no te importa.

Recordando la aversión que sentía Gideon por viajar mirando la parte posterior del vehículo, McKenna le concedió su deseo. Cuando ambos se hubieran acomodado de nuevo, Gideon apoyó un pie en el cojín del asiento de enfrente, sin miramientos por la delicada tapicería de terciopelo.

—¿Por qué esa cara de preocupación? —Apoyó la cabeza en la mano como si quisiera evitar que se le cayera de los hombros—. ¿Aún no has conseguido tumbar a lady Aline?

McKenna le dirigió una intensa mirada censuradora.

Gideon suspiró y se frotó las sienes doloridas.

—Te concedo una cosa: las mujeres de los Marsden y sus finezas aristocráticas tienen algo imposible de resistir.

Ese comentario expresaba tan perfectamente los sentimientos del propio McKenna, que éste no pudo reprimir una sonrisa.

—Parece que te sientes atraído por Livia.

—Sí —fue la no muy feliz respuesta—. Una atracción que me ha valido el peor ataque de orquitis que he tenido en años.

A McKenna le turbó el descubrimiento de la gran atracción que su amigo sentía por la hermana de Aline. Le parecía una relación poco apropiada en todos los sentidos.

—¿No eres demasiado viejo para ella?

Gideon, que entretanto estaba buscando el frasco de plata benefactor, se mostró muy contrariado al descubrir que se había olvidado de llenarlo. Tiró la botella vacía al suelo y la miró con ojos nublados.

—Soy demasiado de todo para ella. Demasiado viejo, demasiado harto, demasiado sediento... la lista sería interminable.

—Más vale que tengas cuidado, o Westcliff te abrirá en canal y te servirá con una manzana en la boca.

—Si lo hace rápido, cuenta con mis bendiciones —replicó Gideon morosamente—. Maldito seas, McKenna, ojalá no te hubiera dejado persuadirme de visitar Stony Cross. Debimos ir directamente a Londres, hacer nuestro trabajo y regresar a Nueva York cuanto antes.

—No tenías por qué venir conmigo —puntualizó McKenna.

—Tenía la malsana noción de mantenerte a salvo de los problemas. Además de querer ver cómo era esa mujer capaz de hacer de ti un idiota.

McKenna miró por la ventana con el alma en ascuas y trató de concentrarse en el paisaje de colinas verdes que atravesaba el carruaje. Lady Aline Marsden, pensaba con ánimo funesto. Una dama de gustos tan exquisitos que había preferido permanecer soltera antes que aceptar a un pretendiente que estaba por debajo de sus expectativas.

—Quiero llevarla conmigo a Nueva York —dijo.

Gideon estuvo callado por un momento.

—¿Lady Aline ha dejado entrever que aceptaría tal proposición?

—No. De hecho, ha dejado bien claro que cualquier cosa menos un revolcón en el armario está fuera de cuestión. Porque yo no pertenezco a su clase.

Gideon no pareció sorprenderse en absoluto.

—Naturalmente. Eres un profesional en medio de una cultura que valora la indolencia y desprecia la ambición.

—Tú también trabajas.

—Desde luego, aunque no con regularidad, y todos saben que no necesito hacerlo. Y mi fortuna ya es vieja, aunque sólo sea según los criterios de Nueva York. —Gideon calló y pensó por un momento antes de proseguir—: No me interpretes mal, McKenna. Eres el mejor hombre que he conocido y daría mi vida por ti si fuera necesario. Pero, hablando en términos de posición social, no estás un escalón por debajo de lady Aline. Estás en los mismísimos pies de la montaña.

Sus palabras nada hicieron para aliviar el ánimo de McKenna. Sin embargo, siempre podía contar con la honestidad de Gideon, y eso tenía mucho más valor que un sinfín de mentiras bien intencionadas. Aceptó la observación con un asentimiento de la cabeza y miró ceñudo la punta de sus zapatos.

—No diría que tu situación es totalmente desesperada —prosiguió Gideon—. Tienes algunas cualidades que inspirarían a muchas mujeres, incluida lady Aline, a pasar por alto el hecho de tu mestizaje social. Parece que las damas te encuentran atractivo, y el diablo sabe que no te falta dinero. Y, cuando quieres, puedes ser muy persuasivo. No me digas que no eres capaz de convencer a una solterona de treinta años de que se case contigo. Sobre todo teniendo en cuenta que se ha mostrado dispuesta a... complacerte, como parece que es el caso.

McKenna le dirigió una mirada aguda.

—¿Quién ha hablado de casarse?

La pregunta pilló a Gideon desprevenido.

—Acabas de decir que quieres llevarla a Nueva York contigo.

—No como mi esposa.

—¿Como tu amante? —preguntó Gideon incrédulo—. No creerás en serio que se rebajaría tanto como para aceptar un arreglo como éste.

—La obligaré a que lo acepte... Emplearé cualquier medio que sea necesario.

—¿Qué hay de su relación con lord Sandridge?

—Le pondré fin.

Gideon le observaba desconcertado.

—Dios mío. ¿Te he entendido mal, McKenna, o piensas realmente arruinar toda esperanza de matrimonio para lady Aline, mancillar su nombre en dos continentes, romper todos los lazos con su familia y amigos y destruir toda esperanza de que vuelva a ser miembro de una sociedad respetable? ¿Además de engendrarle un hijo bastardo en el proceso?

La idea hizo asomar una sonrisa fría en los labios de McKenna.

—Una Marsden que da a luz al bastardo de un bastardo... Sí, eso me complacería mucho.

Gideon entrecerró los ojos.

—Por todos los demonios... Jamás te habría considerado capaz de tamaña maldad.

—No me conoces, entonces.

—Parece que no —murmuró Gideon, meneando la cabeza confuso. Aunque era evidente que le gustaría seguir la conversación, un tramo especialmente irregular de la carretera lo obligó a arrellanarse en su asiento y a apretarse la cabeza con un gemido.

McKenna volvió a mirar por la ventana con un vestigio de la fría sonrisa todavía en los labios.

La satisfacción de Marco por la partida de Shaw y Mc-Kenna duró exactamente un día..., hasta que descubrió que Livia había salido para Londres a la mañana siguiente. No era un logro desdeñable haber podido hacer las maletas y los preparativos necesarios en total secreto. Aline estaba convencida de que a alguna de las criadas se le escaparía algo antes de la partida de Livia. Gracias a la señora Faircloth, sin embargo, los labios se mantuvieron sellados desde la cocina hasta los establos, porque nadie deseaba despertar la ira del ama de llaves traicionando los planes de Livia.

Cuando el carruaje de Livia por fin se puso en marcha, el sol apenas iluminaba con sus primeros rayos débiles el camino de salida de Stony Cross. Aline observó la partida desde la puerta del vestíbulo principal con un profundo suspiro de alivio; llevaba un ligero vestido de color azul claro y desgastadas zapatillas de felpa. Dirigió una sonrisa a la señora Faircloth, cuya evidente ambivalencia frente a las acciones de Livia no le había impedido hacer todo lo necesario para ayudarla.

—Señora Faircloth —dijo Aline tomando al ama de llaves de la mano. Sus dedos se entrelazaron por un momento—. ¿Cuántos años has tenido que quedarte a un lado y observar cómo los Marsden hacían cosas que tú no aprobabas?

El ama de llaves sonrió ante esa pregunta retórica. Las dos mujeres permanecieron en el umbral en silencio afectuoso, siguiendo con la vista el carruaje, hasta que desapareció al final del camino.

Una voz las sorprendió a ambas, y Aline se dio la vuelta para encontrarse con la mirada recelosa de su hermano. Marco lucía su traje de caza, y sus ojos, fríos y negros, destacaban contra las líneas angulosas de su rostro.

—¿Te importaría explicarme qué está pasando? —preguntó con brusquedad.

—Claro que no, querido. —Aline miró al ama de llaves—. Gracias, señora Faircloth. Estoy segura de que tiene cosas que hacer.

—Sí, milady —fue la respuesta inmediata y sin duda

agradecida, ya que el ama de llaves no tenía deseo alguno de presenciar una de las inusuales aunque volcánicas escenas de furia de Marco.

—¿Quién iba en ese carruaje? —exigió saber él.

—¿Qué te parece si vamos al salón? —sugirió Aline—. Pediré que nos sirvan el té y...

—No me digas que era Livia.

—De acuerdo, no te lo diré. —Aline hizo una pausa antes de añadir en tono manso—: Aunque lo era. Y antes de que montes en cólera...

—¡Por todos los santos! ¡No me digas que mi hermana se ha ido corriendo a Londres, detrás de ese maldito libertino! —exclamó Marco con furia homicida.

—Livia estará perfectamente bien —se apresuró a decir Aline—. Se alojará en Marsden Terrace, lleva una acompañante y...

—Voy a buscarla en seguida. —Sacando los poderosos músculos de su pecho, Marco echó a andar hacia la puerta.

—¡No! —Por muy buenas que fueran sus intenciones, el despotismo de su hermano acababa de tocar techo—. No, Marco, no irás. —Aunque Aline no había levantado la voz, su tono le hizo parar en seco—. Si te atreves a intentarlo siquiera, te juro que dispararé a tu caballo.

Marco giró sobre sí mismo y la miró con incredulidad.

—Santo cielo, Aline, no tengo que explicarte cuánto arriesga...

—Sé perfectamente bien cuántas cosas arriesga Livia. Y ella también lo sabe. —Aline pasó por delante de él con todas las velas desplegadas y se dirigió al salón contiguo al vestíbulo, mientras su hermano la seguía de cerca.

Marco cerró la puerta de una patada impecable.

—¡Dame una buena razón por la que debería mantenerme al margen y no hacer nada!

—Porque, si interfieres, Livia te odiará durante el resto de su vida.

Se sostuvieron la mirada por un largo rato. Poco a poco, la furia de Marco pareció apagarse y él se dejó caer pesadamente en la silla más cercana. Aline no pudo evitar sentir cierta compasión por él, porque sabía que, para un hombre como su hermano, aquella impotencia forzosa era la peor tortura posible.

—¿Por qué tenía que ser él? —se quejó—. ¿Por qué no pudo elegir a un joven decente de una familia inglesa respetable?

—El señor Shaw no es tan terrible —dijo Aline, incapaz de reprimir una sonrisa.

Su hermano le dirigió una mirada tenebrosa.

—No quieres ver más allá de su pelo rubio y su encanto superfluo, y de esa maldita insolencia americana que tanto parece seducir a las mujeres.

—Te has olvidado de ese hermoso montón de dinero americano —se burló Aline cariñosamente.

Marco alzó la mirada al cielo, claramente preguntándose qué había hecho él para merecer tamaña afrenta del infierno.

—La utilizará y luego le partirá el corazón —dijo secamente. Sólo aquellos que le conocían muy bien sabrían distinguir el matiz de honda preocupación en su voz.

—Oh, Marco —dijo Aline con dulzura—, tanto Livia como yo somos más fuertes de lo que crees. Y, tarde o temprano, todos hemos de enfrentarnos al peligro de un corazón partido. —Se acercó a la silla donde estaba su hermano y acarició su recio pelo negro—. Incluso tú.

Él se encogió de hombros con irritación y se zafó de su mano.

—Yo no corro riesgos innecesarios.

—¿Ni siquiera por amor?

—Especialmente no por amor.

Aline sonrió con afecto y meneó la cabeza.

—Pobre Marco... Cuánto anhelo ver el día en que caerás bajo el hechizo de alguna mujer.

Marco se levantó de la silla.

—Espérate sentada —replicó y salió del salón con su habitual andar impaciente.

El Hotel Rutledge estaba a punto de sufrir una memorable transformación que, una vez concluida, sin duda lo convertiría en el establecimiento hotelero más moderno y elegante de todo el continente europeo. A lo largo de los últimos cinco años, su propietario, Harry Rutledge —un caballero de procedencia un tanto misteriosa—, había ido adquiriendo discretamente y sin contemplaciones todos los solares de la calle entre el teatro Capitol y el Dique, en el corazón mismo del distrito teatral londinense. Se rumoreaba que, llevado por su ambición de crear el hotel perfecto, había llegado al extremo de visitar América para observar las últimas tendencias en el diseño y el servicio hoteleros, que se desarrollaban allí con más rapidez que en cualquier otra parte del mundo. En aquellos momentos, el Rutledge consistía en una fila de residencias particulares, pero esas estructuras pronto serían derribadas y sustituidas por un edificio monumental como el que Londres jamás había visto.

Aunque lord Westcliff había ofrecido a McKenna y a Gideon la residencia de Marsden Terrace para su alojamiento, ellos habían preferido el emplazamiento más cómodo del Hotel Rutledge. De forma no del todo inesperada, Harry Rutledge se había presentado como amigo íntimo del conde de Westcliff, lo cual suscitó la ácida observación de Gideon de que el conde parecía disponer de una sana y prolífera red de amistades.

Alojado en la suite elegante que le había sido reservada, amueblada con piezas de caoba rematadas en bronce, Gideon pronto descubrió que el hotel realmente merecía su reputación de calidad. Tras una noche de buen dormir y un desayuno de crepes con huevos de chorlito fuera de temporada, Shaw decidió enmendar su opinión de Londres. Tuvo que reconocer que una ciudad tan llena de cafés, jardines y teatros no podía ser tan mala. Además de haber sido el lugar de nacimiento de los sándwiches y los paraguas modernos, sin duda dos de los más grandes inventos de la humanidad.

Una jornada repleta de reuniones y una prolongada cena en una de las tabernas locales hubieran debido dejar a Gideon exhausto, pero le resultó difícil conciliar el sueño aquella noche. La causa de su desasosiego no era ningún misterio: le estaba fallando su habitual talento para el autoengaño. Mucho se temía que se estaba enamorando de Livia Marsden. La deseaba, la adoraba y la anhelaba cada minuto del día. Cada vez, sin embargo, que intentaba pensar qué hacer al respecto, se sentía incapaz de llegar a ninguna conclusión. Él no era el tipo de hombre que contraía matrimonio pero, aunque lo fuera, la quería demasiado para exponerla a la pandilla de tiburones que era su familia. Y, sobre todo, mantenía una relación demasiado estrecha con la botella para considerar siquiera la posibilidad de tomar esposa... y dudaba mucho que fuera capaz de alterar este hecho, aunque quisiera hacerlo.

Afuera empezó a caer una lluvia tormentosa, los truenos rugían y restallaban en lo alto mientras el agua caía a rachas intermitentes. Gideon abrió la ventana unos centímetros para dejar entrar el aroma de la lluvia de verano. Dando vueltas entre las sábanas de lino recién planchadas, intentó dejar de pensar en Livia... y fracasó. Pasada la medianoche, sin embargo, lo salvó una discreta llamada a la puerta de su dormitorio y el murmullo respetuoso de su ayuda de cámara.

—¿Señor Shaw? Discúlpeme, señor... Alguien le está esperando en el vestíbulo. Le he pedido que vuelva a una hora más conveniente, pero ella se niega.

Gideon se sentó en la cama y bostezó, rascándose el pecho.

—¿Ella?

—Lady Olivia, señor.

—¿Livia? —Gideon quedó estupefacto—. No puede estar aquí. La dejamos en Stony Cross.

—Le aseguro que está aquí, señor.

—¡Jesús! —Gideon saltó de la cama como si lo hubieran electrocutado y buscó precipitadamente una bata con la que cubrir su desnudez—. ¿Hay algún problema? —inquirió—. ¿Qué aspecto tiene?

—Mojado, señor.

Gideon cayó en la cuenta de que seguía lloviendo y, con creciente preocupación, se preguntó por qué demonios Livia aparecía en medio de la noche.

—¿Qué hora es?

El criado, quien daba muestras de haberse vestido con gran premura, exhaló un suspiro de agobio.

—Las dos de la madrugada, señor.

Demasiado preocupado para buscar sus zapatillas o peinarse el cabello, Gideon salió del dormitorio a grandes zancadas y siguió al ayuda de cámara hasta el vestíbulo de la entrada.

Y allí estaba Livia, de pie en medio de un charco de agua. Le sonrió, aunque sus ojos verde avellana tenían una expresión cansada bajo el ala de su sombrero empapado de lluvia. En ese preciso momento, mientras la contemplaba a través del vestíbulo de entrada, Gideon Shaw, cínico, hedonista, borracho y libertino, se enamoró perdidamente de ella. Nunca se había sentido tan completamente a merced de otro ser humano. Tan hechizado y desesperadamente esperanzado. Mil palabras de cariño brotaron en su mente y cayó en la cuenta de que estaba tan idiotizado como había acusado a McKenna de estarlo el día anterior.

—Livia —dijo con dulzura y se le acercó. Recorrió con la mirada su rostro enrojecido y salpicado, y pensó que tenía el aspecto de un ángel manchado de barro—. ¿Todo va bien?

—Perfectamente. —Livia bajó la mirada a lo largo de la bata de seda hasta los pies descalzos de Shaw, y se ruborizó al darse cuenta de que debajo estaba desnudo.

Incapaz de refrenarse de tocarla, Gideon tendió la mano y le quitó el abrigo, dejando que una cascada de gotas de lluvia cayera al suelo. Dio el abrigo al ayuda de cámara, quien lo colgó de una percha cercana. Luego le tocó el turno al sombrero empapado, y Livia quedó tiritando delante de Shaw, el dobladillo de su falda mojado y embarrado.

—¿Por qué has venido a la ciudad? —preguntó Gideon amablemente.

Livia se encogió de hombros con descaro, mientras sus dientes castañeteaban del húmedo frío.

—Tenía algunas c-compras que hacer. Me alojo en Marsden Terrace. Y ya que nuestras r-residencias están tan cerca, pensé hacerte una visita.

—¿En medio de la noche?

—Las tiendas no abren hasta las nueve —dijo ella en tono razonable—. Así tenemos tiempo para ch-charlar.

Él le dirigió una mirada irónica.

—En efecto, unas siete horas. ¿Qué te parece si charlamos en el salón?

—No... En tu habitación. —Livia se abrazó los hombros en un esfuerzo por dejar de tiritar.

Gideon escudriñó sus ojos en busca de señales de incertidumbre, pero sólo vio una necesidad de contacto y de cercanía tan grande como la suya propia. Ella sostuvo su mirada sin dejar de temblar. «Tiene frío —pensó Gideon—. Yo puedo calentarla.»

De repente, empezó a actuar antes de darse la oportunidad de reflexionar con sensatez. Hizo una seña al ayuda de cámara y le dio instrucciones de que despidiera al lacayo y al cochero y les indicara que lady Olivia necesitaría regresar a su residencia a una hora discreta por la mañana.

Gideon tomó a Livia de la mano, le rodeó la espalda con el brazo y la condujo a su dormitorio.

—Mi cama no está hecha. No esperaba compañía a esta hora de la noche.

—Por supuesto que no —dijo Livia en tono recatado, como si ella misma no estuviera a punto de lanzarse a una aventura clandestina con él.

Después de cerrar la puerta del dormitorio a sus espaldas, Gideon encendió un pequeño fuego en el hogar. Livia permaneció delante de él dócilmente, bañada en la luz cálida y titilante, mientras él empezó a desvestirla. Ella estuvo callada y pasiva, levantó los brazos cada vez que fue necesario y dio un paso lateral para salir de entre los pliegues húmedos de su vestido cuando éste cayó al suelo. Una por una, Gideon dejó las prendas mojadas sobre el respaldo de una silla y, con gestos cuidadosos, siguió liberando su cuerpo de capas sucesivas de muselina, algodón y seda. Cuando por fin estuvo desnuda, el cuerpo esbelto y el cabello castaño claro dorados por la luz de las llamas, Gideon no se detuvo para mirarla. Se quitó la bata y la cubrió con ella, envolviéndola en la seda calentada por su propio cuerpo. Livia contuvo la respiración cuando la levantó en brazos y la llevó a la cama, donde la depositó entre las sábanas arrugadas. Alisó el lino en torno al cuerpo de ella, se acostó a su lado y la rodeó con los brazos. Arrullándola, apoyó la mejilla en un mechón de sus cabellos.

—¿Está bien así? —susurró.

Ella suspiró profundamente.

—Ah, sí.

Yacieron juntos largo rato, hasta que la tensión de Livia desapareció y su cuerpo envuelto en la seda recobró el calor y la elasticidad. Movió uno de los pies y exploró con los dedos la superficie vellosa de las piernas de él. Gideon aspiró bruscamente cuando ella movió las caderas hacia atrás hasta amoldarlas en la curva de su cuerpo. Con la delgada sábana que se interponía entre ambos, Livia no podía menos que notar la larga rigidez de su erección.

—¿Estás sobrio? —preguntó apretándose contra él.

El roce voluptuoso de su cuerpo con la piel dura y sensible de Gideon provocó en él una aguda excitación.

—A veces lo estoy, a pesar de mis esfuerzos por evitarlo —respondió él con voz ahogada—. ¿Por qué preguntas?

Livia le tomó una mano y la llevó a su pecho.

—Entonces puedes seducirme sin recurrir después a la excusa de que no sabías lo que hacías.

La dulce redondez bajo los dedos fue demasiado provocadora para Gideon. La acarició suavemente por encima de la seda de la bata y luego deslizó la mano debajo de la tela.

—Livia, amor mío, la triste verdad es que casi siempre sé muy bien lo que hago.

Ella contuvo el aliento al sentir la caricia sedosa de su índice y su pulgar sobre el pezón.

—¿Por qué es una desgracia?

—Porque, en momentos como éste, mi conciencia está gritando que debería dejarte en paz.

Livia se dio la vuelta entre sus brazos y apoyó un muslo sobre sus caderas.

—Dile esto a tu conciencia de mi parte —dijo y le cerró la boca con un beso.

Gideon no necesitaba más invitación; empezó a explorar sus labios con besos lentos, arrastrados, dulcemente inquisidores. Abrió la bata de seda como si estuviera pelando una fruta exótica y exquisita, y la tuvo desnuda ante él. Inclinó la cabeza y recorrió tiernamente con los labios el terciopelo de su piel. Buscando los puntos más sensibles, donde su pulso latía con más fuerza, la acarició con los labios y la lengua y le dio pequeños mordiscos hasta provocar pequeñas exclamaciones de placer tembloroso. Nunca antes había sentido una necesidad tan abrumadora de penetrar, de entrar, de poseer a otro ser humano. Susurrando su nombre, tocó ese lugar entre los muslos donde la carne era sedosa y muy húmeda, y deslizó los dedos en su interior. Livia se puso rígida al contacto, delicadas manchas de pasión enrojecieron su piel, y sus manos empezaron a apretarle los hombros con ritmo frenético.

Gideon siguió excitándola de manera lánguida, encantado con su expresión lejana, con la impotencia sensual de una mujer que recibe las caricias del orgasmo. Livia cerró los ojos y se abandonó a sus manos expertas, jadeando y arqueando el cuerpo con un placer cada vez más intenso. Llegó al clímax y su cuerpo se estiró, mientras los dedos de sus pies se apretaban.

—Sí —susurró él, acariciando su clítoris con el pulgar—, sí, dulce dama, dulce amor mío... —La acompañó suavemente mientras se calmaba, dibujando trazos eróticos sobre la maraña de rizos mojados entre sus muslos, besándole los pechos, hasta que estuvo tranquila e inmóvil debajo de él. Entonces la acarició a la altura del diafragma con los labios, bajó por la piel sedosa de su vientre y le separó los muslos con las manos.

Livia gimió cuando sintió su lengua, cuando su pulgar traspasaba el umbral hinchado de su cuerpo. Gideon la mordisqueaba y la acariciaba, hechizado por los sonidos que salían de su boca y por la rítmica ondulación de sus caderas, que se levantaban para buscar su boca. Al sentir el delicado apretón de los músculos en torno a su pulgar, supo que estaba a punto de tener otro orgasmo y retiró la mano lentamente. Con un pequeño grito de protesta, Livia estiró el cuerpo entero hacia él. Gideon se colocó sobre ella, abrió sus miembros temblorosos y penetró su carne suave y caliente.

—Dios —murmuró, de pronto incapaz de moverse, tan intenso era su placer.

Ronroneando, Livia le rodeó la espalda con sus brazos delgados y movió las caderas hacia arriba, para recibir toda su regia longitud y empujarle más adentro de sí. Él respondió compulsivamente a sus movimientos, tanteó, empujó y embistió hasta que el dulce roce de la carne con la carne fue insoportable. Ella contuvo la respiración y se estremeció, mientras lo apretaba dentro de sí en una ondulante caricia interior. Gideon salió de ella con un grito ronco y su pene tembló con frenesí al eyacular sobre su vientre.

Gimiendo, cayó mareado junto a ella, mientras su pulso tronaba en el pecho, las ingles y los oídos.

Pasó mucho tiempo antes que cualquiera de los dos pudiera hablar. Livia apartó la cabeza del hombro de él y sonrió, soñolienta.

—Amberley nunca hacía eso al final —le dijo, jugando con el vello de su tórax.

Gideon sonrió de pronto ante esa mención de su marcha atrás en el último momento.

—Es el método contraceptivo de los cafés.

—¿De los cafés?

—Entras y sales sin gastar nada —explicó, y ella se le abrazó con una risa ahogada. Gideon la agarró de las muñecas—: Livia... Debo protegerte de las consecuencias de lo que hacemos hasta que...

—Lo sé —dijo ella y se apartó. Evidentemente, no deseaba tratar temas de importancia en esos momentos. Se levantó de la cama y le dirigió una sonrisa provocadora—: Ya hablaremos más tarde. Por ahora...

—¿Sí?

—Ven a bañarme —le dijo, y él obedeció sin vacilación.

16

A la mañana siguiente, al despertar por primera vez entre los brazos de Gideon Shaw, Livia tuvo la impresión de que el mundo entero había sufrido una gran transformación mientras ella dormía. No esperaba volver a sentir nunca más una conexión tan íntima con un hombre. Quizá sólo aquellos que han amado y han perdido pueden apreciar de veras el significado de esta magia, pensó acurrucándose junto al vello suave y maleable del tórax de él. Mientras Gideon dormía, el gesto vacío de su habitual expresividad, ofrecía el aspecto de un ángel severo. Sonriendo, Livia recorrió con la mirada la austera belleza de sus facciones, la nariz larga y recta, los labios carnosos, el mechón de pelo dorado que caía sobre su frente.

—Eres demasiado hermoso para hablar —le dijo cuando Gideon bostezó y se estiró—. Es un milagro que consigas que nadie te preste atención en serio, cuando probablemente lo único que quieren es quedarse mirándote embobados durante horas.

La voz de él sonó áspera del sueño.

—No quiero que nadie me preste atención en serio. Sería demasiado peligroso.

Con una sonrisa, Livia le apartó el cabello de la frente.

—Debo regresar a Marsden Terrace antes de que despierte la señora Smedley.

—¿Quién es la señora Smedley? —Gideon giró y la aprisionó debajo de su cuerpo, hundiendo el rostro en la cálida curva de su cuello.

—Mi acompañante. Es vieja, dura de oído y terriblemente miope por añadidura.

—Perfecto —respondió Gideon con una pronta sonrisa. Se movió hacia abajo, le rodeó los pechos con las manos y los besó suavemente—. Esta mañana tengo algunas reuniones. Pero por la tarde me encantaría acompañaros, a ti y a la señora Smedley, a tomar algo... ¿Helado de frutas, por ejemplo?

—Sí, y quizás asistir a una función de panorama. —Su piel enrojeció bajo las caricias de él y sus pezones se contrajeron al contacto de su boca húmeda—. Gideon...

—Aunque —murmuró él— el espectáculo del panorama no se puede comparar con éste.

—Falta poco para la salida del sol —protestó Livia y se retorció bajo él—. Debo irme.

—Reza mejor para que la señora Smedley despierte tarde esta mañana —respondió Gideon, sordo a sus protestas.

Más tarde ese mismo día, Gideon demostró ser el más entretenido de los acompañantes, especialmente para la señora Smedley que, enfundada en un vestido de seda marrón y tocada con un sombrero de plumas, parecía una gallina clueca. A través de las gruesas lentes de sus gafas, la mujer no conseguía verlo con claridad suficiente para quedar impresionada por su espectacular hermosura. Y el hecho de ser americano no obraba a su favor, puesto que la acompañante recelaba profundamente de todo extranjero.

No obstante, poco a poco, Gideon consiguió ganar su corazón, a fuerza de perseverancia. Después de comprar las mejores butacas para el panorama, que presentaba vistas de Nápoles y Constantinopla, se sentó al lado de la señora Smedley y fue gritando con paciencia las descripciones en el enorme audífono en forma de cuerno que ella sostenía pegado al oído. En el intermedio hizo numerosos viajes de ida y vuelta para llevarle refrescos. Después del panorama, mientras atravesaban Hyde Park en carruaje, Gideon escuchó con humildad el enardecido sermón de la señora Smedley contra los males derivados del uso del tabaco. Su dócil admisión de disfrutar, muy de vez en cuando, fumando un cigarro puro sumió a la señora Smedley en un éxtasis de desaprobación y le dio la oportunidad de proseguir su argumentación con vigor renovado. El tabaco era dañino, desagradable... y la costumbre de frecuentar las salas de fumadores a la fuerza habría de exponerle a un lenguaje vulgar y obsceno, hecho que no parecía incomodarle tanto como debiera, ni mucho menos.

Viendo lo espléndidamente bien que se lo pasaba la señora Smedley sermoneando a Gideon, Livia no podía reprimir una sonrisa persistente, que afloraba a sus labios una y otra vez. De tanto en tanto, su mirada se cruzaba con la de Shaw y tenía que contener el aliento ante la expresión divertida de sus ojos azules.

Finalmente, el sermón contra el tabaco se desvió al tema de la etiqueta y, a continuación, al asunto más delicado del cortejo, y Livia no pudo evitar una mueca de disgusto, aunque Gideon parecía muy entretenido con los aforismos de la señora Smedley.

—... uno nunca debe casarse con alguien que se le parezca en forma, temperamento y aspecto —les aconsejó la acompañante—. Un caballero de cabello oscuro, por ejemplo, no debe contraer matrimonio con una dama morena, ni un hombre corpulento con una muchacha demasiado bien dotada. Los de talante cálido deben unirse con personas de sangre fría, los nerviosos han de buscar a los estoicos, y los apasionados deben casarse con personas cerebrales.

—¿Entonces, no es aconsejable que dos personas apasionadas contraigan matrimonio? —Aunque Gideon no miraba a Livia, logró esquivar la patada que ella dirigió contra su espinilla. Su pie chocó inofensivamente con uno de los paneles lacados del carruaje.

—Por supuesto que no —fue la respuesta enfática—. ¡Piense en las naturalezas excitables de esos chicos!

—Es terrible —dijo Gideon y arqueó las cejas mirando a Livia.

—Y la posición social es de lo más significativo —prosiguió la señora Smedley—. Únicamente deben casarse los que se encuentran en posiciones equiparables... o, en caso de desigualdad, el esposo debe ser de rango superior a su cónyuge. Es imposible que una mujer estime a un hombre de posición inferior.

Livia se puso tensa, mientras que Gideon calló. No tenía que mirarlo para saber que estaba pensando en McKenna y Aline.

—¿Tendré la oportunidad de ver a McKenna en Londres? —preguntó a Gideon mientras la señora Smedley seguía perorando, ajena al hecho de que nadie la escuchaba.

Shaw asintió.

—Mañana por la noche, si me haces el honor de acompañarme al teatro.

—Sí, me encantaría. —Livia hizo una pausa antes de preguntar en voz baja—: ¿McKenna te ha hablado de mi hermana últimamente?

Gideon vaciló y le dirigió una mirada cautelosa.

—Sí.

—¿Te ha dado alguna indicación de la naturaleza de sus sentimientos por ella?

—Se puede decir que sí —respondió Gideon secamente—. Está amargado... y muy deseoso de tomar venganza. Las heridas que ella le infligió hace años fueron tan profundas que casi resultaron mortales.

Livia sintió una oleada de esperanza, seguida de un alud de desesperación.

—No fue culpa de ella —dijo—. Aunque Aline nunca podrá explicar qué pasó ni por qué se comportó como lo hizo.

Gideon la miró fijamente.

—Cuéntamelo.

—No puedo —respondió Livia desconsolada—. Prometí a mi hermana que jamás traicionaría sus secretos. En cierta ocasión, una amiga mía me hizo la misma promesa, que luego rompió, y me causó un gran dolor. Nunca podría traicionar a Aline de ese modo. —Incapaz de interpretar la expresión de él, frunció el ceño en un gesto de disculpa—: Sé que debes culparme por mantener silencio pero...

—No es eso lo que pienso.

—¿Qué piensas, entonces?

—Que todo lo que voy descubriendo sobre ti me hace quererte más.

Livia contuvo la respiración por un segundo, atónita ante aquella admisión. Pasó largo rato antes que pudiera hablar.

—Gideon...

—No tienes que corresponderme —murmuró él—. Por una vez, quiero tener el placer de amar a alguien sin pedirle nada a cambio.

Hay dos tipos de amantes del teatro: los que van realmente para disfrutar de la obra y la gran mayoría, los que asisten por razones puramente sociales. El teatro es un lugar donde dejarse ver, intercambiar cotilleos y practicar el flirteo. Sentada en un palco con Gideon Shaw, McKenna, la señora Smedley y dos matrimonios más, Livia pronto renunció a todo intento de oír lo que se decía sobre el escenario, ya que casi todo el público optó por charlar a lo largo de todo el espectáculo. Se desentendió de la obra, se arrellanó en su butaca y se dedicó a observar el desfile de hombres y mujeres que pasaban por el palco. Resultaba impresionante la cantidad de atención que podían atraer dos ricos industriales americanos.

Gideon era un experto en parloteo social y charlaba con los visitantes relajado y sonriente. McKenna, por su parte, era mucho más reservado, hacía pocos comentarios y escogía sus palabras con cuidado. Vestido en su traje formal blanco y negro, era el contraste perfecto de la elegancia dorada de Gideon Shaw. Livia se sentía considerablemente intimidada por McKenna y la asombraba que Aline pudiera estar hechizada por un hombre como él.

Cuando Gideon fue a buscar un vaso de limonada para ella y un cordial para la señora Smedley, Livia tuvo la oportunidad de hablar con McKenna más o menos en privado, puesto que su acompañante estaba sorda como una tapia. McKenna se mostraba amable y un tanto distante, necesitado de cualquier cosa menos de la compasión de nadie, pero Livia no podía evitar sentir lástima de él. A pesar de la fachada de invulnerabilidad de McKenna, percibía signos de fatiga en su rostro moreno, y sus ojeras hablaban de muchas noches de insomnio. Livia sabía cuán terrible resulta amar a alguien a quien no se puede tener... y era aún peor para McKenna, porque nunca sabría la razón por la que lo había rechazado Aline. Cuando su conciencia culpable le recordó el papel que ella había desempeñado en la partida de McKenna de Stony Cross hacía tantos años, sintió que se ruborizaba. Para su gran consternación, él percibió el rubor traicionero.

—Milady —murmuró—. ¿Acaso mi presencia la incomoda de alguna manera?

—No —se apresuró en responder ella.

McKenna la miró a los ojos y dijo en tono amable:

—Yo creo que sí. Buscaré otro lugar desde el que ver el resto de la obra si eso la hace sentir mejor.

Mirándole fijamente a los cansados ojos verdiazules, Livia recordó al muchacho tan apuesto de antaño y la disculpa que deseaba presentarle desde hacía doce años. Fue presa de la agitación al pensar en la promesa que le había hecho a Aline..., aunque aquella promesa sólo la comprometía a no hablar nunca de las cicatrices. No había prometido no mencionar las manipulaciones de su padre.

—McKenna —dijo con vacilación—, mi incomodidad se debe al recuerdo de algo que hice hace mucho tiempo. De una injusticia que cometí contra ti, precisamente.

—¿Se refiere a la época en la que trabajaba al servicio de Stony Cross Park? —preguntó él frunciendo el ceño—. Sólo era una niña entonces.

Livia se movió con nerviosismo al responder en voz baja:

—Me temo que a las niñas se les dan muy bien las travesuras... y yo no era ninguna excepción. Yo fui la razón por la que te enviaron a Bristol tan de repente.

McKenna la miró con repentina intensidad pero permaneció callado mientras ella proseguía:

—Ya sabes que solía seguir a Aline a todas partes, que observaba todo lo que ella hacía. La adoraba. Y, por supuesto, había descubierto la relación entre vosotros dos. Supongo que me sentía un poco celosa, quería todo el amor y la atención de Aline para mí, ella era como una segunda madre para mí. Así que, cuando os vi un día en el cobertizo de los carruajes, mientras vosotros... —Livia calló y se ruborizó aún más—. No me daba cuenta de las consecuencias. Fui a mi padre y le conté lo que había visto. Por eso te despidieron y te mandaron a Bristol. Después, cuando comprendí los efectos de mi acto y vi cuánto sufría Aline, padecí terribles remordimientos. Siempre me he arrepentido de lo que hice y, aunque no espero que me perdones, quiero que sepas cuánto lo lamento.

—¿Sufría? —repitió McKenna en tono inexpresivo—. Lady Aline hizo que me enviaran a Bristol porque se avergonzaba de sus sentimientos por un criado. Ella sabía que pronto mi presencia la comprometería...

—¡No! —le interrumpió Livia con anhelo—. Fue nuestro padre... No sabes hasta qué punto podía ser vengativo. Dijo a mi hermana que, si volvía a verte, te destruiría. Juró que no descansaría hasta dejarte sin hogar ni medios de vida... de modo que acabaras muerto o en la cárcel. Y Aline le creyó, porque sabía de lo que era capaz. Ella nunca quiso que te fueras de Stony Cross, pero hizo lo que consideró necesario para protegerte. Para salvarte. De hecho, la única razón por la que padre te procuró un puesto de aprendiz en Bristol en lugar de echarte a la calle, es porque Aline se lo exigió.

McKenna le dirigió una mirada burlona.

—¿Por qué no me lo dijo, entonces?

—Mi hermana estaba convencida que si te hubiera dado la menor causa de esperanza lo habrías arriesgado todo para volver a su lado. —Livia bajó la mirada a su regazo y empezó a alisar la seda de su vestido mientras murmuraba—: ¿Estaba equivocada?

Se produjo un silencio interminable que al fin pasó.

—No —susurró McKenna.

Al alzar los ojos, Livia vio que McKenna miraba la acción sobre el escenario, sin verla. Parecía entero, hasta que uno se fijaba en las gotas de sudor que empañaban su frente y en la piel blanquecina de sus nudillos y en el puño cerrado sobre el muslo. Livia pensó con inquietud que le había revelado demasiado pero, ahora que había empezado, le resultaba difícil parar. Tenía que aclarar las cosas, aunque sólo fuera para que McKenna comprendiera la verdad acerca de esa faceta del pasado.

—Aline jamás volvió a ser la misma después de tu partida —dijo—. Te quería, McKenna..., te quería tanto que prefirió ganarse tu odio a verte perjudicado en modo alguno.

La voz de él sonó llena de hostilidad comprimida.

—Si fuera verdad, ya me lo habría dicho. Vuestro padre está muerto (que el demonio se lleve su alma) y nada impide que Aline aclare las cosas.

—Tal vez —dijo Livia con cuidado— no desea que te sientas obligado hacia ella en modo alguno. O tal vez tenga miedo, por razones que aún desconoces. Si sólo...

Calló cuando McKenna abrió el puño de repente y le hizo ademán de que esperara, mientras sus ojos ciegos seguían fijos en el escenario. Al ver el temblor contenido de su mano, Livia se dio cuenta de que la información le había perturbado, cuando ella creía que la recibiría con gratitud, con alivio, incluso. Se mordió el labio y mantuvo un silencio avergonzado, mientras McKenna bajaba la mano y seguía observando un objeto distante.

Livia recibió con alivio el regreso de Gideon al palco con su limonada. La mirada de Shaw fue alternativamente del rostro de ella al de McKenna, consciente de la tensión en el aire. Ocupó su asiento junto a Livia y empezó a charlar con su característico y encantador desenfado, hasta que el rubor desapareció de las mejillas de Livia y fue capaz de sonreír con naturalidad.

McKenna, en cambio, parecía estar contemplando las entrañas del mismísimo infierno. El sudor se había acumulado en su frente hasta formar regueros de agua, y cada músculo de su cuerpo estaba tenso e inflexible. No parecía ser consciente de lo que pasaba a su alrededor, ni siquiera del lugar en que se encontraba. Cuando ya se diría que no podía soportarlo más, se levantó de su asiento con un murmullo y salió del palco.

Gideon se volvió hacia Livia con una mirada de asombro.

—¡En nombre de Dios! ¿De qué habéis hablado mientras yo no estaba?

McKenna salió a la calle, donde los vendedores ambulantes recorrían la acera delante de Covent Garden. Pasó entre las gigantescas columnas que soportaban el pedimento de la entrada y se detuvo al amparo de la más lejana, donde le cubría la sombra. Un caos imperaba en su cuerpo y en su mente. El eco de las palabras de Livia resonaba en sus oídos, corroía su dominio de sí mismo, le obligaba a preguntarse, iracundo, qué demonios debía creer. La idea de que todo lo que había pensado en los últimos doce años no era cierto... Lo conmovía hasta el alma. Lo aterrorizaba.

De repente, recordó sus propias palabras de hacía años: «Aline..., jamás te abandonaré, salvo que tú me pidas que me vaya.»

Aquello no era del todo cierto. La verdad es que habría hecho falta mucho más. Mientras McKenna tuviera esperanzas de que Aline lo amaba, habría vuelto una y otra vez a su lado, impulsado por una necesidad mucho más poderosa que cualquier instinto de conservación.

Aline lo sabía.

McKenna se enjugó la cara con la manga de su chaqueta de paño fino. Si aquello era cierto, si Aline lo había ahuyentado para protegerlo de la venganza del viejo conde... entonces lo amaba. Quizá ya nada quedara de aquel amor, pero una vez lo había querido. Se esforzaba para no creerlo pero, al mismo tiempo, le embargaba una emoción tan angustiosa que la carne humana parecía incapaz de contener. Necesitaba verla y preguntarle si era verdad. Aunque ya conocía la respuesta, se la confirmaba una certeza repentina que emanaba de la mismísima médula de sus huesos.

Aline lo había amado... y saberlo le daba vértigo.

Algunos transeúntes dirigían miradas de curiosidad a la alta silueta oscura que se apoyaba en la columna maciza con la cabeza inclinada, como un coloso derrotado. Nadie, sin embargo, se atrevió a detenerse y a preguntar por su estado. Intuían que una amenaza se agazapaba en la inmovilidad de ese hombre, como si fuera un lunático capaz de emprender acciones desesperadas si se sintiera provocado. Era más fácil, y mucho más seguro, seguir su camino y fingir que no le habían visto.

Gideon visitó tarde a Livia aquella noche; se escurrió dentro de la casa y subió a su habitación. La desnudó con cuidado y le hizo el amor durante largo rato, moviéndose dentro de ella con lánguidas y profundas penetraciones y levantándola suavemente para cambiar de posición. Ahogó sus gemidos con besos sedosos e inquisitivos, mientras el cuerpo tembloroso de ella recibía con placer el peso de él.

Livia se dio cuenta de que con Gideon hacía cosas que nunca habían intentado siquiera con Amberley. En esa cama no había lugar para simulaciones, únicamente una terrible y maravillosa honestidad que no ofrecía rincones donde esconder el alma. Quería que Gideon la conociera completamente, incluso sus defectos. Algo en él, tal vez su intensa naturalidad, parecía fundir las defensas que ella solía llevar como un cilicio y la dejaba en libertad para corresponderle sin retraimiento. Hacía todo lo que él quería con placer desinhibido y, a su vez, Gideon la amaba de maneras que ella ni siquiera hubiera podido imaginar y pedir.

Después yacieron en paz, jadeantes y saciados, Livia medio estirada sobre el cuerpo de él, con una pierna apoyada sobre las suyas. Sintió los dedos de Gideon entre su cabello, tanteando bajo los mechones de seda la cálida curva de su cabeza y deslizándose hacia la nuca. Movió un poco la pierna y percibió contra el muslo la presión del sexo masculino, todavía excitado después del orgasmo. Con gesto moroso, tendió la mano para juguetear con él.

—Eres insaciable —fingió acusarle con un temblor de risa en la voz.

Con una sonrisa, Gideon pasó las manos por debajo de sus axilas y la atrajo totalmente sobre sí.

—No más que tú.

Livia inclinó la cabeza hasta que sus narices se rozaron.

—He de confesar, señor Shaw, que usted me gusta mucho.

—¿Que te gusto? —Se mofó él—. Estás locamente enamorada de mí.

El corazón de Livia dejó de latir por un instante, pero ella consiguió hablar en tono ligero:

—¿Por qué iba a cometer la insensatez de enamorarme de ti?

—Por infinidad de razones —respondió él—. No sólo te doy satisfacción en la cama sino que soy uno de los hombres más ricos del mundo civilizado.

—Tu dinero no me interesa.

—Ya lo sé, maldita sea. —Gideon empezaba a parecer desconcertado—. Es una de las razones por las que debo tenerte.

—¿Tenerme?

—Casarme contigo.

Livia frunció el ceño y quiso apartarse de él pero Gideon asió sus caderas y la obligó a quedarse donde estaba.

—Vale la pena considerarlo, ¿no te parece?

—¡No cuando hace apenas dos semanas que nos conocemos!

—Entonces, dime cuánto quieres que dure el cortejo. Puedo esperar.

—Tienes que volver a Nueva York.

—Puedo esperar —repitió él tercamente.

Con un suspiro, Livia inclinó la cabeza sobre su pecho y apoyó la mejilla en los rizos crespos de su tórax. Se obligó a ser honesta con él:

—Nada en el mundo conseguiría que me casara contigo, amor mío.

Entonces Gideon la rodeó con los brazos. La estrechó contra sí, demasiado quizás, y le acarició la espalda con largos movimientos de súplica.

—¿Por qué no?

—Porque me importas demasiado para ser testigo de tu destrucción.

Sintió la tensión repentina del largo cuerpo masculino debajo de ella. De nuevo quiso apartarse de él, segura de que en esta ocasión se lo permitiría. Pero Gideon apretó el brazo que le rodeaba la delgada espalda y con la otra mano apretó su cabeza contra su pecho. La resignación vació su voz de toda expresión:

—Quieres que deje de beber.

—No. No quiero ser causa de esta decisión.

—¿Considerarías la posibilidad de casarte conmigo si dejara de beber? —Ante el prolongado silencio de Livia, Gideon la obligó a levantar la cabeza para mirarle.

—Sí —respondió ella con cierta vacilación—. En ese caso, probablemente la consideraría.

La expresión de Gideon era inescrutable, como si estuviera mirando en su interior y no le gustara lo que veía.

—No sé si puedo dejarlo —dijo con una sinceridad que Livia admiró, aunque las palabras en sí fueran desagradables—. Ni siquiera sé si quiero dejarlo. Preferiría seguir bebiendo y tenerte a ti también.

—No puede ser —respondió ella secamente—. Aunque seas un Shaw.

Gideon se volvió de costado y acomodó la cabeza de Livia en el ángulo de su brazo, mirándola a los ojos.

—Te daría todo lo que has podido desear en la vida. Te llevaría a cualquier parte del mundo. Tendrías lo que quisieras...

—Al final, la bebida se interpondría entre nosotros. —Livia empezó a preguntarse si no estaba loca; rechazaba su propuesta de matrimonio, cuando la mayoría de las mujeres caerían de rodillas de gratitud. Una sonrisa trémula afloró en sus labios al ver la expresión de él. Estaba claro que ese hombre no estaba acostumbrado a los rechazos, fuera cual fuese la causa—. Disfrutemos del tiempo que podemos pasar juntos ahora. Regresaré a Stony Cross dentro de unos días pero entretanto...

—¿Unos días? No, quédate hasta que podamos volver juntos.

Livia meneó la cabeza.

—No sería apropiado viajar juntos... La gente habla.

—Me importa un cuerno. —La desesperación tiñó su voz—: Acéptame como soy, Livia.

—Tal vez pudiera, si me importaras menos —dijo ella. Mantuvo los ojos cerrados mientras Gideon rozaba con los labios sus párpados delicados, sus pestañas, sus mejillas enardecidas, la punta de su nariz—. Pero no me someteré al tormento de ir perdiéndote poco a poco, hasta que hayas acabado con tu vida o te hayas convertido en un completo extraño para mí.

Gideon se apartó de ella y la miró ceñudo:

—Al menos dime una cosa: ¿me quieres?

Livia permaneció callada. No sabía si la admisión mejoraría la situación o la empeoraría.

—Tengo que saberlo —insistió Gideon con una mueca de desprecio al oír el tono de súplica en su propia voz—. Si voy a cambiar mi vida por ti, necesito tener esperanzas.

—No quiero que cambies tu vida por mí. Tendrías que tomar la misma decisión día tras día, una y otra vez. Debes hacerlo por ti y solamente por ti. De otro modo, llegarías a odiarme.

Livia vio que él deseaba discutir con ella. En cambio, Gideon se acomodó a su lado y le rodeó la cintura con un brazo relajado.

—No quiero perderte —murmuró.

Livia suspiró y le acarició el anverso de la mano.

—He pasado mucho tiempo a la deriva, desde la muerte de Amberley, y ahora finalmente estoy preparada para volver a la vida. Has aparecido justo en el momento en que te necesitaba, y por eso siempre te recordaré con afecto y gratitud.

—¿Afecto? —repitió él con el gesto torcido—. ¿Gratitud?

—No voy a reconocer que siento más que eso. Sería una forma de coerción.

Farfullando entre dientes, Gideon se alzó sobre ella.

—Quizá deba poner tu resolución a prueba.

—Puedes intentarlo —repuso Livia, pero, en lugar de

sonar seductora, su voz pareció melancólica, y ella rodeó su cuerpo con los brazos y las piernas como si quisiera protegerlo de los demonios que Gideon llevaba dentro.

Con un suspiro, Aline sacó otra hoja de papel color crema del cajón de su escritorio y limpió su pluma con un trozo de fieltro negro. Casi una docena de cartas estaban apiladas delante de ella, cartas de amigos y familiares que, sin duda, estaban furiosos por su tardanza en responder. Sin embargo, no se pueden escribir respuestas cómodamente expeditivas. La correspondencia es un arte que requiere gran atención a los detalles. Se deben comunicar las últimas noticias con estilo y sentido del humor... y, si no hay acontecimientos dignos de ser narrados por carta, se ha de saber improvisar con ánimo de divertir o de filosofar.

Aline miró con el ceño fruncido las tres cartas ya terminadas. Hasta el momento, había descrito pequeños altercados domésticos, comunicado los cotilleos más selectos y comentado el tiempo más reciente.

—Qué experta soy en hablar de todo menos de la verdad —se dijo con una sonrisa de ironía. Dudaba, sin embargo, que sus verdaderas noticias sonaran como música a los oídos de su familia... «Últimamente tengo un amante, y hemos mantenido dos encuentros decididamente tórridos, uno en el bosque y el otro en la antecámara de mi dormitorio. Mi hermana, Livia, goza de buena salud y se encuentra actualmente en Londres, donde probablemente esté retozando en una cama con un americano perpetuamente borracho...»

Al imaginarse cómo recibirían tales noticias su estirada prima Georgina o la tía abuela Maude, Aline tuvo que reprimir una sonrisa.

La voz de su hermano sonó en la puerta y le proporcionó un agradable motivo de interrupción.

—Santo Dios. No debes de tener absolutamente nada que hacer si has decidido escribir cartas.

Ella miró a Marco con una sonrisa traviesa.

—Dicho por la única persona en el mundo que es más abominable que yo en su correspondencia.

—Odio todo lo relacionado con ella —admitió Marco—. De hecho, sólo hay una cosa peor que escribir cartas, y es recibirlas. Dios sabe por qué a la gente se le ocurrirá que me puedan interesar las minucias de su vida.

Sin dejar de sonreír, Aline dejó la pluma sobre el escritorio y se fijó en una pequeña mancha de tinta en la punta de su dedo.

—¿Querías algo, cariño? Te suplico que me salves de este tedio insoportable.

—No hace falta que me supliques. Tu salvación ha llegado... o, cuando menos, una distracción conveniente. —Le mostró una carta sellada que llevaba en la mano, al tiempo que sus facciones asumían una extraña expresión—. Ha llegado un paquete de Londres. Y esta carta con él.

—¿De Londres? Si son las ostras que encargamos, llegan con dos días de antelación.

—No son las ostras. —Marco se acercó a la puerta y le hizo ademán para que le acompañara—: El paquete es para ti. Ven al vestíbulo.

—Muy bien. —Con gestos metódicos, Aline taponó el botellín de cristal tallado que contenía la cola para sellar sobres y cerró la caja de obleas de cera roja. Cuando todo estuvo en orden, se levantó del escritorio y siguió a Marco hasta el vestíbulo de la entrada. El aire estaba impregnado de un penetrante aroma a rosas, como si alguien hubiera empapado la sala entera en su caro perfume—. ¡Santo Dios! —exclamó y se detuvo en seco a la vista de los grandes ramos de flores que seguían trayendo desde un coche aparcado delante de la entrada. Montañas de rosas blancas, algunas todavía en capullo cerrado, otras gloriosamente abiertas. Dos lacayos habían sido reclutados para ayudar al conductor del coche, y los tres hombres iban y venían cargados con ramos y más ramos envueltos en papel de encaje blanco.

—Quince docenas de rosas —dijo Marco con brusquedad—. Dudo que quede una sola rosa blanca en Londres.

El corazón de Aline latía con rapidez increíble. Lentamente, dio unos pasos adelante y sacó una rosa de uno de los ramos. Sosteniendo la delicada copa de la flor entre los dedos, inclinó la cabeza para respirar su sensual perfume. Los pétalos rozaron su mejilla como una caricia de seda fresca.

—Hay algo más —dijo Marco.

Aline siguió su mirada y vio al mayordomo que daba varias instrucciones a un tercer lacayo de abrir una enorme caja de madera llena de paquetes del tamaño de un ladrillo, envueltos en papel marrón.

—¿Qué son, Salter?

—Con su permiso, milady, lo averiguaré. —El viejo mayordomo desenvolvió uno de los paquetes con gran cuidado. Abrió el papel encerado y descubrió una fragante hogaza de pan de jengibre, cuyo aroma aportó una nota picante al perfume de las rosas.

Aline llevó la mano a la boca para contener la risa, mientras una emoción desconocida provocaba un temblor en todo su cuerpo. Aquel regalo le causaba una terrible preocupación, al tiempo que una loca satisfacción por su extravagancia.

—¿Pan de jengibre? —preguntó Marco, incrédulo—. ¿Por qué demonios te envía McKenna una caja entera de pan de jengibre?

—Porque me gusta —fue la respuesta sin aliento de Aline—. ¿Cómo sabes que lo ha enviado McKenna?

Marco le dirigió una mirada elocuente, como si sólo un imbécil pudiera suponer otra cosa.

Con gestos torpes, Aline abrió el sobre y sacó una hoja de papel doblada en dos. Estaba escrita con letras firmes, de un estilo funcional y sin florituras:

Ni las arenas del desierto plano, ni las alturas de los montes escarpados, ni el azul del océano salado,
Ni las palabras, ni las lágrimas, ni los temores silenciados,
Impedirán que vuelva a tu lado.

No estaba firmado..., ni falta que hacía. Aline cerró los ojos. Le picaba la nariz y las lágrimas ardían debajo de sus pestañas. Se llevó la carta a los labios por un instante, indiferente a lo que pudiera pensar Marco.

—Es un poema —dijo con voz titubeante—. Un poema terrible. —Lo más hermoso que había leído nunca. Lo sostuvo contra su mejilla y luego se enjugó los ojos con la manga de su vestido.

—Déjame ver.

Inmediatamente, Aline guardó el poema en su corpiño.

—No, es personal. —Tragó saliva para relajar los músculos de su garganta y trató de dominar la emoción desbocada que la embargaba—. McKenna —susurró—, me estás devastando.

Con un tenso suspiro, Marco le ofreció un pañuelo.

—¿Qué puedo hacer? —murmuró, desarmado por la visión de las lágrimas femeninas.

La única respuesta que le podía dar Aline era la que más odiaba recibir:

—No puedes hacer nada.

A Aline le pareció que estaba a punto de rodearla con los brazos para reconfortarla, pero les distrajo la aparición de un visitante que entró en el vestíbulo detrás de los atareadísimos lacayos. Entró caminando alegremente con las manos metidas en los bolsillos de su chaqueta, Adam, lord Sandridge, quien contempló la proliferación de rosas blancas con expresión de perplejidad.

—Me imagino que son para ti —dijo a Aline, y sacó las manos de los bolsillos al acercársele.

—Buenas tardes, Sandridge —dijo Marco, quien adoptó un tono cortés al darle la mano—. Has llegado justo a tiempo, porque creo que lady Aline necesita cierta distracción que la divierta.

—Entonces, trataré de ser distraído y divertido —respondió Adam con una sonrisa desenfadada. Hizo una elegante reverencia sobre la mano de Aline.

—Ven a pasear conmigo por el jardín —lo apremió ella, apretando su mano.

—Excelente idea. —Adam tendió la mano hacia uno de los ramos apilados sobre la mesa del recibidor, cortó un capullo de color marfil y se lo puso en la solapa. Luego ofreció su brazo a Aline, y juntos atravesaron el vestíbulo hacia los ventanales que conducían a las terrazas posteriores de la mansión.

Los jardines resplandecían con la magia estival, con sus mullidos parterres de nomeolvides, melisas y lirios, rodeados de lechos de rosas mezcladas con clemátides granates. Largas hileras de orejas plateadas se extendían entre grandes urnas de piedra llenas de arcos iris formados por amapolas orientales. Adam y Aline descendieron las escaleras de la terraza y enfilaron un sinuoso camino de grava que serpeaba entre tejos podados. Adam era una de esas raras personas que se sienten cómodas en el silencio, y esperó con paciencia a que ella empezara a hablar.

Sosegada por la serenidad del jardín y la presencia reconfortante de Adam, Aline dio un largo suspiro.

—Las rosas las envía McKenna —dijo al final.

—Lo suponía —respondió Adam en tono seco.

—También envió un poema. —Lo sacó de su corpiño y se lo dio a Adam. Él era la única persona en el mundo a quien permitiría leer algo tan íntimo. Adam se detuvo en medio del camino, desdobló la hoja de papel y leyó las pocas líneas escritas.

Cuando miró a Aline, pareció entender la exquisita mezcla de dolor y de placer que encerraba su mirada.

—Muy conmovedor —dijo con sinceridad y le devolvió el poema—. ¿Qué piensas hacer al respecto?

—Nada. Voy a pedirle que se vaya, como planeaba desde el principio.

Adam dio la impresión de sopesar cuidadosamente sus palabras para decirle su opinión, pero en seguida pareció pensarlo mejor. Se encogió de hombros.

—Si crees que es lo mejor, que así sea.

Ninguna otra persona conocida le habría respondido así. Aline le tomó de la mano y la mantuvo apretada mientras seguían paseando.

—Adam, una de las cosas que más adoro en ti es que nunca tratas de decirme lo que debo hacer.

—Detesto los consejos, nunca dan resultado. —Rodearon el borde de la fuente de la sirena, que salpicaba letárgica entre los lechos frondosos de espuelas de caballero.

—He considerado la posibilidad de contárselo todo a McKenna —confesó Aline—, pero el resultado sería malo, fuera cual fuese su reacción.

—¿Cómo es eso, cielo?

—Cuando le enseñe mis cicatrices, McKenna las encontrará demasiado horripilantes para aceptarlas o, peor aún, sentirá lástima de mí y me pedirá en matrimonio por un sentido de la obligación o del honor... y, con el tiempo, se arrepentirá de su decisión y deseará verse libre de mí. No podría vivir así, mirándole cada mañana a los ojos y preguntándome si ése será el día en que me abandonará para siempre.

Adam emitió un suave sonido de comprensión.

—¿Crees que hago mal? —preguntó Aline.

—Nunca definiría una situación como ésta en términos de bien y mal —respondió Adam—. Debes tomar la mejor decisión posible, dadas las circunstancias, y no volver a pensar en el asunto, o te volverías loca.

Aline no pudo evitar compararlo con Marco, que tan firmemente creía en los absolutos —bien y mal, correcto y equivocado— y una sonrisa agridulce afloró en sus labios.

—Adam, querido, he pensado en tu propuesta durante estos últimos días...

—¿Sí? —Volvieron a detenerse y se miraron sin soltar las manos.

—No puedo aceptar —prosiguió ella—. Sería injusto para ambos. Seguramente, si no puedo tener un matrimonio de verdad, debería contentarme con una imitación. Aun así, preferiría mantener una auténtica amistad que un matrimonio falso contigo.

Al ver el resplandor de la desdicha en sus ojos, Adam abrió los brazos y le dio un fuerte y cálido abrazo.

—Querida niña —murmuró—, mi propuesta no tiene fecha de caducidad. Seré tu amigo del alma hasta el día que me muera. Y, si alguna vez cambias de opinión acerca del matrimonio, no tienes más que decírmelo. —Esbozó una sonrisa torcida—. Yo he llegado a la conclusión de que las imitaciones pueden resultar muy atractivas cuando no se puede tener lo auténtico.

17

Livia pasó aproximadamente siete noches en Londres y regresó a Stony Cross con paquetes y cajas suficientes para acreditar su coartada de haber ido a la ciudad de compras. Las huéspedes de sexo femenino disfrutaron en gran medida examinando algunas de las adquisiciones de Livia... un pequeño sombrero de copa alta, adornado con plumas de colores, guantes bordados con cuentas en los puños, chales de encaje, cachemira y seda... un fajo de dibujos y muestras de tela de la modista londinense que le estaba confeccionando los vestidos.

Como era de esperar, Susan Chamberlain preguntó a Livia si había visto al señor Shaw y a McKenna mientras estuvo en Londres, y ella respondió con natural frescura:

—Oh, sí, mi acompañante, la señora Smedley, y yo pasamos una velada encantadora con ellos en el teatro Capitol. Asientos de palco y una excelente vista del escenario. ¡Fue maravilloso!

Por muy natural que fuera su actitud, sin embargo, sus respuestas fueron recibidas con cejas arqueadas y miradas de insinuación. Se hubiera dicho que todo el mundo sospechaba que había mucho más, que ella no contaba.

Aline se enteró de los detalles de la visita a Londres en cuanto Livia llegó a Stony Cross. Fue a la habitación de su hermana cuando ella ya estaba en camisón, y ambas se sentaron a la cama con sendas copas de vino. Aline se apoyó en uno de los gruesos pilares de madera tallada que sostenían el dosel, mientras que Livia se arrellanaba en las almohadas.

—Estuve con él todas las noches —dijo Livia con las mejillas arreboladas—. Siete noches en el mismísimo paraíso.

—¿Es un buen amante, entonces? —preguntó Aline con una sonrisa que no estaba del todo por encima de cierta curiosidad morbosa.

—Es el más maravilloso, el más fascinante, el más... —Incapaz de encontrar el superlativo exacto que buscaba, Livia suspiró y tomó un sorbo de vino. Mirando a Aline por encima del delicado borde de la copa, meneó la cabeza con asombro—. Qué extraño, que un hombre tan distinto a Amberley sea tan buena pareja para mí. En cierto sentido, mejor pareja que aquél.

—¿Vas a casarte con él? —preguntó Aline con una extraña punzada en el pecho. Se sentía feliz por su hermana y, al mismo tiempo, triste de pensar en lo lejos que estaba América. Y, si fuera sincera consigo misma, debería reconocer que una voz envidiosa en su interior exigía saber por qué no podía tener ella también lo que más deseaba en la vida.

—En realidad, me lo propuso —respondió Livia y, acto seguido, asombró a Aline todavía más al añadir—: Lo rechacé.

—¿Por qué?

—Ya sabes por qué.

Aline asintió y sus miradas se cruzaron, mientras toda una conversación callada pareció darse entre ambas. Con un largo suspiro, bajó los ojos y acarició el borde de su copa con la punta del dedo.

—Estoy segura de que fue la decisión correcta, cariño, aunque no debió de ser fácil tomarla.

—No, no lo fue. —Estuvieron un rato en silencio, hasta que Livia preguntó—: ¿No vas a preguntarme acerca de McKenna?

Aline fijó la mirada en su copa.

—¿Cómo está?

—Callado, algo distraído. Y... hablamos de ti.

Una campanada de advertencia sonó en la mente de Aline al percibir el tono de culpabilidad en la cautelosa admisión de Livia. Alzó los ojos rápidamente y sus facciones se endurecieron.

—¿Qué quieres decir? ¿De qué hablasteis?

Livia tomó un largo trago de vino.

—En realidad, resultó bastante bien —dijo con precaución—. Al menos, no resultó mal, aunque no se puede saber con certeza cómo reaccionó a...

—¡Livia, dilo de una vez! —exigió Aline, aterida de ansiedad—. ¿Qué le dijiste?

—Nada en especial. —Livia le echó una mirada defensiva—. Finalmente, pude disculparme por lo que os hice a ambos entonces. Ya sabes, cuando le conté a padre que...

—No debiste hacerlo —la interrumpió Aline. La ira y el miedo le cerraban la garganta, constreñían el paso de la voz a un canal delgado, y no podía gritar. Sus manos temblaron con tanta violencia que estuvo a punto de derramar el vino.

—No tienes por qué inquietarte —insistió Livia, y eso la enfureció todavía más—. No rompí la promesa que te di... no hablé del accidente ni de las cicatrices. Sólo le revelé mi papel en el asunto, y cómo padre lo manipuló todo y... bueno, sí que le dije que lo echaste de aquí para protegerlo, porque padre amenazaba con hacerle daño...

—¿Cómo? ¡Yo no quería que él lo supiera! ¡Por Dios, Livia, qué has hecho!

—Sólo le conté una pequeña parte de la verdad. —Livia parecía escindida entre el desafío y el arrepentimiento, y su rostro se ruborizó intensamente—. Lo siento si te he molestado. Pero la honestidad es el mejor camino, como se suele decir, y en este caso...

—¡Yo nunca dije eso! —estalló Aline—. Es la máxima más manida e interesada que existe y, en este caso, desde luego, no es la mejor política a seguir. Oh, Livia. ¿No te das cuenta de hasta qué punto me has complicado las cosas? ¿Cuánto más difícil será separarme de él ahora que lo sabe? —Se interrumpió bruscamente—. ¿Cuándo se lo dijiste?

—La segunda noche en Londres.

Aline cerró los ojos, mareada. Las flores habían llegado

dos días después. Por eso McKenna había enviado los regalos y el poema.

—Livia, podría asesinarte —susurró.

Su hermana menor decidió pasar a la contraofensiva y dijo resueltamente:

—No veo por qué es tan terrible eliminar uno de los obstáculos que se interponían entre tú y McKenna. Lo único que te queda por hacer ahora es hablarle de las cicatrices.

Aline le respondió con una mirada gélida:

—Eso no ocurrirá nunca.

—Nada tienes que perder si se lo cuentas. Siempre has sido la persona más valiente que conozco, hasta ahora, cuando por fin tienes la oportunidad de ser feliz, y estás dispuesta a perderla porque eres demasiado obstinada y estás asustada...

—Nunca he sido valiente —espetó Aline—. La valentía no consiste en soportar algo sencillamente porque no tienes más remedio. La única razón por la que no me he tirado al suelo y me he puesto a chillar y a patalear cada día de los últimos doce años es porque sé que, cuando me levante, nada habrá cambiado. Mis piernas siempre serán repulsivas. A ti misma te cuesta trabajo mirarlas siquiera... ¿Cómo te atreves a sugerir que soy una cobarde por no querer mostrárselas a McKenna? —Bajó de la cama y dejó su copa a un lado—. Eres una maldita hipócrita, Livia. Esperas que McKenna me acepte con todas mis imperfecciones cuando te niegas a hacer otro tanto con el señor Shaw.

—Eso no es justo —protestó Livia con indignación—. Son dos situaciones totalmente distintas. Tus cicatrices no son ni remotamente comparables con su alcoholismo. ¿Y cómo te atreves a insinuar que soy de miras estrechas por rechazarlo?

Ardiendo de furia, Aline se encaminó a la puerta.

—Déjame en paz. Y no te atrevas a decir una palabra más a McKenna, sobre ningún tema. —Apenas consiguió dominarse para no dar un portazo al salir.

Aline y Livia habían vivido siempre en relativa armonía. Tal vez debido a sus siete años de diferencia de edad, que hicieron que Aline asumiera una actitud maternal frente a su hermana menor. En las raras ocasiones en que habían discutido en el pasado, optaron por evitarse mutuamente por un tiempo, hasta que sus ánimos se calmaran y pudieran pretender que no había pasado nada. Cuando surgía alguna pelea especialmente enconada, cada una de ellas recurría por separado a la señora Faircloth, quien siempre les recordaba que lo más importante eran los lazos de hermandad que las unían. En esta ocasión, sin embargo, Aline no confió su pesar al ama de llaves y tampoco creía que lo hiciera Livia. El tema era demasiado explosivo y personal. En lugar de eso, Aline intentó proceder en todo como de costumbre y trataba a Livia con una rígida cordialidad, única actitud de la que se sentía capaz. En su fuero interno suponía que debería ceder lo suficiente para ofrecer una disculpa..., pero las disculpas nunca se le habían dado bien y probablemente se atragantaría al pronunciarla. Tampoco Livia parecía dispuesta a ofrecer el ramo de olivo, aunque no cabía duda de que ella era la culpable. Transcurridos tres días, las dos hermanas alcanzaron un estado de normalidad aparente, aunque subyacía cierta gelidez en sus relaciones.

El sábado por la tarde Marco dio una fiesta al aire libre que pronto se vio amenazada por las nubes que se estaban acumulando en lo alto. El cielo adoptó el color de las ciruelas negras, mientras algunas gotas de lluvia preliminares cayeron sobre la concurrencia, sacando chispas de protesta de las antorchas encendidas en el jardín. Los invitados se retiraron al interior de la mansión, mientras Aline se afanaba dando instrucciones a la servidumbre, que transportaba los refrescos, las copas y las sillas al salón. En medio del alboroto, vio algo que la hizo parar en seco. Livia estaba hablando con Gideon Shaw, quien debía de haber vuelto de Londres en ese mismo momento. Estaban de pie junto a la entrada, y Livia apoyaba la espalda en la pared. Se reía de algún comentario gracioso de él, la cara resplandeciente y las manos entrelazadas en la espalda, como si quisiera contenerse de tocarlo.

Si a Aline le quedaba alguna duda con respecto a lo que sentía su hermana por Gideon Shaw, en ese momento se disipó. Sólo la había visto mirar así a un hombre en el pasado. Y, aunque no podía ver la expresión de Shaw desde donde estaba, la inclinación protectora de su cuerpo resultaba más que elocuente. Qué lástima, pensó Aline. Era evidente que, a pesar de sus diferencias, ambos habían encontrado algo que necesitaban en el otro.

La distrajo de sus pensamientos una insólita calidez que se expandió por cada centímetro de su piel, hasta las mismísimas raíces de su cabello. Clavada en su lugar, permaneció inmóvil mientras la gente pasaba rozándola en busca de refugio de la tormenta inminente. El aire, húmedo y cargado de energía, provocaba corrientes de agitación por toda su piel.

—Aline.

La voz profunda sonó detrás de ella. Bajó la vista al suelo por un momento, y se aferró fieramente a la visión, mientras el mundo parecía girar fuera de su eje. Cuando se sintió capaz de moverse se dio la vuelta y vio a McKenna a poca distancia de ella.

Le resultaba muy difícil creer que podía necesitar a otro ser humano hasta tal punto, que el anhelo podía ser tan fuerte que casi le provocara un delirio. Hizo acopio escrupuloso de fuerzas para respirar, mientras su corazón trastabillaba con torpeza detrás de sus pulmones. Ella y McKenna se encontraban en el límite del jardín, inmóviles como estatuas de frío mármol, mientras el resto de los invitados se alejaban apresuradamente.

«Lo sabe», pensó Aline, los nervios tan tensos que parecían estar a punto de romperse. Cierto cambio se había operado en McKenna, una transformación interior que lo había liberado de toda necesidad de reprimir sus sentimientos. La contemplaba de la manera en que solía hacerlo cuando eran jóvenes, sus ojos iluminados de un deseo manifiesto. Producía en ella una sensación que sólo él era capaz de generar, una especie de ensoñación agitada que despertaba todos sus sentidos.

Mientras Aline permanecía callada e inmóvil, una fría gota de lluvia cayó en su mejilla y resbaló hacia la comisura de sus labios. McKenna se le acercó lentamente. Levantó la mano, capturó la gota con la yema de su pulgar y la frotó entre los dedos, como si fuera un elixir preciado. Aline dio un paso atrás de manera instintiva, en un esfuerzo por alejarse de él y de su propio e insaciable deseo, pero McKenna la detuvo fácilmente posando una mano en su espalda. A pasos lentos, la llevó consigo al amparo del seto de tejos.

Incapaz de mirarlo, Aline agachó la cabeza cuando él la atrajo hacia sí. Con cuidado exquisito, McKenna la abrazó, y ella apoyó la mejilla debajo del cuello de su chaqueta. El aroma delicioso de la piel masculina le produjo una punzada de dolor debajo de las costillas, una mordida que pronto se transformó en calor fluido. Fue mucho más que placer sexual lo que experimentó entre las manos de McKenna, una posada en su espalda y la otra, en la nuca. Fue dicha. Plenitud. El calor del contacto traspasó su piel y la impregnó hasta la médula de los huesos. McKenna apretó el muslo contra los suyos con gran suavidad, como si intuyera la oleada de anhelo que despertaba en la tierna carne de ella. Y siguió abrazándola, simplemente abrazándola, con los labios en su sien y el cálido aliento sobre su piel. Sus cuerpos estaban muy cerca y, sin embargo, no lo bastante cerca. Aline daría el resto de su vida por una noche de pura intimidad con él, de sentir su cuerpo totalmente desnudo, piel contra piel, corazón con corazón.

—Gracias —susurró Aline después de un largo rato.

—¿Por qué? —Los labios de McKenna rozaron suavemente su frente.

—Por los regalos —consiguió articular ella—. Son preciosos.

McKenna permaneció callado, aspirando la fragancia de su cabello. En un intento desesperado de autoprotección, Aline trató de iniciar una conversación:

—¿Te ha ido bien en Londres?

Para su gran alivio, McKenna respondió a su pregunta.

—Sí. —Apartó un poco la cabeza sin quitar la mano que acunaba su nuca—. Conseguimos los derechos de anclaje de

Somerset Shipping, y todos los interesados se han comprometido a invertir, en un principio.

—¿Incluido mi hermano?

La pregunta hizo sonreír a McKenna.

—Dejó entrever que se sumaría al resto.

Aline suspiró con alivio.

—Eso está bien.

—Ahora que todo está arreglado, debo partir para Nueva York. Hay mucho que hacer, y muchas decisiones que tomar.

—Sí, yo... —La voz de Aline se apagó y ella alzó los ojos para mirarlo, ansiosa—: ¿Cuándo te marchas?

—El martes.

—¿Tan pronto? —murmuró ella.

—Shaw y yo volveremos a Nueva York. Los Chamberlain, los Cuyler y demás quieren seguir viaje por Europa. Primero irán a París y luego, a Roma.

Aline asimiló la información en silencio. Si el barco zarpaba el martes, McKenna y Shaw dejarían Stony Cross probablemente dos días después. No podía creer que lo perdería tan pronto.

La lluvia había cobrado fuerza y el agua centelleante formaba gotas entre los densos rizos negros de McKenna, gotas que resbalaban como sobre una piel impermeable.

—Deberíamos entrar —dijo Aline y levantó una mano para apartar algunas gotas de los mechones. McKenna cogió su mano, la rodeó con los dedos y la apretó contra sus labios.

—¿Dónde podemos hablar? —preguntó.

—Ya estamos hablando.

—Sabes a qué me refiero —fue el murmullo de respuesta.

Aline fijó la mirada en el seto detrás de la espalda de McKenna. Sí, sabía perfectamente de qué quería hablar con ella, y daría cualquier cosa por evitarlo.

—A primera hora de la mañana, antes que despierten los huéspedes —le sugirió—. Nos encontraremos en los establos y daremos un paseo...

—De acuerdo.

—Hasta mañana, entonces —dijo ella y agachó la cabeza al pasar por su lado.

McKenna la retuvo con facilidad y la atrajo de nuevo hacia sí. Asió la trenza recogida de su pelo y tiró hacia atrás de su cabeza, cubriéndole la boca con sus labios. Aline empezó a suspirar mientras la exploraba con su lengua y llenaba su boca como le hubiera gustado llenar su cuerpo.

Sintiendo su necesidad creciente, McKenna la agarró de las caderas y deslizó la rodilla entre sus piernas. La frotó contra sí una y otra vez, hasta que el corazón de Aline latía desenfrenado y cada centímetro de su piel ardía, a pesar de la fría lluvia que empapaba su cuerpo y su vestido. Tratando de mantenerse de pie, ella se agarró de los hombros de McKenna, que no dejaba de besarla y de pronunciar palabras incomprensibles contra sus labios entreabiertos. La atrajo más hacia sí hasta que estuvo caída sobre él, mientras sus manos la movían a un ritmo delicioso. Aquella fricción constante justo donde su cuerpo se hinchaba y ardía... El placer creció demasiado aprisa, y Aline luchó contra él con un gemido de rechazo.

McKenna la alejó un poco, mientras respiraba de manera entrecortada. Quedaron enfrentados bajo la lluvia, como un par de dementes atontados. McKenna se quitó la chaqueta y la sostuvo sobre Aline a modo de paraguas improvisado, al tiempo que la instaba a seguirle.

—Adentro —murmuró—. Nos caerá un rayo encima si nos quedamos aquí. —Una sonrisa torcida transformó su cara al añadir en tono travieso—: Aunque no me daría cuenta.

18

A las dos en punto de la madrugada, Livia se escurrió en el oscuro interior de la residencia de los recoletos, y fue interceptada de inmediato en la entrada. Reprimió un chillido de sorpresa al sentirse atraída hacia un alto cuerpo masculino. Era Gideon, vestido con una bata de seda. Livia se relajó entre sus brazos y le devolvió los besos con avidez, su lengua jugando con la de él. Gideon la besaba como si hubieran estado separados durante meses en lugar de días.

—¿Por qué has tardado tanto? —le preguntó, abrazándola con fuerza abrumadora antes de llevarla en volandas al dormitorio.

—No es fácil desplazarse sin ser vista con la mansión llena de invitados —protestó Livia—. Tuve que esperar hasta estar segura de que nadie me vería de camino a la residencia de los recoletos. Sobre todo teniendo en cuenta que ya sospechan de nosotros.

—¿Ah, sí? —Gideon se detuvo junto a la cama y empezó a desabrocharle el vestido.

—Naturalmente, después de haber ido a Londres justo cuando tú estabas allí. Y luego está tu manera de mirarme, que prácticamente pregona que hemos estado en la cama juntos. Resultas demasiado evidente, para ser un hombre en teoría tan sofisticado.

—Demasiado —admitió él y condujo una de sus manos a la parte excitada de su cuerpo.

Livia se apartó con una risita y dejó caer su vestido; debajo estaba totalmente desnuda. Sorprendido, Gideon aspiró bruscamente y recorrió su cuerpo con la mirada.

—He venido preparada —le dijo Livia en tono conspirador.

Gideon sacudió la cabeza como si quisiera aclarársela, dejó caer su bata y se acercó a ella. Acarició con las manos los contornos de sus caderas rozándolas apenas, como si fueran una escultura valiosa.

—En realidad, yo también. He traído algo de Londres. —Llevó las manos a los pechos de Livia y acarició sus pezones con los pulgares—. Aunque tal vez no te guste.

Intrigada, Livia le rodeó el cuello con los brazos, y él la levantó y la llevó a la cama. La dejó caer sobre el colchón, se inclinó para besar la piel sedosa entre sus pechos y luego buscó algo que estaba en la mesilla de noche. Livia se sorprendió cuando le entregó un pequeño paquete de papel delgado, que contenía un objeto desconocido. Era una especie de anilla elástica, cubierta de una delgada piel transparente. Observándola de cerca, Livia sintió que se ruborizaba al darse cuenta de lo que era.

—Oh, es un...

—Exactamente. —Gideon se encogió de hombros y adoptó una expresión tímida—: A riesgo de parecer presuntuoso, pensé que cabía la posibilidad de pasar otra noche contigo.

—Presuntuoso, desde luego —respondió Livia con severidad fingida, mientras sostenía el objeto en la palma de su mano.

—¿Habías visto uno antes?

—No, aunque había oído hablar de ellos. —Su rubor se hizo más intenso—. Parece una idea extraña... y no particularmente romántica.

—Tampoco lo sería un embarazo indeseado —repuso Gideon con franqueza. Retiró la colcha y se metió en la cama, junto a Livia—. No me importaría dejarte embarazada, pero sólo si tú también lo deseas.

La idea de llevar su hijo en las entrañas... Livia apartó la mirada, incapaz de refrenarse de desear cosas que no parecía muy probable que sucedieran. Gideon cubrió a ambos con la sábana y la besó suavemente.

—¿Te apetece probar con esto?

—Supongo que sí —respondió ella con vacilación. Levantó el preservativo enrollado y lo miró a la luz de la lámpara, estudiando la membrana semitransparente.

Sintió que Gideon temblaba de una risa reprimida.

—No te hará daño —le dijo—. Y quizá te interese saber que, cuando el hombre lleva una de estas cosas, tarda mucho más en llegar al orgasmo.

—¿Ah, sí? ¿Por qué? ¿Porque siente menos?

—Exacto. —Gideon esbozó una sonrisa traviesa—: Es como intentar comer a través de una servilleta.

Livia le dio el preservativo.

—Entonces no te lo pongas. Haremos el amor como siempre.

Gideon meneó la cabeza con decisión.

—Ya no confío en mí para hacerlo. Se me hace casi imposible echarme atrás justo en el momento en que más deseo estar dentro de ti. A ver..., ayúdame a ponérmelo. Las cosas se deben probar al menos una vez, como siempre digo.

Con timidez, Livia siguió sus instrucciones murmuradas y desenrolló el preservativo a lo largo del pene erecto, ajustándolo para dejar un espacio vacío en la punta.

—Parece demasiado apretado —dijo.

—Se supone que debe apretar, para que no se salga.

Livia lo dejó y se reclinó en el colchón.

—¿Ahora qué?

—Ahora —dijo él y la cubrió con su cuerpo—, voy a hacerte el amor como he imaginado durante cinco noches.

Livia entrecerró los ojos cuando Gideon inclinó la cabeza sobre sus pechos y acarició con hábiles movimientos de la lengua la textura de su piel. Tomó uno de sus pezones en la boca, y lo apretó suavemente con los dientes, y lo lamió hasta que estuvo erecto y enrojecido. Se dirigió al otro pecho e hizo lo mismo hasta que Livia estuvo gimiendo y retorciéndose bajo él. Le hizo el amor con tierna pericia, atento a cada temblor y sacudida de su cuerpo. Luego se detuvo para buscar algo junto a la cama. Livia oyó que forcejeaba con la tapa de un tarro, y después su mano se deslizó entre sus piernas para administrar una capa de crema satinada. La punta de su dedo se deslizó entre los pliegues tiernos y rodeó la entrada de su cuerpo.

—Gideon —dijo ella agitada—, estoy preparada.

Él sonrió y siguió jugando morosamente con ella.

—Eres demasiado impaciente.

—Soy impaciente porque estoy lista... ¿Por qué tienes que demorarte siempre tanto?

—Porque me encanta torturarte. —Gideon se agachó para besarla en el cuello, mientras las puntas de sus dedos peinaban la húmeda maraña de sus rizos. Con el fin de soportar la exploración juguetona, Livia levantó los brazos hacia la cabecera de la cama y asió los duros y delgados cilindros de madera. Gideon se arrodilló entre sus piernas y aplicó más cantidad de ungüento viscoso, introduciendo sus dedos hasta muy dentro de ella.

Livia empezó a suplicar.

—Gideon, por favor, hazlo ahora, por favor...

Se interrumpió cuando él la penetró con cuidado y la llevó hasta que gimió de placer.

—¿Está bien así? —preguntó Gideon afianzando las manos a ambos lados de su cabeza—. ¿No te resulta incómodo?

Livia levantó las caderas hacia él por toda respuesta, su cuerpo hormigueaba de placer. Sonriendo ante la pasión que transformaba sus facciones, Gideon apoyó el pulgar suavemente en su clítoris excitado y empezó a acariciarlo mientras la penetraba con movimientos fuertes y profundos, y ella se perdió en una marea de éxtasis...

—Livia —le dijo mucho después, cuando la arrullaba contra su pecho y jugueteaba con los delicados mechones de su cabello—: ¿Qué pasaría si decidiera no volver a Nueva York?

La mente de Livia quedó en blanco. Preguntándose si Gideon realmente acababa de decir lo que a ella le parecía que había dicho, se levantó de la cama y encendió una lámpara. Gideon siguió tendido de costado, la sábana encima de las caderas.

Livia se acostó de nuevo, se volvió hacia él y se cubrió con la sábana hasta las axilas.

—¿Piensas quedarte en Londres? —preguntó—. ¿Por cuánto tiempo?

—Un año, como mínimo. Dirigiré la oficina londinense e iniciaré contactos con los mercados continentales. Mi presencia aquí sería tan útil como en Nueva York, si no más.

—Pero toda tu familia está en Nueva York.

—Otra buena razón para quedarme aquí —repuso Gideon secamente—. Ha quedado muy claro que un período de separación nos beneficiaría a todos, tanto a ellos como a mí. Estoy cansado de interpretar el papel de padre de familia, ya pueden aprender a enfrentarse a los problemas ellos solos.

—¿Qué hay de las fundiciones y de tus propiedades comerciales...?

—Daré a McKenna la autoridad necesaria para tomar todo tipo de decisiones durante mi ausencia. Ha demostrado estar preparado para asumir esta responsabilidad, y confío en él más que en mis propios hermanos.

—Creía que Londres no te gustaba.

—Me encanta.

Divertida por su cambio de actitud, cuando tan sólo la semana anterior le había oído afirmar exactamente lo contrario, Livia tuvo que morderse el labio para reprimir una sonrisa.

—¿Cómo es que te has enamorado de Londres, tan de repente?

Gideon tendió una mano para acariciarle el cabello y metió un mechón sedoso detrás de su oreja. Sus ojos la miraron fijamente, dos lagos de azul brillante iluminados por las chispas doradas que despertaba la luz de la lámpara.

—Porque está cerca de ti.

Livia cerró los ojos. Aquellas palabras la llenaban de incertidumbre y de esperanzas indeseables. La fuerza de su anhelo pareció impregnar la habitación.

—Gideon —dijo—, ya hemos hablado...

—No pido verte o ni siquiera cortejarte —interpuso él—. De hecho, insistiré en no verte durante, al menos, seis meses, hasta que sepa si soy capaz de abandonar definitivamente la bebida. No es un proceso agradable, según me dicen... durante un tiempo no sería una compañía recomendable. Por esa y otras razones, sería mejor que nos abstuviéramos de vernos.

Livia se quedó estupefacta ante lo que Gideon estaba dispuesto a hacer, ante la magnitud del esfuerzo que requeriría de su parte.

—¿Qué quieres de mí? —consiguió preguntar.

—Que me esperes.

«Un nuevo aislamiento obligatorio», pensó Livia y meneó la cabeza con vacilación.

—Ya no puedo seguir encerrada en Hampshire, me volvería loca. Necesito moverme en la sociedad, hablar, reír, viajar...

—Por supuesto. No quiero que te quedes enterrada en Stony Cross. Pero no permitas que otros hombres..., es decir, no te prometas en matrimonio ni te enamores de algún maldito vizconde... —Gideon arrugó el entrecejo ante esa idea—. Sigue soltera durante seis meses más. ¿Es demasiado pedir?

Ella consideró su petición con expresión pensativa.

—No, claro que no. Pero si haces esto por mí...

—Mentiría si dijera que, en parte, no lo hago por ti —respondió él con franqueza—. No obstante, también lo hago por mí. Estoy cansado de ir por la vida como a través de una niebla.

Livia recorrió con la palma de la mano la firme línea de su frente.

—Es posible que, cuando salgas de la niebla, ya no estés interesado en mí —dijo—. Tu percepción de las cosas podría haber cambiado... Tus necesidades, también.

Gideon le tomó la mano y entrelazó los dedos con los de ella.

—Nunca dejaré de necesitarte.

Livia miró sus manos unidas.

—¿Cuándo piensas empezar?

—¿Te refieres al endemoniado estado de sobriedad? Lamento anunciar que ya he empezado. No he tomado un trago en doce horas. Mañana por la mañana seré un manojo de nervios estremecido y apestoso, y antes del día siguiente probablemente habré asesinado a alguien. —Sonrió—. Menos mal que me marcho de Stony Cross.

Su tono frívolo no engañó a Livia, que se acurrucó contra su pecho y apretó los labios sobre su corazón.

—Ojalá pudiera ayudarte —dijo con dulzura y frotó la mejilla contra el vello dorado de su tórax—. Ojalá pudiera compartir el sufrimiento contigo.

—Livia... —La voz de Gideon estaba cargada de emoción, y su mano le acarició suavemente el cabello—. Nadie puede ayudarme en esto. Es mi cruz, una cruz que hice a mi medida. Por eso mismo no quiero que seas parte de ello. Aunque podrías hacer algo para facilitar el proceso..., algo que me ayude a pasar los momentos más difíciles.

Ella se apartó para verlo mejor.

—¿Qué puedo hacer?

Gideon hizo una pausa mientras se le escapaba un tenso suspiro.

—Sé que no vas a admitir que me amas... y entiendo tus razones. Pero, teniendo en cuenta que me enfrento a seis meses de infierno, ¿no podrías darme al menos algo?

—¿Como qué?

Gideon la miró con escepticismo.

—Un guiño.

—¿Un qué? —preguntó ella, confusa.

—Si me quieres... guíñame los ojos. Una vez. Un guiño intencionado. No tienes que pronunciar las palabras, sólo... —Su voz se apagó cuando sus miradas se encontraron, y la miró con la ardiente determinación de un alma perdida que ha visto su hogar a lo lejos, sobre el horizonte—. Solamente un guiño —susurró—. Por favor, Livia...

Ella no se habría creído capaz de amar otra vez de esa manera. Quizás a algunos les parecería una muestra de deslealtad para con Amberley, pero a Livia, no. Amberley querría que ella fuera feliz, que viviera una vida plena. Incluso se le ocurrió que podría aprobar a Gideon Shaw, quien tanto se esforzaba por superar sus debilidades... Un hombre cálido, humano, accesible.

Gideon seguía esperando. Livia sostuvo su mirada y le sonrió. Con gesto muy deliberado, cerró los ojos y los volvió a abrir, y lo miró a través de la cálida y borrosa luz de la esperanza.

Aline estaba exhausta tras una noche de insomnio, y la colmaba un terror frío al enfilar el camino de los establos, donde había prometido encontrarse con McKenna. Había ensayado toda una lista de objeciones una y otra vez, argumentos y contraargumentos..., pero las palabras que había practicado le sonaban poco convincentes incluso a ella misma.

La casa dormía aún, con excepción de la servidumbre doméstica que se ocupaba de preparar el carbón y los aguamaniles de agua caliente, y de los criados encargados de los establos y los jardines. Aline pasó junto a un pequeño criado a quien habían asignado la tarea de empujar la máquina cortacésped arriba y abajo por la hierba, mientras otro lo seguía con un carrito y un rastrillo para recoger la hierba cortada. En los establos, los mozos se afanaban limpiando los desagües, repartiendo heno a los caballos y limpiando los pesebres. Los olores familiares del heno y los caballos impregnaban el aire con un agradable aroma terrenal.

McKenna ya estaba allí, esperándola cerca de la caseta de herramientas. Aline tan pronto quería echar a correr hacia él como huir en dirección contraria. McKenna sonreía levemente, pero Aline intuyó que estaba tan nervioso como ella misma. Ambos eran conscientes de que aquélla era una de esas raras ocasiones en que una conversación puede cambiar el rumbo del futuro.

—Buenos días —logró articular Aline.

McKenna la miró de un modo que los dejó a ambos suspendidos en medio de una tensión silenciosa. Le ofreció su brazo.

—Vayamos al río.

Aline supo en seguida a dónde se proponía llevarla... A ese lugar que siempre les había pertenecido a ellos solos. «Un lugar perfecto para decirnos adiós», pensó desolada, al tiempo que aceptaba su brazo. Echaron a andar en silencio, mientras los colores lavanda del primer amanecer se fueron tornando amarillos, y largas sombras delgadas cubrieron el césped. Las articulaciones de Aline estaban rígidas, como siempre por las mañanas, hasta que la actividad del día estiraba las cicatrices. Se concentró en caminar con regularidad y McKenna adaptó los pasos a los suyos, más lentos.

Finalmente llegaron al claro que se extendía junto a la orilla, donde un aguzanieves moteado trazó varios círculos en vuelo sobre las cañas relucientes antes de aterrizar de pronto en su nido. Aline se sentó en una gran piedra plana y se recogió las faldas con cuidado, mientras McKenna quedaba de pie a poca distancia de ella. Se agachó para recoger algunas piedrecillas. Una tras otra, las hizo rebotar sobre la superficie del agua con movimientos ágiles de la mano. Aline lo observaba, absorbía la visión de su alta silueta, las regias líneas de su perfil, la gracia natural de sus movimientos. Cuando McKenna se dio la vuelta para mirarla por encima del hombro, el color turquesa de sus ojos destacaba tan vívidamente sobre su rostro bronceado que parecía casi antinatural.

—Ya sabes lo que voy a pedirte —dijo con voz tranquila.

—Sí —respondió Aline con ansiedad creciente—, pero antes que digas nada, debes saber que yo nunca...

—Escúchame primero hasta el fin —murmuró él— y luego me responderás. Hay cosas que quiero decirte. Por difícil que me resulte, voy a hablarte con honestidad o sino me arrepentiré durante el resto de mi vida.

Un pesar negro envolvió a Aline. Honestidad, lo único en que ella no podía corresponderle.

—Digas lo que digas, te rechazaré. —El aire le abrasaba la garganta, como si hubiera tragado ácido—. Te ruego que nos ahorres a ambos una incomodidad innecesaria...

—No pienso ahorrarnos nada —replicó él con voz ronca—. Es ahora o nunca, Aline. Mañana me marcho y no volveré jamás.

—¿A Inglaterra?

—A ti. —McKenna eligió una piedra cerca de Aline y se sentó en el borde, inclinándose hacia delante para apoyar los antebrazos en los muslos. Agachó la cabeza morena por un instante, y la luz del sol jugueteó con el brillo de su cabello. Después alzó los ojos con una mirada penetrante—: Ser enviado a esta finca fue la peor maldición para mí. Desde el primer momento en que te vi sentí que había un lazo especial entre nosotros, un lazo que jamás debió existir y nunca debió durar. Intenté admirarte desde la distancia..., como contemplar las estrellas del cielo sabiendo que nunca podría tocarlas. Pero éramos demasiado jóvenes y pasábamos demasiado tiempo juntos para lograr mantener esa distancia. Tú eras mi amiga, mi compañera... y luego llegué a amarte como ningún hombre ha amado jamás a una mujer. Eso no cambió nunca, aunque me estuve mintiendo a mí mismo durante años. —Calló y aspiró profundamente—: Por mucho que quisiera negarlo, te amaré siempre. Y, por mucho que quisiera ser otra cosa, soy un plebeyo y un bastardo, y tú eres hija de la aristocracia.

—McKenna —empezó a decir Aline, con voz triste—, por favor, no...

—Mi único propósito al volver a Stony Cross era encontrarte. Quedó bastante claro, me parece, ya que no había razones prácticas por las que solicitar la hospitalidad de tu hermano. Es más, no tenía por qué venir a Inglaterra en absoluto, puesto que Shaw hubiera podido ocuparse perfectamente de todo mientras yo permanecía en Nueva York. Pero necesitaba demostrar que mis sentimientos por ti no eran reales. Me había convencido de que jamás te había amado..., que sólo representabas las cosas que yo nunca podría tener. Pensaba que una relación contigo disiparía esas ilusiones y tú demostrarías ser como todas las demás mujeres. —Guardó silencio por un momento, mientras el trino de una curruca penetraba el aire—. Mi intención era volver a Nueva York para casarme. Un hombre de mi posición, aunque no tenga apellido ni familia, puede casarse bien allí. No es difícil encontrar una esposa dispuesta. Ahora, sin embargo, después de volver a encontrarte, por fin me doy cuenta de que nunca fuiste una ilusión. El amor que siento por ti ha sido lo más real de mi vida.

—No sigas —murmuró Aline con lágrimas en los ojos.

—Te pregunto, con toda la humildad de que soy capaz, si quieres casarte conmigo y acompañarme a América. Cuando Westcliff se case, ya no te necesitará como anfitriona. No tendrás un verdadero lugar en Stony Cross Park. Como mi esposa, sin embargo, serás la reina de la sociedad neoyorquina. Poseo una fortuna, Aline, y la perspectiva de triplicarla en los próximos años. Si vienes conmigo, haré lo que esté en mis manos para hacerte feliz. —Su voz era queda y precavida, la voz de un hombre que se jugaba lo más importante en la vida—: Por supuesto que sería un sacrificio de tu parte abandonar a tu familia y amigos, y el lugar donde has vivido desde que naciste. Pero podrías venir a visitarles, la travesía sólo dura doce días. Podrías empezar una nueva vida conmigo. Dime cuál es tu precio, Aline... Pídeme lo que sea.

Cada palabra que había pronunciado agravaba la desesperación que asolaba a Aline. Apenas podía respirar por culpa de un enorme nudo que le cerraba el pecho.

—Debes creerme cuando te digo que nos sería imposible ser felices juntos. Me importas, McKenna, pero... —Calló y respiró dolorosamente antes de poder proseguir—: Yo no te amo de ese modo. No puedo casarme contigo.

—No tienes que amarme. Aceptaré lo que me puedas dar.

—No, McKenna.

Él se le acercó, se acuclilló y le tomó una mano fría y sudorosa entre las suyas. El calor de su piel la sorprendió.

—Aline —dijo con dificultad—, te quiero lo suficiente por los dos. Y algo debe de haber en mí digno de ser amado. Si sólo lo intentaras...

La necesidad de contarle la verdad era tan fuerte que casi la volvía loca. Consideró la posibilidad, atolondrada, mientras su corazón latía con tanta fuerza que le hacía daño y un hormigueo gélido recorría su piel. Intentó imaginarse a sí misma mostrándole las cicatrices que desfiguraban sus piernas. No. ¡No!

Se sintió como una criatura atrapada en una red, que trata en vano de librarse de los filamentos del pasado, que se estrechaban en torno a ella con cada movimiento.

—No es posible. —Sus dedos se aferraron a la suave seda de su vestido.

—¿Por qué no? —Las palabras fueron cortantes pero ocultaban una vulnerabilidad que la hacía querer llorar. Aline sabía lo que quería McKenna..., sabía lo que necesitaba. A una compañera que se le entregara por completo, en la cama y fuera de ella. A una mujer que supiera enorgullecerse de todo lo que él era, y a quien no le importara lo que no era. Hubo un tiempo en que Aline podía ser esa mujer. Aquel tiempo había pasado para siempre.

—No eres de mi clase —dijo—. Ambos lo sabemos.

Era lo único que podía decir para convencerlo. Por muy americano que fuera, McKenna había nacido en Inglaterra y nunca lograría liberarse del todo de la conciencia de clase que había impregnado todos los aspectos de su existencia durante los primeros dieciocho años de su vida. Un comentario de ese tipo en boca de Aline constituía la traición definitiva. Ella apartó la mirada para no ver su expresión. Se estaba muriendo por dentro, su corazón quedaba reducido a cenizas.

—Por Dios, Aline —fue la respuesta entrecortada.

Ella se volvió hacia el otro lado. Permanecieron así largo rato, luchando con sus emociones no verbalizadas, mientras la ira se nutría de la desesperación.

—No pertenezco a tu mundo —dijo ella con voz ronca—. Mi lugar está aquí, con... con lord Sandridge.

—¡No me harás creer que lo prefieres a mí..., no después de lo que ha pasado entre nosotros, maldita sea! Dejaste que te tocara, que te abrazara, como él nunca lo ha hecho.

—Ya tengo lo que quería —fue la respuesta forzada de Aline—. Y tú también. Cuando te hayas ido te darás cuenta de que es mejor así.

McKenna casi le rompió la mano al apretársela. Girando la palma hacia arriba, apoyó la mejilla en ella.

—Aline —susurró, despojándose sin piedad de todo orgullo—, tengo miedo de lo que llegaré a ser si no me aceptas.

A Aline le dolían el cuello y la cabeza, y al final se echó a llorar y las lágrimas resbalaron por sus mejillas. Retiró la mano de las de él, cuando lo único que deseaba era atraer su cabeza hacia su pecho.

—Estarás bien —dijo con voz temblorosa y pasó una manga por su cara ardiente antes de alejarse sin mirar atrás—. Estarás bien, McKenna... Vuelve a Nueva York. Yo no te quiero.

La señora Faircloth estaba ordenando una fila de raras copas de cristal en las estanterías de sus aposentos privados, donde se guardaban bajo llave los objetos domésticos más valiosos y frágiles. Había dejado la puerta entornada y oyó que alguien se acercaba al umbral con pasos lentos, casi dubitativos. Se apartó de la estantería, echó una mirada hacia la puerta y vio la robusta silueta de McKenna, el gesto tenebroso. Sintió una punzada de dolor al darse cuenta de que debía de haber acudido para mantener con ella una última conversación privada.

Recordando la propuesta de McKenna de llevarla consigo de vuelta a América, la señora Faircloth fue consciente de un pequeño y sutil deseo de poder aceptar la invitación. «Eres una vieja tonta», se reprendió a sí misma; era demasiado tarde para que una mujer de su edad considerara la posibilidad de desarraigarse. Aun así, la perspectiva de ir a vivir en otro país había despertado en su interior un inesperado anhelo de aventuras. «Habría sido maravilloso —pensó con tristeza—, conocer cosas nuevas en el ocaso de la vida.»

Sin embargo, jamás abandonaría a lady Aline, a quien tanto había querido y durante tanto tiempo. Había cuidado de Aline desde la infancia hasta la madurez, compartiendo todas las alegrías y tragedias de su vida. Aunque la señora Faircloth sentía afecto por Livia y Marco también, en su fuero interno tenía que reconocer que Aline había sido siempre su favorita. Durante las largas horas en que se debatía al borde de la muerte, la señora Faircloth había experimentado la desesperación de una madre que temía perder a su propia hija... Y a lo largo de los años que siguieron, cuando Aline luchaba con sus secretos oscuros y sus sueños rotos, el lazo entre ambas se había fortalecido aún más. Mientras Aline la necesitara, el ama de llaves no podía pensar siquiera en dejarla.

—McKenna —dijo la señora Faircloth y lo dejó pasar. Cuando le iluminó la luz tamizada de la lámpara, la expresión de su cara inquietó al ama de llaves, le recordó la primera vez en que lo había visto, un pobre bastardo sin madre, de fríos ojos verdiazules. A pesar de su falta de expresión, la ira y la congoja lo envolvían como un manto invisible, demasiado profundas, demasiado absolutas para que pudiera expresarlas con palabras. McKenna únicamente era capaz de permanecer allí de pie, mirándola fijamente, sin saber qué necesitaba; sólo había acudido a ella porque no parecía tener otro lugar adonde ir.

La señora Faircloth sabía que sólo existía una razón posible por la que McKenna tuviera este aspecto. Rápidamente, se acercó a la puerta y la cerró. La servidumbre de Stony Cross Park jamás molestaría al ama de llaves mientras su puerta estuviera cerrada, excepto si se produjera una emergencia casi catastrófica. La mujer se volvió y abrió los brazos en un gesto maternal. McKenna fue hacia ella en seguida, apoyó la cabeza morena en la suave redondez de su hombro y se echó a llorar.

Aline nunca consiguió recordar con claridad lo que hizo durante el resto de aquel día, sólo que había conseguido interpretar el papel de anfitriona de manera mecánica, hablando y hasta sonriendo, sin saber en realidad con quién hablaba o qué le estaba diciendo. Livia tuvo la bondad de sustituirla y atrajo la atención de todos hacia sí con un despliegue de encanto efervescente. Cuando quedó patente que McKenna no asistiría a la cena de despedida del grupo, Gideon Shaw excusó su ausencia restándole importancia.

—Oh, me temo que McKenna se está ocupando de todo con vistas a la partida de mañana, tiene que confeccionar largas listas de cosas. —Antes que pudiera haber más preguntas, Shaw los dejó a todos atónitos al anunciar que, en lugar de regresar a Nueva York con McKenna, se quedaría en Londres para dirigir la recién inaugurada sucursal.

A pesar de su aturdimiento, Aline comprendió la importancia de aquella noticia. Dirigió una rápida mirada a Livia, quien estaba cortando un trozo de patata en porciones minúsculas con toda su atención puesta en el empeño. Su pretendida falta de interés, sin embargo, quedaba desmentida por la oleada de color que tiñó sus mejillas. Aline cayó en la cuenta de que Shaw se quedaba por Livia y se preguntó a qué acuerdo habrían llegado él y su hermana. Miró a Marco, quien presidía la mesa, y vio que él también se hacía la misma pregunta.

—Londres es una ciudad afortunada por contar con su presencia, señor Shaw —dijo Marco—. ¿Puedo preguntar dónde piensa alojarse?

Shaw respondió con la sonrisa caprichosa de un hombre que acaba de descubrir algo inesperado acerca de sí mismo:

—Me alojaré en el Rutledge hasta que empiece la nueva construcción; después buscaré una residencia apropiada para alquilar.

—Permítame que ofrezca cierta asistencia en este particular —dijo Marco cordialmente y con mirada calculadora. Estaba claro que se proponía ejercer todo el control que le fuera posible sobre aquella situación—. Podría hablar con las personas indicadas para asegurarle una solución apropiada a sus necesidades.

—No me cabe duda de ello —respondió Shaw con un brillo vivaz en la mirada que demostraba que era perfectamente consciente de las auténticas intenciones de Marco.

—¡Pero tienes que regresar a Nueva York! —exclamó Susan Chamberlain, fulminando a su hermano con la mirada—. ¡Por Dios, Gideon, ni siquiera tú puedes abandonar tus responsabilidades de esa manera desdeñosa! Quién cuidará de los negocios de la familia, quién tomará las decisiones y... —Calló de pronto, asombrada al darse cuenta de la situación—: ¡No! ¡No vas a dejar a ese estibador en el lugar del cabeza de la familia Shaw, tú, lunático borracho!

—Estoy perfectamente sobrio —le informó Shaw tranquilamente—. Y los documentos ya han sido redactados y firmados. Me temo que no puedes hacer nada al respecto, hermanita. McKenna tiene sólidas relaciones con todos nuestros socios, y sólo él posee toda la información necesaria sobre nuestras cuentas, alianzas y contratos. Más vale que te tranquilices y le des carta blanca.

Temblando de indignación, Susan Chamberlain agarró su copa de vino y bebió enfurecida, mientras su esposo trataba de calmarla hablándole en murmullos.

Gideon Shaw siguió cenando tranquilamente, ajeno a la conmoción que acababa de provocar. Al extender la mano para alcanzar un vaso, sin embargo, echó una rápida mirada a Livia, cuyos labios dibujaron una sonrisa torcida.

—Espero que tendremos el placer de verle de vez en cuando, señor Shaw —murmuró Aline.

El apuesto americano se volvió hacia ella con expresión que se tornó enigmática.

—El placer sería mío, milady. Me temo, sin embargo, que durante un tiempo mi trabajo me ocupará por completo.

—Ya veo —respondió Aline suavemente, al tiempo que empezaba a comprender. Con gesto deliberado, levantó su copa de vino y la levantó en un brindis de solidaridad, al que Shaw respondió con un asentimiento agradecido.

Aline no era tan cobarde como para esconderse en su habitación para evitar a McKenna…, aunque la idea no dejaba de tener cierto atractivo. Sus palabras quedas del día anterior la habían destrozado. Ella sabía cuán inexplicable resultaba su rechazo, que no le dejaba otra alternativa que pensar que ella no sentía nada por él. La sola idea de verle le resultaba insoportable esa mañana... Aun así pensaba que, cuando menos, debería tener el valor de decirle adiós.

El vestíbulo de la entrada y el patio exterior estaban llenos de criados y de huéspedes que preparaban su partida.

Una hilera de carruajes esperaba en el camino, cargados de bolsas, cajas y baúles. Aline y Marco se movían entre la multitud, intercambiaban despedidas y acompañaban a los invitados a sus carruajes. Livia no se veía por ninguna parte, y Aline sospechaba que se estaba despidiendo de Shaw en privado.

Por lo poco que Livia le había contado durante una breve conversación esa mañana, Aline deducía que la pareja había decidido no verse durante un período de varios meses, para que Shaw tuviera el tiempo y la intimidad necesarios para derrotar su hábito de beber. No obstante, habían acordado escribirse mientras durara la separación, hecho que significaba que su cortejo proseguiría por medio de tinta y papel. Aline sonrió con compasión divertida cuando Livia le habló de este particular.

—Me parece que vosotros dos hacéis las cosas al revés —dijo—. Normalmente, las relaciones amorosas empiezan con un intercambio de correspondencia y luego alcanzan la etapa de mayor intimidad..., mientras que tú y el señor Shaw...

—Empezamos en la cama y terminamos escribiéndonos —concluyó Livia en tono seco—. Se diría que nosotros, los Marsden, nunca hacemos las cosas del modo habitual. ¿No te parece?

—Desde luego. —Aline estaba contenta de recuperar la buena relación con su hermana menor—. Será interesante averiguar qué pasará con vuestra relación, limitada a la escritura de cartas durante tanto tiempo.

—En cierto modo, estoy impaciente por descubrirlo —reflexionó Livia—. Me resultará más fácil discernir la verdadera naturaleza de mis sentimientos por el señor Shaw cuando la comunicación se base enteramente en nuestras mentes y nuestros corazones, en completa ausencia de todos los aspectos físicos. —Sonrió y se ruborizó al admitir tímidamente—: Aunque echaré de menos esos aspectos físicos.

Aline miraba un punto lejano del jardín a través de la ventana, mientras la luz del día se iba apoderando del terreno. Su sonrisa se tornó melancólica al reflexionar en lo mucho que ella también echaría de menos las alegrías de encontrarse entre los brazos de un hombre.

—Todo irá bien —dijo—. Me siento muy esperanzada con respecto a ti y el señor Shaw.

—¿Qué hay de ti y McKenna? ¿Podemos tener esperanzas con respecto a vosotros dos? —Al ver la expresión de Aline, Livia frunció el entrecejo—. No importa... No he debido preguntar. Me he prometido a mí misma no volver a tocar ese tema y, a partir de ahora, guardaré silencio aunque me mate...

Los pensamientos de Aline volvieron al presente cuando salió al patio y vio que uno de los lacayos, Peter, tenía dificultades para levantar un pesado baúl y cargarlo en la parte trasera del coche. A pesar de su cuerpo musculoso, el baúl rematado en cobre era demasiado para él. El objeto resbaló de su precario punto de apoyo, amenazando con tirar a Peter de espaldas.

Dos de los huéspedes, el señor Cuyler y el señor Chamberlain, vieron el problema del lacayo pero a ninguno de los dos se le ocurrió ofrecer su ayuda. Se alejaron juntos del vehículo y continuaron su conversación mientras observaban los esfuerzos de Peter. Aline escudriñó rápidamente el patio en busca de otro sirviente que pudiera ayudar al lacayo. Antes que pudiera llamar a nadie, McKenna apareció de repente, se acercó a grandes zancadas al carruaje en cuestión y arrimó el hombro en el baúl. Los músculos de sus brazos y de su espalda destacaron bajo las costuras de su chaqueta cuando empujó el baúl para colocarlo en su sitio y lo mantuvo firme mientras Peter subía al coche para atarlo con una tira de cuero.

Cuyler y Chamberlain apartaron la vista, como si les avergonzara ver a un miembro de su grupo ayudar a un criado a realizar una tarea manual. El mismo hecho de la gran fuerza física de McKenna obraba en su contra, porque revelaba que hubo un tiempo en que realizaba labores indignas de cualquier caballero. Al final, afianzaron el baúl y McKenna dio un paso atrás; recibió los agradecimientos del lacayo con un breve asentimiento de la cabeza. Mientras lo observaba, Aline no pudo evitar pensar que, si McKenna no se hubiera ido nunca de Stony Cross, seguramente ahora ocuparía el puesto de Peter y sería uno de los lacayos. Y esto no le habría importado en absoluto. Lo amaría fuera a donde fuera e hiciera lo que hiciera, y la atormentaba no poder decírselo.

McKenna percibió su mirada, alzó los ojos y apartó la vista de inmediato. Su mentón se endureció y estuvo unos momentos pensando en silencio antes de volver a mirarla. Su expresión provocó un escalofrío en Aline, tan distante y desolada..., y se dio cuenta de que sus sentimientos por ella se estaban transformando en una hostilidad tan grande como lo había sido su amor.

Pronto acabaría odiándola, pensó acongojada, si no la odiaba ya.

McKenna irguió la espalda y se acercó a ella hasta detenerse a un brazo de distancia. Se miraron en un frágil silencio, en medio de grupos de gente que charlaba y se arremolinaba a su alrededor. Una de las cosas más difíciles que había hecho Aline en la vida fue levantar la barbilla para mirarle a los ojos. Los exóticos iris verdiazules estaban prácticamente cubiertos del negro profundo de las pupilas. McKenna parecía estar pálido bajo el bronceado, y su habitual vitalidad estaba enterrada en un aire de tristeza absoluta.

Aline bajó la vista.

—Te deseo lo mejor, McKenna —susurró al final.

Él se mantuvo inmóvil.

—Lo mismo digo.

Se produjo un nuevo silencio, que la abrumó con su peso hasta casi hacerla tambalearse.

—Espero que tengas una travesía agradable y segura.

—Gracias.

Con gesto torpe, Aline le ofreció la mano. McKenna no hizo ademán alguno para tomarla. Ella sintió que sus dedos temblaban. Justo en el momento de empezar a retirarla, él la tomó y se la llevó a la boca. El contacto de sus labios fue frío y seco sobre su piel.

—Adiós —murmuró él.

La garganta de Aline se cerró, y ella quedó callada y temblorosa, la mano suspendida en el aire, cuando McKenna la soltó. Apretó los dedos poco a poco, se llevó el puño cerrado entre los pechos y se dio la vuelta ciegamente. Pudo sentir la mirada de McKenna sobre ella mientras se alejaba. Al empezar a subir el corto tramo de escalera que conducía al vestíbulo de la entrada, el grueso tejido cicatrizado tiró de su rodilla, un escozor persistente y molesto que trajo lágrimas de rabia a sus ojos.

19

Después de la partida del último invitado, Aline se puso un cómodo vestido de estar por casa y se dirigió a la sala de recepciones de la familia. Se acurrucó en el rincón de un sofá mullido y permaneció allí mirando el vacío durante lo que parecieron horas enteras. A pesar del calor de la jornada, ella tiritaba bajo la manta que le cubría el regazo, y los dedos de sus manos y pies estaban helados. Pidió a una criada que encendiera el fuego en el hogar y le sirviera una taza de té, pero nada conseguía calentarla.

Oyó los ruidos de la servidumbre que limpiaba las habitaciones; los pasos de los criados en las escaleras; los sonidos de la mansión que recuperaba su orden habitual ahora que ya no quedaba ningún huésped. Tenía cosas que hacer, el inventario de la casa, consultar a la señora Faircloth qué habitaciones debían cerrar y qué necesitaban del mercado. No obstante, Aline no conseguía salir del estupor que se había apoderado de ella. Se sentía como un reloj cuyo mecanismo estuviera roto, detenido e inútil.

Dormitó en el sofá hasta que el fuego se redujo en rescoldos, y los rayos de sol que entraban a través de las cortinas a medio correr fueron reemplazados por la luz difusa del atardecer. Un pequeño ruido la despertó y se agitó, vacilante. Abrió los ojos empañados para descubrir que Marco había entrado en la habitación. Estaba de pie junto a la chimenea y la contemplaba como si fuera un enigma difícil de resolver.

—¿Qué quieres? —le preguntó frunciendo el entrecejo. Con cierto esfuerzo, se sentó en el sofá y se frotó los ojos.

Marco encendió una lámpara y se acercó al sofá.

—La señora Faircloth me ha dicho que no has comido nada en todo el día.

Aline meneó la cabeza.

—Estoy cansada. Ya tomaré algo más tarde.

Su hermano se cernió sobre ella, ceñudo.

—Tienes un aspecto horrible.

—Gracias —respondió ella secamente—. Como ya te he dicho, estoy cansada. Necesito dormir, eso es todo...

—Creo que has pasado el día durmiendo... y no te ha servido para nada.

—¿Qué quieres, Marco? —repitió Aline con una chispa de irritación en la voz.

Él tardó en responder. Se metió las manos en los bolsillos de su chaqueta, con aspecto de estar sopesando algo importante. Al final, miró el volumen de las rodillas de Aline bajo los pliegues de su vestido de muselina azul.

—He venido para pedirte un favor —dijo con voz ronca.

—¿De qué se trata?

Marco señaló los pies de ella con un ademán tenso:

—¿Puedo verlas?

Aline lo miró sin expresión alguna.

—¿Mis piernas?

—Sí. —Marco se sentó en el otro lado del sofá, el gesto inexpresivo.

Nunca antes se lo había pedido. ¿Por qué querría ver sus piernas ahora, después de tantos años? Aline no conseguía adivinar sus motivos y estaba demasiado agotada para analizar las sucesivas capas de emoción que la embargaban. «Qué mal puede haber en enseñárselas», pensó. Antes que pudiera pensarlo dos veces, se quitó las zapatillas. Sus piernas estaban desnudas debajo del vestido. Las apoyó en los cojines del sofá y vaciló por un instante antes de subirse las faldas y la combinación hasta las rodillas.

Aparte de contener por un momento la respiración, Marco no tuvo otra reacción a la vista de sus piernas. Su mirada oscura recorrió las líneas nudosas de las cicatrices, los parches de piel áspera y destruida, hasta la blancura incongruente de sus pies. Aline observaba su rostro inexpresivo y no se dio cuenta de que contenía la respiración hasta que sintió que le ardían los pulmones. Dejó escapar un lento suspiro, bastante sorprendida de confiar en Marco hasta aquel extremo.

—No son bonitas —dijo él al final—. Aunque tampoco están tan mal como me imaginaba. —Con ademán cuidadoso, tendió la mano para cubrir las piernas de Aline con el vestido—. Supongo que lo que no vemos aparece peor en nuestra imaginación de lo que es en la vida real.

Aline miró con curiosidad a aquel hermano sobreprotector, cabezota y, a menudo, irritante a quien tanto había llegado a querer. Durante la infancia, habían sido poco más que dos extraños pero, a lo largo de los años transcurridos desde la muerte de su padre, Marco había demostrado ser un hombre honorable y afectuoso. Como la propia Aline, Marco era en exceso independiente, sociable y al mismo tiempo ferozmente reservado. Y, a diferencia de ella, era siempre honesto, incluso cuando la verdad resultaba dolorosa.

—¿Por qué has querido verlas ahora? —preguntó Aline.

Él la sorprendió con una sonrisa irónica para consigo mismo.

—Nunca he sabido cómo enfrentarme a tu accidente, excepto desear desde el alma que no hubiera sucedido. No puedo evitar sentir que, de algún modo, te fallé. Me resulta demasiado duro ver tus piernas y saber que no puedo hacer nada para ayudarte.

Ella meneó la cabeza, desconcertada.

—Santo Dios, Marco. ¿Cómo habrías podido evitar un accidente? Estás llevando tu sentido de la responsabilidad demasiado lejos, ¿no te parece?

—He elegido amar a muy pocas personas en este mundo —murmuró Marco—, pero tú y Livia estáis entre ellas... y daría la vida para ahorraros aunque fuera un instante de dolor.

Aline le sonrió y sintió que un rayo de calidez penetraba en su estado de atonía. A pesar de sus prevenciones, no pudo evitar formular una pregunta crítica, al tiempo que luchaba por apagar la esperanza que nacía en su interior.

—Marco —inquirió con vacilación—, si amaras a una mujer... ¿unas cicatrices como éstas te impedirían...?

—No —interpuso él con firmeza—. No, nunca permitiría que me detuvieran.

Aline se preguntó si decía la verdad. Era posible que de nuevo intentara protegerla y no quisiera herir sus sentimientos. Aunque Marco no era el tipo de hombre que miente por bondad.

—¿No me crees? —preguntó él.

Aline le miró dubitativa.

—Quisiera creerte.

—Te equivocas al pensar que exijo la perfección de la mujer. Me gusta la belleza física como a cualquier otro hombre, pero no es un requisito necesario. Sería una hipocresía, viniendo de un hombre que tampoco es apuesto.

Aline calló sorprendida, miró sus facciones anchas y armoniosas, su mandíbula fuerte, sus sagaces ojos negros bajo la línea recta de sus cejas.

—Eres un hombre atractivo —dijo con emoción—. Quizá no como el señor Shaw, pero... pocos son como él.

Su hermano se encogió de hombros.

—Créeme si te digo que no me importa, puesto que mi atractivo (o falta de él) nunca ha constituido un impedimento en modo alguno. Lo cual me ha ofrecido una perspectiva muy equilibrada del tema de la belleza física... Una perspectiva difícil de obtener para alguien de tu aspecto.

Aline frunció el ceño y se preguntó si la estaba criticando.

—Debe de ser extraordinariamente difícil —prosiguió Marco— para una mujer tan hermosa como tú sentir que cierta parte de su cuerpo es causa de vergüenza y que, por lo tanto, debe permanecer oculta. Nunca te has conciliado con este hecho, ¿no es cierto?

Aline negó con la cabeza y la apoyó en el respaldo del sofá.

—Odio estas cicatrices. Jamás dejaré de desear que desaparezcan. Y no puedo hacer nada para conseguirlo.

—Del mismo modo que McKenna no puede hacer nada para cambiar sus orígenes.

—Si intentas establecer similitudes, Marco, no te servirá de nada. Los orígenes de McKenna no me han preocupado nunca. Nada puede impedir que lo ame y lo desee... —Calló de pronto al darse cuenta de lo que pretendía decirle Marco.

—¿No crees que él pensaría lo mismo de tus piernas?

—No lo sé.

—Por el amor de Dios, dile la verdad. No es éste el momento de dejarte dominar por el orgullo.

Sus palabras provocaron su instantánea indignación.

—¡Esto nada tiene que ver con el orgullo!

—¿No? —Marco le dirigió una mirada de ironía—. No puedes soportar la idea de que McKenna sepa que no eres perfecta. ¿Qué es eso, sino orgullo?

—No es tan simple —protestó Aline.

Marco torció el gesto con impaciencia.

—Quizás el problema no sea simple..., pero la solución, sí. Empieza a comportarte como la mujer madura que eres y reconoce que tienes imperfecciones. Y dale al pobre diablo la oportunidad de demostrar que puede amarte, a pesar de todo.

—Eres un sabelotodo insufrible —se atragantó Aline, deseosa de abofetearle.

Marco sonrió con tristeza.

—Ve a buscarle, Aline. Si no, te prometo que iré a decírselo yo mismo.

—¡No te atreverías!

—El carruaje ya está a punto —le informó Marco—. Salgo para Londres dentro de cinco minutos, contigo o sin ti.

—¡Por el amor de Dios! —estalló ella—. ¿No te cansas nunca de decir a los demás lo que deben hacer?

—Francamente, no.

Aline no sabía si reír o exasperarse con su respuesta.

—Hasta el día de hoy, has hecho todo lo que has podido

para impedir mi relación con McKenna. ¿Qué te ha hecho cambiar de opinión?

—Tienes treinta y un años y sigues soltera. Me doy cuenta de que tal vez ésta sea mi única oportunidad de deshacerme de ti. —Marco sonrió y se agachó para evitar el desganado puñetazo de Aline, luego tendió los brazos y la abrazó con fuerza—. Eso y el hecho de que quiero verte feliz —murmuró entre su cabello.

Aline hundió la cara en su hombro y sintió que las lágrimas asomaban a sus ojos.

—Temía que McKenna te hiciera daño —continuó Marco—. Creo que ésa era su intención al principio. Pero, todo dicho y hecho, no fue capaz de realizar sus planes. Incluso aunque pensaba que tú le habías traicionado, no podía dejar de quererte. Cuando se fue esta mañana parecía algo... disminuido. Entonces me di cuenta, finalmente, de que tú siempre has supuesto un peligro mayor para él que él para ti. De hecho, tuve lástima del pobre diablo, porque todo hombre siente un terror mortal a ser herido de esta manera. —Marco buscó un pañuelo—. Ten, usa esto antes de que eches a perder mi chaqueta.

Aline se sonó la nariz con fuerza y se apartó de él. Se sentía terriblemente vulnerable, como si Marco la estuviera instando para que saltara de un acantilado.

—¿Recuerdas que una vez me dijiste que no te gusta correr riesgos? Pues a mí tampoco.

—Creo recordar que dije «riesgos innecesarios» —repuso Marco con dulzura—. Pero éste parece ser muy necesario. ¿O no?

Aline lo miraba sin pestañear. Por mucho que se esforzara, era incapaz de negar esa necesidad aplastante que gobernaría el resto de su vida, al margen de lo que decidiera hacer ahora. La partida de McKenna no pondría fin al tormento. No encontraría más paz en el futuro de la que había tenido durante los últimos doce años. Descubrirlo la hizo sentir enferma, asustada y, al mismo tiempo, extrañamente alborozada. Un riesgo necesario...

—Iré a Londres —dijo con voz que temblaba sólo un

poco—. Necesito unos minutos para ponerme la ropa de viaje.

—No hay tiempo para eso.

—No estoy vestida para aparecer en público...

—Ni así estoy seguro de llegar al barco antes de que zarpe.

Espoleada por sus palabras, Aline se enfundó de nuevo las zapatillas.

—¡Marco, has de llevarme allí a tiempo!

A pesar del consejo de Marco de que intentara dormir durante el viaje a Londres, Aline permaneció despierta gran parte de la noche. Sentía nudos y retortijones en las entrañas mientras miraba el paisaje negro desde el interior oscuro del carruaje y se preguntaba si llegaría a McKenna antes que su barco, el *Britannia*, zarpara para América. De vez en cuando, el silencio quedaba roto por los ronquidos broncos de su hermano, que dormitaba en el asiento de enfrente.

Poco antes del alba la venció el cansancio. Se quedó dormida con la mejilla aplastada contra la cortina de terciopelo que cubría la pared interior del coche. Flotaba en un vacío sin sueños cuando la despertó la mano de Marco, que la tocó en el hombro.

—¿Qué...? —farfulló, parpadeando y gruñendo mientras él la zarandeaba suavemente.

—Abre los ojos. Hemos llegado al muelle.

Aline se incorporó con torpeza y Marco golpeó con los nudillos la puerta del carruaje. Peter, el lacayo, que tampoco tenía muy buen aspecto, abrió la puerta desde fuera. Una curiosa combinación de olores invadió el coche de inmediato. Un pastoso olor a pescado, confundido con efluvios de carbón y de tabaco. El graznido de las gaviotas se mezclaba con los gritos de los hombres... Gritos de «A ver si envergamos de una vez», o «¡Desestibar!» y otras expresiones igualmente incomprensibles. Marco bajó del coche de un salto, y Aline apartó un mechón de pelo de la cara y se agachó hacia fuera para ver mejor.

Los muelles de Londres eran un hervidero de actividad,

y un bosque interminable de mástiles se extendía a ambos lados del canal. Había barcazas carboneras, barcos a vapor y tantos comerciantes que resultaba imposible contarlos. Hordas de estibadores fornidos y sudorosos utilizaban ganchos manuales para transportar balas de algodón, cajas de madera, barriles y paquetes de todo tipo a los almacenes cercanos. Una fila de grúas de hierro trabajaba sin cesar, y cada uno de sus largos brazos metálicos era operado por un par de obreros que descargaban las mercancías de las bodegas de los barcos a los muelles. Era un trabajo brutal, por no decir peligroso. A Aline le costaba creer que McKenna hubiera podido ganarse así la vida en el pasado.

En el extremo más lejano de los muelles, junto a los almacenes, un horno ardía para quemar el tabaco estropeado durante el viaje, y su larga chimenea despedía una espesa humareda de color azulado hacia lo alto.

—Lo llaman «la pipa de la reina» —explicó Marco escuetamente, siguiendo la mirada de Aline.

Cuando escudriñaba la fila de almacenes hasta el otro extremo del muelle, Aline vio la silueta de un gran vapor de ruedas que seguramente medía más de setenta metros de eslora.

—¿Es ése el *Britannia*?

Marco asintió.

—Voy a buscar a un empleado para que avise a McKenna a bordo.

Aline cerró los ojos con fuerza y trató de visualizar la cara de McKenna en el momento de recibir la noticia. Dado su estado de ánimo, probablemente no sería bien recibida.

—Quizá debiera subir yo a bordo —sugirió.

—No —fue la respuesta inmediata de su hermano—. Están a punto de levar anclas. No voy a correr el riesgo de perderte como pasajera involuntaria de un barco que se dispone a cruzar el Atlántico.

—Por mi culpa, McKenna perderá el barco —insistió ella—. Si eso ocurre, me matará.

Marco emitió un resoplido de impaciencia.

—Probablemente el barco zarpará mientras estamos aquí discutiendo. ¿Quieres hablar con McKenna o no?

—¡Sí!

—Entonces, quédate en el coche. Peter y el cochero cuidarán de ti. Volveré en seguida.

—Quizá se niegue a desembarcar —dijo Aline—. Le hice mucho daño, Marco.

—Vendrá —respondió su hermano con tranquila convicción—. De un modo u otro, vendrá.

Una sonrisa vacilante afloró en los labios de Aline, a pesar de su angustia, al ver que Marco se alejaba a grandes zancadas, dispuesto a iniciar una pelea física, si fuera necesario, contra un adversario que medía casi una cabeza más que él.

Aline se arrellanó en el asiento, descorrió la cortina y siguió por la ventanilla los movimientos de un policía portuario que caminaba arriba y abajo delante de las filas de los valiosos paquetes de azúcar apilados en el muelle. Mientras lo observaba se le ocurrió que debía de tener aspecto de haberse arrastrado por la maleza, con su vestido arrugado y su cabello desgreñado. Ni siquiera llevaba calzado adecuado. «Ésta no es la imagen de una dama joven que viene de visita a la ciudad», pensó secamente y miró los dedos de sus pies, que se movían dentro de las zapatillas de punto.

Pasaron los minutos y el aire se tornó caliente y agobiante dentro del coche. Convencida de que el olor de los muelles sería preferible a la perspectiva de quedarse encerrada dentro de un vehículo sin ventilación, Aline quiso llamar a la puerta para avisar a Peter. Justo en el momento en que rozó el panel con los nudillos, la puerta se abrió con tal violencia que la dejó atónita. Quedó inmóvil, la mano suspendida en el aire. McKenna apareció en la entrada, tapando la luz del sol con sus anchas espaldas.

Extendió el brazo y la agarró como si quisiera salvarla de una caída inesperada. La tenaza apremiante de sus dedos le hacía daño. Con una mueca de dolor, Aline pensó que McKenna parecía un total desconocido. Le resultaba imposible creer que aquel hombre de facciones tan duras la hubiera podido abrazar y besar con tanta ternura.

—¿Qué te ocurre? —exigió saber él con voz áspera—. ¿Te ha visto un médico?

—¿Qué dices? —Aline lo miró totalmente desconcertada—. ¿Por qué habría de verme un médico?

McKenna entrecerró los ojos y soltó su brazo bruscamente.

—¿No estás enferma?

—No... ¿Cómo se te ha ocurrido...? —Aline se dio cuenta de la artimaña y fulminó con la mirada a su hermano, que se encontraba justo detrás de McKenna.

—¡Marco! ¡No has debido decirle eso!

—Era la única manera de conseguir que viniera —repuso Marco sin un asomo de culpabilidad en la voz.

Aline le dirigió una mirada de reproche. Como si la situación no fuera ya bastante complicada, Marco había despertado en McKenna una hostilidad aún mayor. Imperturbable, su hermano se alejó un poco del carruaje para darles cierto margen de intimidad.

—Lo siento —dijo Aline a McKenna—. Mi hermano te ha engañado, no estoy enferma. La razón por la que he venido es porque necesito hablar contigo desesperadamente.

McKenna le dirigió una mirada pétrea.

—No hay nada que decir.

—Sí lo hay —insistió ella—. Hace dos días me dijiste que ibas a hablarme con honestidad o te arrepentirías durante el resto de tu vida. Yo debí hacer lo mismo y lamento no haberlo hecho. He viajado toda la noche para poder verte antes de que te vayas de Inglaterra. Te pido... No, te suplico que me des la oportunidad de explicar mi comportamiento.

McKenna meneó la cabeza.

—Están a punto de subir la pasarela. Si no estoy a bordo dentro de cinco minutos, me veré separado de mis baúles y de mis documentos personales..., de todo menos de la ropa que llevo puesta.

Aline mordía el interior de sus mejillas tratando de contener su creciente desesperación.

—Entonces, subiré a bordo contigo.

—¿Y cruzarás el Atlántico sin un cepillo de dientes, siquiera? —se mofó él.

—Sí.

McKenna le dirigió una larga y dura mirada. No daba muestras de lo que sentía, ni siquiera de si estaba considerando la súplica de Aline. Preguntándose si la iba a rechazar, ella buscaba frenéticamente las palabras apropiadas, la llave que pudiera abrir su corazón helado..., hasta que vio la vena que latía con violencia en su sien. La esperanza nació en su interior. No le era indiferente, por mucho que intentara fingir lo contrario.

Quizás el único remedio para el orgullo herido de McKenna fuera el sacrificio de su propio orgullo. Bajando la guardia con cierta vacilación, Aline habló con más humildad que nunca antes en su vida:

—Te lo pido por favor. Si todavía sientes algo por mí, no vuelvas a bordo del barco. Te juro que esto es lo último que te pediré jamás. Por favor, McKenna, déjame decirte la verdad.

Se produjo un nuevo silencio insoportable. McKenna apretó tanto las mandíbulas que los músculos de su cuello se contrajeron dolorosamente.

—Maldita seas —dijo en voz queda.

Aline se dio cuenta con alivio de que no la iba a rechazar.

—¿Vamos a Marsden Terrace? —se atrevió a susurrar.

—No. Que me aspen si voy a permitir que tu hermano esté por encima de nuestras cabezas. Él puede ir a Marsden Terrace, mientras tú y yo hablamos en las habitaciones de Shaw en el Rutledge.

Aline no quiso pronunciar ni una palabra más, temerosa de que él cambiara de opinión. Asintió con la cabeza y se acomodó en el asiento del coche, mientras su corazón se batía contra sus costillas.

McKenna dio instrucciones al cochero y subió al vehículo. De inmediato le siguió Marco, que no parecía demasiado contento con el arreglo, ya que preferiría mantener la situación bajo su control. No formuló ninguna protesta, sin embargo, sino que se sentó al lado de Aline y se cruzó de brazos.

Un silencio pesado y espeso reinó en el vehículo mientras éste se alejaba de los muelles. Aline se sentía tremendamente incómoda, las piernas le dolían y le escocían, sus emociones estaban fuera de control y tenía dolor de cabeza. Para empeorar las cosas, McKenna parecía tan afectuoso y comprensivo como un bloque de granito. Aline no sabía siquiera qué iba a decirle, cómo iba a contarle la verdad sin inspirarle conmiseración o repulsa.

Como si intuyera su preocupación, Marco le tomó la mano entre las suyas y le dio un suave apretón para animarla. Aline alzó la mirada y vio que el gesto sutil no había pasado desapercibido para McKenna. Su mirada recelosa iba del rostro de Marco al de ella.

—Ya puedes empezar a explicarte —dijo.

Aline lo miró con expresión de disculpa.

—Preferiría esperar, si no te importa.

—Vale —repuso él con irritación—. No es que me falte el tiempo.

Marco se envaró ante el tono de su voz.

—Escucha, McKenna...

—Está bien —interpuso Aline, clavando el codo en el costado de su hermano—. Me has ayudado mucho, Marco. Ahora puedo yo sola.

Su hermano frunció el entrecejo.

—Sea como fuere, no apruebo tu presencia en un hotel sin un sirviente o un miembro de la familia que te acompañe. Habrá habladurías y tú no...

—Las habladurías son lo que menos me preocupa —lo interrumpió Aline y aumentó la presión de su codo sobre sus costillas hasta que Marco calló con un gruñido.

Llegaron al Hotel Rutledge tras un recorrido que pareció durar horas enteras. El carruaje se detuvo en la calle estrecha detrás de una de las cuatro residencias particulares. Aline estaba presa de una agonía expectante mientras McKenna descendía del vehículo y la ayudaba a bajar a su vez. Se dio la vuelta y miró a Marco. Al ver la cruda impotencia en sus ojos, Marco trató de animarla con un pequeño asentimiento de la cabeza antes de dirigirse a McKenna con voz acerada:

—Espera. Quiero hablar contigo.

McKenna arqueó una ceja y se le acercó en un aparte. Respondió a la mirada del conde con gesto de gélida interrogación.

—¿Qué pasa ahora?

Marco dio la espalda a Aline y habló en voz demasiado baja para que ella pudiera oírle:

—Espero no haberte subestimado, McKenna. Sea cual fuere el resultado de tu conversación con mi hermana, te puedo asegurar una cosa: si le haces el menor daño, pagarás con tu vida. Y estoy hablando literalmente.

Indignado más allá de los límites de su resistencia, McKenna meneó la cabeza y musitó algunas palabras selectas en voz baja. Se acercó a Aline y la condujo hasta la entrada trasera, donde el lacayo ya había llamado a la puerta. El ayuda de cámara de Gideon Shaw apareció en el umbral con una expresión de franco asombro en la cara.

—Señor McKenna —exclamó—, creía que su barco ya había zarpado...

—Así es —respondió McKenna secamente.

El ayuda de cámara parpadeó y trató de recobrar su compostura.

—Si busca al señor Shaw, señor, está en las oficinas de la empresa...

—Necesito utilizar sus habitaciones por unos minutos —dijo McKenna—. Procura que nadie nos moleste.

Con un admirable despliegue de discreción, el ayuda de cámara no miró siquiera en dirección a Aline.

—Sí, señor.

McKenna condujo a Aline al interior de la residencia, que estaba amueblada con elegantes piezas de madera oscura. Las paredes estaban empapeladas con hermoso papel en relieve color ciruela. Se dirigieron al salón, desde donde se podía divisar el dormitorio. Los pesados cortinajes de terciopelo estaban descorridos, dejando a la vista las cortinas de encaje teñidas al té que tamizaban la luz del sol que entraba a raudales en la estancia.

Aline era incapaz de controlar su nerviosismo, que irrumpió en un temblor tan violento que sus dientes empezaron a castañetear. Tuvo que agarrarse la mandíbula con la mano al tiempo que fue a sentarse en un ancho sillón de piel. Tras una larga pausa, McKenna hizo otro tanto, se arrellanó en una silla cercana y la miró con frialdad. Un antiguo reloj francés en forma de carruaje marcaba los segundos sobre la repisa de la chimenea, puntuando la tensión que impregnaba la atmósfera.

La mente de Aline se quedó en blanco. En el coche había conseguido preparar una explicación bastante bien estructurada, pero todas las frases tan cuidadosamente redactadas se borraron de golpe de su pensamiento. Nerviosa, humedeció los labios con la punta de la lengua.

La mirada de McKenna se detuvo en su boca, y él frunció el ceño.

—Empieza de una vez.

Aline inhaló, exhaló lentamente y se frotó la frente.

—Sí. Lo siento. No estoy segura de cómo empezar. Estoy contenta de tener esta oportunidad de contártelo todo por fin, aunque... esto es lo más difícil que he hecho en mi vida. —Apartó la mirada de él, la fijó en el hogar vacío y asió los brazos tapizados del sillón—. Debo de ser mejor actriz de lo que pensaba si conseguí convencerte de que tu posición social tiene importancia para mí. Nada más lejos de la verdad. Nunca me han importado un comino las circunstancias de tu nacimiento... de dónde venías o quién eras... no me importaría ni aunque fueras un trapero. Haría cualquier cosa, iría a cualquier sitio, para poder estar contigo. —Sus uñas marcaron profundas medialunas en la piel desgastada del sillón. Cerró los ojos—. Te amo, McKenna. Siempre te he amado.

En el salón no se oía otra cosa que el reloj sobre la repisa. Aline prosiguió con la extraña sensación de estar oyendo su propia voz desde la distancia:

—Mi relación con lord Sandridge no es lo que parece. Cualquier apariencia de implicación romántica entre los dos es puro engaño... un engaño que nos ha sido útil, a lord Sandridge y a mí. Él no me desea físicamente y nunca podría albergar un sentimiento de este tipo hacia mí, porque... —calló, incómoda—: Sus inclinaciones se dirigen exclusivamente hacia los hombres. Me propuso matrimonio como un acuerdo práctico para arreglar las cosas... una unión entre amigos. No diré que su propuesta no me pareciera atractiva, pero le rechacé antes de tu vuelta de Londres.

Aline abrió los ojos y fijó la mirada en su propio regazo, mientras la bendita sensación de ensoñación la abandonó. Se sintió desnuda, expuesta y aterrorizada. Ésta era la parte más difícil, cuando tenía que quedar vulnerable ante un hombre que tenía el poder de destruirla con una sola palabra. Un hombre justificadamente enfurecido por el modo en que lo había tratado.

—Aquella enfermedad que padecí hace años... —dijo con voz rasposa—, tenías razón al sospechar que te mentía al respecto. No se trató de ninguna fiebre. Sufrí heridas en un incendio..., quemaduras bastante graves. Estaba en la cocina con la señora Faircloth cuando una sartén con aceite caliente prendió fuego a una canasta de mimbre que estaba junto a los fogones. Yo no recuerdo nada más. Me dijeron que mi ropa empezó a arder y que las llamas me cubrieron en seguida. Intenté huir... un criado me tiró al suelo y me golpeó con una toalla hasta apagar las llamas. Me salvó la vida. Quizá lo recuerdes... William... creo que era ayudante cuando tú estabas en Stony Cross. —Hizo una pausa para tomar aliento. Ya no tiritaba tanto y por fin consiguió controlar su voz—: Mis piernas se quemaron.

Se arriesgó a echar una mirada a McKenna y vio que ya no estaba apoyado en el respaldo de la silla. Su torso se inclinaba levemente hacia delante, una tensión repentina atenazaba su cuerpo musculoso y sus ojos ardían como llamas verdiazules en una cara pálida como una calavera.

Aline apartó la vista de nuevo. Si lo miraba, no podría seguir hablando.

—Me sumí en una pesadilla de la que no podía despertar —continuó—. Cuando no me atormentaba el dolor de las quemaduras, perdía la cabeza por culpa de la morfina. Las heridas supuraron y envenenaron mi sangre, y el médico dijo que no viviría ni una semana. La señora Faircloth, sin embargo, encontró a una mujer que tenía fama de poseer extraordinarias habilidades de curación. Yo no quería curarme. Quería morir. Entonces la señora Faircloth me enseñó la carta. —Recordando los acontecimientos, la voz de Aline se apagó. Aquel momento había quedado grabado en su mente para siempre, cuando unas cuantas palabras garabateadas en un trozo de papel la habían rescatado de las fauces de la muerte.

—¿Qué carta? —Se oyó la voz de McKenna, sofocada.

—La que tú le habías escrito... pidiéndole dinero porque necesitabas dejar tu aprendizaje y escapar del señor Ilbery. La señora Faircloth me leyó la carta... y, al oír aquellas palabras escritas por ti, me di cuenta de que, mientras tú estuvieras en algún lugar de este mundo, yo quería seguir viviendo en él. —Aline calló de repente, sus ojos se empañaron y parpadeó repetidamente para aclararlos.

McKenna pronunció un sonido ronco. Se acercó al sillón y se sentó en cuclillas ante ella, respirando como si alguien le hubiera asestado un golpe terrible en el pecho.

—Creí que no volverías nunca —dijo Aline—. No quería que supieras de mi accidente. Pero, cuando apareciste en Stony Cross, decidí que por estar a tu lado... aunque sólo fuera por una noche... valía la pena correr cualquier riesgo. Por eso... —vaciló y se ruborizó intensamente—: Aquella noche en la feria...

Respirando pesadamente, McKenna alcanzó el dobladillo de su vestido. Aline se agachó al instante para detenerlo y lo agarró de la muñeca con un gesto convulsivo.

—¡Espera!

McKenna se quedó inmóvil, la tensión evidente en los músculos contraídos de sus hombros.

—Las quemaduras dejan cicatrices muy feas —susurró Aline—. Cubren mis piernas de arriba abajo. Sobre todo, la pierna derecha, donde gran superficie de la piel fue destruida. Las cicatrices tiran y se contraen hasta que, a veces, me resulta difícil estirar la rodilla.

McKenna necesitó un momento para asimilar aquella información; luego fue soltando los dedos de Aline de su muñeca y le quitó las zapatillas, una tras otra. Aline luchó contra una oleada de náuseas, porque sabía exactamente qué estaba a punto de descubrir McKenna. Tragó saliva repetidas veces, mientras lágrimas saladas le picaban en la garganta. Él metió las manos debajo de sus faldas y las subió por los muslos rígidos, tanteando con las palmas la tela de su ropa interior hasta encontrar las cintas que la ataban en su cintura. Aline se puso blanca como la tiza y en seguida se tornó más escarlata que el fuego al sentir que McKenna tiraba de la prenda.

—Déjame hacer —murmuró él.

Ella obedeció con torpeza y levantó las caderas para que él pudiera deslizar la ropa interior por los glúteos y a lo largo de sus piernas. McKenna subió el dobladillo hasta lo alto de los muslos, y el aire fresco acarició la piel desnuda de Aliné. Un abundante sudor de angustia cubrió su rostro y cuello, y ella utilizó la manga para enjugarse las mejillas y el labio superior.

McKenna se arrodilló delante de ella y tomó uno de sus pies helados en la mano cálida. Rozó las puntas rosadas de sus dedos con el pulgar.

—Llevabas zapatos cuando ocurrió —dijo mirando la piel suave y pálida de sus pies, el delicado dibujo de las venas azules en el empeine.

La transpiración le irritó los ojos cuando Aline los abrió para mirar la cabeza morena de McKenna.

—Sí. —Su cuerpo entero se agitó cuando él llevó las manos a sus tobillos.

McKenna detuvo el movimiento.

—¿Te duele cuando te toco?

—N-no. —Aline se cubrió la cara de nuevo, jadeando bajo el lento avance de la exploración—. Es sólo que... la señora Faircloth es la única persona a la que he permitido tocar mis piernas. Hay puntos en los que no puedo sentir nada... y otros donde la piel es demasiado sensible. —La visión de las manos de McKenna deslizándose por sus pantorrillas devastadas le resultaba casi insoportable. Paralizada y desdichada, siguió con la mirada los dedos de él que recorrían las líneas ásperas de las cicatrices enrojecidas.

—Ojalá lo hubiera sabido —murmuró McKenna—. Debí estar a tu lado.

Al oír esas palabras, Aline tuvo ganas de llorar pero apretó la mandíbula para evitar que temblara.

—Yo también deseaba que estuvieras allí —admitió rígidamente—. No dejaba de preguntar por ti. A veces, tenía la impresión de que habías venido y me sostenías la mano..., pero la señora Faircloth me dijo que sólo eran sueños debidos a la fiebre.

Las manos de McKenna se detuvieron. Las palabras de Aline le provocaron un escalofrío, que recorrió su espalda como una corriente de aire frío. Después las palmas de sus manos reemprendieron su avance a lo largo de los muslos de Aline y los obligaron a separarse. Sus pulgares exploraron la cara interior de las piernas.

—Es esto lo que nos separaba, entonces —dijo con voz insegura—. Por eso no me dejabas ir a tu cama, por eso rechazaste mi propuesta. Y ésta es la razón por la que tuve que enterarme por boca de Livia de la amenaza de tu padre, en lugar de saberlo por ti.

—Sí.

McKenna se irguió sobre las rodillas y agarró los brazos del sillón a ambos lados de Aline, su cara apenas a unos centímetros de la cara de ella.

Aline esperaba enfrentarse a su tristeza, a su compasión, a su repulsa..., pero en ningún momento se había imaginado su furia. No esperaba el brillo de ira primitiva en sus ojos, ni la mueca de un hombre que se encontraba en los límites de la cordura.

—¿Qué crees que quería decir cuando te dije que te quería? ¿Piensas que tus cicatrices me importan un comino?

Anonadada por su reacción, Aline respondió con un único asentimiento de la cabeza.

—Dios mío. —La sangre tiñó la cara de McKenna—. ¿Qué pasaría si fuera al revés, si las quemaduras las hubiese sufrido yo? ¿Me habrías abandonado por ello?

—¡No!

—¿Por qué esperabas menos de mí, entonces?

Su furioso estallido la hizo acurrucarse en el sillón. McKenna se inclinó hacia delante siguiendo la trayectoria de su cuerpo, su ira ya teñida de angustia.

—¡Maldita seas, Aline! —Le tomó el rostro entre las manos temblorosas, los largos dedos acunando sus mejillas, los ojos, húmedos y destellantes—. Eres mi otra mitad —le dijo con voz ronca—. ¿Cómo pudiste pensar que dejaría de quererte? ¡Hemos pasado los dos por un infierno sin ninguna razón en absoluto!

Estaba claro que no comprendía la causa de su temor. Aline asió sus anchas y fuertes muñecas, las apretó con fuerza y tragó saliva.

McKenna la miró con ardiente e iracunda preocupación.

—¿Qué pasa? —Mantuvo una mano en la mejilla de Aline y utilizó la otra para apartar el cabello caído sobre su frente.

—Una cosa es hacerme el amor cuando no sabías lo de mis piernas. Ahora que lo sabes... te resultará difícil, quizás imposible...

Los ojos de McKenna destellaron de un modo que la asustó.

—¿Dudas de mi capacidad de hacerte el amor?

Con gestos apresurados, Aline bajó las faldas de su vestido, infinitamente aliviada de saber que sus piernas volvían a estar cubiertas.

—Mis piernas son horribles, McKenna.

Él pronunció una blasfemia que la dejó atónita por su grosería, le agarró la cabeza con ambas manos y la obligó a mirarlo a los ojos. Su voz sonó brutal:

—Durante doce años he vivido un tormento incesante, deseaba tenerte entre mis brazos y creía que jamás sería posible. Te quiero por mil razones que nada tienen que ver con tus piernas y... no, maldita sea, no necesito razones para quererte, te amo porque eres tú. Deseo entrar dentro de ti y quedarme allí durante horas... durante días y semanas. Quiero estar contigo por la mañana, por la tarde y por la noche. Quiero tus lágrimas, tus sonrisas, tus besos... el aroma de tu cabello, el sabor de tu piel, la caricia de tu aliento en la cara. Quiero verte a mi lado en el último momento de mi vida...

yacer entre tus brazos y expirar. —Meneó la cabeza y la miró como un hombre condenado que contempla el rostro de su verdugo—. Aline —murmuró—. ¿Sabes qué es el infierno?

—Sí. —Los ojos de Aline se desbordaron de lágrimas—. Tratar de vivir cuando tu corazón late fuera de tu cuerpo.

—No. El infierno es saber que tenías tan poca fe en mi amor que estabas dispuesta a condenarme a la agonía de por vida. —Sus facciones se contrajeron bruscamente—. Condenarme a algo que es peor que la muerte.

—Lo siento. —La voz de Aline se quebró—. McKenna...

—No lo suficiente. —Apretó el rostro húmedo al de ella y le rozó las mejillas y el mentón con labios febriles, dándole besos bruscos y entrecortados, como si quisiera devorarla—. Tus lamentaciones no bastan. Dices que has tenido que vivir sin tu corazón... ¿Qué te parecería perder también el alma? He maldecido cada día que tuve que vivir sin ti, y cada noche que he pasado con otra mujer, deseando que fueras tú quien estaba entre mis brazos...

—No... —gimió Aline.

—Deseando —prosiguió él fieramente— poder encontrar la manera de impedir que tu recuerdo me devorara el alma hasta no dejar nada dentro de mí. No encontraba la paz en ninguna parte, ni siquiera cuando dormía. Ni siquiera en mis sueños... —Calló y la atacó con besos ávidos y estremecidos. El sabor de sus lágrimas y de su boca desorientó a Aline, la encendió, y perdió la cabeza entre descargas de placer. McKenna parecía estar poseído por una pasión que rozaba la violencia, su respiración entrecortada desgarraba sus pulmones, sus manos la apretaban con tanta fuerza que amenazaban con cubrir su tierna piel de moratones—. Por Dios —dijo con la vehemencia de un hombre que ya no puede aguantar más—: ¡Durante estos últimos días he soportado los tormentos de los condenados, y ya he tenido suficiente!

De repente, Aline sintió que la arrancaba del sillón y la llevaba en brazos como si fuera una pluma.

—¿Qué estás haciendo? —jadeó.

—Te estoy llevando a la cama.

Aline se retorció y forcejeó entre sus brazos. Enloquecida, se preguntó cómo podría explicarle que aquello requeriría una lenta y gradual adaptación y no una entrega plena e inmediata.

—¡No, McKenna, todavía no estoy preparada! Por favor. Antes tenemos que hablar...

—Estoy harto de hablar.

—No puedo —insistió ella, desesperada—. Necesito tiempo. Y estoy agotada... Hace días que no duermo bien y...

—Aline —la interrumpió él secamente—, las fuerzas de los cielos y los infiernos unidas no podrán impedir que te haga el amor ahora mismo.

Aquello no dejaba lugar a dudas. Temblando, Aline sintió que una nueva oleada de sudor le bañaba la cara.

McKenna apretó los labios en su mejilla húmeda.

—No tengas miedo —susurró—. Conmigo, no.

Aline no podía evitarlo. Sus hábitos de intimidad y aislamiento se habían establecido durante doce largos años. Saber que él no respetaría ningún margen, ningún secreto, hizo que su corazón latiera desenfrenado mientras McKenna la llevaba a la habitación contigua con grandes pasos deliberados. Cuando alcanzó la cama, la dejó en el suelo y se agachó para retirar la colcha bordada. Al contemplar la lisa superficie de lino blanco recién lavado, Aline sintió un vacío en el estómago.

McKenna buscó los botones de su vestido y sus dedos traspasaron la abertura frontal para desatar el corpiño. Después de dejar caer el vestido desabrochado al suelo, McKenna tiró de la combinación de Aline y se la quitó por la cabeza. A Aline se le puso la piel de gallina al encontrarse desnuda y temblorosa delante de él. Tuvo que hacer acopio de todas sus fuerzas para no intentar cubrirse y esconder las distintas partes de su cuerpo.

McKenna acarició con el reverso de los dedos la curva de sus pechos y la siguió hasta el punto tenso de su diafragma. Masajeó la piel fría y luego la rodeó con los brazos con extremo cuidado, susurrándole algo dulce e indescifrable entre los mechones despeinados de su cabello. Aline asió las solapas de su chaqueta y apoyó la cara en la pechera de su camisa. Con infinita ternura, McKenna le quitó las horquillas del pelo y las dejó caer sobre el suelo alfombrado. Pronto su largo cabello quedó suelto y libre, y los mechones sedosos le hicieron cosquillas en la espalda.

McKenna llevó la mano debajo de su barbilla, le levantó la cabeza y posó los labios sobre su boca en un beso tan largo e incendiario que las rodillas de Aline se doblaron. La sostuvo firmemente contra sí, las puntas de sus pechos rozando el paño de su chaqueta. Los labios de Aline se abrieron entre los de él, y McKenna exigió más, creando un sello de humedad, calor y succión erótica al penetrar con la lengua en las cálidas profundidades de su boca.

Pasó la mano posesivamente por su espalda y las curvas de sus nalgas. Buscó el punto sensible justo al final de la columna vertebral y la atrajo hacia sí con más fuerza, hasta que ella sintió la dura forma de su erección bajo la tela tirante de sus pantalones. McKenna se apretó contra ella deliberadamente, como si quisiera demostrar su ardiente deseo de unir su cuerpo al de ella. Un pequeño sollozo escapó de los labios de Aline, aprisionados entre los de McKenna. Sin darle tiempo para pensar, él pasó la mano por sus glúteos y entre sus muslos, mientras los separaba con un movimiento experto de una pierna. La sostuvo con firmeza contra su cuerpo mientras abría con los dedos los pliegues más íntimos de su piel, acariciándola, separando la tierna carne secreta hasta dejarla abierta y vulnerable.

Apoyada en su mano, Aline arqueó ligeramente la espalda cuando McKenna deslizó dos dedos en su interior. «Más» pidió su cuerpo, que esbozó movimientos ondulantes para conducirlo más adentro. Deseaba tener a McKenna encima de ella, pegado a ella, dentro de ella, llenando hasta su último rincón vacío. Deseaba tenerlo más y más, hasta que no quedara ni un milímetro de distancia entre ambos.

McKenna acomodó su cuerpo hasta poder introducir su miembro erecto en el triángulo formado por sus muslos e inició una fricción deliciosa que correspondía perfectamente con el lento movimiento circular de sus dedos. La atrajo hacia sí repetidamente, deslizándola sobre su miembro, acariciándola por fuera y por dentro a un ritmo lento aunque constante. Frotó la mejilla contra su cabello y rozó con los labios los oscuros mechones hasta alcanzar las raíces empapadas en sudor. Aline sintió que su cuerpo se endurecía, palpitaba, que el placer se intensificaba hasta alcanzar casi el punto culminante del orgasmo. McKenna le cubrió de nuevo la boca con la suya y la penetró suavemente con la lengua en un beso tan profundo que la inundó de intenso placer. Oh, sí... Oh, sí...

Para su gran frustración, McKenna apartó los labios de su boca y retiró los dedos justo en el instante en que empezaba el clímax.

—Aún no —susurró, mientras un violento estremecimiento recorría el cuerpo de Aline.

—Te necesito —dijo ella, apenas capaz de articular las palabras.

Los dedos húmedos de McKenna acariciaron la tensa línea de su cuello.

—Sí, lo sé. Y, cuando finalmente te permita abandonar esta cama, sabrás exactamente cuánto te necesito yo. Conocerás todas las maneras en que te necesito... y sabrás cuán completamente me perteneces. —McKenna la levantó en brazos y la depositó en la cama, sobre las sábanas de lino recién planchado. Vestido todavía, se inclinó sobre su cuerpo desnudo. Agachó la cabeza, y Aline sintió que sus labios rozaban su rodilla.

Era el último lugar donde deseaba sentir su boca, sobre la más fea de las cicatrices. Aterida, Aline protestó y trató de zafarse de él. McKenna la detuvo fácilmente, inmovilizando sus caderas. La clavó sobre el colchón y llevó los labios de nuevo a la rodilla.

—No tienes que hacer eso —dijo Aline con voz acobardada—. Preferiría que no... De veras, no necesitas demostrar...

—Cállate —repuso él con ternura y siguió besándole las piernas, aceptando sus cicatrices como ella jamás había podido aceptarlas por sí misma. La tocó por todas partes, acariciando y mimando su carne vergonzosa—. Todo está bien —murmuró y tendió una mano para acariciar su vientre tenso con suaves movimientos circulares—. Te quiero. A ti entera. —Recorrió con el pulgar el pequeño óvalo de su ombligo y mordisqueó con dulzura la delicada piel en la cara interior de sus muslos—. Ábrete —susurró y ella se ruborizó intensamente—. Abre —insistió McKenna, llevando sus besos de terciopelo más arriba.

Aline gimió y separó las piernas, de nuevo invadida por el deseo. La boca de McKenna exploró la abertura expuesta, su lengua acarició la vulva hinchada y luego se movió hacia abajo, para probar el sabor salado de la entrada de su cuerpo. Aline sintió que se quedaba inerte, sus sentidos se liberaban y toda sensación se centraba en las caricias delicadas e insoportablemente ligeras entre sus piernas. McKenna se retiró un poco para soplar con suavidad sobre la carne húmeda y luego rozó su clítoris con la punta de la lengua. Aline apretó los puños y hundió la cabeza en la almohada, levantó las caderas y pronunció sonidos de súplica. Justo cuando le parecía que ya no podría soportar más aquel artero tormento, McKenna deslizó tres dedos dentro de ella y las protuberancias duras de sus nudillos se hundieron en la vagina lubricada. Aline no podía pensar, no podía moverse, el cuerpo inmerso en el placer. La boca de McKenna succionaba y sus dedos la penetraban y se retorcían hasta que ella soltó un grito y se convulsionó en éxtasis.

Mientras ella yacía gimiendo en la cama, McKenna se puso de pie y se quitó la chaqueta, sin apartar la vista de su cuerpo estirado. Se desvistió delante de ella, se desprendió de la camisa y descubrió su torso musculoso y su tórax cubierto de vello oscuro. Su cuerpo fornido estaba claramente hecho para la fuerza más que para la elegancia. No obstante, había algo intrínsecamente elegante en las líneas alargadas de sus músculos y tendones y en la anchura de sus hombros. Era uno de esos hombres que dan seguridad a la mujer, al tiempo que ejercen un delicioso dominio sobre ella.

McKenna se tendió en la cama junto a ella, deslizó una mano debajo de su cuello y se posó sobre ella, abriéndole las piernas. Aline contuvo la respiración al recibir la sensación del contacto total entre sus cuerpos desnudos..., los miembros duros y cubiertos de vello áspero de McKenna, la sorprendente anchura de su tórax y los lugares donde una piel satinada cubría la poderosa musculatura. McKenna asió su muslo derecho y, con cuidado, modificó la posición de su rodilla para que la piel cicatrizada no le hiciera daño.

Perpleja, Aline llevó una mano a la cara de él y acarició la mejilla bien afeitada. El momento era tan tierno, tan dulce, que lágrimas caían de sus ojos.

—McKenna... Nunca me había atrevido a imaginar algo así.

Él entrecerró los párpados y apretó la frente contra la de ella.

—Yo, sí —respondió con voz ronca—. Miles de noches he soñado con hacer el amor contigo. Ningún hombre en el mundo ha odiado las mañanas tanto como yo. —Se agachó para besar sus labios, su cuello, las puntas rosadas de sus pechos. La atrajo suavemente hacia sí y acarició sus pezones con la lengua y, al sentir su reacción temblorosa, bajó la mano para guiar su miembro dentro de ella. La penetró, la llenó hasta que sus caderas estuvieron encajadas. Los dos gimieron en el momento de la unión, cuando la carne dura de él se sumergió en la suavidad de ella y se produjo la profunda e insoportablemente dulce fusión de sus cuerpos.

Aline rodeó con los brazos la espalda encorvada de McKenna, mientras él deslizaba las manos debajo de sus caderas, atrayéndola hacia sí cada vez que la penetraba.

—Jamás dudes de mi amor —le dijo con voz entrecortada.

Ella, estremecida de deseo a cada húmeda y dura penetración, susurró obediente entre los labios hinchados por los besos:

—Jamás.

Las facciones de McKenna relumbraban por la mezcla de esfuerzo y emoción.

—Nada en la vida se puede comparar con lo que yo siento por ti. Eres lo único que deseo, lo único que necesito en el mundo... y eso no cambiará nunca. —Gimió con violencia al alcanzar el largo e intenso orgasmo—. Dios... dime que lo sabes... dímelo...

—Lo sé —susurró Aline—. Te quiero. —El supremo placer recorrió de nuevo su cuerpo, haciéndola callar con su potencia y su agudeza, mientras su carne se contraía sobre la de McKenna y la envolvía en su calor palpitante.

Después, Aline apenas fue consciente de que McKenna utilizó una punta de la sábana para enjugar el sudor y las lágrimas de su cara. Se acurrucó en el hueco de su hombro desnudo y cerró los ojos. Estaba colmada, agotada e inundada de una inmensa sensación de alivio.

—Estoy tan cansada, McKenna...

—Duerme, amor mío —susurró él mientras le peinaba el cabello largo con los dedos y le apartaba los mechones húmedos del cuello—. Yo cuidaré de ti.

—Duerme tú también —dijo Aline soñolienta, acariciándole el pecho con la mano.

—No. —McKenna sonrió y le dio un beso suave en la sien. Su voz tenía la ronquera de la felicidad—. No, porque estar despierto es mejor que cualquier sueño que pudiera tener.

Gideon regresó a sus habitaciones del Rutledge a última hora de la tarde. Estaba cansado, macilento e irritable, y necesitaba una copa tanto que no podía ver con claridad. En cambio, había bebido café suficiente para poner a flote una barcaza. También había fumado hasta que el olor a cigarro empezó a producirle náuseas. Era una experiencia nueva para él, esa mezcla de agotamiento con un exceso de estimulación. Al considerar la alternativa, no obstante, pensó que más le valía acostumbrarse a la novedad.

En el instante mismo de entrar en la residencia Gideon fue abordado por su ayuda de cámara, quien le dio una noticia un tanto sorprendente.

—Señor... Parece que el señor McKenna no zarpó para Nueva York según lo previsto. De hecho, vino aquí. En compañía de una dama.

Gideon miró al ayuda de cámara sin comprender. Tras considerar sus palabras por un largo momento, frunció el entrecejo en un gesto inquisitivo y se frotó la barbilla.

—¿Puedo preguntar... si se trata de lady Aline?

El ayuda de cámara asintió de inmediato.

—Que me aspen —dijo Gideon en voz baja y su malhumor cedió su lugar a una sonrisa—. ¿Todavía están aquí?

—Sí, señor Shaw.

La sonrisa de Gideon se tornó más amplia al considerar el inesperado giro de los acontecimientos.

—De modo que por fin ha conseguido lo que quería —murmuró—. Bueno, lo único que puedo decir es que más vale que traslade su real trasero a Nueva York cuanto antes. Alguien tiene que construir la maldita fundición.

—Sí, señor.

Preguntándose durante cuánto tiempo haría McKenna uso de sus habitaciones, Gideon se dirigió al dormitorio y se detuvo en la puerta para cerciorarse de que no había ruidos en el interior. Justo en el momento en que se daba la vuelta para irse, oyó una llamada brusca:

—¿Shaw?

Cauteloso, Gideon entreabrió la puerta y metió la cabeza dentro de la habitación. Vio a McKenna en la cama, apoyado en un codo, su tórax y hombros bronceados destacando sobre el blanco reluciente de las sábanas. Lady Aline quedaba casi del todo oculta, menos unos cuantos mechones de cabello castaño que colgaban del borde del colchón. Estaba acunada en el ángulo del brazo de McKenna y dormía profundamente, mientras él le cubría el hombro desnudo con la colcha en un gesto protector.

—Has perdido el barco, según parece —dijo Gideon amigablemente.

—No tuve más remedio —respondió McKenna—. Estaba a punto de dejar atrás algo muy importante.

Gideon observó a su amigo con atención, impresionado por el cambio que se había operado en él. McKenna parecía más joven y más feliz que nunca. De hecho, tenía aspecto de total despreocupación, con esa sonrisa relajada en los labios y ese mechón de pelo que le caía sobre la frente. Cuando lady Aline se movió junto a él, inquieta por el sonido de sus voces, McKenna se inclinó sobre ella para tranquilizarla con un suave murmullo.

En el pasado Gideon había tenido oportunidad de ver a McKenna con otras mujeres, en circunstancias mucho más licenciosas que ésa. Por alguna razón, sin embargo, la ternura radiante y desinhibida de su expresión resultaba extremadamente privada, y Gideon sintió que un calor poco familiar se apoderaba de sus facciones. Qué demonios..., no se ruborizaba desde que tenía doce años.

—Bueno —dijo con voz seca—, ya que te has hecho con el uso de mis habitaciones, tendré que buscar otro alojamiento para esta noche. Desde luego, no me lo pensaría dos veces antes de echarte a ti..., pero haré una excepción por lady Aline.

—Ve a Marsden Terrace —sugirió McKenna con un súbito fulgor travieso en los ojos. Su mirada volvía compulsivamente al rostro dormido de lady Aline, como si le resultara imposible apartar la vista durante más de algunos segundos—. Westcliff está allí solo... Tal vez agradezca tu compañía.

—Ah, espléndido —repuso Gideon en tono ácido—. Podríamos mantener una larga conversación sobre las causas de mi maldito alejamiento de su hermana menor. Aunque, en realidad, no importa. Livia se habrá olvidado de mí dentro de seis meses.

—Lo dudo —replicó McKenna con una sonrisa—. No desesperes. Nada es imposible... y Dios sabe que mi caso lo demuestra.

Epílogo

El estruendoso viento de febrero silbaba contra los ventanales del salón y distraía la atención de Livia de la carta que tenía en las manos. Acurrucada en un rincón del sofá, con una manta de cachemira sobre el regazo, se estremeció agradablemente al comparar el tiempo húmedo y desapacible de afuera con el calor gozoso de la sala. A su lado tenía una caja de caoba abierta, un lado lleno de cartas cuidadosamente ordenadas y otro, de una pila de misivas revueltas y atadas con una cinta azul. La pila más pequeña era de su hermana, Aline, cuyas cartas llegaban de Nueva York con regularidad sorprendente, dada su notoria negligencia en asuntos de correspondencia.

La otra pila de cartas provenía de una fuente totalmente distinta, y habían sido todas escritas del mismo puño masculino. Tan pronto divertidas y conmovedoras como informativas o descarnadamente íntimas, aquellas misivas contaban la historia de un hombre que luchaba para ser una persona mejor. También hablaban de un amor profundo que había madurado a lo largo de los últimos meses. A Livia le parecía haber llegado a conocer a un hombre distinto al que viera en Stony Cross y, aunque la atracción que sintiera por el Gideon original hubiera sido imposible de resistir, aquel libertino se estaba transformando en un hombre en quien podía confiar. Livia tendió la mano y acarició la satinada superficie de la cinta azul con la punta del dedo antes de volver a dedicar su atención a la carta de Aline.

... dicen que la población de Nueva York alcanzará el medio millón dentro de un par de años, y me lo creo. Hay tantos inmigrantes que, como yo, llegan aquí a diario. Esta mezcla de nacionalidades presta a la ciudad un maravilloso aspecto cosmopolita. Todos aquí tienen una visión abierta y liberal de las cosas, y confieso que a veces me he sentido un poco provinciana en mis opiniones. Por fin, comienzo a adaptarme al ritmo de la vida de aquí y hasta se me ha contagiado la manía neoyorquina de conseguir ser mejor. Estoy aprendiendo muchas cosas nuevas y he dominado el arte de tomar decisiones y de hacer compras con una rapidez que, sin duda, te divertirá mucho cuando nos volvamos a encontrar. Como puedes imaginar, la señora Faircloth dirige con firmeza al personal doméstico y parece del todo encantada con los mercados al oeste de Manhattanville, donde se puede encontrar cualquier producto que se te antoje. Resulta realmente asombroso que a dos millas de estos imponentes edificios de ocho pisos haya un paisaje rural sembrado de pequeñas granjas. Apenas he empezado a explorar esta ciudad de arquitectura tan elegante, y me enorgullece decir que, generalmente, hago más cosas aquí en una semana que en un mes entero en Stony Cross.

No quiero engañarte, sin embargo: confieso que McKenna y yo nos concedemos unos días de ocio de vez en cuando. Ayer fuimos en trineo a Washington Square, con las campanillas de plata tintineando en los arneses; luego pasamos el resto del día delante de la chimenea. A McKenna le prohibí trabajar en todo el día y, naturalmente, me obedeció, ya que la esposa americana es soberana de su hogar (aunque somos listas y concedemos al marido la apariencia externa de autoridad). Soy una dictadora benevolente, por supuesto, y McKenna parece estar muy conforme con la situación...

Livia levantó la mirada con una sonrisa al oír la llegada de un carruaje en el patio. Puesto que el salón estaba situado en la parte frontal de la mansión, tenía la ventaja de poder ver las idas y venidas de afuera. La arribada de un carruaje negro tirado por cuatro caballos en absoluto era inusual en Stony Cross Park. Sin embargo, mientras observaba los caballos, cuyo aliento salía como vaho blanco de sus ollares, Livia sintió una punzada de curiosidad. Marco no le había anunciado la llegada de huéspedes ese día... y, de todas formas, era demasiado temprano para visitas.

Se levantó del sofá, se cubrió los hombros con la manta y se acercó a un ventanal. Un lacayo se dirigía a la puerta principal mientras otro abría la puerta del vehículo y daba un paso atrás. Una alta y esbelta silueta salió del coche y, desdeñando el peldaño, bajó ágilmente al suelo. El hombre lucía un abrigo negro y un sombrero elegante, bajo cuya ala asomaba un mechón de cabello rubio.

Un estremecimiento intenso y repentino dejó a Livia sin aliento. Siguió observando al recién llegado sin pestañear, mientras hacía rápidos cálculos... Sí, habían pasado casi exactamente seis meses. Pero Gideon le había dejado claro que no iría a buscarla si no estaba seguro de poder ser el hombre que ella se merecía. «E iré armado de intenciones honorables», le había escrito. «Tanto peor para ti.»

Gideon era más apuesto que antes, si eso era posible. Las líneas de cinismo y de tensión se habían borrado de su cara, las ojeras oscuras habían desaparecido de debajo de sus ojos, y estaba tan vibrante y vigoroso que el corazón de Livia se desbocó al reconocerlo.

Aunque ella no se movió ni hizo ruido alguno, algo atrajo la atención de Gideon hacia el ventanal. La descubrió detrás de los cristales y su imagen pareció traspasarle. Livia le devolvió la mirada, colmada de exquisito anhelo. «Oh, volver a estar en sus brazos», pensó y apoyó la mano en el cristal de la ventana, formando con los dedos círculos acuosos sobre la delgada capa de escarcha.

Una lenta sonrisa asomó en los labios de Gideon y sus ojos azules relampaguearon. Meneó la cabeza y se llevó la mano al pecho como si quisiera indicar que su visión era más de lo que podía soportar.

Con una sonrisa luminosa, Livia ladeó la cabeza y le señaló la entrada principal. «¡Date prisa!», dijeron sus labios.

Gideon asintió de inmediato y le dirigió una mirada cargada de promesas antes de alejarse del ventanal.

Tan pronto como lo perdió de vista Livia tiró la manta al sofá y descubrió que sus dedos sostenían todavía la carta de su hermana. Alisó la hoja de papel arrugada y le dio un beso. El resto podía esperar.

—Hasta luego, Aline —susurró—. Ahora tengo que ocuparme del final feliz de mi propia historia. —Riéndose y sin aliento, dejó caer la carta en la caja de caoba y salió corriendo del salón.

31901062838513